漢語常用假設連詞演變研究

——兼論虛詞假借說

高婉瑜 著

台灣學生書局印行

漢語常用假設連詞演變研究
——兼論虛詞假借說

目　次

高婉瑜
《漢語常用假設連詞演變研究》

序文

先睹為快，向來為文人視為快事、雅事。高婉瑜博士的大作《漢語常用假設連詞演變研究》付梓前我讀到了全文，幸哉。

辭彙演變研究在我這一直看作是很難的事。文獻浩繁，歷時久遠，殊為不易；連詞又是辭彙中一個很小的類，封閉性強；漢語的特質使得詞的語法跨類功能相當普遍，要將其來龍去脈梳理清楚，尤為艱難。高書取其中表假設關係的連詞，按源起於「像似義」、「借設義」、「使役義」、「或然義」、「意志義」、「極微義」六個小類，條分於繁難，縷析於古今，將連詞由實而虛、由單音而複音的演變過程，以很規整的行文呈現在讀者面前。六個小類，各成一節，在每一節相同的論述框下，將初始的實詞、語法詞，繼之的語法化過程與原因，再之的詞形由短而長、由單而複的過程，一一呈現。其思路之清晰，論述之簡潔，讓人讀來如尋舊規，蹈熟路，有了強烈的對比閱讀效果。

在語料運用上，作者充分利用了語料庫的功效，廣泛佔有語料，縱貫上古、中古、近代、現代，橫連經、史、子、集，細辨書語與口語、文言與白話，堅持「本文語料以『白話系統的書面語』為主」的原則，將假設連詞六個小類的演化過程有論有據、有血有肉地清晰再現。

探討的問題是如此專一，觀察的歷史過程與語料範圍卻是那麼宏闊，理論背景與依託更是難得的宏大與堅實。從漢語的語法性質與語法手段，到語法化理論、連詞來源假借說，都在作者的視野之下，有述有評，有論有辨。在這樣的基礎上，再來作連詞的定義、分類、標準、原則的論述，自然也就有力起來了。

讀完高博士的力作，我不由得生出感歎、讚歎。與婉瑜的第一次相見是 2005 年底在天津召開的「首屆海峽兩岸現代漢語問題研討會」，記得那時她還在台南的一所醫學專科學科任教。斯文、雅靜，甚至還有點羞澀，全如在校學生的模樣。後來她到淡江大學任教，仍堅持每年參加這個專題的系列會議。每次她攜著扎實的論文而來，不同的是節節開花，學術上越來越成熟。在去年召開的第五屆廣州會議上，她已經與山東大學知名教授盛玉麒先生共同承擔起了主持大會報告的任務。今年我來到臺灣擔任中央大學的客座教授，與高博士有了更多的接觸和瞭解，才知道她從 2000 年以來已經發表了七十餘篇論文，涉及的領域有文字、音韻、訓詁，也有經學、義理、佛典；有語法、詞彙、方言，更有屬於當代社會語言學的典型領域如新詞、語言運用中的性別差異。對臺灣高校中文系有了更多瞭解後，我對她具有這樣廣的知識寬度自信是能理解的。臺灣大學的中文學學科強調綜合性，更多地保留了傳統學科文史哲不分家的作法，打好基礎後再在不同領域之間周遊流轉也就方便多了。但光憑這點其實是還不能完全解釋高博士的多能與多產。讀到那些每年七、八篇的論文，讀到 2006 年才完成的 20 萬字博士論文《漢文佛典後綴的語法化現象》，更讀到手頭的這部力作，才明白作者的勤奮和努力，才是解釋她具有今天如此學術成就的最好原因。

開券有益，這也是我讀了《漢語常用假設連詞演變研究》後的最大體會。故寫下以上的體會，與大家一起分享。

蘇新春

2011 年 4 月 27 日

於臺灣桃園中壢・中央大學

第一章　緒論

近些年在語法化（grammaticalization）觀點的影響下，漢語學界興起一股研究風潮，帶動了詞語的演變研究。歷時演變考察的重要性毋須贅言，但這股風潮卻略有所偏，在動詞、介詞、副詞、助詞、體標記、話語標記方面累積相當多的成果，而連詞的領域尚乏系統性的論述。跟其他詞類相較，連詞沒有受到足夠的重視，甚至還有先入為主的偏見，以為連詞的功能很簡單，不是吸睛或討喜的賣點，可開展的空間有限。再者，坊間的語法書對連詞的說明多是輕描淡寫，沒有提供充足的資訊。學術圈投注心力少，教學的理論依據薄弱，學生一知半解，長久下來，對研究、教學與學習都不是正向的循環。

本章為緒論，共分六小節，第一節談古今漢語詞句之間的連接手段，解釋本書題目的緣由。

第二節介紹本書的命題由來與基本架構。

第三節是理論的介紹，談假借/通假與語法化的意義。

第四節介紹連詞的定義、分類、判斷標準，如何分辨連詞與其他詞類的差異。

第五節談假設連詞與複句的關係，及複句內部的分句性質。

第六節設定本書的研究對象，談篩選語料的標準，臚列觀察語料的清單。

第一節　漢語的連接手段

從語言的類型來看，漢語是分析語（analytic language，或 isolating language 孤立語），重視語序與虛詞（或稱語法詞[①] grammatical word、功能詞 function word）。語序與語法詞是語法單位之間組合的手段，語序優先於語法詞，遵守了語序的規定就不一定要有語法詞輔助，如「我明天一早出發，（所以）來得及參加中午的聚會」。如果違背時間順序原則（principle of Temporal Sequence, Tai 1985：45-72），該句可能成為病句，如「*所以來得及參加中午的聚會，我明天一早出發。」

從小句之間的連接關係來看，可分為意合（parataxis）與形合（hypotaxis）。意合指句子內部的連接或句子間的連接採用語義手段（semantic connection），形合指句子內部的連接或句子間的連接採用句法手段（syntactic devices）或詞彙手段（lexical devices）（方夢之與張順梅 2004）。英語傾向用形合，漢語傾向意合，漢語的主題句與無主句發達，結構靈活，組合自由，短語與短語之間，句與句之間不需要外部的手段輔助，所以 Fowler 把漢語描述成流水型的語言，如《周易》：「天行健，君子以自強不息；地勢坤，君子以厚德載物。」歷來有不少的詮釋，或可理解為因果關係，「天

① 傳統語文學依「意義虛實」區分實詞與虛詞，在語文學脈絡下，本書依慣例稱虛詞，此外，則稱語法詞，著眼於它們僅有語法意義（或功能）。亦有以「語法詞」指介於詞、短語之間的詞，與本書「語法詞」涵義不同。

行健，（所以）君子以自強不息；地勢坤，（所以）君子以厚德載物。」或是承接關係[②]，「天行健，（於是）君子以自強不息；地勢坤，（於是）君子以厚德載物。」意合句缺少表示邏輯關係的外部手段，優點是言簡意賅，反映語句間多樣的邏輯關係，反過來說，意合句隱含多元的邏輯，語義有模糊性，隨人心領神會，以致於產生「漢語是不嚴謹、不科學」的誤會。

形合法因為有種種的標記，容易清楚表達邏輯關係。邢福義（2001：31-37）認為對複句現象而言，使用形合的優點可以顯示、選示、轉化、強化複句間所隱含的邏輯，從隱性到顯性是一種語裡到語表的動態過程。Hopper and Traugott（2008[2003]：234）指出從句連接標記的產生大概受到了說話人表達的清晰性和提供信息動機的誘發，特別是說話人想給聽說人提供他們的語言環境中關於從句解釋的引導。最初，從句連接標記用於表示組合從句相互之間的功能關係，以及用於標記句法界限（受到後來句法交織的影響，這些界限可能會變得模糊起來）。

從語言的觀點來說，沒有那一種語言比較優良、進步、科學，那一種語言比較粗劣之別，語言是人類心智能力的表現，漢語之所以有意合性，與中華文化傳統的思維密切相關，強調以意逆之、含蓄醞藉，習慣不把話剖明，為雙方保留轉圜空間，所以漢語採意合並非拙劣的表現，[③] 再者，意合或形合宜視層次而論，詞法層與

---

② 承接關係或稱為連貫關係。

③ 俞光中與植田均（1999：386-388）提到近代漢語連詞有「超線性關聯」，指連詞和有連接作用的副詞連接的不是緊挨的分句。如《水滸全傳》第六回：「智深道：『胡說，量他一個和尚，一個道人，做得甚事，却不去官府告他。』」「却」作為轉折是針對上文「他兩個無所不為，把眾僧趕出去了」而言，超出了線性

句法層的情形不必然一致。復次，是否存在絕對的意合或形合？還是相對的意合或形合？抑或意合中有形合？形合中有意合？

德語表示句子的並列連接可用並列連詞 und（和）、oder（或者），也可以省略並列連詞而用相應的語調（Bussmann 2007）。同理，漢語除了意合以外，不乏形合之例，各階段的漢語都是如此，④ 例如表示假設語氣有時採意合，《左傳・莊公十年》：「宋師不整，可敗也。宋敗，齊必還。請擊之。」有時採形合，《左傳・僖公三十年》：「若亡鄭而有益於君，敢請煩執事。」

目前的研究發現漢語各階段的形合手段並不相同，在類型、數量、組合方式或使用頻率上都有差異。「連詞」與「關聯副詞」⑤

原則。另有一種關聯僅有一個關聯詞語，而關聯的兩部分却有一部分不出現或兩部分都不出現，表面上該關聯詞無著落，可讀者心中却暗知其所指。如《水滸全傳》第四十七回：「小人若對東人不盡言說，實被那三個畜生無禮，把東人百般穢罵。」隱去了「你還蒙在鼓裡呢」。超線性關聯和隱關聯似表示「句法不嚴密」，其實是誤解。漢語句法有一種意合傾向，意合的本質特徵是依賴整體，追求精煉，以含蓄求飽滿，局部看不完整，整體看又絲毫無礙於語義的表達。江藍生（2000[2000]：410）提到中國人含蓄、內在，反映在語言上就是漢語語法重意合，不重形式，語法框架簡明，依賴語序但又不完全受語序的束縛，變例和歧義句多，表意形式靈活，有很豐富的隱性語法關係，跟重形式、有嚴格的形態標誌的印歐語形成鮮明的對比。由上可知，意合法是人類心智能力的一種反映，非關優劣。

④ 漢語史的各期都使用形合的手段，不過，因為目前沒有具體的統計數字，無法確切說明使用的連詞比例差異。周剛（2003：84）指出上古前期的複句多用意合法構成。楊榮祥（2005b：194）認為上古漢語構成複句的分句之間很少使用連詞關聯，中古以後，連詞的使用漸漸多起來，即便如此，近代漢語複句的各分句間也非一定要使用連詞。

⑤ 張誼生（2000：19-20 提到關聯副詞是從句法功能、邏輯功能、篇章功能的角度劃分出來的一種特殊的副詞小類。漢語典型的關聯副詞絕大多數本來都是一

是常見的形合手段，是凸顯、強化詞語或複句關係的標誌，屬語法詞，數量有限，從漢語史的角度來看，連詞與關聯副詞不斷新陳代謝，有些迄今依然活躍，有些消失了，有新加入的面孔，或舊成員的功能發生變異。⑥

長久以來實詞一直是學界討論的焦點，舉凡名詞、動詞、形容詞、量詞等等，累積豐碩的研究成果，語法詞的研究較為零散。這些年語法詞的科學探討逐漸盛行，研究興趣集中在介詞、副詞、助詞、體標記、話語標記，有關聯作用的副詞也受到注意，相對下，連詞的討論比較薄弱，從稱謂上不稱連詞而稱關係詞、關聯詞語，併入其他詞類（不獨立章節），便可見一斑。⑦ 目前所知斷代或專書的研究已取得部分成果，全面性的觀察尚乏人問津。

有鑑於此，筆者希望拋磚引玉，吸引更多同好關注這個論題，透過連詞與關聯副詞的觀察，瞭解漢語的形合現象，管窺中華民族在意合思維以外，心智能力的另一面展現。

些常用的時間（才、就）、程度（更、還）、範圍（都、只）、否定（不、非）、重複（再、也）類限制性副詞，甚至還可以是一些評注性副詞。這些副詞在一個較大的語言單位中充當狀語時，它們往往會具有兩重性：就其限制或評注的成分而言，它們仍保留原來的功用，就其前後的成分以及整個句子或句段而言，它們就具有了連接功能。所以，所謂的關聯副詞實際上是一個動態的、不定的副詞小類，它同其他副詞之間並沒有一個明確的界限，只要某個副詞在句子中、篇章中起到了關聯作用，它就是關聯副詞。

⑥ 湯廷池（1992：59-92）提到虛詞與實詞不同，不容易產生新詞或吸收外來詞，也比較不容易在不同的語言裡找到意義與用法都相當或相近的虛詞。雖是如此，有關漢語連詞的形成過程中是否存在語言接觸的影響，還是值得留意的問題。

⑦ 雷冬平（2008：46）提到雙音虛詞中，副詞的論著最多，助詞次之，連詞最為薄弱。

第二節　命題由來與基本架構

本節說明書名的由來，及論文的基本架構。

一、命題由來

呼應蔣紹愚（1994：270）提倡「常用詞」的演變，定題為「漢語常用假設連詞演變研究——兼論虛詞假借說」。「常用詞」不是指一般以詞頻統計為依據的常用詞，不同於詞彙學中的基本詞彙，詞彙史意義上的常用詞相對於訓詁學研究的疑難詞語，有些詞雖然常用，但歷時更替關係不大，具有研究價值的常用詞是代表詞彙的核心，其發展變化可以決定詞彙發展面貌的詞（李宗江 1999：2-3、汪維輝 2000：11）。筆者認同前輩學者的想法，在連詞範疇中，假設連詞一向多於其他連詞，與其博雜泛論，大而無當，不如小巧精緻，脈絡清晰。所以，本書圍繞著十組假設連詞做討論，究其來源與演變，凸顯異同。這項研究除了對連詞的學術研究加磚添瓦，也試圖建立連詞教學的理論基礎。

本書所謂的「演變研究」包含了「衍生性演變」與「交替性演變」，前者涉及一個詞如何變生出另外一個詞，後者涉及詞彙成員的新增舊減及新舊詞語的歷史交替（李宗江 1999：1-2）。

總而言之，本書討論常用假設連詞的形成與發展的問題。關於形成的問題，語文學或坊間詞典常以「假借/通假」帶過，就本質上，通假是一種假借，故副標題的「虛詞假借說」指「廣義」的假借。

在語文學典籍與辭書習慣將語法詞稱為「虛詞」，關於虛字/詞的來源幾乎倒向「假借/通假」之說（王鳳陽 1989：397-398，胡楚生 2007[1995]：157，楊端志 1997：283）。「假借」是文字學問題，「通假」是訓詁學問題（兩者都是書寫層面的問題），「虛詞」是語法學問題，不宜混為一談。為什麼虛詞的來源會牽涉「假借/通假」？

筆者同意在書寫系統談論文字問題，在語言系統談論語言，字與詞是不同系統。不過，首先要考慮的是為什麼有虛字？因為要記錄虛詞。換言之，虛詞與虛字是一體兩面，只不過一個是聲音的傳播，一個是書面的傳播。語言、文字都是人類認知的展現，不是說虛詞是語言層面，虛字是書寫層面，兩者便截然切割。只能說虛詞沒有造字問題，虛字有造字、用字問題，癥結是選擇何字紀錄依然是經過大腦的過濾、判斷，有認知的作用，所以，認知的力量左右虛詞（字）的形成，可以找出影響的蛛絲馬跡。就數量上看，太多的漢字有虛詞用法，它們從何而來是應該考慮的問題，如果清一色以「假借/通假」解釋，那它的力量真是無遠弗屆，加上漢字同音、近音多，找一個字來「假借/通假」輕鬆至極，何必還要造出龐大的形聲字？凡是象形、指事不能處理者，一律變通為「假借/通假」即可，可惜事實不是如此，從文字的演變歷程中，已經透露「假借」的侷限。根據認知語言學、歷史語言學、類型學的研究，虛詞（語法詞）的形成是語法化現象，⑧ 有演變脈絡可回溯，甚至預測。面為龐大的虛詞系統，其來源不是單一答案。

⑧ 有關語法化的討論，請參見本章第三節的論述。

第二，漢字與漢語關係密切，漢字多是一字一音節，上古漢語的詞語以單音節為主，換言之，一個漢字相當於一個單音詞具有普遍性。語言系統重視詞語的常用意義，有趣的是造字本義在語言系統中可能不是常用意義，而且在言語交際的過程中，也無所謂假借義或通假義問題，但是當要紀錄時，發現某詞語沒有合適的漢字對應時，改以音同或音近的「假借/通假」方式。⑨ 理想上，「假借」、「通假」、「語法詞」的界限應該清清楚楚，然而漢字符號多是音義結合體，在「假借/通假」過程中，該表音符號本身的意義與借音來書寫的那個詞語的意義發生糾葛，人們又習慣於依形辨義，所以用來記錄的「假借字」或「通假字」才會造成閱讀、理解、溝通上的障礙。

現以「耳」為例，說明書寫系統的假借與語言系統的關係。

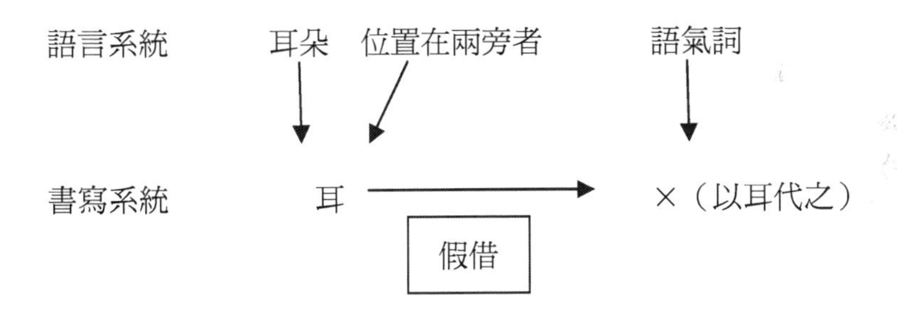

⑨ 邱德修（2009：163-165）認為段玉裁「叚借者，古文初作而文不備，乃以同聲為同義」之說最切實際，以有限的文字想要滿足無窮的語言需求，力有未逮，故是「文不備」。「假借」的誕生係緣「語言」之需求而起，並非因「文字」而生。所謂「本無其字」是假借的背景，「依聲」是其條件、門檻，「託事」是讓「被借字」來表示「語言」中的意思，使「無字」之語言得有「文字」可供使用。筆者同意這個觀察。

《漢語大詞典》記載「耳」有耳朵、位置在兩旁、語氣詞的義項。表耳朵與表位置在兩旁有引申關係，表語氣詞的 ěr 沒有文字對應，便透過假借之法（本無其字）用「耳」來紀錄。對「耳」字而言，表語氣詞是假借，對「耳」詞而言，耳朵、位置在兩旁與語氣詞無關，三者沒有演變的先後關係。

再以「財」為例。

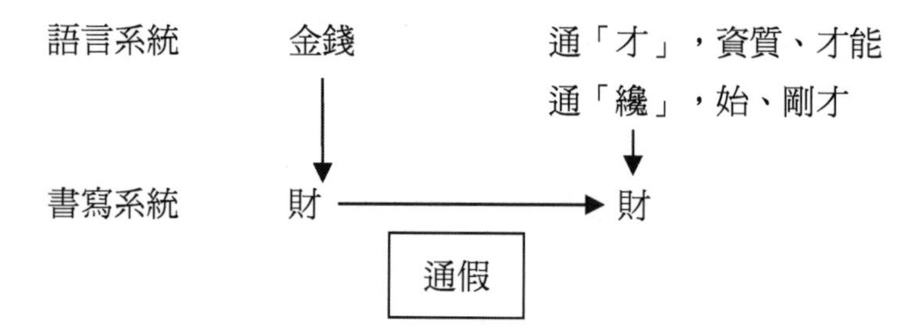

表金錢的 cái 用「財」字紀錄，才能的 cái 以「才」字紀錄，剛才的 cái 以「纔」紀錄，但是表才能與表剛才在書寫時曾經用了「財」字，書寫系統上是通假，語言系統上，金錢（名詞）、才能（名詞）、剛才（副詞）是三個獨立概念，雖然後兩者曾寫成「財」字，但表達的是語言系統「才」、「纔」的意思，三者沒有演變先後的關聯。如果要觀察詞語的演變關係，必須把表才能的「才」放回「才」一詞的系統，把表剛才的「纔」放回「纔」一詞的系統進行有意義的討論。

再來看看「使」。

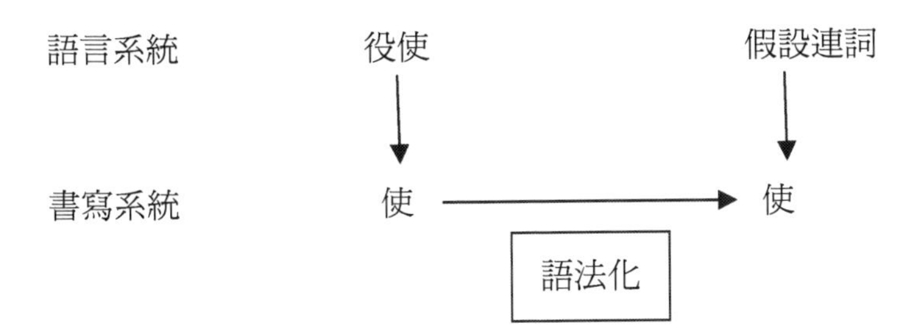

表役使的 shǐ 用「使」字紀錄，假設語氣的 shǐ 也用「使」字紀錄，表面上看起來和「財」一樣，兩者沒有關係，可是在語言系統中，使役與假設語氣在語義⑩、語法相關，兩者之間不是單一條件（語音）的假借，而是有演變的先後關聯，即假設連詞「使」從使役動詞「使」語法化而來。

以上三例說明書寫系統與語言系統之間不是一對一關係，一個漢字可以對應語言系統的許多概念，有些概念互有關聯，有些則否，因為它所表達的意義不是表面上該詞之義，而是他詞之義，應該放到另一詞的脈絡中考察演變（例如「財」、「才」、「纔」）。

對於虛詞（字）如何產生，語文學與語言學各有解釋，看起來不過是不同學科架構下各自表述的觀點，更深入地說，兩種不同的看法意味著對語言、文字形成上存在根本性差異。中國有厚實的文字、聲韻、訓詁傳統，但是面對語言、文字的研究，許多人認為西方的語言學才是科學的學科，文字、聲韻、訓詁是語文學，是文獻

⑩ 漢語的「語意」和「語義」一般混而不分，如 Semantics 翻成語意學或語義學。本書行文統一為「語義」。

上的知識，跟科學有一段距離。平心而論，文字、聲韻、訓詁是從古籍經驗中累積而成的知識，因為有典籍的支持，許多概念言之有據。以假設連詞來說，筆者無意否定虛詞「假借/通假」說，因為有些虛詞也許是如此，但不可忽略的是語言存在任意性（arbitrariness）與理據性（motivation），依照語文學對「假借/通假」的詮釋，兩者具有任意性色彩，⑪ 所謂虛詞「假借/通假」說有多大解釋力？還是有其他的可能性？根據目前的瞭解，語法詞來源是多元性的，非單一因素造成的。更重要的是「語法化」的作用，相當於一股理據性的力量，而且這股力量不容小覷。故語言的演變有任意性，更大的部分是理據性。

二、基本架構

語言是一個系統，不可孤立觀察，不同性質的語言有不同的系統，不宜將某些現象強加於其他語言。完善的研究必須顧及微觀、中觀、宏觀三層面，郭錫良（1997a：138）云：

---

⑪ 葉正渤（2007：213-216）認為上古文獻裡假借現象普遍的原因和漢語的本質特徵、漢字的基本性質有關，漢語同音字多，漢字是為記錄漢語的語詞而創造的，文字創造的初始階段一個文字對應一個語詞，但是因為同音字多，這就為文字不敷使用或倉促無其字時臨時借用一個音同或音近的字提供極大方便，於是，假借就因應而生。

徐通鏘（2004：319）曾經點出假借不合理據，假借的方法論基礎是音義結合的任意性或約定性，與漢語社團的理據性編碼原則矛盾。它可以因交際的需要而使用一個時期，但無法改變與代替漢語社團的理據性編碼機制。

> 研究古漢語虛詞，首先，必須有歷史發展觀點，要考察每個虛詞的來源和歷史發展。其次，要特別重視語言的系統性，把每個虛詞都擺在一定時期的語言系統中去考察，一個虛詞的各個語法意義、語法功能之間都是有聯繫的，自身形成一個系統，不要孤立地看問題。

張旺熹（2005：375-376）指出漢語介詞的研究包含三個方面，宏觀的問題是「為什麼是動詞而不是其他詞演化成介詞」？他要回答的是漢語的動詞與介詞之間為什麼會有如此多的聯繫？中觀的問題是「為什麼是這一些動詞演化成介詞」？微觀的問題是「為什麼是這一個動詞演化成介詞」？中觀問題是介詞衍生研究的核心所在。

按理而言，連詞的語法化程度比介詞高（一般說是虛化程度高），介詞往前溯源一級是動詞，就是動詞演變成介詞，連詞往前溯源一級的可能性很多，包含介詞、副詞、助動詞、代詞，甚至有很多連詞的來源迄今仍不清楚，難以套用張旺熹的單線式宏觀說（動詞單線式演化成介詞）。

微觀、中觀與宏觀三層面組成本書的架構。微觀來說，為什麼是這一個詞演化成假設連詞，如何演變？中觀來說，為什麼是這一些詞演化成假設連詞？整體的發展脈絡有何傾向？內部的構詞狀況為何？微觀與中觀問題是本書第三章至第八章的主軸。宏觀來說，假設連詞演變的本質是什麼？內部結構有何種規律？假設連詞有一詞多用現象，連詞不是語法化的最高層，還會繼續變化，在什麼條件下會再度語法化？此部分是第九章的重點。

本書不設限於某時期的斷代，因為每個階段出現、消失、常用的假設連詞不同；再者，即便該詞屬常用詞，同組的成員不一定是常用詞，如果採取窮盡式討論，一來對象的確切數量難定，二來曠日廢時，三來與立意不合，故本書的個案研究是有條件的，從單音連詞出發（「萬一」除外），單音連詞來源廣泛，依照「語義」分節討論。多數單音連詞產生於上古，故微觀的個案研究選擇以單音詞為核心。語法化通常需要一段長的時間，許多連詞在上古已確定身份了，想找尋它們從哪一種詞類演變而來並非易事，再加上語料因素，例如上古語料常是眾人之作，或經過多人的修改、增補，難以確定語料反映的時代。又如語料不見得完整反映演變過程。有時會有失落的環節，伴隨的難點就是形成的時代難以肯定，需要藉由形式依據判定。[12]

當單音連詞邁入雙音化潮流時，單音詞與雙音詞之間具有演變的先後關係，有關雙音詞的構詞問題已經累積了相當成果，本書的任務是增補前人未說，修正前說未密之處，整合過去的研究，說明漢語常用假設連詞的形成與發展。

另外還要澄清一點，徐通鏘（2004：302-326）認為形態型語言的結構常數「1」凝聚在句子的結構規則，詞類與句子成分存在結構關聯，這個關聯是劃分詞類的結構依據。漢語是語義型語言，

---

⑫ 李宗江（1999：58-60）提到確定新詞產生的時間是個比較困難的問題，因為詞的演變是漸變的過程，如漸變的時間跨度較大，在漸變的過程中，有些用例可此可彼，因而容易見仁見智。最好能找到一個形式上的標誌，以具備這個形式標誌的時間為新詞產生的時間，這種形式標誌只要從組合關係和聚合關係兩方面去找。此外，如確定通過重新分析來的新詞產生的時間，就要找到新舊詞發生句法層次重新切分的界線。如不給出形式標誌，僅憑上下文來揣摩，就難以得出肯定的意見。

結構常數「1」表現在「字」，一個字、一個音節、一個概念。語義型語言不存在形態型語言的結構依據。爭執不斷的詞類問題顯示語義型語言難以納入形態型語言的結構框架，從事漢語研究應建立語義型語言的理論、方法和原則。

關於這點，筆者認為詞類是人類語言的普遍現象，隨著語言性質的不同，劃分詞類的標準有別。印歐語系的形態特徵不適用於漢語，要找出適合漢語的方法，而不是抱著先入為主的心態研究。本書討論漢語的形合手段——「假設連詞」，不表示反對徐通鏘之說，筆者認為即便漢語傾向意合，卻無法否認有形合的手段，如果不去理會，假設連詞的種種疑點不會消失，與其如此，不如面對、處理這個現象，仔細辨別，尋找漢語假設連詞的特色。徐通鏘的想法值得深思，漢語與印歐語言本質不同，不能以形態語的標準檢視漢語，此為屬文時謹記的準則。

第三節　假借/通假與語法化辨析

某個角度來說，概念的澄清也是一種背景知識的建立，筆者不打算鋪陳「假借/通假」與「語法化」的發展脈絡，而側重於概念的解釋。

一、假借/通假

《說文解字‧敘》：「假借者，本無其字，依聲託事，令、長是也。」假借的重點在於「依聲託事」，簡單地說，某概念沒有文字可以表示，便找一個字代之，代替的條件必須兩者的語音相同或相近。例證方面，許慎、段玉裁從引申的角度解釋「令」與「長」的假借關係，歷來有很多學者指出錯誤（魯實先 1973：31-32，裘錫圭 1995：203，胡楚生 2007[1995]：156，許錟輝 1999：205）。

裘錫圭（1995：2-8）提到文字系統有四種符號：1.表意字，2.記號字，3.表音字，4.形聲字。有些詞無法用表意字或記號字來表示，改採表音的方式克服，借用某個字或者某種事物的圖形做為表音符號，來記錄跟這個字或這種事物的名稱同音或音近的詞。這種記錄語言的方法，傳統文字學上稱為假借，用這種方法去為詞配備的字，就是假借字。裘錫圭（1995：205-213）提到假借按照表示的詞是否有本字，區分為「無本字」、「本字後起」與「本有本字」。若依據《說文》的定義，其假借指第一種無本字假借。一般所謂的通假即第三種的本有本字假借，裘錫圭提到狹義的通假，指假借一個同音或音近的字來表示一個本有本字的詞，所以本有本字假借是典型的通假現象。廣義的通假包含了第二種與第三種假借。

「假借/通假」牽涉本字問題，確定本字不容易，因為有些借字與本字產生的先後時間難以掌握，王鳳陽（1989：404）、裘錫圭（1995：130）主張從文字學的文字構造角度來看，通假與假借的性質相同，都是同音、近音詞之間的字形借用。雖然《說文解字》的假借限於第一種，但是段玉裁的注解已將有本字假借納入假借領域，所以一般談的假借涵蓋了假借與通假，因之，本書副標題的假借指「廣義」的假借。

就訓詁學的角度來說，通假是閱讀古書的障礙，眾所周知，先秦兩漢古籍的通假舉目可見，如何辨認通假字與求本字成為治經的關鍵，求本字之法可從「語音」與「字形」著手，清代王引之《經義述聞》、俞樾《古書疑義舉例》皆有闡發，清末黃季剛[13]（1969：359-360）對從音以求的論述較詳：

> 大氐見一字，而不了本義，須先就《切韻》同音之字。不得，則就古韻同音求之。不得者，蓋已尠。如更不能得，更就異韻同聲之字求之。更不能得，更就同韻、同類或異韻、同類之字求之。終不能得，乃計校此字母音所衍之字，衍為幾聲，如有轉入他類之音，可就同韻異類之字求之。若乃異韻、異類，非有至切至明之證據，不可率爾妄說。此言雖簡，實為據借字以求字之不易定法，王懷祖、郝恂九諸君罔不如此。勿以其簡徑而忽之。

依據黃季剛之說，求本字有音同、音近、音轉三種，音同又分兩種：今音相同、古音相同，今音相同指《唐韻》、《切韻》為同音，古音相同指上古音相同，必須明古十九紐之變和古本音，音轉者，指雙聲正例，兩字同聲但韻部不同。音近者，指旁紐雙聲，指同為一類之音。若是音近時，還需考慮聲調，視其所衍之聲，分隸幾紐，再由其紐求其字。

陳新雄（1994：231-232）補充黃季剛之說，所謂古韻同音，上古韻部同音的條件可放寬為只要聲同，主要元音以下相同，即可視為同音。介音部分可以容許有洪細、開合差異。所謂異韻同聲，指古聲同聲紐，韻部有對轉、旁轉關係者。所謂同韻同類，指古韻

---

⑬ 黃季剛的生卒是1886-1935年，1969年是後人出版其著作的年份。

部相同，古聲母是同一發音部位的旁紐雙聲。所謂異韻同類者，指上古韻部不同，聲母為旁紐雙聲，不過，雖然上古韻部不同，仍須有對轉、旁轉關係者，才有假借的可能。至於同韻異類的假借，因為黃季剛的時代對古聲母的研究未臻成熟，實際上不存在此現象。

準此，從語音上求本字的步驟依序是：

> 《切韻》同音＞古韻同音（介音允許有別）＞異韻同聲（韻部對轉或旁轉）＞同韻同類（旁紐雙聲）＞異韻同類（旁紐雙聲）＞異韻異類。

此外，楊端志（1999：283-285）對音同、音近有更簡要的說明：

> 唐宋以前的訓詁學使用音訓的方式解釋虛詞就非常普遍。歸納起來不外音近和音同兩種類型。第一種，音近，又可分為1.聲母相同，韻部相近，這種情形最為常見。2.韻部相同，聲母相近。3.聲母、韻部都相近。第二種，同音。

由上可知，不管是清代學者，還是現代的學者，對本字、通假字之間均有嚴謹的語音要求，最佳條件是聲音相同，退而求其次是聲母或韻部都必須相同或相近，可是某些註解者卻只要兩者之間聲音相關，儘管只有聲母接近或韻部接近，便驟下通假的判斷，事實上，即便是「退而求其次」，兩字的聲母與韻部都必須同時具備相同或相近的條件，而不是擇一即可。放寬到只有單一條件的聲音相近，甚或聲母與韻部都不相近，那麼兩者是否可以通假就要慎重考慮。

除了語音條件之外，不可忽略意義與文獻的佐證。胡楚生（2007[1995]：162-170）揭櫫判別通假、本字的三個方法：1.從古籍的注解中去探尋，2.從古籍的異文比對中去探尋，3.從古籍音義的關係中去探尋。此處特別要注意第三點，強調了講通假字、本字必須兼顧「音」與「義」。所謂顧慮意義，不是指本字和借字之間有意義的聯繫，而是指把本字放回原文句，文句的解讀是否順暢妥貼。漢字同音、近音者太多，若語音有一點接近就是通假，通假會氾濫成災，導致各說各話的局面。謹慎地說，不但語音相同、相近，意義通順以外，相同的通假現象亦見於其他典籍，也就是說，如果兩者的通假僅出現在某書或某文便是孤證，此時更應仔細評估通假的可能。語音、意義、書證三者兼具，推斷的通假才具有說服力。

回到本書的主題，前面業已提過「虛詞假借說」，按此邏輯推知「連詞來自假借」。現以古籍之說為例，即便是「假借/通假」，有些書只一語帶過，沒有提出進一步的語音與文獻證據，例如《說文解字》：「將，帥也。」《說文通訓定聲》：「將，假借為發聲之詞。」又如《荀子·非相》：「知士不能明，然而仁人不能推。」楊倞注：「知音智。」上述二例的問題是：1.「將」為什麼可以假借為發聲之詞？「知」為什麼可以假借為「智」？2.如果基於聲音的關係，與「將」、「知」同音的字很多，為什麼選擇它們呢？

有些書則略作說明，如《說文解字》:「爾，麗爾，猶靡麗也。」段注:「後人以其與汝雙聲，假為爾汝字。」又如楊樹達《詞詮》：

「固，假借作姑字用，且也。」上述二例的問題是：1.段玉裁說「爾」與「汝」雙聲，雙聲的認定標準不一，寬鬆有別，再者，僅以雙聲為由，除了有寬鬆之慮外，與「汝」雙聲的字眾多，有太多假借的可能。2.「假為爾汝『字』」、「假借作姑『字』」看起來是書寫層面的問題，文字是記錄語言的符號，縱然在記錄當下因為本無其字、本有其字或虛詞抽象，難以造字等關係，故用「假借/通假」變通，有趣的是，有些實詞也挺抽象，例如專有名詞、心理動詞、狀態形容詞等等，依然用象形、指事、會意、形聲造字，為什麼虛詞卻總是採「假借/通假」？

再舉「若/如」為例，中國社科院語言所編《古代漢語虛詞詞典》頁470「若」條：

> 《說文》：「若，擇菜也。」這一意義早已消失。由本義引申為「選擇」。《國語・晉語二》：「夫晉國之亂，吾誰使先若夫二公子而立之？以為朝夕之急。」這種用法在古籍中極罕見。作虛詞用的「若」是一個假借字。「若」可用作代詞、副詞、連詞和助詞。

上述存在一些問題，1.「字」與「詞」不同，自不待言，詞典從字本義說起，但「字」的本義或「字」的引申義與「虛詞」之間沒有必然關係。2.詞典引用《說文》之見，根據古文字形，「若」字本義通說是以手順髮。3.倘若虛詞「若」是假借字，詞典未說明假借何字。

再如《古代漢語虛詞詞典》頁457「如」條：

> 《說文》：「如，從隨也。」段注：「從隨即隨從義。…引申之，凡相似曰如，凡有所往曰如。」「如」的虛詞義是由其實詞義引申而來的，可做副詞、介詞、連詞和助詞。

上述依然有些問題，1.若以古文字形而言，許進雄（2009：120-121、284）說是以婦女言論見意，可能表達女性說話要輕聲委婉，接受指導，才有教養的概念，許慎說解沒有扣合字形，詞典亦未更正。2.詞典引段玉裁之說，主張「如」的虛詞義從實詞義引申而來，卻沒有指明引申自「相似」義或「有所往」義？為什麼能確定虛詞義是引申而來？

筆者認為「若/如」的演變相似（見第三章）。從語音來說，中古的「如」是遇攝合口三等日母魚韻平聲，上古是泥紐魚部平聲，中古的「若」是宕攝開口三等日母藥韻入聲，上古是泥紐鐸部入聲。上古時兩者聲紐相同，主要元音相同，差別只在韻尾，「若」收舌根塞音韻尾 [k]。以意義來看，應著眼於詞的意義，而非字的意義，字義與詞義之間不相等，例如「若」字的本義是順髮，該義項在語言系統內不流通，常用詞義是「如、像」。「如」字的本義是女子聽從指令，常用詞義也是「如同、像」。在語音與語義兩方面，「若/如」有共同的語義基礎，且語音相近，聲紐、主要元音相同，只有韻尾的差異，符合同源條件。

在語言系統中，「若/如」都可當假設連詞應非偶然巧合，從兩者的語音與語義關係判斷，它們不只是單純聲音相關的假借，因為「若/如」的實詞與虛詞用法存在演變關係。反過來說，如果真認為是假借而來，那麼，是假借何字呢？恐怕需要更多例證來說服。

另外要說明張誼生（2005[2000]：392-393）談副詞虛化機制時，認為轉借（transferable loan）是誘發虛化的語用因素，轉借指因讀音形式相同相近，實詞可被借用為虛詞，虛詞可被借用為更加虛化的虛詞，例如「裁、財」與「才」同音，通過轉借當副詞。轉借通常不直接導致新的虛詞產生，只是在一定的時間內增加該實詞或虛詞的虛化意義和虛化功能，也有一些轉借的虛化用法被固定下來。張誼生的「轉借」相當於語文學的「假借」，他強調轉借的作用有限。筆者贊同其說，語言現象是多元因素作用下的產物，而非單一因素的結果，縱然在上古時代假借是以不造字為造字的經濟之法，帶來紀錄的方便，僅憑聲音條件的假借相對地有高度任意性，不同地區，不同對象，發生的假借千變萬化。眾所周知，語言還有一個特性是理據性，兩者不可偏廢。在缺乏共識的情況，高度任意性容易造成溝通不便，[14] 這就是「假借」固然方便也不可能無限膨脹，「假借」或「通假」並非虛詞形成的主流，即如張誼生所言「轉借不直接導致新的虛詞的產生」。

二、語法化

語法化是法國 Meillet 在 1912 年提出的概念，他認為語法形式主要通過兩個途徑產生：類推與語法化。後來 Givón、Lehmann、Heine、Reh、Fleischman、Sweetser、Claudi、Hünnemeyer、Bybee、

---

[14] 漢代以前的典籍普遍存在假借或通假的情形，對後人而言，不同程度上造成理解的障礙。

Campbell、Hopper、Traugott 等從形態學、句法學、語義學、語用學諸角度討論語法形式的演變環境、誘發因素、單向性、演變機制等問題。⑮

1958 年，王力《漢語史稿》討論「把」、「被」的演化，80 年代以來，漢語學界逐漸注意語法化現象，解惠全、孫朝奮、劉堅、沈家煊、江藍生、曹廣順、劉丹青、洪波、方梅、吳福祥、張誼生等紛紛投入研究，專家學者的領頭，成功帶動語法化研究的風潮，迅速引起熱烈的討論。曹逢甫、鄭縈、高婉瑜等的國科會計畫探討現代方言或古漢語的語法化現象，累積不少成果。語法化是從西方語言學土地上開展，因為語系的不同，尋找漢語的語法化特色是漢語學界致力的目標。漢語學界如何看待語法化？以吳福祥（2006b：1）為例：

> 「語法化」指的是語法範疇和語法成分產生和形成的過程或現象。典型的語法化現象是語言中意義實在的詞語或結構式變成無實在意義、僅表語法功能的語法成分，或者一個不太虛的語法成分變成更虛的語法成分。在現代語言學中，研究這種語法化現象的理論通常被稱為「語法化理論」或者「語法化學說」。

沈家煊（2009：333）的主張是：

---

⑮ 有關西方學界對語法化課題的研究歷史，請參閱 Heine, Claudi and Hünnemeyer（1991a）、Lehmann（1995[1982]）、Hopper and Traugott（2008[2003]）第 2 章。

> 「語法化」不僅指實詞虛化，還指新的語法結構和語法範疇的產生和形成；不僅指歷時縱面的語言演變，還指共時橫面的語言變異。研究語法化的最終目的不是弄清一種語言裡一個個詞語的演變史，而是要找出演變或變異的機制，研究者相信語法化是按照一定的原理和方式，不受時空的限制，自然而然，反反複複發生的。

由上可知，語法化的範疇比傳統語文學所稱的虛化（abstraction）廣泛，語法化現象可以在歷時平面呈現，也可以放在共時平面觀察，因為共時是歷時的切片，歷時由許多的共時組成。研究假設連詞的演變除了有回溯歷史發展的意味之外，更重要的是透過演變機制的考察，瞭解人類認知能力展現的概況。

語法化現象涉及規律（rule）、動因（motivation）與機制（mechanism）內部面向，規律比較容易理解，動因與機制有待釐清。

有關語法化的規律，Hopper（1991：22）概括為五個準則：並存（layering）、歧變（divergence）、擇一（specialization）、保持（persistence）、降類（de-categorialization）。⑯ 沈家煊（2005[1994]：6-10）增補為九個原則：並存、歧變、擇一、保持、降類、滯後、頻率、漸變、單向循環。「並存」指一種語法功能可以同時有幾種語法形式來表示。一種新形式出現後，舊形式並不立即消失，新舊形式並存。「歧變」指一個實詞朝一個方向變為一種

⑯ 孫朝奮（2005[1994]：21-22）將五個準則翻成層次、分離、限定、持續、類變。本書的中譯名採沈家煊（2005[1994]：1-18）之譯。

語法成分後，仍然可以朝另一個實詞歧變而來。「擇一」與並存原則互補，指能表達同一語法功能的多種並存形式經過篩選和淘汰，最後縮減到一、二種。「保持」指實詞虛化為與法成分以後，多少還保持原來實詞的一些特點。「降類」指實詞詞義的虛化伴隨著詞性的降格，由主要詞類變為次要詞類，或由開放詞類變為封閉的詞類。「滯後」指語形的變化總是滯後於語義變化。「頻率」指實詞的使用頻率越高，就越容易虛化，虛化的結果又提高了使用頻率。「漸變」指語法化是個連續的漸變的過程。「單向循環」指一個成分虛化到極限後就跟實詞融合在一起，自身變成了零形式。

在許多論文裡「動因」與「機制」似無明確界限，有些學者把動因解釋成因素（方梅 2003：158，董秀芳 2003：176），這些因素在其他論文則稱機制（張誼生 2005[2000]：380-408）。[17] 談論動因與機制的文章不勝枚舉，姑以幾家為例。

Hopper and Traugott（2008[2003、1993]：47-122）認為語法化的機制是重新分析（reanalysis）與類推（analogy）。重新分析指結構的變化，例如構成成分、層次結構、範疇標注、語法關係和黏著性（邊界類型）的變化，重新分析的本質是線性的，組合性的，經常是局部的重新組織和規則演變，是隱蔽的變化。類推是已經存在的結構對現存形式產生的吸引同化，即規則的泛化，本質上涉及

⑰ 馬清華（2003b：64）註解 1 提到「語法化機制」目前在使用上比較籠統含糊。石毓智、李訥研究漢語時體標記時採用最廣泛的說法，包括語法化實現的條件、階段及其相應表徵。沈家煊則在更窄的意義上使用這一術語，大致同語法化方式。石毓智、李訥討論誘發語法化的兩個機制時，則意味機制本身就是誘因。洪波認為語法化機制是能引起語法化現象發生的因素，等同於誘因，但他又認為這個意義上的語法化機制跟語法化條件不是一回事。

聚合關係的組織、表層搭配和用法模式中的演變，類推使隱蔽的重新分析變得明顯。重新分析創造新的語法結構，類推為演變的發生提供主要證據。語法化的動因是隱喻（metaphor）與轉喻（metonymy）。隱喻與轉喻是「語用推理」，語法化的發生受到說話人—聽話人之間相互作用的誘發，聽話人激發了說話人提供信息，甚至提供清楚信息的意圖，聽話人也會積極地推測說話人的意圖，這兩種語用推理促發了語法化。

洪波（2005[1998]：174）主張實詞虛化機制有兩種：1.認知，2.句法語義，後者是主要機制，一個詞由實詞轉化為虛詞，一般是由於它經常出現在一些適於表現某種語法關係的位置上，從而引起詞義的逐漸虛化，並進而實現句法地位的固定，轉化為虛詞。另外，他認為重新分析是虛化的結果，不是誘因。句法位置的改變和詞義的變化是間接因素，兩者只是虛化的條件，不是機制。

張誼生（2005[2000]：380-408）提到漢語副詞的虛化機制有四個：1.結構形式，2.語義變化，3.表達方式，4.認知心理。每一種機制再細分三小類，結構形式分為結構、句位、相關成分。語義變化分為泛化、分化、融合。表達方式分為和諧、轉借、語境吸收。認知心理分為隱喻、推理、重新分析。該文把其他學者所謂的語法化動因一併歸入機制的範疇。

石毓智與李訥（2001：392-401）的主張與 Hopper and Traugott 相似，強調重新分析是導致新語法手段產生的最重要機制，類推的作用有二：1.誘發重新分析的過程，2.使通過重新分析而產生的新語法格式擴展到整個語言中，這兩個作用貫穿語法化過程，初期時，類推的源動力來自已存在的語法規律，作用是誘發一個語法化過程，或者制約語法化方向。後期時，類推主要表現為新語法形式對不規則現象的規整。除了重新分析和類推機制，還有許多導致語法變化的誘因，例如語音、語義、語用、認知、語言接觸、客觀規律（如時間一維性）等等。

面對林林總總的見解，李宗江（2009：188-201）進行一番檢討，認為語法化的機制指影響語法化發生的現實因素，是語法化現象由輸入端到輸出端的具體途徑和橋樑。導致新的語法意義產生的機制是「隱喻」和「語用推理」，導致新的語法功能產生的機制主要是「類推」和「重新分析」。語法化的動因指一個實詞或結構式在語法化發生時所處的條件，包含語言間的影響，所處的語法類型和語法系統的特點，語法系統中其他的語法變化、實詞的語法位置、語義特徵、語境條件等等，是「必要」條件，不是「充分」條件。⑱

《漢語大詞典》：「動因，動力和原因。」同書：「機制，原指機器的構造和工作原理。生物學和醫學通過類比借用此詞，指生物機體結構組成部分的相互關係，以及其間發生的各種變化過程的物理、化學性質和相互關係。現已廣泛應用於自然現象和社會現象，指其內部組織和運行變化的規律。」再者，motivation 強調促使改變的力量，mechanism 強調變化的途徑與方法，李宗江（2009：198）譬喻作具有領導經驗、領袖素質是成為總統的條件，要成為總統必須透過選舉的途徑。

⑱ A 是 B 的必要條件，指沒有 A 的發生就一定不會有 B 的發生。A 是 B 的充分條件，指 A 發生則 B 一定會發生。語法化的動因是語法化的必要條件，即沒有動因就不會發生語法化。

根據前人的研究，語法化過程涉及語義、語法、語音等層面的變化，對於語法演變的機制應該細分，語法的演變機制是「重新分析」與「類推」，語義演變的機制是「隱喻」、「轉喻」、「主觀化」。

「重新分析」指改變一個句法結構內在關係的機制，不會立刻引起表層形式的改變。句法格式內在關係的改變涉及的方面有：1.結構成分，2.結構層次，3.成分的詞性，4.成分之間的語法關係，5.結構的整體特性（Harris and Campbell 1995：61）。最常見的重新分析是兩個成分之間的融合，典型的例證是複合詞化，兩個或者多個成分融合成一個單位，帶來語義、形態、音韻方面的變化，導致邊界的改變（Hopper and Traugott 2008[2003、1993]：60-63）。[19]

所謂「類推」，同 Hopper and Traugott（2008[2003、1993]：47-122）所言。屬聚合關係的變化。[20]

所謂「隱喻」指用一個概念表達另一個相似的概念，從一個概念到另一個概念的投射，源概念要具體（沈家煊 2009：338）。所謂「轉喻」指用一個概念來指稱另一個相關的概念，從一個概念到另一個概念的過渡，源概念要顯著（沈家煊 2009：338）。所謂「主觀化」是語用、語義演變的過程，過程中語義越來越基於說話人對

---

⑲ Hopper and Traugott（2008[2003]：71-72）提到「重新分析」不一定導致語法化，複合就是一種涉及弱化和經常喪失詞或語素之間界限的重新分析，重新分析通常是產生一個可以相對進行分析的形式，例如 sweetmeat 來自 sweet + meat，meat 沒有被重新分析為語法語素，這個詞發生詞彙化。

⑳ 「類推」有多種異稱，李宗江（1999：14）稱「聚合類推」表示類推著眼於聚合關係的改變。

所說的話的主觀理解、說明和態度，[21]例如「得」早期指「得到」，現在可用來表示說話人的「情態」，「就」早期指「靠近」，現在可連接兩個邏輯關係的句子（邢志群 2005：325）。

上述機制與「認知」有關，它們就像製造新語法形式或意義的程序或手續，可是徒有程序仍無法生產，還需要種種原料的添加，例如語用（如頻率）、語言類型、語言接觸、時間一維性等等，這些原料相當於生產的動力或條件，程序相當於生產的機制，各方條件的配合，透過機制運作，才促成語法化的發生。

第四節　連詞定義、類型與判斷標準

連詞屬語法詞是學界的共識，對於連詞分為哪些類型、判別標準、判定的操作過程，各家看法則有分歧。[22] 有關漢語虛詞或虛

㉑ Traugott(1999:1)的原文是：Subjectification is the semasiological process whereby meanings come over time to encode or externalize the SP/W perspectives and attitudes as constrained by the communicative world of the speech event, rather than by the so-called “real-world” characteristics of the event or situation referred to.其中的 SP/W 指 speaker and writer.

㉒ 詞類問題在漢語學界是爭論不斷的議題，見解五花八門。徐通鏘（2004：302-326）採「字本義」的態度研究漢語，漢語是語義型語言，適合以臨摹性（象似性）為基礎開展句法結構的研究。劃分詞類是形態型語言的工作，因為形態型語言的詞類與句子成分存在結構關聯，這個關聯是劃分詞類的結構依據。漢語不存在這種根據，因而名、動、形的劃分、句子成分的解釋就出現自由解釋、系統歧異、無所適從的狀況。詞類問題顯示語義型語言難以納入形態型語言的結構框架，所以漢語研究應建立語義型語言的理論、方法和原則。

字的著作甚夥，早期的文章泰半為語文學式、點狀式、條列式的描述，自 1898 年馬建忠撰作《馬氏文通》，結合西方語言學的知識，開創漢語語法另一番天地。隨著教育的普及，交通的發達，科技的更新，網際網路的興起，二十世紀後期的漢語研究進步飛速，除了研究人力顯著增加之外，還大量吸收西方語言學理論，對漢語的方方面面進行探索。

何謂連詞？坊間的詞典、語法書的處理方式多是介紹連詞的定義與類型，再以幾個例子了結，例如 Longman Dictionaty of Language Teaching and Applied Linguistics（2002：98-97）解釋 Conjunction：

> 1.將幾個詞、片語或子句連接在一起的詞，如 but, and, when。兩個或兩個以上的單詞構成的連接詞有時稱連接語（Conjunction），例如 so that, as long as, as if 引導或連接子句的副詞有時稱連接副詞（Conjunctive adverbs），如 however, nevertheless。
> 2.指連接的過程。連接分兩類：
> a. Coordination 並列連接，由並列連詞（Coordinating Conjunctions，亦稱 coordinators），如 and, or, but 等連接並列的語言單位。
> b. Subordination 從屬連接，由從屬連詞（subordinating conjunations，亦稱 subordinators），如 because, when, unless, that 等把獨立子句和從屬子句連接起來。

上述第一點著眼於連詞的性質，第二點著眼於語法的關係，各舉幾個例子表之。[23] 又如周法高（1972：52-53）：

> 聯詞（connective），聯結語言裡的兩部分。[24]
> a.聯結兩個平行的名語，如：「與」。
> b.聯結兩個平行的子句，如：「而」、「然」。
> c.聯結一個子句附屬於另一個子句，如：「如」、「雖」（以上加在附屬子句上），「則」、「故」（以上加在主要子句上）。
> d.聯結副語和述語，如：「而」（「攸然而逝」）。
> a-d 項，英语又叫作"conjunctions"。

受限於撰寫目的與適用對象的關係，語法書僅能簡略地介紹，且諸書內容大同小異。為免篇幅枝蔓、失焦，以下容僅簡介幾篇重要論文與專著，所做述評側重於連詞的定義與類型、判斷標準（包含與其他詞類的界限）及本書的研究對象。

一、連詞的定義與類型

想瞭解連詞的定義與類型問題，除了翻檢語法書的「詞類」之外，還要注意「複句」，因為假設連詞與讓步連詞出現在複句中，

㉓ 雖然該詞典介紹英語的連詞，但概念上跟漢語連詞是接近的，而且漢語裡也有與之對應的連詞。

㉔ 需要指出的是周法高（1972：52-53）所謂的聯詞範圍很廣，除了連詞以外，還包括賓語提前的記號（之、是）、形容詞的記號（之）、繫詞（非、為）。

複句的類型會影響連詞的分類。《馬氏文通》為連詞下的定義是：「凡虛字用以為提承展轉字首者，統曰連字」。早期的文獻對於字與詞沒有嚴格的區分，「連字」即連詞，「提承展轉」表示連詞有連接和關聯的作用。談論連詞定義的著作多如牛毛，重要的有談古漢語的太田辰夫（2003[1987]）、楊伯峻與何樂士（2001），談現代漢語的程祥徽與田小琳（1992）、劉月華等（2006），談複句關係、語法問題的邢福義（2001、2002）。

太田辰夫（2003[1987]：287）的定義是：「連接詞或詞組的準獨立詞。」準獨立詞指本身只能成為句結，而不能成為語句，是句子的主要成分以外的東西。連詞依照功用可分三類：連接非述語、連接述語（謂語部分）、連接主謂部分、謂語部分。第一類和第二類不能夠成複句，第三類可構成複句。第三類又分為前句用與後句用兩類，用於前句的連詞連接功能比較強，用於後句的連接功能往往是不明確的，也有的要和前句所用的連詞相配合，其連接功能才能明確。依照連詞連接成分之間的關係，大致可分為等立和主從兩類，等立和主從的關係不是單一的，還可分為 14 類：並列、累加、選擇、承接、轉折、時間、比較、因果、讓步、推論、假定、縱予、限定、不限定。與本書的研究對象有關的是假定、讓步、縱予。假定指前句舉出未定的事實，前句和後句沒有轉折，如假如、假使、如果、若是、要、要是、若要、倘或、倘然。讓步指確定既定事實而又加以轉折，如雖然、雖則、雖說、儘管。縱予是表達假定的轉折，如縱然、縱使、即使、就、便、那（哪）怕。

是書 287 頁所提的連詞定義不包含連接分句，頁 289 又包含連接分句，按其敘述，連詞是連接詞、詞組、分句。太田辰夫認為複句可分成等立與主從（二分）。不過，邢福義（2001：52-55）提到二分法有解釋不清事實、跟標誌相衝突、缺乏形式依據的缺點。[25]

楊伯峻與何樂士（2001：453）的連詞定義是：「連詞的概念是詞、詞組、分句、句、句群[26] 之間起連接作用，表示它們之間各種關係的詞。」連詞的特徵是不獨立作句中成分，也沒有修飾作用。其中，並列連詞可以和它連接的前後兩項共同作句中的一個成分，如主語或賓語等，但連詞本身仍然不屬句子成分中的任何一個。比較起來，他們的定義比太田辰夫完整，指出連詞連接的對象較廣，不限於句以下的層面，他們所說的特徵其實相當於太田辰夫的准獨立詞。

程祥徽與田小琳（1992：274）的定義是：「把兩個詞或者比詞大的單位（詞組、分句、句子甚至段落[27] ）連接起來的詞叫連

㉕ 邢福義（2001：52-55）認為語法教學的複句二分法（聯合與偏正）問題重重，他的複句系統是三分法，即因果、並列、轉折。三分法有便於驗證、便於形成系統、便於解釋事實的優點。複句之間可用關係詞語（如連詞、關聯副詞、助詞、超詞形式）來表示特定關係，隨著出現於不同的複句，將連詞分為因果、推斷、假設、條件、目的、擇優、並列、連貫、遞進、選擇、轉折、讓步、假轉。

㉖ 句群又稱句組、語段，為語法概念，處於語法學的第五級單位。1981-1984 年的《中學教學語法系統提要（試用）》與程祥徽與田小琳（1992：359-360）的定義是：「句群是大於句子的語言片斷，它由兩個或兩個以上的句子構成，是前後銜接連貫的一組句子。一個句群有一個明晰中心意思，句群是構成文章段落的基礎，它同段落不是相同的概念，雖然有時形式上重合。」

㉗ 段落又稱段。程祥徽與田小琳（1992：370）的定義是：「段落是文章根據內容的構成劃分的，有明顯的換行、間歇等標誌，是作者思路合乎邏輯的停頓。」

詞。」連詞是典型的虛詞，它在詞組和句子中只起連接作用，而不起修飾、限制、補充作用，表明連詞是一種重要的語法手段，它表示的是語法意義，表示詞和詞之間、詞組之間、句子之間乃至句群之間、段落之間的邏輯事理關係。連詞的分類是：依照連接的成分來看，連接詞和詞組的連詞有和、同等等，連接句子的連詞有不但、而且等等。依表示的邏輯事理看，連詞又可劃分為並列、承接、遞進、選擇、轉折、因果、條件、假設、目的。

程祥徽與田小琳的分類沒有讓步類，由於讓步與假設都表假設語氣，所以把讓步併入假設，假設包含了如果、若是、假如、假使、即使、倘使、倘若。這種歸併有一個問題，以分句間的邏輯來看，讓步連詞與假設連詞出現的複句不同，讓步連詞出現在轉折複句，假設連詞出現在因果複句。筆者贊成邢福義（2001）的主張，應依照連詞所出現的複句作為分類的標準，出現在因果複句的是因果類連詞，出現在轉折複句的是轉折類連詞，出現在並列複句的是並列類連詞。所以假設連詞與讓步連詞分屬不同的複句，兩者不宜併入同類。

劉月華、潘文娛與故韡（2006：169）的定義是：「連詞是虛詞的一類，是連接詞、短語或者分句的。它的功能主要是表示兩個或兩個以上的詞、短語或分句之間的某種關係。」漢語裡連詞的數目比較多，有些常用以連接詞或短語的，有些常常用以連接分句，他們依照聯合關係或偏正關係與連接的對象，製作「連詞常用表」。根據複句的類型，連詞可分為並列、承接、遞進、因果、轉折、條件、假設、讓步、取捨、目的。

邢福義（2002：121-122）指出連詞主要語法特點有二：1.只有連接作用，不能成為句子成分，所謂連結有連接和組結的意思，把兩個或幾個語法單位連接起來，使它們組結成為一個更大的語法單位。2.具有雙向性，在句法結構中總要關涉兩個或幾個語法單位。根據連結單位，連詞分兩類：1.詞語連詞，2.句間連詞。某些連詞兼屬兩類。本書討論的假設連詞屬「句間連詞」。

綜合上述，各家不外乎以語法功能或語義關係為連詞定義或分類，大家一致認為連詞就是具有連接功能的詞類。準此，本書的連詞定義是：

> 連詞是在詞、短語、句子、句群等句法結構中有連接或關聯作用的語法詞，表示特定句法關係與邏輯關係，而且它不可當句子的成分。

雖然具有連接功能的詞類不限於連詞，但反過來說，如果用形合手段表示連接，連詞是最佳選擇。即使它還不是熱門的研究焦點，卻也無法抹煞重要性，書面系統不用連詞可能造成語法錯誤或語義模糊，口語系統雖有不用連詞也不影響溝通的情形，但不等於口語表達不需要連詞，事實上，連詞的缺省並非任意的，必須符合條件，如「小明喜歡吃香蕉、蕃茄、梨子，小華喜歡吃西瓜、鳳梨、荔枝」可被接受，不妨礙理解。「他感冒了，沒來上課，沒有請假」或「明天下雨，活動照辦」，聽話者雖然可透過語境推測意義，嚴格說來，這種表達不是最佳方式，也就是說，在單純、獨立的命題下，可以不使用並列連詞（得用頓號代之），連接分句的連詞一般不允許省略，否則容易引起理解的歧異。

二、連詞的判斷標準

連接功能不是連詞的專利，某些詞語也能表示連接，該如何判斷哪個才是連詞呢？容易跟連詞混淆的詞是副詞與介詞，具體來說，前者指連詞與關聯副詞，後者指並列連詞與伴隨介詞、因果連詞與表原因的介詞。混淆的原因是這些連詞從副詞或介詞演變而來，許多學者注意到這個事實，紛紛提出辨別標準。

與本書主題有關的是連詞與副詞的辨別，諸家之說略分成五種：1.以語法位置區分，2.以語法功能區分，3.以關聯場合、位置與語義區分，4.以語法與語義區分，5.以語法、語義、單用與否區分。

採第一種方法者如黃盛璋（1957：23-25）提到副詞和連詞的劃分原則有四：1.凡能用於主語前面的，一定是連詞不是副詞。2.凡是不能用於主語前面的，一定是副詞不是連詞。3.雖能用於主語前頭，但是能單獨一句站得住，那也是副詞不是連詞。4.凡能用於主語前頭，但又不能單獨一句站得住，必須有上下文，是連詞不是副詞。趙元任（1979[1968]）認為如果一個表示句和句（小句和小句）之間的關係的詞不能擱在主語之後，必須擱在主語之前，那也就必須承認是連詞。「雖然、因為、假如」等所謂從屬連詞的一個顯著的特點，是全部能夠擱在從屬小句主語的後頭。複雜句裡有些副詞永遠不出現在主語之前，如「就」、「還」等多數的關聯副詞。另外，他還提到擱在主語之前或者之後，通常要看這兩個小句的主語相同還是不同。趙元任（1994：392）提到連接詞的種類少數是介詞性，大多是副詞性，既作連接，又作修飾用，呂叔湘（1990c[1979]：514）認為可以出現在主語前和主語後的是連詞，如雖然、如果，不能出現在主語前（指沒有停頓的）只能出現在主語後的是副詞，如又、越、就、才等。

採第二種方法者如李泉（1996）認為典型的副詞（很、最、已經、剛剛）起修飾作用，修飾對象是單一的，並且主要是修飾動詞。典型的連詞（和、與、同、因為、但是）起連接作用，連接的對象應是兩個或多個成分，並且不限於動詞。張誼生（2002）認為關聯副詞和關聯連詞的區別在於是否出現相互依存的關聯語境中，副詞雖然也具有連接功能，但修飾限制、評注功能是第一位的；連詞雖然也隱含有一定的修飾功能，但關聯功能是主要的。

採第三種方法者如張寶林（1996：399-401）認為如果一個詞在關聯場合中只能出現於主語之前，或既可以出現在主語之前，又能出現在主語之後，那它就是連詞；如果一個詞在關聯場合中只能出現在主語之後，那它就是關聯副詞。連詞具有預示銜接功能，它們不能單說，而是必須與前面的句子相呼應，或者必須有後續句；前後語句的省略當然是可以的，包括承前省和承後省，但在一定語句中必須能夠補出。從意義上看，關聯副詞常表示句中強調的語義或動作發生的時間，與關聯副詞同一詞形的連詞常表示事件的轉折或承接。

採第四種方法者如周剛（2002：10）提到劃分連詞的功能標準有三：1.單純連接兩個或兩個以上並列項，位於並列項的最後一項之前，所連接的語言單位可以單說。2.連接先行語句，位於主語之前或主語之後，或語句之末，所連接的語句不能單說，有預示後續句的作用。3.連接後續語句，位於主語之前，所連接的語句不能單說，有連接先行句的作用。連詞和副詞的區別有兩方面：1.句法功能，關聯連詞的關聯連接功能表現是它所在連接的成分不能單說，要有後續或者先行話語與之呼應，結構形式上具有黏附性，不能單獨成立，必須以另一段話語為依存。2.語義功能，關聯連詞本身的語義是確定的，前後分句的句法語義關係雖然一般也由兩個關聯連詞搭配來顯現，但是如果句法上允許去掉其中一個關聯連詞，語句不會出現歧義。

採第五種方法者如劉月華、潘文娛與故韡（2006）提到連詞的語法特徵有三：1.不表示實在的詞彙意義，只表示一定的語法意義。2.不能充當句子成分。副詞和介詞雖然都屬虛詞，但副詞可以單獨在句中充當句子成分，起修飾作用，介詞與後面的名詞或代詞組成介詞短語後也可以充當句子成分，起修飾作用。連詞只能連接單詞、短語或句子，表示被連接的兩個語法單位之間的各種關係，並不能起修飾或相互補充的作用。3.不能單獨回答問題。

上述的分法，哪一種可以有效劃分連詞與副詞呢？追本溯源，這個問題的根本是詞類的歸屬。此問可轉換為：如何確定哪些詞是連詞，連詞具有哪些特徵？

漢語詞類問題在二十世紀經歷三次熱烈討論，許多關鍵問題至今仍懸而未決。湯廷池（1992：59-92）用概論性的方式說明漢語詞類的劃分問題，他認為詞類是漢語裡客觀存在的東西，必須依據客觀的標準來劃分，而且必須設法從分類中獲得在語言學上有重要意義的條理化。詞類劃應採語義、形態、句法、個別語法、普遍語法的折衷主義，詞類之間的界線不一定清晰明確，而有模糊曖昧的地方，湯廷池之說傾向詞類是原型論（prototype theory）。

陸儉明（2003：30-32）認為詞的形態、語法意義、語法功能都是詞類的劃分依據，但是對漢語而言，最佳的依據是語法功能。漢語沒有嚴格意義的形態標志和變化，不適合以形態劃分，詞的意義分為概念義和語法意義，例如「寫」的概念義是「用筆在紙上或其他東西上做字」，語法意義是「表示行為動作」，以語法意義分類是可行的，但語法意義極為複雜，實際上難以操作，所以劃分詞類應該依據語法功能。劃分詞類是為了研究和講解語句組織，每個語句組織都是一種詞類序列，依據語法功能劃分詞類是科學的（呂叔湘 1990b[1955]、1990c[1979]，陳望道 1978）。語法功能的具體標準是：1.詞充當句法成分的功能，2.詞跟詞結合的功能，3.詞所具有的表示類別作用的功能，實際就是詞的語法意義。陸儉明（2003：40）製作一張脈絡清晰的分類表，展現漢語詞類的層級系統，連詞歸於「＋連接功能」的詞類。

郭銳（2004：111）針對現代漢語的詞類進行全面檢討，許多觀念跟呂叔湘、陳望道、陸儉明接近，然論述更加仔細。他認為理論上形態、語法功能、語法意義、內在表述功能都可以當劃類標準，但是必須滿足三個條件：1.能反映詞的詞類性質，即內在表述功能。2.可以觀察。3.具有全面性。就漢語而言，形態滿足了第一、第二條件，僅能作補充標準，詞彙意義或類別意義只滿足第三條件，語法功能滿足了全部條件。語法功能包括「與別的詞或詞組結合的能力（具體分布）」和「作句法成分的能力（概括分布）」。實質上，劃分詞類是根據詞的分布特徵推斷詞類性質，能出現在同一語法位置的詞是因為具有相同語法意義，[28] 換言之，詞的語法意義是制約詞的分布的主要內在原因，詞的語法意義基本上決定了詞的分布，但詞的語法意義不可直接觀察，分布可以觀察，才是劃類的根本依據。詞所佔據的語法位置是詞的分布，詞佔據某一特定語法位置的能力是詞的一個語法功能。筆者將上述的判斷程序整理如後：

表述功能（語法意義） → 語法功能 → 語法位置（分布）

郭銳（2004：233）對現代漢語連詞的劃分標準是：

1.（〈實詞〉～〈實詞〉）【聯合結構】Λ *〈句法成分〉

2. ～([〈主〉])+〈謂詞性成分〉Λ *((〈主〉～〈謂〉)|〈結構單用〉)

第一個標準指被考察的詞置於兩個實詞之間構成聯合結構，如「我和他」。第二個標準指被考察的詞用在主謂結構或謂詞性成分前面，但不能用在主語和謂語之間或單用，「而且」、「但是」只能放在主謂結構前面，不能放在主語和謂語之間，是連詞。「雖然」、「不但」雖然可以出現在主語和謂語之間，但在使用中前面或後面

[28] 分布特徵不是萬能的，郭銳（2004：132）指出分布標準的侷限有三個：1.詞性與分布不一一對應。2.表述功能的臨時轉化，如區別詞「男」、「急性」做主、賓語是指稱化（轉指）的結果。3.語法因素以外的其他因素引起的分布差異。

一定要出現別的分句或句組，也是連詞。筆者把這兩個標準概括為「連接性」與「不單用」。

上述諸家區分連詞與副詞的五種方法可歸納為「語義」、「連接性」、「不單用」、「非句子成分」、「語法位置」。

首先是「語義」特徵，眾所周知，語法詞沒有詞彙意義，連詞是語法詞，沒有詞彙意義。程祥徽與田小琳（1992）說「連詞是典型的虛詞」，因為語法詞也有不典型與典型之別，介詞從動詞演變而來，有些介詞語法化的程度不高，還帶有動詞的性質，此即語法化的保存原則（persistence），這種介詞屬不典型的語法詞，連詞是語法化程度較高的詞類，詞彙意義磨損殆盡，只有單純的連接功能，除非該連詞尚在語法化途中，才會呈現兩可情況。從表述功能來看，連詞是輔助類，具附加性質，既不是指稱，也不是陳述，亦不是修飾，在語句中只扮演調節作用，具體地說，連詞的調節作用是「連接」，只有連接性，沒有修飾性，本身「不是句子的成分」，換個角度看，除了並列連詞所連接的成分可能單用以外，其餘透過連詞連接的語句是不獨立的，「不可單用」，並列連詞的連接是一種單純的連接性，連接語句的連詞帶有關聯性，是具有關聯性的連接功能。

但是這五點特徵不是每個都可以直接觀察，例如以「語義弱化與否」來判斷連詞經常發生困難，因為弱化程度往往是意會、模稜的，主觀性較強。[29] 又如「連接性」是連詞的表述功能，表述功

㉙ 李宗江（1999：60）提到判斷新詞的產生最好依據形式標誌，僅憑上下文揣摩，難以得出肯定意見，例如「被」當被動介詞時，後面應出現施事名詞，而不是根據「被」後面接表「損害」義動詞。

能是抽象、內在的，無法直接觀察，所謂有「連接性」必須在「語法」中才能突顯。「不單用」、「非句子成分」、「語法位置」都屬語法標準，不過，「不單用」與「非句子成分」是在「語法位置」下形成的標準，也就是說某詞出現於連詞的語法位置～（[〈主〉]）+〈謂詞性成分〉Λ *（（〈主〉～〈謂〉）|〈結構單用〉），此時還無法斷定它一定是連詞（有些副詞可進入主謂之間），還需進一步判斷它所在的分句或句子是否可單用、是否是句子成分，如果確實是連詞，那麼它所在的分句或句子不能單用，也非句子成分（沒有修飾、陳述、指稱的作用）。「語法位置」對詞類有選擇限制，詞佔據語法位置的能力（即詞的語法功能）反映詞的內在表述功能。

詞的表述功能與語法意義對應，語法意義影響詞的功能，詞的功能影響位置的選擇、分布的選擇。詞的語法位置與詞的分布是外顯的，故本書採形式上可觀察的「語法位置」、「不單用」、「非句子成分」、「連接性」為判斷依據，「語義」為輔助依據。具體地說，本書討論的假設連詞的語法位置應符合郭銳（2004）的第二項標準：「用在主謂結構或謂詞性成分前面，但不能用在主語和謂語之間或單用」。此標準亦可區分連詞、介詞與副詞。

為了以清眉目，方便閱讀，現將上述諸家連詞的判斷標準列表如後。

表 1　連詞判斷標準表

	語義	連接性	不單用	非句子成分	語法位置
第一種方　法					○
第二種方　法	○				
第三種方　法		○	○		○
第四種方　法	○	○	○	○	
第五種方　法	○	○	○	○	
本書的方　法	○（輔助）	○	○	○	○

屈承熹（2005：92-93）的主張無法納入上述五種方法。他認為不必區分副詞與連詞，漢語只有極少數的詞可以算作真正的連接詞，用來連接名詞的連接詞，多半都是由介系詞轉化而來，連接子句的連接詞，多半是由副詞轉化而來的。專用做連接詞即為少數。稱為連接詞主要是因為它們只能在一個子句的句首出現，大多數的多音節副詞，除了句首之外，還可以出現在句首的名詞組（通常視為主語）與動詞之間。但是當這個名詞組與動詞間有明顯的停頓時，副詞與連接詞的區分標準似乎就不那麼清楚了。一般而言，在任何語言中，副詞和連接詞兩種詞類都會有某種程度的重疊，相較

於英語，漢語中這兩種詞類重疊的程度就高出許多，所以要將副詞與連接詞強行區分，特別是對漢語而言，不但是不可能，而且也沒有必要。屈承熹（2005：103，111-112）還指出漢語副詞可以出現在句首與主語、述語之間，一般認為這兩個位置只是結構上的變化而已。但其實是有影響的，句首副詞連接功能較強，而主、述語之間的副詞連接功能弱得多。如果有一個副詞，在這兩個位置上都可以出現，那麼在句首的時候多半是當連接詞用，在主、述語之間時多半當副詞用。

依據屈承熹之說，他雖然認為沒有必要強分副詞與連接詞，但還是用位置做了區分。而且，也顯示了連接詞與副詞之間關係密切，連接的功能是由副詞經過語法化而衍生出來。

第五節　假設連詞與複句的關係

假設含連詞引領假設複句，本節介紹假設複句的類型，及複句內部的分句性質。

一、假設複句的類型

語言內部需要連接的部分很多，連接的對象包含詞彙、短語、分句、句子、句群、段落、篇章。假設連詞用來連接分句以上的單位，前分句與後分句是順承關係，以邢福義（2001：461）的表格為例：

表 2 複句關係辨析表-1[30]

		pq 之間的關係	
		pq 順承	pq 逆承
p 同事實的聯繫	p 指事實	因為下雨，不能施工	雖然下雨，也能施工
	p 指假設	如果下雨，不能施工	即使下雨，也能施工

假設連詞與複句的關係十分密切，邢福義（2001：461-462）指出以「pq 之間的關係」與「p 同事實的聯繫」來劃分複句類型會發生衝突，參見表 3。

表 3 複句關係辨析表-2

	根據 pq 之間的聯繫	根據 p 同事實的聯繫
「因為」句和「雖然」句	不同類	同類
「因為」句和「如果」句	同類	不同類
「如果」句和「即使」句	不同類	同類
「即使」句和「雖然」句	同類	不同類

㉚ 原表格沒有表頭，此標題為筆者所訂的。

他主張按照「pq 之間關係的異同」來決定複句類型，假設句屬「因果類」複句，是「假設性因果推斷句」的簡稱，以「假設」為根據推斷某種結果。顧名思義，假設複句不是以事實為推斷前提，而是以某種「假設」，即某種「虛擬性原因」做推斷前提。而假設連詞出現在假設複句，負責連接具有假設關係的分句，換言之，假設連詞是虛擬情境的標誌。

二、假設分句的性質

「如果」是現代典型的假設連詞。王曉淩（2009：12-15、54）認為「如果」條件分句與英語類似，條件分句依性質分為「現實」條件、「違反事實」條件、「可能發生」條件。「現實/非現實」指語言本身所體現的發生特徵，是基於句子本身的區分，考察句子所表達的事件是否已經發生，不屬邏輯語義學。「現實」指已經發生與正在發生的情境，「非現實」指尚未發生或不確定能否發生的情境。「事實/非事實」涉及句子所表達的事件與真實世界（real world）聯繫，區分標準是真實世界的情況，牽涉命題的真假值，屬邏輯語義學的概念。一個事件無法得到現實世界的驗證，是「非事實」，反之為「事實」。「現實」與「事實」不對稱，「事實」一定是「現實」，「現實」不一定是事實。理論上是如此，但是落實在操作層面上有很多模糊空間，一個句子究竟是現實、非現實，有時難以分辨。

假設複句中的假設事件不管是現實或事實，經過假設後，全都變成「非現實」。

本書將假設分句 p 依「可能發生與否」分為兩類；1.可能發生，2.不可能發生。p 如果是「未來條件」，為可能發生的假設，因為未來事件還沒有發生，是有可能發生的，記作「p＝假設連詞＋未來條件＝可能發生的假設。」[31]

p 如果是「違反事實」（違反過去歷史、現在事件）或「違反自然界運作規則的條件」，就是不可能發生的假設，因為「事實/非事實」對應真實世界，既然已成「事實」就不可逆反。歷史是過去事件，已是事實，不可能重返過去改變，現在是正在發生，正在發生了也不可能變成沒有發生，而自然界的運作規亦是普遍存在的事實。這種類型記作「p＝假設連詞＋事實條件＝不可能發生的假設。」

㉛ 王曉淩（2009：53）認為未知事件屬可能發生的假設，舉例是「根據質能換算關係 $E=KM=C^2M$，如果在計算過程中產生出了莫須有的新增能量，也就必然會產生出莫須有的新增質量來。」筆者認為不能排除未知條件是不可能發生的假設，例如「如果小白兔吃了大力水手的菠菜，就可以打贏大野狼。」又如「如果我們一起大笑，玻璃就會震破。」

表 4 假設分句的分類

	發生可能性	例句
未來條件	○	如果颱風來襲，園遊會就取消。
違反事實條件（過去的歷史）		如果包青天還在，治安就不會那麼混亂了。
違反事實條件（現在事件）		如果雨停了，我們就可以出門了。
違反自然界運作的條件		如果公羊生子了，你就可以回國。

三、結果分句的性質

邢福義（2001：85-88）以「如果…，就…」為例，此句式有六種用法：1.推知，2.應變，3.質疑，4.祈使，5.評說，6.證實。「推知」表示由某種假設推知某種結果，重在客觀地展示事物的發展。結果分句一般用包含「能、會、得」之類助動詞的陳述句，也用相當於陳述句的反問句。「應變」表示由某種假設引發某種應變的行動，重在從主觀上表明態度和對策。結果分句用陳述句，反應為主觀意志所支配的行為，主語/話題一般是第一人稱的「我、我們、咱們」等。「質疑」表示由某種假設導出某種疑問，結果分句用疑問句。「祈使」表示由某種假設引出某種祈求，結果分句用祈使句。「評說」表示由某種假設引出某種針對假設情況所做的評說，結果分句對假設分句有按注作用，帶形式主語「這、那」，或能添加形式主語「這、那」。「證實」是借假設分句來誘發結果分句，以便落實說話人的某種結論。假設分句是鋪墊的東西，起提醒對方的作用，結果分句用信多於疑的問句，也用「應當是…」、「一定是…」之類陳述句。這六種用法看似清晰分明，實際操作上會遭遇不少困難，有許多模糊空間。

因應假設分句的結果分句可表示傳信（evidentiality）範疇或情態（modality），範疇。根據張誼生（2000：55）、謝佳玲（2003：57）、陳穎（2009：42），傳信表達言者對命題的現實依據的關心，包含兩個下位範疇：1.信息的實際來源，2.言者對話語的評估中體現出來的信息的來源。情態是言者對命題的觀點與態度，包含四個下位範疇：1.認知（猜測、斷定、真偽屬判斷；引證、知覺屬證據），2.義務（允許、要求、建議、忠告屬指令；保證），3.動力（潛力與意願），4.評價（預料與願望）。傳信範疇的「言者對話語的評估」與情態範疇「認知」與有所疊合，例如「推測」是傳信也是認知情態，如「如果他有空，他一定會煮飯」，結果分句是對命題的現實來源有依據的斷言，同時也是言者對命題的觀點或態度。

本書的分析全部回歸於語料，從實際的例子看結果分句的表現，有些分析或許與前賢相近，有些或許不同，有些或有兩可之解，宏觀來說都涵蓋在傳信或情態範疇內。

第六節　研究對象清單

根據筆者瞭解，多數單音假設連詞源自上古，中古或近代產生的連詞有多是以上古單音連詞為構詞語素，反映了基本連詞[32] 活力很強，它們組成各式各樣的複音詞，並以雙音形式活躍於後世，例如「若是」、「如果」等等。

每個時代各有常用詞，筆者以現代的假設連詞為參考點，然後「向上溯源，向旁擴充」，找出同屬該組的成員（有些成員可能只通行於古代）為研究對象。具體來說，將現代的雙音假設連詞的內部結構拆開來，發現不外乎是語素「如」、「若」、「假」、「使」、「倘」、「要」，這些詞在不同的時代與其他詞排列組合，擴充成許許多多的雙音假設連詞。這些詞就是本書討論的對象。

本書將研究對象進行分組，分組依據是「語義特徵」，假設連詞的來源可以歸納成某些特定語義特徵的詞語，[33] 李宗江（1999：78）提到詞彙的演變不是個別詞的孤立現象，往往是具有共同語義特徵的若干詞發生平行的變化，同一語義聚合內不只一個詞演變（包含引申和虛化）為另一類詞的現象叫「平行衍生」。平行衍生

---

[32] 本書的「基本連詞」指古漢語常用的單音連詞。該概念來自張旺熹（2005：375），他研究介詞時將現代漢語中常用的、單音節的、典型的介詞看作是「基本介詞」。

[33] 此處所謂以「語義特徵」來分組與前面提過判斷連詞的「語義」標準不衝突，因為有些連詞的來源是基於某一語義的詞語，例如「若/如」是常用的假設連詞，在實詞階段時，它們有相似的語義基礎。所謂判斷連詞時「語義」不能當主要標準的原因是，如果該連詞是語法化而來的，在演變過程中，語義會逐漸磨損，語義是內在的，判定語義磨損的程度經常帶有主觀性，必須再以其他標準來判定。

的本質是認知作用，以語義為基礎的引申和虛化所以發生是因為兩個認知域的接近。

本書的分組依據是語義來源，包含[像似]之詞，例如「若/如」組；源自[借設]之詞，例如「假/借」組；源自[使役]之詞，例如「使/令」組；源自[或然]之詞，例如「倘/或」組；源自[意志]之詞，例如「要」組；源自[極微]之詞，例如「萬一」。㉞

除了「萬一」以外，每組均以單音詞為代表，每一組的成員即單音詞的「聚合關係」，例如「若」組指以「若」為構詞成分的一系列連詞，包含若、若其、若復、若當等等。又如「設」組指以「設」為構詞成分的一系列連詞，包含設、設令、設復、設當等等。比較特別的是「萬一」，因為本身即是雙音詞，缺乏以其為語素構成新詞語，故直接稱「萬一」。

每組的單音詞代表是本書考察的焦點，本書描述單音詞從古迄今的生成、興盛、沒落、消失的過程，說明在哪些條件下展開演化，變成假設連詞。在生滅過程當中，單音詞逐漸擴展成複音詞，然後，

㉞ 呂叔湘（1990a：411-413）提到文言裡表假設的關係詞有三類：1.本來的關係詞，「若」、「如」、「苟」等，多用在主語之後。2.限制詞當關係詞，「果」、「誠」、「倘」、「或」等，多用在主語之後，大多表示未定事實，即可能實現的假設。以意義來論，「果」、「誠」、「信」為一類，「倘」、「若」、「脫」為一類。3.動詞當關係詞，「使」、「令」、「假」、「設」等，多半表示與事實相反的假設。呂叔湘（1990a：413-414）指出白話所用關係詞多沿襲文言，常兩字合用，藉以湊成兩個音綴，條件之為可能實現與否，在關係詞方面無大差別，例如「倘若」、「倘使」、「假使」、「假若」、「假如」、「如果」、「果真」、「果然」等。但白話裡最常用的是「要」字，倘若上下小句主語相同，常在主語之後，否則大率在主語之前，但是都有例外。

這些複音詞再納入討論範圍。研究的起點是單音詞，向外擴及包含它的複音詞及相關問題。現將研究對象整理如後。

表 5 研究對象清單[35]

分組	內部詞群
若組	若苟、若猶、若果、若或、若使、若令、若其、若當、若是
如組	如或、如使、如令、如有、如若、如果、如其
假組	假如、假令、假饒、假使、假若、假之
設組	設令、設或、設若、設如、設使、設當、設復
使組	正使、借使、向使
令組	借令、向令
倘組	倘若、倘使、倘或（倘或間）、倘然
或組	或若
要組	要是、要不是
萬一	萬一
共計 10 組	42 個

㉟ 清單是研究對象的總表，不提供時代的訊息。

第二章　文獻、方法與材料

語言研究是定性與定量並重，描寫與解釋並重，共時觀察與歷時探索並重。這些年來連詞的斷代或專書的描寫漸漸獲得重視，建立了穩當的共時描寫基礎，亟需補足的是歷時、整體、系統的整合討論。

本章分成三小節，第一節進行文獻回顧，述評前賢積累的成果，呈現論題開展的可能。

第二節說明研究方法。

第三節介紹主要的調查語料，附帶一提本書的漢語史分期。

第一節　文獻述評

前面已經提過在語法書的「詞類」或「複句」章節裡，有一些零星的連詞介紹，多數僅限於基礎的定義與分類，羅列連詞的特徵。比較詳細的說明散見於語法史的通論書籍，二十世紀五十年代以後，逐漸出現一批專書連詞與辨別連詞性質的著作，九十年代以後，連詞討論漸漸增多，除了繼續進行專書研究以外，還有關於連詞發展、斷代連詞與個別連詞的研究，更重要地是年輕學子撰寫了多本學位論文。①

本節的回顧焦點集中在假設連詞，依據文獻性質與論述廣狹兩個角度，分成通論研究、斷代研究、專書研究、個案研究、其他研究五個項目，進行重點、摘要式的評論。

一、通論研究

通論研究分為兩種：1.對漢語語法作縱貫式、泛論式的討論，對連詞做簡單的介紹，此類著作數量之多，浩如煙海，如楊樹達

① 徐朝紅（2008：6-11）把連詞研究分成三個階段：1898 年至二十世紀五時年代以前屬「草創時期」，基本特點是連詞名稱不定以及界限不清。二十世紀五十年代至八十年代末屬「發展時期」，基本特點是連詞基本成為一個獨立的類，並且出現了連詞專題專書的研究。二十世紀九十年代以來屬「興盛時期」，基本特點是連詞研究全面展開，出現了斷代的研究，不再是原來泛時的研究，同時利用語法理論對連詞產生的原因和機制，連詞發展的規律進行了富有成效的探討。

（2003[1928]）、裴學海（2004[1932]）、楊伯峻（1936、1981）、呂叔湘（1991[1944]）、周法高（1972）、王力（1989）、太田辰夫（1991）、孫錫信（1992）、程祥徽與田小琳（1992）、向熹（1993）、楊伯峻與何樂士（2001）、劉月華、潘文娛與故韡（2006）。2. 針對連詞作通盤式探索，數量甚少，如李英哲與盧卓群（1997）、周剛（2002、2003）。

第一類著作通常是進行現象描寫，敘述定義、類型、語法功能，抑或考察某些連詞的來源，條列一些例子，屬語文學式的描述。整體而言，此類著作對連詞（或稱關係詞）的認識比較淺顯，行文中往往只下判斷，缺乏推論的過程。其次，對連詞來源的考察點到為止，或者僅舉例介紹，有些當時認定是連詞，現在看來是錯誤的。再次，缺少提供延伸閱讀的線索，沒有羅列引用書目，讀者僅能從所舉之例得知作者採用哪些材料，無從判斷遺漏哪些材料。雖然這類的著作描寫之功多於解釋，但描寫乃研究的根本，完整的描寫為日後的研究奠下基礎。

李英哲與盧卓群（1997：49-55　）是一篇從現代漢語的角度談論連詞誕生、發展過程的概論性文章。漢語連詞的發展從上古到中古，近代到現代經歷了「少～多～少」的過程，上古時期開始形成的連詞絕大多數是單音連詞，比較集中地形成於春秋戰國時期。複音連詞（主要是雙音節的），上古時也有，但不多。到近代多起來，並形成一個複音連詞多樣化的發展趨勢，更顯示出共存與競爭（據王士元競爭變化理論）的現象，最後成為現代漢語複音連詞的定型形式。在產生連詞的上古時期就有一些連詞搭配組合使用，連詞搭配組合使用的大發展時期在近代。現代漢語中的連詞組合形式多產生於近代後期的明清時期。連詞的發展有四個方式：同義共存、同義競爭、自然淘汰、約定俗成。四個發展的特點是：1.兼職者分擔－精密化，2.同義者競爭－單一化，3.異形者更換－通俗化，4.同形者自汰－純形化。

筆者認為李英哲等揭示連詞發展的梗概，總結四個發展特點，有助於初步認識連詞的發展史。因為該文十分簡短，歸納發展特點時沒有舉出較多的例子或數據佐證，漢語連詞的發展是否真如他們所總結，不無疑問。隨著本書落實歷時性探索，驗證四個特點的正確性，可以進一步深化或補充他們的論點。

在通論的作品中，周剛（2002）為代表作。他的研究對象是現代連詞，該書第六章對連詞的產生與發展作了歷史回顧，分門別類探索常用連詞的來源，將結果繪製成表，簡單扼要，眉目清晰。從基本的定義問題到邏輯預設、關聯連詞在複句中的套用、關聯連詞在單句中的功能，並列連詞的句式、比較漢、英、日連詞的語序，論述流暢，頗具啟示。周剛整理了連詞產生的方式，包含實詞虛化、虛詞轉化、短語詞化、同義複合、鄰詞黏合、附加後綴。連詞發展的特點包含功能精密化、用法複雜化。

筆者認為雖然有些說法尚待斟酌，如採聯合與偏正關係（二分法）區分連詞，合併假設連詞與條件連詞、因果連詞與目的連詞，推論假設條件連詞「要」產生的年代是唐代等等，但是他善用邏輯學與類型學的理論，開闊研究的角度，對現代連詞作了較為完整的檢討，是值得學習的榜樣。

周剛（2003：83-88）是一篇歷時性探索的論文，他將連詞產生和發展的歷史分成五期：1.上古時期（殷商～兩漢），2.中古時期（魏晉～唐中葉），3.近代時期（晚唐～清中葉），4.近代至現代過渡時期（清中葉～清末、民國初年），5.現代時期（五四運動以後）。該文討論前四期。上古時期先後出現表示並列、連貫、遞進、選擇、轉折、讓步、假設條件、因果關係的連詞，而且大部分是單音節詞，尤其是先秦時期，雙音節詞很少，漢代前後雙音連詞逐漸增加，主要是同義複合，即由兩個語法意義和功能相近的連詞融合而成。上古前期的複句多用意合法構成，少用連詞連接。先秦時期開始出現兩個前後搭配使用的現象，複句類型基本上在上古時期奠定。中古時期出現一批新興的連詞，不但數量增加，使用頻率也提高，雙音節化趨勢開始顯露，同義複合進一步發展，固定短語凝固為雙音節連詞，近代時期系統內部新舊形式更替，產生一批新的連詞，雙音節連詞構成的手段多樣化（包含同義複合、短語凝固、臨詞黏合、附加後綴），表達口語化。過渡時期的連詞總數量劇烈增長，雙音連詞已佔絕對優勢，同義異形的連詞並存現象多，少量的文言連詞還在使用，出現緊縮形的單音節連詞。此文的立說引用了他人的統計與成果，文雖簡短，但成功勾勒了漢語發展的輪廓。

二、斷代研究

以某一個時代的語言現象為研究範圍的稱斷代研究，例如太田辰夫（2003[1987]）、香坂順一（1997[1983]）、呂叔湘（1999[1983]）、柳士鎮（1992）、董志翹與蔡鏡浩（1994）、志村良治（1995）、蔣冀騁與吳福祥（1997）、俞光中與植田均（1999）、張斌與張誼生（2000）、齊滬揚、張誼生與陳昌來（2002）、雷冬平（2008）、席嘉（2010）。

太田辰夫（2003[1987]）的書名看不出是斷代研究，但從序文及例證可知研究的區段屬近代漢語。他採用二分法區分連詞，列舉了近百個連詞（含準連詞），對其中某些連詞做了初步的考察，假設連詞方面，「假如」是由連詞「假」與「如」複合而成，唐代開始使用。「假使」的「使」原來表示使役。「如果」由「如」與「果」複合而成。「若是」是「若」加上後綴「是」，隋唐開始使用，「若是」從古以來的位置可放在主語後面，謎語前面，也可放在主語前面，比「若」有彈性，因為它是雙音節獨立性增強。「要」、「要是」的「要」在清代時從表意欲的助動詞轉為表假定。「若要」的來源不太確定。「倘或」、「倘然」出現在唐代。

筆者認為該書解說簡略，描寫居多，當中有些問題值得挖掘，例如「若要」、「要」有衍生關係嗎？因「若要」共現，才導致「要」當假設連詞嗎？值得一提的是，太田在體例上做了良好的示範，在書後分代詳列書目，引證豐富，遍及經子史集、釋家之書，方便後人進一步探究。

香坂順一（1997[1983]）研究近代漢語的白話詞彙，討論一些有特點的連詞，如「不爭」、「但若」、「遮莫」、「若還」，這些連詞具有濃厚的時代性，屬於新興的連詞。他以《水滸傳》為文本，比較《水滸傳》與《兒女英雄傳》的連詞，發現後者使用的連詞較多，但基本的意思沒有太多轉變。雖然香坂討論的連詞數量不多，有些說法可疑，因為研究做得較早，具有領頭作用。

董志翹與蔡鏡浩（1994）討論中古的虛詞，頁 185 提到「忽」為「或」的同音通假字，頁 374 提到古書虛詞當以耳治，「脫」、「倘」一聲之轉，「脫」、「倘」、「設」音近義通，譯作「如果」、

「倘若」。「一聲之轉」與「音近義通」是訓詁學的術語，表示詞語之間因為聲音相近，意義與功能也會相通的現象，即是透過雙聲來說明詞義關係。隨著學科的進步，如果僅憑雙聲關係驟下判斷，往往會流於武斷，因為有雙聲關係的詞語不勝枚舉，應該還要輔以書證。

志村良治（1995）研究中國中世語法，中世即中古時期，指魏晉至五代，以漢末與北宋初年為參考時期。志村（1995：91）表示假定的「假如」、「假使」從上古就有，複合詞「若是」出現在中古中期，可以放在主語的前面。變文的「忽然」除了當副詞以外，還可以當表示假定的連詞，相當於「如果」，根據異文顯示「儻然」、「忽然」、「天饒」在「假如」這一意思上可以互用，「忽期」也有「假如」之意。由此可見，唐代的假設連詞已經有一詞多用現象，另外，他提到「～復」從中古初期開始活躍，這些「～復」來表示「又一次」的詞幾乎沒有，可以看做是詞尾化，「復」只起給句子增加某種情調的作用。此處所謂某種情調的作用，用今天的話來說是「增加音節」的作用。

蔣冀騁與吳福祥（1997）研究近代漢語，列舉了四十多個連詞，分成十個小類，考察一些連詞的來源和發展，如假設連詞「倘（儻）若」由連詞「倘（儻）」、「若」複合而成，中古已有少數用例。「假如」由連詞「假」、「如」複合而成，始見於唐代。唐五代時，「假如」用於縱予比假設多，宋代則相反。「若是」由連詞「若」後加詞綴「是」而成，始見於隋唐。「如果」由假設連詞「如」、「果」複合而成，見於宋代，廣泛使用於清代。「要是」的「要」由表意欲的助動詞虛化而來，見於宋代，「要是」出現於清代。「萬一」源於短語「萬分之一」，六朝前後虛化為表可能性小的假設連詞。該書採摘要式、條列式的排列，所舉的例子多是常用詞，讓讀者有一個概略的認識，對本書的研究有相當的幫助。

俞光中與植田均（1999）研究近代漢語的語法，主張依據形式位置區別連詞與副詞，指出連詞具有超線性關聯和隱關聯的特色，但不表示漢語句法不嚴密，而是反映漢語的意合傾向。就使用範圍與穩定性而言，連詞分為正統連詞和非正統連詞，正統連詞產生早，書面性強，穩定性高，正統文辭和非正統文辭均為多見，一直沿用至今。非正統連詞來自口語，主要見於記錄口語的古白話著作，現今書面語多未能繼承下來。口語決定書面語，但口語經常不使用連詞，所以正統書面語對連詞的發展起著更為重要的作用。個案研究部分，討論了假設連詞「不爭」、「若還」、「還」、「但若」。

筆者認為超線性關聯和隱關聯其實是篇章的問題，換言之，俞光中等已經注意到連詞在篇章中的現象，另外，將連詞分為正統與非正統連詞，還不如改成書面語系統的連詞與口語系統的連詞，因為語言無所謂正統與否。而且，以使用範圍區分正統或非正統連詞亦有問題，因為正統連詞可出現在書面語與口語，非正統連詞也出現在口語，面對口語材料，如何判別該連詞是正統或非正統？例如頁 388 指出「假使」為正統連詞，但「假使」出現在《史記・范睢蔡澤列傳》、《佛本行集經》的對話，屬口語材料，那麼「假使」為何不是非正統連詞呢？

雷冬平（2008）統計近代漢語常用雙音虛詞有 109 例，指出以前的研究沒有注意連詞多是從短語或跨層結構語法化而來，他挑選了四組連詞進行討論，分別是「便是」與「就是」、「除非」與「除是」、「只要」與「只有」、「不管」、「不揀」與「不拘」。其中，「便是」與「就是」可當讓步、遞進、條件、選擇、假設、因果、承接、轉折等連詞，兩者互相競爭，發展速度不一，消亡與替代也不同步，「便是」從表判斷的動詞短語（漢代），詞彙化成表判斷的動詞（南北朝～現代），又語法化變成表肯定、強調的語氣副詞（南北朝～清代），再語法化成表讓步、遞進等連詞（南北朝～清代）。「就是」起源比較晚，從表判斷的動詞短語（唐宋時期），詞彙化成表判斷的動詞（元代～現代），又語法化為表肯定、強調的語氣副詞（元代～現代），再語法化成表讓步、遞進的連詞（元代～現代）。該書的文獻回顧介紹清晰，條理分明。不過，說明上略有瑕疵，例如「便是」與「就是」在什麼條件下發展出多種連詞用法，文中沒有解釋。

席嘉（2010）完整討論近代漢語的連詞，逐一進行個案討論及數量統計。假設連詞部分，考察了假類、若類、倘類、或類、萬一、否則、不然、不麼、可中、把似、比似、比及、不爭、還。假設連詞的來源，源自動詞者如：設、比及，源自副詞者如；或、儻、必、萬一，源自跨層組合者如：若還、如果、若也，源自組合同化者如；還、要。頁 189 指出近代漢語使用的假設連詞有 80 多個，常用的約 10 個，其中使用頻率最高的是先秦出現的若、儻及宋元產生的要。另外，他注意到假設連詞與讓步連詞之間有關係，認為是假設連詞演化成讓步連詞，相對於假設而言，虛讓是在原功能基礎上附加了讓步，這是來自語境，他考察了一批假設連詞形成的時間，發現讓步連詞多數比較晚出，證明兩者之間的演變關係。

筆者認為該書甚為詳盡，提供計量表格，給予讀者完整的初步認識。因為調查個案量多，難以逐一討論演變始末，故有些詞語沒有考證，再者，許多的陳述蜻蜓點水，過於簡略，例如頁 216 提到由動詞演化的假設連詞有：假、借、設、若、如、使、令、比及等等，真正討論的只有「設」與「比及」兩例，這樣的處理會讓人以為上述假設連詞的演變途徑全部相同。根據筆者的瞭解，像「若」與「如」不是直接從動詞演化的，因之，上述假設連詞並非全部走相同的演變路徑。

另外，楊榮祥（2005b）與王進超（2009）曾對近代漢語連詞的研究作了評論。楊榮祥（2005b）認為近代連詞研究有待加強的有六個方面：1.如何判定近代連詞，包含連詞與副詞、介詞的劃界，及非單音節連詞的判斷標準。2.近代連詞的確切數量。3.同義關係的連詞相互消長興替的狀況。4.重要連詞的來源及發展演變。5.連詞搭配使用的規律。6.連詞在複句中的作用及其與複句發展的關係。王進超（2009）認為近代漢語跨度很大，各時期使用的連詞有不同還不確定，漢語發展過程中的借字、借音等也會影響連詞發展。

目前為止，斷代的研究偏重於近代連詞（現代連詞的架構在近代大致底定），上古與中古連詞的研究較少。目前投注心力最多的近代連詞，成果仍嫌不足，更何況更為久遠的上古、中古連詞？填補研究的空缺是後學者應努力的目標。

屬於斷代研究的學位論文為數不少，幾乎都出自中國的研究生，如曾曉潔（2003）研究隋以前漢譯佛經雙音連詞，范崇峰（2004）研究魏晉南北朝佛教文獻連詞，何鋒兵（2005）研究中古漢語連詞，席嘉（2006）研究近代漢語連詞，張莉（2007）研究明清時期山東方言假設連詞，白君堂（2007）研究現代漢語連詞，徐朝紅（2008）研究中古漢譯佛經本緣部連詞，謝洪欣（2008）研究元明時期的連詞。這些論文當中，徐朝紅、謝洪欣各具特色。

徐朝紅（2008）除了描寫本緣部連詞以外，還挑選七個有代表性的連詞考其來源，有助於瞭解中古連詞的流行狀況。例如副詞「脫」與連詞「脫」沒有漸變的過程，而是突變的過程，這是因為「類推」的影響，或然性副詞變為連詞是連詞產生的一個規則，並形成一種範式結構，中古時代，或然性副詞「脫」與「倘」雙聲，導致它們意義相通，功能相近，於是「脫」變成假設連詞，它的成詞能力強，構成了「脫若」、「若脫」、「脫或」、「如脫」。

筆者認為徐朝紅考證的詞語雖然不多，但用力甚深。不過，文中仍有值得考慮之處，例如引用段德森（1991）「或然性副詞變為連詞是連詞產生的一個規則」一說，根據筆者的查證，段德森的文章僅羅列出一些他認為的演變規則，缺少推理過程，為何為有這種變化？徐朝紅也沒有說明。

謝洪欣（2008）有四點重要的發現：1.元明的複音假設連詞佔很大比例，有一部份是同義複合而來。2.此時的連詞有所繼承又有發展。3.假設連詞的變化似乎不是很大，都是以「若」類為主流，「還」、「若還」、「如還」只出現在元雜劇，「不著」、「要著」具有山東方言特色，「如」的使用頻率逐漸上升。4.一義多詞現象突出，分工不明。在讓步連詞部分，「就算」在明代已經出現，從短語凝固成詞。導致發生變化的關鍵是「算」從動詞「算 1」到泛化動詞「算 2」，再到語法單位「算 3」，語義逐步虛化。然後，在重新分析、類推、語境、認知因素的影響，導致「就算」發生詞彙語法化。

筆者認為該書描寫多於解釋，在有限的語料中，把元明的連詞做了較完整的介紹。當中有些說明仍有疑慮，例如他認為假設連詞「倘或間」的「間」是後綴；「倘忽」是「倘或」的音變，「忽」為「或」的同音假借，沒有列出證據。另外，有些詞語的演變僅是一語帶過，缺乏深入探討。

三、專書研究

專書研究著重窮盡式靜態描寫，是瞭解斷代平面的基石。累積愈多的專書成果，愈有利於建構語言系統。從胡竹安（1961）開始，專書研究漸漸增多。90 年代中國社科院語言所規劃的「九五」重點課題，進行古代漢語及近代漢語專書語法研究，由河南大學出版社出版一套叢書，成果斐然。此類論著篇幅眾多，對平面的語法現象描寫周詳，如何樂士（1989）研究《左傳》語法，廖序東（1995）研究《楚辭》語法，馮春田（2003）研究《聊齋俚曲》語法，胡竹安（1961）、陳衛蘭（1997）、吳福祥（1996、2004a）研究敦煌變文語法，陳衛蘭（1998）研究《兒女英雄傳》語法，吳福祥（2004b）研究《朱子語類》語法，崔立斌（2004）研究《孟子》語法，姚振武（2005）研究《晏子春秋》語法，王麗（2006）研究《洛陽伽藍記》語法，周生亞（2007）研究《搜神記》語法②，刁晏斌（2007）

② 雖然我們根據研究對象把周生亞（2007：9）歸入專書研究中，但根據他的認知（頁 5），他將今本《搜神記》的語言視為魏晉時期的語言，也就是說不必將今本《搜神記》的語言視為專書研究，而應視為斷代研究。

研究《三朝北盟彙編》語法，高育花（2007）研究元刊《全相平話五種》語法等等。

胡竹安（1961）是年代較早的一篇有關敦煌變文雙音連詞的文章，討論的假設連詞有「或若」、「若其」、「若也」、「如或」、「如若」、「忽若」、「忽然」、「忽而」、「忽期（其）」、「倘若」、「倘或」、「倘期（其）」、「可中」、「可料」、「只要」。得出的結論有四：1.用同義詞構成的連詞數量相當多。2.連詞既能放在主語之前，又能放在謂語之前的現象已經比較普遍。3.複句中成對的關聯詞（連詞和連詞，連詞和副詞）連用已大量出現，而多數跟現代漢語相當。4.在偏正複句中已出現帶有連詞的偏句在後的語序。

吳福祥（1996、2004a）描寫了敦煌變文五十多個連詞，假設連詞有「若」、「若是」、「若也」、「必若」、「或 2」、「儻/償」、「儻若」、「忽」、「忽然」、「忽爾」、「忽若」。將結果繪製成表，呈現連詞的類別、用法、頻率、構成方式。漢語連詞在唐五代的變化和發展中，突出的表現在系統內部新舊形式的興替、雙音形式的遽增以及口語化趨勢的出現。敦煌變文連詞的主要特點是：1.雙音連詞的構成方式有同義複合、詞彙黏合、詞組凝固、附加後綴四類。2.絕大部分的連詞是不定位的。3.連詞經常和相關的副詞、連詞相呼應，構成相當於現代漢語關聯詞的形式。4 主從關係複句中已出現帶有連詞的從句後置於主句的語序。5.連詞大都由實詞虛化而來。6.同一語法意義往往有很多個連詞來表示，如假設連詞有「可中」、「或若」、「若或」、「如或」、「若也」、「若是」、「若使」、「若令」、「若其」、「倘若」、「倘如」、

「倘其」、「倘或」、「必若」、「必其」等形式。該書傾向於描寫，雖然舉證不多，也達到周遍的目的了，是瞭解敦煌變文連詞的重要代表作。

周生亞（2007）提到《搜神記》連詞的語法特點有三：1.同類連詞用法有別。2.不同類的連詞由於使用特點不同，則其所連接的成分也不盡相同。如假設連詞「使」連接句子，「如」連接謂詞性成分。3.由於連詞在句中的位置不同，各種連詞所擔負的作用也不相同，可再分成三類，即提引作用、回應作用、銜接作用。《搜神記》連詞的發展有四個方面：1.出現一批複音連詞。2.新老連詞並存，反映詞類發展中的交替、漸變過程。3.語言發展強化了連詞的語法特點，促進連詞與介詞的分化進程。4.連詞本身的語法特點不斷地變化。上述的結語雖然是基於《搜神記》，但是周生亞注意到同類連詞與內部的差異，與不同類連詞的差異，做到向上溯源，發現連詞功能的擴展與變化，是其優點。

近些年專書研究依然蓬勃發展，出現為數甚多的「某書虛詞研究」，或者縮小範圍，談「某書連詞研究」的學位論文，前者著重專書虛詞系統的描寫，連詞僅佔一個部分，廣度、深度有限，後者專以連詞（甚或是某一種連詞）為對象，描述深入。這些論文都有一定的幫助，其中與本書主題直接相關的有溫振興（2003）研究《搜神記》連詞，張愛麗（2005）研究《宋書》連詞，于麗娟（2006）研究《梁書》連詞，孫琦（2006）研究《顏氏家訓》連詞，鄖新花（2006）比較佛經與《論衡》連詞，楊泠（2007）比較《左傳》與《史記》連詞，征文平（2007）研究《水滸傳》連詞，白鈺（2007）研究《荀子》連詞語法化，何鑫（2007）研究「元曲四大家」雜劇連詞，李麗艷（2007）研究甲骨文連詞，彭笠（2008）研究《孟子》連詞，王月婷（2008）研究《新校元刊雜劇三十種》連詞，孫懷芳（2008）研究《金瓶梅》連詞等。

另外，張相（1955[1953]）、蔣禮鴻（1997[1962]）所編的詞典提供了部分連詞用法、例證、複合方式等資訊，也值得參考。

四、個案研究

相較於其他連詞的討論，專門討論假設連詞的個案較少，例如何鋒兵（2004a、2009a）談「若一」、「邂逅」、「如其」，解植永（2006）談佛教文獻的「若也」，鄭麗（2008）、陳麗與馬貝加（2009）談「使」的虛化，高婉瑜（2008、2009a、2009b，2009c，2009d、2009e）討論漢文佛典的「若」、「假」、「設」、「令」、「使」、「果」、「如」的語法化來源與過程，辨別「一旦」、「忽」、「萬一」是否為假設連詞。

鄭麗（2008）認為使令動詞「使」常出現在兼語式，兼語式中「使」的意義主要有三種:命令義、致使義、容許義，這三種意義形成一個意義逐漸虛化、動作義不斷減弱的序列，這種語義變化與其處於兼語式的句法環境密切相關，假設連詞「使」是表「容許」義的動詞「使」的進一步虛化，它的假設義來自于語境。

高婉瑜（2008）考察了五個假設連詞，其中「使」的演變推測與鄭麗（2008）有些不同。該文認為就數量來看，「若」是活力最強、數量最多的假設連詞，「令」、「假」、「使」、「設」數量較少。就雙音類型來看，單音節假設連詞主要採用「近義連用」形成雙音節形式，例如「假設」、「假令」、「假使」、「設令」，只有「若復」是派生形式。就位置來看，五個假設連詞大多數出現在前分句句首，少數出現在前分句主語後、謂語前，「若」出現在前分句主語後的情形又比其他四個連詞多。就語法化的演變來看，佛經假設連詞承繼於上古，除了「假」在先秦很少單獨當假設連詞外，其餘四個都有單用之例。「使/令」是平行的變化，語法化的條件包含「語法位置改變」、「語義基礎」和「語境影響」，它們在「使役」的語義基礎上，透過語法位置和經常出現在假設語境中變成假設連詞。「若」在「好像」的語義基礎上，由動詞變成副詞，再進一步變成假設連詞。

陳麗與馬貝加（2009）認為「使」在語法化的過程中，句法結構和語義結構的發展是關鍵，首先是表結果關係的複句的出現，為「使」發展成為假設連詞提供了句法前提，「使」在虛化的過程中，所在本小句的結構類型也不斷擴大，其次是語義結構的發展，主要表現為 S 的消失，N 的擴展（由表人名詞發展到抽象名詞）和 V2 實現可能性的弱化，最後是時間因素的影響，主要聯繫的是事件和人物的變化，語境的作用亦影響「使」的虛化。該文將「使」的變化描述詳細，由於是平面性的陳述，對於條件之間發生的先後順序則未說明。

五、其他研究

凡是涉及連詞的相關研究，無法涵蓋在上述四類者，歸入其他研究，像複句的討論常會涉及連詞，如王維賢（1997[1982]）、邢福義（2001）、劉潛（2003）、孟凱（2004）、何鋒兵（2004b）、連佳（2006），從單句、套用關係觀察連詞的有張斌與張誼生

（2000），研究方言假設連詞的有張莉（2007），研究假設性虛擬範疇的有羅曉英（2006），從篇章、關聯角度談連詞的有廖秋忠（1986）、周剛（2005），③ 連詞的特點和歸類的有鄧福南（1982）、鄭軍（2002），④ 研究句間連詞與句類的互選機制的如張寶英（2008），談連詞在漢語雙音化後的走向原因的有何鋒兵（2009b），介紹虛詞或連詞研究成果的有劉繼超（1988）、鄭軍（2004）、張春秀與李長春（2007）、于娜（2007）、高志勝（2008）、王進超（2009），還有許多從對外漢語教學、跨語言對比、從單句、句群或段落、從連詞分布及共現角度討論連詞的文章，汗牛充棟，便不一一列舉了。

張斌與張誼生（2000）發現每一種連詞的套用模式和能力不相當，有些連詞的套用受到很大的限制，依照限制程度的大小排列是：取捨關係＜選擇關係＜遞進關係＜連貫關係＜並列關係、條件關係＜目的關係＜讓步關係＜假設關係＜轉折關係＜因果關係。連詞的表述功能是連接，研究連詞理應重視它與其他成分的關聯性，以及它與其他連詞之間的共現關係（共存限制），周剛（2002）也注意到這個現象，可互相參照。

何鋒兵（2004b）發現選擇複句和假設複句的關聯詞有交叉使用的現象，例如「或」、「若」、「其」、「將」、「如」、「且」、「抑」。交叉運用的原因有三：1.語境方面，未定選擇和假設運用

---

③ 陳垂民（1980）〈談關聯詞的幾個問題〉，《中國語文通訊》4 期，因未見該文，故不列入「參考與引用文獻」。

④ 鄧福南（1982）〈漢語連詞的語法特點及幾組的歸類問題〉，《求索》2 期，因未見該文，故不列入「參考與引用文獻」。

的場合是類同，都是面臨幾種可能情況所使用的句型。2.邏輯方面，兩者有相通性，都表示非事實的可能性，非肯定的傳疑性是邏輯上的共性。3.關聯詞方面，它們是引導非真實的可能，是具有傳疑性的詞語，這點是最重要的因素。至於「寧」沒有交叉的現象，是因為它帶有很強的主觀意願色彩，與假設之意不兼容，故不能表示假設關係。筆者認為該文注意兩種複句的關聯詞有關係，觀察敏銳，在邢福義（2001）三分系統裡，假設複句與選擇複句同屬並列複句，前後分句關係是對當的，因為兩種複句具有未定之意，也就是「傳疑」的性質，通過這個橋樑，兩者的關聯詞可以交叉運用。

何鋒兵（2009b）發現現代漢語高頻詞中單音詞占很高比例，而且一個詞的使用頻率越高，它是單音詞的可能性就越大。但是置於句首用於連接小句，充當篇章主位的「可是」、「如果」等連詞不符合這個規律，它們使用頻率極高，卻有著強烈的雙音化傾向，主要是因為現代漢語雙音節音步的韻律特點，反觀另一類不當篇章主位的連詞雙音化傾向并不顯著。該文另闢蹊徑，從篇章與韻律的角度解釋「如果」等雙音連詞形成的原因，觀點新穎，論述有理。

六、小結

漢語連詞的研究迄今已經獲得一些成果，有前人的努力，後人才有進步的可能。然而這些文獻的背後隱藏著一個根本的問題：研究依循的方法論。學習需要循序漸進，研究亦是如此。試問：語法詞的研究具有何種方法論？連詞的研究需遵循何種指導方針來進行？語法詞的演變研究需要做到哪些環節？採用什麼方法執行？這些問題將於下一節討論。

跳開總體的方法論，目前的研究結果還有些細節尚待加強。

首先，研究成果分布不均。綜覽漢語連詞的文獻，數量上蔚為可觀，似乎是語法學的一個熱門焦點。如果仔細地看，不難發現當前的成果分布不均，有所偏重，例如備受注意的子類是並列連詞，單一連詞的研究僅限於某些特定的連詞，忽略其他個案。雖然研究數量豐碩，卻侷限於某些對象或問題，研究層面狹隘，開展度不夠，做了局部，未及全部。

其次，新論題的開發不足。舊的基本問題如連詞的界定、判斷方法、分類，討論的沸沸揚揚，雖有分歧，但大抵凝聚了一些共識。相對於老生常談的論題，新問題的挖掘相形遜色，例如基礎的研究，包含個案的歷時考察，一詞多用的條件，非語法化而成的單音連詞從何而來，連詞內部是否存在語法化的層級問題，連詞子類的內部是否存在詞彙興替的關聯，大至漢語連詞的發展預測，連詞共現、套用的順序規律等等。凡此種種，有待繼續耕耘。

再次，描寫與解釋各有不足。⑤ 雖然討論的角度逐漸開展，有多篇文章嘗試從認知、語用、韻律、複句、篇章、分布、邏輯等

---

⑤ 何謂解釋？石毓智與李訥（2001）一書中，蔣紹愚的序提到解釋包括幾個方面：1.尋找各種語言現象產生和發展的原因。漢語史研究的任務不僅要正確地描寫出各種現象何時產生，如何發展，而且要說明它為何在此時產生，為何朝這種方向發展。2.揭示語言發展的機制。各種不同的語言現象是在不同的時間產生，又沿著不同的途徑展的，影響它們的因素也是各不相同的，但是有一些語法演變背後可能有共同的演變機制。3.探求語言發展的規律。探求漢語本身歷史發展的規律，拿漢語的歷史發展和世界上其他語言來進行比較，如果能找到共同的東西，就能找到更有普遍意義的規律。蔣序語重心長，發人深省。朱曉農（2008：31）認為科學對物相的解釋包括五個方面，A.指明時間順序，即找到來源，追到底就是本原。B.指明因果關係，追到底就是本因。C.指明構成成分，

觀點解釋連詞的現象，取得了相當的成果，但是跟描寫性的文章比較起來，解釋性文章的數量顯然居於下風。即使是描寫本身，多數側重於共性描寫，殊性的描寫少。不過，值得慶幸地是除了共時的描寫以外，近些年有關聯詞的歷史發展、語法化的過程已獲得研究者的注意。

對照中國連詞研究的狀況，無論是品質上還是數量上，台灣的連詞研究顯得孤零冷清，根據筆者的檢索，討論的範疇是漢語（沒有專門討論古代漢語），在題目或關鍵詞標示連詞、連接詞的學位論文有 16 本，涉及關聯詞語的有 5 本，全部聚焦在教學層面。即使放寬限制，題目標示虛詞研究的只有 5 本，4 本是專書、專題研究，1 本是教學研究。關於連詞的期刊論文不多，相關的語言學論文有 15 篇，談關聯詞語的僅 1 篇，談虛詞研究的方法有 1 篇。⑥ 此外，高婉瑜 2008 年的國科會計畫是「佛典假設連詞研究」，分別在兩岸的學術會議上發表了 6 篇有關假設連詞的論文（高婉瑜 2008、2009a、2009b、2009c、2009d、2009e）。

追到底就是元素。D.指明所屬系統，指出他在系統中的地位以及他跟其他成分之間的關係。E.指明系統運轉時各成分之間的作用，即機制解釋。A、B 是歷時解釋，C、D 是共時解釋，E 是對 D 的動態描寫。故解釋不僅僅限於原因和機制，對於來源和分布也應該提供解釋。由上可知，描寫是基礎，描寫之後要提出解釋。解釋可以從多個角度切入討論，這方面的研究已經有人開始進行，然仍顯不足，故描寫與解釋應該並重。

⑥ 2009/12/29 查詢國家圖書館「全國博碩士論文資訊網」（http://etds.ncl.edu.tw/theabs/index.html）與期刊文獻資訊網之「中國期刊篇目索引」（http://readopac1.ncl.edu.tw/nclserialFront/search/search.jsp?search_type=sim&la=ch）。

筆者認為所有的詞類沒有輕重之別，只要認識不夠就值得繼續研究，如前所言，或許有些聲音認為連詞很簡單，研究價值不如動詞、介詞、副詞，然而我們已經瞭解「簡單的連詞」嗎？還是掌握的工具、方法不全，加上態度不正確，障礙了進一步剖析「表面看似簡單，其實大有學問的連詞」呢？李白《將進酒》：「天生我才必有用。」萬事萬物都有用，端視一心而已。簡單的連詞其實不簡單，有許許多多的謎題需要釐清，漢語連詞是一塊值得開墾，但開墾不足的土地，有待更多學人勞心勞力了。

第二節　研究方法

隨著問題的不同，解決方法有別。仔細地說，本書的研究方法包含「比較分析法」、「語義背景分析法」、「歸納法」、「統計法」、「演繹法」。整體而言，本書是「定性與定量」、「描寫與解釋」、「共時與歷時」三組方法的交叉揉合。

比較分析法與語義背景分析法是虛詞意義的基本方法。前者是人類認識客觀事物最原始、最基本、最有效的方法，對照兩個或兩個以上的事物，找出它們的共同和相異的邏輯。後者研究某個虛詞能在什麼樣的上下文或語境出現、使用，不能在什麼樣的上下文，或者說語境裡出現或使用。換句話說，是通過具體分析某個詞語或句法格式在意義上或用法上的特點（陸儉明與馬真 1985、陸儉明 2003、馬真 2003）。

這兩個方法適用於異類詞和同類詞辨別。如果兩者是異類詞，像是副詞與連詞的糾葛，利用「有無的比較」可將兩者劃分開來。

例如「就」是連詞還是副詞？比較「如果下雨，比賽就延誤」是標準的假設複句，「下雨，比賽就延後」假設語氣消失，若要維持是複句，可添加因果連詞或假設連詞，若不添加連詞，複句變成兩個單句。「如果下雨，比賽延後」刪除「就」不妨礙此句是假設複句。透過分析發現「就」不是連詞，應是副詞。如果兩者是同類詞，亦需要兩種分析法辨別，同類詞彼此的關係可能是歷時的詞彙興替，可能是共時的競爭，即使是詞彙興替，也有新舊詞語處在同一共時平面的情形，在同一個共時平面運用這兩種方法來分析，不難察覺它們仍有差異，例如雷冬平（2008：196-220）考察「便是」與「就是」，發現兩者的歷時興替關係不平衡，表讓步的「便是」生命力最強，到現代漢語才完全被「就是」取代，其他功能的「便是」較早就被替換了。

歸納法是描寫階段的主要方法，在整理語料的過程中，透過歸納法將同類的演變收束在一起，方便日後的統計。統計法和定量分析搭配使用，根據不同的情況，統計觀察語料中連詞使用的數量，統計法之所以重要，是因為該詞若要發生語法化，必須有頻率的支持，質變建立在量變之上，如果要推測一個詞語的語法化時間，應該重視數量的變化。為了方便讀者掌握不同數據的差異，筆者將零散的數據組織成圖表呈現。演繹法是解釋階段的方法，朱曉農（2008）一再強調演繹邏輯才能有效提供解釋。歸納法運用在封閉的系統中，整理語言現象的細節，屬共時性與描寫性的工作。演繹法站在比較高的角度，解釋演變規律的可能性與有效性，屬於歷時與解釋層面的工作。

另外，還有三組操作方法。

所謂定性與定量的方法，前者屬探索性研究，是發現問題的過程，能夠指出事物發展的方向與趨勢，定量分析是對數據經過統計的處理，從中發現數據表示的意義。定性是定量的基礎，定量補定性的不足，兩者相輔相成。本書對語料的觀察採取完整的過濾，選擇符合條件的對象，逐一檢視對象之後，發現問題，針對問題進行定量的統計。例如問題是「假設連詞 A 與 B 是否存在區隔呢？」逐一調查文本的 A 與 B，進行數據統計，分析不同假設連詞連接功能上的差異，差異的比例多高？什麼時代產生差異？凡此種種，都需要定性與定量的配合。

描寫與解釋是語言研究的一體兩面。描寫是針對一個語言現象進行全面描述的工作，調查、收集、分類、描寫，歸納語言現象，找出現象發生的時間，敘述發展狀況。描寫是解釋的前置作業。所謂解釋，本章註解 5 引蔣紹愚、朱曉農的意見，解釋是針對描寫的現象提出說明，揭示造成現象的原因、機制與發展規律。準此，本書的定性研究屬描寫現象的過程，發現問題之後，利用定量等方法蒐集證據，提出合理的推測與解釋。

共時（synchronic）與歷時（diachronic）是索緒爾（Ferdinand de Saussure，1857-1913）提出的一組概念，就語言現象本身而言，狀態（共時）和變化（歷時）往往交織在一起，演變和狀態是語言現象同時具備的特點，語言狀態無疑就是歷史現實性在某一時期的投影。共時是同質的、靜態的，歷時是異質的、動態的（Saussure 1985：121）。Saussure 把共時與歷時對立來看，受到許多學者的批評，沈家煊（1999：17）便認為語言現象本身無所謂「共時/歷時」的區別，之所以劃分「共時/歷時」，是為了研究語言的方便，或者是一種科學上的「抽象」。實際上，語言的「共時」平面往往會出現大量不一致的「變異」現象（variation），追究原因，是語言歷史演變的「不平衡性」在「共時」平面上投影。如果共時研究的目標不僅是描寫語言現象，還要解釋語言現象，那就不能不把共時研究同歷時研究結合起來。由上可知，解釋語言現象的前提是共時與歷時的結合，漢語連詞多數從實詞語法化而來，每個詞語發展的速度不同，導致共時平面上呈現變異與分歧，所以必須結合共時與歷時，建立兩類連詞完整的演變系統，才能針對現象，提出有效的解釋。

第三節　觀察語料

漢語史的研究重視材料的性質，應先明辨口語、書面語、文言、白話之別。呂叔湘（1985）認為秦以前的書面與漢口語的距離不至於太大，漢魏以後逐漸形成一種相當固定的書面語，即後來所說的「文言」。郭錫良（1997b）提到研究漢語史最基本的材料是歷代的書面語，弄清歷代書面語同口語的關係是研究漢語史的前提條件。口語和書面語是一種語言的兩種變體，兩者的差異在於口語是通過口耳相傳的耳治語言，書面語是讓人閱讀的目治語言。徐時儀（2007：3）總結說口語是語言的自然形式，書面語是口語的加工形式，書面語並不是口語的原始形態的實錄，而是口語經過提煉加工的書面形式。漢語的書面語有文言和白話兩個系統，一為在先秦口語基礎上形成以先秦到西漢文獻語言為模仿對象的文言系統，一為在秦漢以後口語基礎上形成的古白話系統。

周俊勛（2009：9）把中古漢語的口語、書面語、文言、白話的關係繪製成表：

表 6　口語、白話、文言關係表

	東漢～隋	唐	唐宋五代
口語	a	b	c
白話	A	B	C
文言	W1	W2	W3

代表三個階段口語的 a、b、c 可能是不同的，白話與口語平行發展，盡量反映口語的真實面貌，因此代表三個時段的白話 A、B、C 可能存在差異。其次，a、b、c 之間是變化的關係，A、B、C 反映 a、b、c，所以 A、B、C 之間也應該是變化的關係，而不是從量變到質變的關係。

周俊勛（2009：9-10）提到書面語材料的文言與白話系統，理論上存在四種情形：1.言文一致。2.言文基本一致，以口語為主，摻雜一些文言成分，如支讖的譯經、敦煌變文、禪宗語錄。3.基本脫離當時漢語實際面貌的文言文，即以文言為主，摻雜一些口語成分，如支謙的譯經。4.言文分離。第一種屬白話，第四種屬文言，漢語的書面材料幾乎沒有嚴格意義上的純粹文言和白話，第二類與第三類代表了整個漢語書面語。[7] 他整理了東漢～隋的白話材料，有佛典、小說、樂府詩、北朝民歌、尺牘、契約文書，唐代的白話材料有白話詩詞、唐傳奇、傳記。晚唐五代的白話材料有敦煌變文、禪宗語錄，他還認為中土文獻能充分反映中古漢語特色的材料非常單薄，大宗的材料是漢譯佛典。

朱慶之（1992：1）前言提到：

> 一般而論，所有的歷史文獻都可以成為語言史研究的材料，但並非所有的歷史文獻都具有同等的語言史料價值。語言史研究對於史料的價值取向在於他能夠全面真實地反映當時語言的實際面貌。這就要求理想的語料應具備以下的條件：1.內容具有廣闊的社會文化生活覆蓋面，2.語體，不過於典雅而含有較多的口語成分，3.基本保持歷史原樣，年代大致可考，並具有充足的數量。

書面語的文言與白話系統的問題影響漢語史分期，蔣紹愚（1994）認為漢語史的分期必須根據口語的狀況，歷史上的口語只能通過那些反映口語的書面語來瞭解，也就是白話系統。簡單地說，漢語史的分期應以白話系統的語音、語法、詞彙特徵為依據。

---

⑦ 一般認為漢代以後的漢語文言逐漸分離，蔣紹愚教授在 2009 年 12 月 6 日的來信中，告知「漢魏時的文言不能說言文完全分離」。

分期問題目前仍是眾說紛紜，分期的標準有語音、語法與詞彙，因為每人所持的標準不一，加上語音、語法、詞彙的變化速度不同步，[⑧] 諸家分期隨之有別。志村良治（1995：4）註解 2 提到：

> 史的劃分必須根據漢語發展的內部規律進行，但絕非容易做到。漢語的發展儘管受到社會發展、朝代交替的影響，但也並非完全相對應的。漢語的歷史具有詞序方面少有變化而在詞彙方面變化甚多的特色，它的發展歷史從全體上講是漸進的，但也有突然的飛躍。…如果對漢語史的時代劃分僅僅作為權宜之計的話，這種皮毛式的分法，哪一種都可以。

漢語史分期應以白話語料的語音、語法、詞彙為考量，語法為核心標準，有些朝代的白話語料較少，斷代研究還沒有完全貫徹，分期只是權宜之計。本書的分期參酌王雲路與方一新（1992）、蔣紹愚（1994）之說，上古漢語指「先秦西漢」，中古漢語是「東漢～隋」，近代漢語是「唐初～清初」，現代漢語是「清初～今日」。

---

⑧ 王力（2002[1958]）第一章提到：「熟語語法、詞彙三方面來看，是哪一方面的大轉變可以認為語言發展的關鍵呢？我們認為應該以語法作為主要的根據。語法結構和基本詞彙是語言的基礎，是語言特點的本質。而語法結構比基本詞彙變化得更慢。如果語法結構發生了顯著的變化，就可以證明語言的質變了。語音和語法有密切關係（在西洋傳統的語法裡，語法是包含語音的），都是整個系統，所以語音的演變也可以作為分期的標準。一般詞彙的發展，也可以作為分期的一個標準，但它不是主要的標準。」

綜合上述，本書語料以「白話系統的書面語」為主，若是所選的語料未出現合適之例，亦擴及其他的文獻。筆者參考朱慶之（1992）的三個條件、劉堅等（1992）、蔣紹愚（1994）、汪維輝（2000）、徐時儀（2007）的分析，篩選觀察語料，整體的篩選標準包含「白話語料」、「確切的編著或譯者（翻譯團隊）」、「時代」、「散文體為主，韻文體為輔」、「內容層面多元」。

確切的編著或譯者（翻譯團隊）、時代有助於分辨各階段的異同，有些語料因為作者甚多，難以考察具體的年代，或經他人多次刪補輯錄（特別是史書語言所反映的時代複雜），增加時間定位的困難，變通的方法是採用專家審定，以可確定反映哪一朝代的語料為先。[9] 再者，編著或譯者多元，可沖淡個人風格或方言色彩的干擾。[10] 雖然韻文的口語化不亞於散文，[11] 某些特殊的連詞僅見於詩歌，但詩歌等韻文受限於字數或篇幅限制，所以在語料的選擇上有所側重，以散文體為主，韻文體為輔。[12] 內容涵蓋層面廣泛，

---

⑨ 有關這個問題，周生亞（2007：9）提出一個值得參考的概念，假如難以確定語料的年代，可以放寬標準，將該書的語言現象從「專書」轉成「斷代」的定位。如今本《搜神記》是輯錄而成的，將《搜神記》語言視為特定歷史時期的斷代語言要可靠一些，不一定要視為專書語言。

⑩ 沖淡方言的色彩的干擾是針對整體材料而言，而非個別的材料，雖然本書所用的《西遊記》、《金瓶梅》有吳語色彩，但我們著眼於它們能反映當時的白話。考察方言的連詞是個有趣的題目，但本書的立意不在方言連詞的考察，故選材方面盡可能廣泛，不集中在方言材料。

⑪ 劉堅等（1992：6）提到唐代俗講在同一部作品中，韻文部分的口語化程度又常比散文部分為高。

⑫ 楊榮祥（2005：194-195）談到近代漢語連詞薄弱的四個原因，其中一點跟語料的體裁有關。他說：「近代漢語連詞研究之所以還比較薄弱，是因為這項工

反應社會生活，避免流於單調偏頗。此外，個別的語料另有標準，如佛典除了符合整體標準以外，還要求故事性較高，因為故事體裁的語言相對通俗易懂，保存較多的口語成分。做為一本鳥瞰漢語連詞變化的論文而言，即便只能採取抽樣調查，在設定多重條件，慎選各朝的代表作品之餘，難免遺珠之憾，只要方法正確，語料的些微瑕疵尚不至於對研究結果產生巨大的影響。⑬

除了紙本語料以外，還運用資料庫協助篩選、過濾、統計的工作，本書採用的資料庫有三：1.中央研究院史語所策劃的「漢籍全文資料庫」從 1984 年開始建置，是目前最具規模、資料統整嚴謹的中文全文資料庫之一，收有經、史、子、集四部，共 460 餘種文獻。2.中央研究院資訊所與語言所詞庫小組的「現代漢語平衡語料庫」（4.0 版），收羅文學、生活、社會、科學、哲學、藝術各方

程確實存在一定的困難和難度。首先是語料的問題，從現代漢語來看，連詞多出現於書面語，口語中使用連詞的頻率實際上是很低的；書面語中，不同的文體使用連詞的情況也不一樣，一般來說，議論文文體使用連詞較多，敘事文體使用連詞較少，詩詞中則更少。研究近代漢語連詞，只能依靠反映口語的材料，而這些材料中議論文體是很少的，這就為全面描寫近代漢語連詞帶來了客觀上的困難。其次，連詞不僅是語法功能詞，也是篇章功能詞，所以連詞的研究，不僅是句法的問題，也是篇章語言學的重要問題。第三，因為連詞多出現於書面語中，所以近代漢語連詞中存在著大量的文言詞或由文言詞參與構成的複合形式，要鑑定這些連詞實際上是否具有口語性質是很困難的。第四，研究連詞不能不研究複句，而在整個漢語語法史的研究中，複句的研究也同樣是很薄弱的，這也是影響近代連詞研究難以深入的原因之一。」

⑬ 朱曉農（2008：126）對材料的運用提出精闢觀點，材料多少及其意義大小之間並不服從線性關係，而是服從對數關係。最初的材料很重要，但隨著同類材料的迅速增長，其意義卻長得有限，到了一定階段，材料再漲，意義卻幾乎不長了。根本的重點不是靠擴大材料，而是靠安排材料。

面的資料，加總詞數 4892324 個，加總字數 7949851 個，總篇數 9228 篇。3.中華電子佛典協會製作的 CEBTA 電子佛典集成（2010 年版），CEBTA 收錄《大正新脩大藏經》、《卍新纂續藏經》、《嘉興藏》的佛典。

附帶一提，本書使用「現代漢語平衡語料庫」時，是在「不限任何條件的狀況」下進行語料篩選，盡力做到全面檢視該資料庫的語料，以免遺漏重要線索。

將本書主要的觀察語料羅列成表 7，輔助語料則採隨文說明。

表 7 主要觀察語料清單

分期	時代	編著或譯者/語料名	版本[⑭]	類型
上古	周	《詩經》	《重刊宋本十三經注疏》	詩歌
	春秋	左丘明《左傳》	《重刊宋本十三經注疏》	史書
	春秋	《論語》	《重刊宋本十三經注疏》	語錄
	戰國	墨翟《墨子》	孫以楷點校，《墨子閒詁》	子書
	戰國	荀況《荀子》	李滌生，《荀子集釋》	子書

⑭ 詳細的出版項請參考「參考與引用文獻」。

	戰國	韓非《韓非子》	陳奇猷校注，《韓非子集釋》	子書
	戰國	呂不韋《呂氏春秋》	陳奇猷校注，《呂氏春秋新校釋》	子書
	西漢	司馬遷《史記》	劉宋裴駰集解，唐司馬貞索隱，唐張守節正義，《新校本史記三家注并附編二種》	史書
中古	漢魏六朝	樂府詩	北宋郭茂倩輯，《樂府詩集一百卷》	詩歌
	東漢	王充《論衡》	黃暉，《論衡校釋》	子書
	東漢	曇果共康孟詳譯《中本起經》	CBETA,T4,no.196	本緣部
	東吳	康僧會譯《六度集經》	CBETA,T3,no.152	本緣部
	西晉	竺法護譯《生經》	CBETA,T3,no.154	本緣部
	西晉 劉宋	陳壽《三國志》 裴松之《三國志注》	楊家駱主編，《新校本三國志注附索引》	史書
	東晉	佛陀跋陀羅共法顯譯《摩訶僧祇律》	CBETA,T22,no.1425	律部

	後秦	竺佛念譯《出曜經》	CBETA,T4,no.212	本緣部
	後秦	佛陀耶舍共竺佛念等譯《四分律》	CBETA,T22,no.1428	律部
	後秦	弗若多羅共羅什譯《十誦律》	CBETA,T23,no.1435	律部
	劉宋 蕭梁	劉義慶《世說新語》 劉孝標《世說新語注》	余嘉錫箋疏，周祖謨等整理，《世說新語箋疏》	筆記
	劉宋	佛陀什共竺道生等譯《彌沙塞部和醯五分律》	CBETA,T22,no.1421	律部
	蕭齊	求那毘地譯《百喻經》	CBETA,T4,no.209	本緣部
	北魏	慧覺等譯《賢愚經》	CBETA,T4,no.202	本緣部
	北魏	吉迦夜共曇曜譯《雜寶藏經》	CBETA,T4,no.203	本緣部
	北魏	賈思勰《齊民要術》	繆啟愉校釋，繆桂龍參校，《齊民要術校釋》	農書

	北魏	酈道元《水經注》	陳橋驛校釋，《水經注校釋》	地理書
	北齊	顏之推《顏氏家訓》	王利器集解，《顏氏家訓集解》	家訓書
	隋	闍那崛多譯《佛本行集經》	CBETA,T3,no.190	本緣部
近代	唐	王梵志《王梵志詩》	項楚校注，《王梵志詩校注》	詩歌
	唐	義淨譯《根本說一切有部毘奈耶》	CBETA,T23,no.1442	律部
	唐	圓仁《入唐求法巡禮行記》	顧承甫、何泉達點校，《入唐求法巡禮行記》	筆記
	晚唐五代	敦煌變文	潘重規編著，《敦煌變文集新書》	變文
	南唐	靜、筠禪師《祖堂集》	京都：中文出版社，據宋版高麗本影印	語錄
	北宋	道原《景德傳燈錄》	CBETA,T51,no.2076 京都：中文出版社，據宋版高麗本影印	語錄
	南宋	朱熹《朱子語類》	黎靖德編，王星賢點校，《朱子語類》	語錄

	元代	元刊雜劇三十種	寧希元校點，《元刊雜劇三十種新校》	雜劇
	明代	《老乞大諺解》	奎章閣叢書第九	會話書
	明代	《朴通事諺解》	奎章閣叢書第八	會話書
	明代	吳承恩《西遊記》	黃周星點評，《西遊記》	小說
	明代	蘭陵笑笑生《金瓶梅》	《繡像金瓶梅詞話》	小說
現代	清代	西周生《醒世姻緣》	《醒世姻緣一百回》	小說
	清代	曹雪芹、高鶚《紅樓夢》	其庸等校注，《紅樓夢校注》	小說
	清代	文康《兒女英雄傳》	據山東大學圖書館所藏聚珍堂初刊本照原大影印	小說
	民國	報紙、一般雜誌、一般圖書、視聽媒體、會話訪談等等	中央研究院「現代漢語平衡語料庫」	

第三章　源自像似義的假設連詞

本章處理源自像似義假設連詞歷時演變的細節，透過文獻語料的蛛絲馬跡，拼合構擬常用假設連詞的生滅遞變，屬微觀的基礎溯源工作。

第一節是文獻回顧，介紹相關的研究成果。

第二節的行文脈絡首先是推測「單音節假設連詞」的生滅軌跡與機制。

第三節描述單音詞發展成雙音詞的過程，再將雙音詞的討論內容製成表格，清晰眉目，方便閱覽。

本章的寫作目的除了清楚掌握假設連詞的發展史之外，更深刻的意涵是尋找發生的意義，完善的描寫可做為判斷來源的依據。

第一節　「若/如」的文獻回顧

專門討論假設連詞「若/如」的文章不多，現以周法高（1972）、蒲立本（2006[1995]）來說明。

周法高（1972：201）、蒲立本（2006[1995]：169-170）認為「若」、「如」有同源關係，用「若」或「如」至少有一部份原因在於方言或習慣的差異，「若」用於《左傳》、《國語》，「如」用於《論語》、《孟子》，在《左傳》中，「若」（「如果」的意思）和「和」（「像」的意思）的區別很明顯的。「若」還專門用於「若 X 何」結構，「若」可以理解為使動用法「使 X 像什麼」，表「如果」的「若」本來起源於「讓它這樣」的使動結構。在魯方言（《論語》和《孟子》中），使動意義和非使動意義沒有用形式化的手段加以區分，「如」和「若」既可以在「如果」的意義上使用，又可以在「像」的意義上使用。可以說「若」和「如」是將假設分句作為賓語支配的，但「若」和「如」同時又是非人稱的，它們沒有主語，因此應該處在假設分句的主語之前。

根據筆者的檢驗，發現《左傳》的「若/如」的用法確實不同，但是並不像蒲立本所言，四本書中當連詞的「若/如」是涇渭分明，例如《孟子》已出現連詞「若」。再者，筆者同意「若/如」同源，最後，連詞「若」源於表「像」的「若」之說亦是可信的。蒲立本之說十分簡單，沒有提出較細緻的推論過程，亦未考察演變的來龍去脈。

第二節開始，筆者擬從詞典出發，觀察「若/如」的遞變脈絡。

第二節　「若/如」的演變推測

「若」與「如」有好像之意（本文稱為「若 3/如 3」），後來演變為常用的假設連詞。

本節首先聚焦於單音節「若/如」的歷時變化。透過詞典的義項鳥瞰兩者的遞變歷程，推測發生遞變的動因與機制。接著，擴大觀察視野，檢視兩者的聚合關係（aggregation），從單音節擴展為複音詞語① 的過程，釐析雙因詞內部的結構。

學術性詞典總是竭盡可能地收集從古至今的義項，羅列豐富的詞條與例證，不過，詞典的編輯任務僅限於蒐羅義項，未能加以分辨，有些詞語的義項洋洋灑灑，蔚為大觀，研究前應揀擇歸併。根據目前頗受肯定的《漢語大詞典》，將「若/如」的義項節錄成表。

表 8 「若/如」義項對照表

義項	若	如
順從	○	○
像	○	○

① 複音節連詞可能是短語或詞，例如三音節者多為短語，內部結構是「雙音詞＋單音詞」或「單音詞＋雙音詞」。雙音節者多為詞，內部結構是「語素 morpheme＋語素 morpheme」。在不特別強調時統言為詞語。

比得上	○	○
至、到、往、去	○	○
相敵、一致	○	○
表示假設關係（假如）	○	○
表示轉折關係（至於）	○	○
表示選擇關係（或者）	○	○
表示並列關係（和）	○	○
表示承接關係（而）	○	○

由表 8 可知「若/如」有許多相似的義項，也有類似的演變過程與路徑，故將兩組歸入同一節處理。上述的義項在上古漢語時已經出現，可分為兩個層次：實詞階段與語法詞階段。

筆者將動詞「若/如」記作「若 1/如 1」（至、比得上、等同、相敵）、「若 2/如 2」（順）、「若 3/如 3」（好像），副詞記作「若 4/如 4」，假設連詞記作「若 5/如 5」。其他的連詞用法因為與後面雙音詞「若/如」組的關聯不大，故移至第九章第二節再行討論。

一、「若/如」的實詞階段

「若 1/如 1」、「若 2/如 2」、「若 3/如 3」具有語義徵性[接近]，三者是語義徵性在不同環境的變體。「若/如」出現的句法環境是「A＋若/如＋B」，A 可能是主語/話題，② B 是賓語。從語義角色來說，A 是施事（agent），B 是受事（patient）或目標（goal），動詞「若/如」強調 A 接近受事 B，或 A 向目標 B 靠近。從生命度來看，A 與 B 可以是有生物，也可能是無生物、意志、狀態。從意象圖式（image-schematic structure）來看，動詞「若/如」是「路徑圖式」（the source-path-goal schema），結構如下：

圖 1 路徑圖式

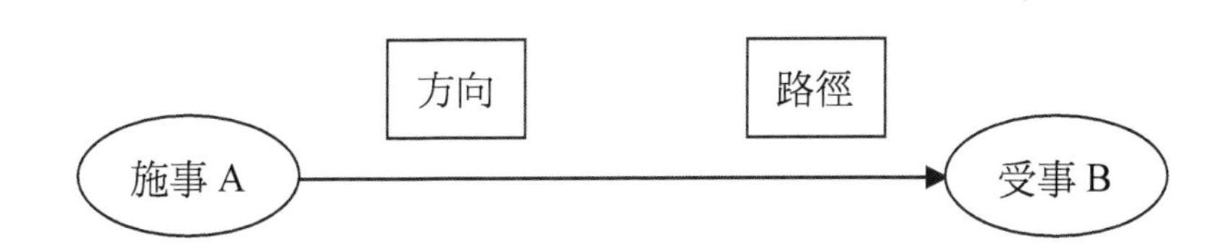

諸多義項是不同的凸顯（profile）或不同視角下的結果。

表「至」的「若 1/如 1」強調抵達終點（或目標），凸顯「終點」，語法上，表終點（目標）是單純的名詞成分。

---

② 關於主語或話題的研究很多，基本認定是主語是句法概念，作用範圍限制在一個子句之內，話題是語法、語義、言談揉合而成的綜合概念，作用可跨越單一子句的言談關係，而且話題和主語不互相排斥（Tsao 1990：171，屈承熹 2005：175-199，2006：191-215）。

由於漢語連詞的連接能力有別，有的連接句中成分，有的連接子句，有的連接篇章，像假設性關聯詞可能連接子句或段落、篇章，黃宣範（2008）說明關聯詞語的語法功能時，沒有嚴加區隔主語或話題，採用的措辭是有彈性的「主語｜話題」，本文採用黃宣範的做法，不需要區分時稱「主語｜話題」。

兩者在應用層面上有所分工，「如」表前往的動作，屬空間（space）的認知域，如《左傳·隱公六年》：「鄭伯如周，始朝桓王也。」施事是有生的「鄭伯」，動作的終點（目標）是「周」，有具體的空間位移。「若」表時間的位移，屬時間（time）的認知域，如《書·召誥》：「越三日庚戌，太保乃以庶殷，攻位于洛汭。越五日甲寅，位成。若翼日乙卯，周公朝至于洛。」施事者是無生的時間，無法發出具體前進的動作，無法產生空間位移，「若」的動詞性減弱，指時間上的推移，即到了「乙卯」。

表「比得上」或「等同，相敵」的「若 1/如 1」凸顯施事與受事之間的關係，動作的方向、路徑不被凸顯，強調兩者之間沒有距離，彼此疊合的關係，語義是「比得上」或「等同，相敵」，受事通常是簡單的名詞。

這種「若 1/如 1」與表「至」的「若 1/如 1」相關，後者表示空間或時間上 A 抵達 B，前者是在關係層面上 A 等同 B，或 A 比得上 B。《史記·扁鵲倉公列傳》：「吾有所善者皆疏，同產處臨菑，善為方，吾不若，其方甚奇，非世之所聞也。」《論語·公冶長》：「子曰：『弗如也！吾與女弗如也！』」上述兩例的「若/如」是「比得上」之意，通常出現在否定語境，受否定副詞修飾，變成「比不上」之意。又如《孟子·滕文公上》：「布帛長短同，則賈相若；麻縷絲絮輕重同，則賈相若。」《戰國策·宋衛策》：「夫宋之不足如梁也，寡人知之矣。」高誘注：「如，當也。」「若/如」是「等同，相敵」之意，因為在某個共通點上，兩者是互相匹敵、匹配的。

根據上述分析，可知「至」、「比得上」、「等同，相敵」的「若 1/如 1」之間發生隱喻（metaphor），即「空間/時間＞抽象關係」的映射。

表好像的「若 3/如 3」亦凸顯施事與受事之間的關係，不過兩者只是接近，還有距離，A 與 B 不疊合，不是匹敵的關係，即 A 像 B（但 A 不等同於 B）。例如《孟子・公孫丑上》：「凡有四端於我者，知皆擴而充之矣，若火之始然，泉之始達。」四端對我而言，就像火之始然，泉之始達，四端與火、泉不同，共通點是一旦引發觸動，便旺盛不斷。換句話說，A 與 B 不相同、不疊合，基於共通點，拉近了距離，修辭學稱為「譬喻」，「若」後的受事是「之」字短語。又如《詩・王風・采葛》：「彼采葛兮，一日不見，如三月兮。」此首詩用誇飾手法表現思念之情，一日與三月都是時間詞，長短有別，但是在相思情境中，長時間與短時間形成對比，強化了思念之深，「如」的受事是簡單的名詞成分。

根據前面的分析，「若 1/如 1」與「若 3/如 3」表達 A、B 在距離上接近程度的分別。

「若 3/如 3」除了當動詞之外，還可當副詞③。語法上，表像似義的副詞與被修飾成分（兩者構成狀中結構）跟主語/話題不在同一句，中間有逗號隔開，主語/話題在前一分句，副詞與被修飾成分出現在後一分句，就是「S…，若/如＋被修飾成分…」，如《史記・封禪書》：「文帝出長門，若見五人於道北。遂因其直北立五帝壇，祠以五牢具。」「文帝」與「若見五人於道北」位於不同的分句。又如《莊子・養生主》：「向吾入而弔焉，有老者哭之，如

③ 漢語副詞的詞類歸屬歷來有不同見解，本文姑且放入實詞範疇。

哭其子；少者哭之，如哭其母。」「老者」、「少者」與「如哭其子」、「如哭其母」不在同一分句。

亦可能副詞與被修飾成分的主語/話題隱沒未現，「若/如＋被修飾成分」直接出現在前分句，後面還有其他分句，如《左傳‧定公四年》：「聞諸道路，不知信否？若聞蔡將先衛，信乎？」「若」出現複句的前分句句首，後面還有分句「信乎」，這種情況的「若/如」出現位置是連詞常見之位，推測副詞「若3/如3」可能就是假設連詞的來源。

另外，「若3/如3」修飾的成分比較複雜，不再像「若1/如2」是修飾名詞或名詞結構，如「若見五人於道北」，第一層「見五人於道北」是動賓結構，第二層「於道北」是介賓結構當補語修飾「五人」。「如哭其子」的「哭其子」是動賓結構。

表「順」的「若2/如2」凸顯了「方向」，表示依順著動作或指令而不違逆。從文字的角度看，「若」字本義是以手順髮，順髮的動作由上而下，因之，「若」字是有具體方向的動作。「如」字本義比較抽象，透過女子聽從指令的字形傳達順從之德（許進雄2009：120-121，284）。[④]

從語言層面上說，「若」字本義少用，常用的是抽象「順從」之意，「順從」跟本義有關，是本義的引申，如《穀梁傳‧莊公元年》：「故曰於人也，以言受命，不若於道者，天絕之也。」范寧注：「若，順。」《公羊傳‧桓公元年》：「繼弒君不言即位，此其言即位何，如其意也。」這兩例「若/如」的動作性很弱，因為朝向的目標「道」、「意」並非具體空間位置，而是概念或意志，

---

④ 典籍之證可互為參照，漢班固《白虎通‧嫁娶》：「女者，如也，從如人也。」

動詞的動作性便相對減弱，凸顯的是「方向」，故有 A 依順 B 之意。

以「圖式」表示「若 1/如 1」、「若 2/如 2」、「若 3/如 3」，分別是：

圖 2 三種「若/如」的圖式

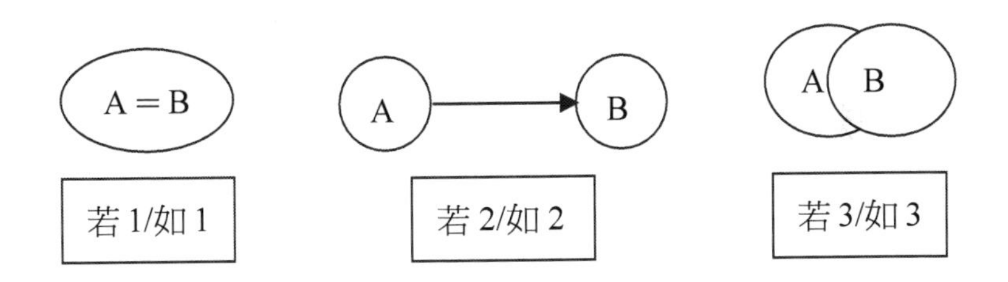

二、「若/如」的語法詞階段

根據《漢語大詞典》，語法詞階段的「若/如」共同點是可當多種連詞，針對「虛詞」編纂的專門性詞典亦有類似之說。以中國社科院語言所主編的《古代漢語虛詞詞典》⑤ 為例，認為實詞「若」與虛詞「若」為假借，頁 470 引《說文》：「若，擇菜也。」由本義引申為「選擇」，作虛詞用的「若」是一個假借字。「若」可當代詞、副詞、連詞、助詞，先秦已有用例。當連詞的情形有五種：1.並列連詞，2.選擇連詞，3.假設連詞，4.轉折連詞，5.順接連詞。

⑤ 中國社科院語言所的《古代漢語虛詞詞典》除了詞條與例證的羅列之外，對詞語的結構、出現時代有進一步的說明。

頁457「如」的解釋，引《說文》：「如，從隨也。」段注：「從隨即隨從義。…引伸之，凡相似曰如，凡有所往曰如。」「如」的虛詞義由實詞義引申而來的，可作副詞、介詞、連詞、助詞，都見於先秦。當連詞的情形有五種：1.表並列關係，2.表選擇關係，3.表順接關係，4.表轉折關係，5.表假設關係。⑥

《古代漢語虛詞詞典》⑦ 的說法有幾個疑點：1.《說文》「若」之釋義有誤，既然本義有誤，所謂「本義引申為選擇」亦不正確。2.虛詞「若」是假借字，那麼本字為何？3.根據前面的討論，實詞「若/如」依循相似的演變軌跡，為何虛詞「若」是假借而來，虛詞「如」卻由實詞引申而來，什麼因素讓後來的演變走上不同的道路？

上古時期的「若/如」已經是連詞，除了單純的連接功能以外，還表示分句之間多樣的邏輯關係。筆者認為假設連詞「若5/如5」與實詞階段可以銜接，更清楚的說，假設連詞「若5/如5」從副詞「若4/如4」演變而來，副詞又是從像似義動詞「若3/如3」演變而成。「若」的演變如1-4。

1. 夫好利而欲得者，此人之情性也。假之[人]有弟兄資財而分者，且順情性，好利而欲得，若是，則兄弟相拂奪矣。（《荀子・性惡》）

---

⑥ 王政白（2002：473-475，359）、白玉林與遲鐸（2004：266-268，261-263）也有相似的分類，不再贅述。

⑦ 中國社科院語言所的《古代漢語虛詞詞典》除了詞條與例證的羅列之外，對詞語的結構、出現時代有進一步的說明。

2. 聞諸道路，不知信否？若聞蔡將先衛，信乎？（《左傳·定公四年》）
3. 君之內隸，臣之父兄，若有離散在於野鄙者，此臣之罪也。（《說苑·臣述）
4. 有禦楚之術而有守國之備，則可也；若未有，不如往也。（《國語·魯語下》）
5. 若兵敵彊弱，將賢則勝，將不如則敗。若其政出廟算者，將賢亦勝，將不如亦勝。（《商君書·戰法》）

例 1「假之」是假設連詞，「是」為代詞，回指「有弟兄資財而分者，且順情性，好利而欲得」，「則兄弟相拂奪矣」為評斷之語。「若是」譯為像這樣，「若」在代詞「是」之前，從語法位置判斷，「若」是動詞。⑧

例 2 有兩解。「若」可理解為副詞，前面的句子是激問式疑問句，後面的句子是說話者的焦點，延續前問，提出信息。「聞蔡將先衛」是試探性提出「好像聽聞」某事情，要對方確認消息的正確性，「若」當狀語修飾動賓結構。「若」也可能是假設連詞，「聞蔡將先衛」是根據「聞諸道路」所提出的假設。

例 3「若有離散在於野鄙者」，雖然「若」出現在前分句的句首，後面接動詞謂語，與例 2「若」的位置相當，但此例的「若」沒有修飾作用，不能理解為副詞，而是假設連詞。

---

⑧「若是」的「是」不是判斷詞，根據石毓智（2001b：161）的研究，判斷詞「是」出現於秦漢之交。

例4是討論兩種可能發生的判斷句，前一複句的前分句是意合法，陳述符合條件的假設，後分句出現「則」表示事理前後相承。後一複句是形合法，表示不合條件時將採取的行動或對策，即應變的對策。此例正反兩面論述，「若」出現在前分句句首，沒有仿若、好像之意，後面接否定的動詞謂語，是假設連詞。

例5分析作戰情勢，假設「如果雙方兵力強弱相當」與「如果朝廷的決策正確」兩種可能發生的狀況，依據假設推測事情發展的結果，跟例3比較，「若」之後接的是「者」字短語，「若」亦是假設連詞。

「如」的演變過程如例5-8。

6. 仁以愛之，義以正之，如此，則民治行矣。（《禮記·樂記》）
7. 戰戰兢兢，如臨深淵，如履薄冰。（《詩經·小雅·小旻》）
8. 富而可求也，雖執鞭之士，吾亦為之。如不可求，從吾所好。（《論語·述而》）
9. 如知其非義，斯速已矣，何待來年？（《孟子·滕文公》）

例6與例1相似，「此」為代詞，回指「仁以愛之，義以正之」，「則民治行矣」是評斷之語，「如此」譯為像這樣，「如」是動詞。由例1與例6可知「若/如」語法功能相近，「若是」的結構與「如此」相同，文獻年代相近，語義亦相當。

例 7 表小心翼翼之意，「如臨深淵」與「如履薄冰」的「如」出現在動賓結構之前，副詞當狀語，起修飾作用，表好像之意。

例 8 假設正反兩種可能發生的狀況，「富而可求也」是意合的假設句，「雖執鞭之士，吾亦為之」為容認性讓步複句，「如不可求」是形合的假設句，表相反的狀況，「從吾所好」是因應前句的推論。「如」是假設連詞。

例 9 假設已經知道不合乎義，就要趕快停止，何須等待來年呢？「如」位於前分句句首，後面是動賓式謂語，結果分句採疑問句表示質疑態度，此例的「如」是假設連詞。

綜合前述，根據詞典記載「若/如」有許多相似的義項，表示有共通的語義基礎。再根據文獻證據，發現「若/如」有相似的演變過程，即「像似義動詞＞副詞＞假設連詞」。

既然共通的語義促使它們走上相似的演變道路，可知社科院《古代漢語虛詞詞典》所謂「虛詞若是假借而來，虛詞如由實詞引申而來」不太合理，縱然後來有少數的假借之間偶然有意義的牽連，但假借基本上是聲音的關係，而非意義關係，故此處不宜說成「假借」，筆者認為這個變化是語法化現象。

三、語法化蠡測

根據前面的討論，可知假設連詞「若/如」是從動詞、副詞語法化而來，那麼是什麼動因導致語法化的發生？什麼機制促動語法化？

（一）動因

「若/如」的語法化動因包含了語義、語法、邏輯條件。

語義上，[像似]義即不完全相等，仍有一些不同，[像似]是主觀上認為相似，如果用在抽象事件上，則表示兩件事不完全等同，但有相似之處，故可以用來比擬，這個[像似]某種角度說也是非實然的，例如《左傳・隱公元年》：「君何患焉？若闕地及泉，隧而相見，其誰曰不然。」為何建議「闕地及泉，隧而相見」？原因是在地道內相見與在黃泉相見具有「相似」之處，但這個「若」確實是假設連詞，假設非實然的情境，筆者藉此說明[像似]義的「若/如」可演變成假設連詞。

語法上，「若/如」如果不出現在前分句句首，就不宜看成是假設連詞，如《詩經・王風・采葛》：「一日不見，如三月兮。」雖然「如」出現在句首，但是位於後分句，與假設連詞的語法位置（分布）不符。當「若/如」之後是主謂句或謂語句時，彼此之間沒有修飾關係，只有關聯性的連接關係⑨，後面接分句，表示受前分句影響下的結果，邏輯上，「若/如」便轉變成假設連詞了。筆者認為關鍵在於「若 4/如 4」，副詞的功能在修飾，主語出不出現，對副詞而言不那麼重要，所以像例 2 的「若 4」出現在前分句句首，後面接動詞謂語，這是假設連詞、副詞均可出現的位置，再加上後分句又是因應前分句所提出的疑問，具蘊涵的邏輯關係，提供「若 4/如 4」變成「若 5/如 5」的條件。

王克仲（1990：441）、蒲立本（2006[1995]：169-170）曾注意到「若/如」的演變相似，為什麼呢？這不是純屬巧合，也不是

---

⑨ 周剛（2002：7-8）提到連接一個語句，所連接的語句不能單說，必須有後續語句或者先行語句呼應，而且這兩個語句之間形成一定的句法語義關係，這種連接功能就叫做關聯性連接功能。具有關聯性連接功能的連詞可以稱為關聯連詞。

假借，它們是同源詞。前面提過兩者語義條件相似，此外，兩者的語音接近，中古的「若」是日母藥韻入聲三等字，上古是泥紐鐸部入聲字；中古的「如」是日母魚韻平聲三等字，上古是泥紐魚部平聲字。上古階段兩者聲紐相同，主要元音是 [a]，差別在「如」是陰聲韻，「若」是收舌根塞音韻尾的入聲韻，兩者呈現陰陽對轉。「若/如」的語音相近，而且語義相似，符合同源詞的條件。[10] 另外，像似義表假設具有類型學的基礎，例如法語 si，荷蘭語 als。[11]「若/如」擁有同樣的語義徵性，發展出許多相同的義項變體，再加上出現的語法環境相仿，有類似的語法化過程。[12]

（二）機制

在上述三個動因下，「若/如」透過隱喻、重新分析與主觀化，語法化成假設連詞。表「像」的「若 3/如 3」是二價動詞，支配兩

⑩ 王力（1992：1-73）的同源字相當於同源詞，所謂同源字，指音義皆近，音近義同，或義近音同的字。同源字常是以某一概念為中心，而以語音的細微差別（或同音），表示相近或相關的幾個概念。同源字最重要的條件是讀音相同或相近，而且必須以先秦古音為依據。所謂語音相近，韻的部分最常見的是疊韻，其次是對轉，聲的方面，雙聲最多，其次是旁紐。同源字必須韻部、聲母都相同或相近，如果只有韻部相同，而聲母相差很遠或者只有聲母相同，而韻部相差很遠，就只能認為是同義詞，而不是同源字。
在此暫不討論同源字是否等同於同源詞，但是王力指出同源關係強調「語音」與「意義」必須都接近、相同，再者，語音方面聲紐和韻部亦必須相近、相同，誠屬確論。

⑪ 周法高（1972：201）引 Mullie 之說，荷蘭語 zoo 有如此、假如之義。筆者查索荷蘭語 als 有像似義與假設義。

⑫ 張麗麗（2006：11-12）提到條件分句有兩種類型：「可能成立」與「背離事實」，前者多適用「若」字句，後者多適用「使」字句。

個的名詞性成分，句法是單句形式的「A＋若/如＋B」，語義上指「A像B」。「若3/如3」的動詞性仍在。

然後，句子中出現另一個動詞，根據類型學的研究，句子中如果有兩個動詞，語義若偏重在第二個動詞時，第一個動詞會轉變成次要動詞，進而變成副詞。例如「戰戰兢兢，如臨深淵，如履薄冰」，「臨」與「履」是主要動詞，直接支配「深淵」與「薄冰」，「如」不支配受事賓語，故重新分析為副詞，充當修飾性成分。句型上，「如臨深淵」、「如履薄冰」是並列的動詞謂語。

最後，「若/如」出現在兩種對比的語境中，表示可能發生的狀況，例如「富而可求也，雖執鞭之士，吾亦為之。如不可求，從吾所好。」前複句與後複句的狀況剛好相反，而且是可能發生的假設情境，「如不可求」不再是單句，而是一個分句，後面還有一個分句「從吾所好」組成一個複句形式，句型變複雜了。「如」跟後面的動詞謂語不再是修飾關係，而是用來連接句與句。從小句內部成分之間的支配關係（當動詞）、修飾關係（當副詞），到句與句之間邏輯的連接，傳達一種假設關係（當連詞）。

表示支配關係時，A與B俱在；表修飾關係時，A不一定要出現，換言之，A也可以隱沒，那麼句子只剩下「若/如+B，…」（如例2），營造出「若/如」在句首的環境，少了A，意味著說話者不那麼強調「A、B之間的相似」，著眼於B與後分句的關係，表示「如果B，會造成C」，是認知域的轉換，即隱喻的作用。副詞「若4/如4」發生重新分析，轉變成假設連詞。簡單的說，句法的條件是：「A＋若/如＋B」>「（A）＋若/如＋B，C」>「若/

如＋B，C」，這個轉變涉及了說話者的「主觀化」的程度。詞類上發生的變化是「動詞＞副詞＞連詞」。

整體來看，「若/如」是主觀化、隱喻與重新分析的機制運作下，從實詞語法化為語法詞。如果連實詞的「若 1/如 1」、「若 2/如 2」一併考慮，「若/如」的遞變過程反映了不同關係的接近，即「距離的接近」→「時間的接近」→「抽象關係的接近」→「邏輯的連接」，認知域發生轉換。「若/如」從實詞語法化成語法詞的過程很快，上古漢語階段已經完成演變。

最後，將「若/如」的演變過程表示如下。

圖 3 「若/如」的演變過程

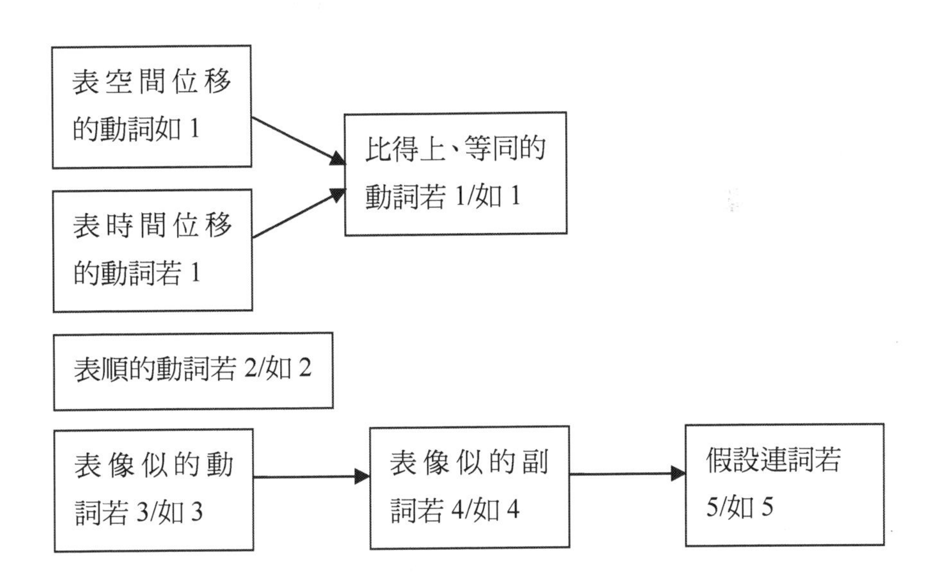

第三節 從單音節到雙音節的變化

單音節「若/如」除了自身展開語法化之外，在聚合關係（Aggregation）方面也有發展，從單音詞逐漸擴展成複音詞語，要完整無漏找尋浩瀚典籍中的複音節「若/如」誠非易事，更重要的是有些複音詞語僅曇花一現，研究價值有限。本文在席嘉（2006）、徐朝紅（2008）、謝洪欣（2009）與諸詞典的基礎上，篩選合適的對象，按照詞的結構，將條目分為「並列式複合詞」與「派生詞」，論述脈絡是以本文設定的語料為範疇，分析上古、中古、近代、現代例證，本文語料若無例可說，再擴及其他語料。計算出現頻次，然後說明詞語的內部結構。

一、「若」的聚合關係

（一）並列式

1.若苟

「若苟」在《左傳》出現 2 次，《墨子》出現 20 次。《左傳・昭公四年》：「君若苟無四方之虞，則願假寵以請於諸侯。」「若苟」引領可能發生的假設，結果分句為祈使。假設分句出現「若苟」，結果分句有承接連詞「則」[⑬]，組成「若苟…，則…」假設複句的搭配形式。

⑬ 呂叔湘（1990a[1942]：410-411）把很多用「就」、「便」、「即」、「則」等詞的句子不當時間句看，而當假設句看，此時的「則」為條件關係詞，關係詞的說法比較模糊，後來的研究對「則」的詞類歸屬有兩種看法，一是連詞（周剛 2002：

《三國志》出現 2 次「若苟」，均引領可能發生的假設。〈魏書十一·張範傳〉：「在德不在彊。夫能用德以同天下之欲，雖由匹夫之資，而興霸王之功，不足為難。若苟僭擬，干時而動，眾之所棄，誰能興之？」「若苟」後的結果分句以疑問句表示質疑。〈吳書十九·諸葛恪傳〉：「懷愴怛不忍之心，公義奪私，伯禽服戎，若苟違戾，非徒小故。」結果分句出現「非徒」，是根據假設分句所做的推斷。

《賢愚經》出現 3 次「若苟」，均引領可能發生的假設。《賢愚經》:「若苟是女，入財不遲。若或是男，應為財主。」(T4, no.202, p0382a07）「若苟」與「若或」都是假設連詞，正反兩面提出可能發生的假設，結果分句用來推斷，特別是第二複句的結果分句出現「應」，表示高度的斷定。同經：「汝等若苟愛敬我者，慎勿傷害此婆羅門。作此語已，共婆羅門入於後園。」(T4, no.202, p0387b06）結果分句是祈使句，「慎勿」表示請求。

《朱子語類》出現 1 次「若苟」當假設連詞。〈朱子十三·訓門人四〉：「如今若苟簡看過，只一處，便自未曾理會得了，卻要別生疑義，徒勞無益。」「若苟」引領可能發生的假設，結果分句是做判斷。

「現代漢語平衡語料庫」（簡稱平衡語料庫）沒有「若苟」。

《古代漢語虛詞詞典》⑭ 頁 476 提到「若苟」是複合虛詞，由連詞「若」和「苟」複合而成，此說可信。從內部結構來看，上

22)，一是副詞（中研院現代漢語平衡語料庫)。連詞和副詞（關聯副詞）都具有關聯功能，本文將「則」歸為連詞。

⑭ 以下行文所引的《古代漢語虛詞詞典》都是指社科院版本。若指其他詞典將另加說明。

古的「苟」可當副詞（表苟且、隨便）與假設連詞，以《左傳》為例，「君若苟無四方之虞」的斷句是「君｜若苟｜無四方之虞」，節律上，「若苟」形成一個韻律單位。語義上，「苟」沒有苟且之意。語法上，「苟」與「無」不是修飾關係。因此「若」是假設連詞，「苟」也是假設連詞，「若苟」是兩個假設連詞以語素身份組成的並列詞。

《古代漢語虛詞詞典》頁 476 又提到「若苟」漢代以後少見。在本文設定的語料中，「若苟」的數量不是很多，放寬條件，在不設限的情況下，上古時代的「若苟」依然不豐富，例如十三經中，只見於《左傳》（2 次）、《周禮》（2 次），中古以後數量更是零星，出現次數最多的是明代《正統道藏》（29 次）。

2.若猶

《左傳》出現 6 次「若猶」當假設連詞。〈昭公十三年〉：「惠伯曰：『寡君未知其罪，合諸侯而執其老，若猶有罪，死命可也。若曰無罪，而惠免之。』」「若猶」與「若」正反兩面陳述可能發生的情況，假設狀況與所得結果有直接因果關係，結果分句是從客觀犯罪與否來下斷言。

中古的「若猶」十分有限，《五分律》出現 1 次當假設連詞，即「若猶得五種說戒者，善。若不得，應言：『今十四、十五日布薩時，各共正身、口、意，莫放逸。』」（T22, no.1241, p0127b01）「若猶」與「若」正反陳述可能發生的情況，前一複句的結果分句「善」是形容詞謂語，表言者的價值判斷，後一複句的結果分句「應言…」提出因應對策，屬建議。

近代、現代階段，「若猶」已經消失了。

「若猶」出現的數量有限，流通的時代不長，是上古漢語的假設連詞。《古代漢語虛詞詞典》頁 483 提到「若猶」是複合虛詞，由假設連詞「若」和「猶」組成。此說正確。上古的「猶」可當假設連詞，《禮記·內則》：「子弟猶歸器，衣服、裘衾、車馬，則必獻其上，而后敢服用其次也。若非所獻，則不敢以入於宗子之門，不敢以貴富加於父兄宗族。」「猶」出現在前一分句主語/話題後、謂語前，是連詞常見的位置之一。準此，「若猶」是並列式假設連詞。

需要注意的是副詞「猶」有仍然之意，許多「若猶」是「若｜猶」，不是同一個平面的成分，如《三國志·魏書二十·中山恭王袞傳》：「諫之不從，流涕喻之；喻之不改，乃白其母。若猶不改，當以奏聞，并辭國土。」根據語境是不從、不改到猶不改，可知「若猶不改」斷為「若｜猶不改」，「猶」有依然、持續之意，此句譯為「如果依然不改的話」。

3.若果

十三經中只有《左傳》出現 3 次「若果」，均見於〈襄公三十一年〉：「不度之人，鮮不為患。若果立之，必為季氏憂。武子不聽，卒立之。」「若果」引領可能發生的狀況，結果分句出現「必」，強化論斷的語氣，是高度的推斷。此例沒有出現正反兩面的假設，是因為「不立」的情況不會造成煩惱，不需特別提出。有 2 次作「若果行此」，如〈襄公三十一年〉：「僑聞學而後入政，未聞以政學者也。若果行此，必有所害。」只談「行此」，略去「不行此」，因為前者才會造成傷害。擴大查詢範圍，《國語》出現 2 次「若果」，均引領可能發生的假設，結果分句出現「必」，表高度的推斷，而且是負面影響，如〈晉語九〉：「若果立瑤也，智宗必滅。」

本文的中土文獻沒有找到「若果」，擴大檢索範圍，發現《後漢書》有 2 次「若果」，〈李杜列傳〉：「清河王嚴明若果立，則將軍受禍不久矣！不如立蠡吾侯，富貴可長保也。」「若果」引領可能發生的假設，結果分句出現「矣」表推斷，第二複句不是另一面的立設，改以定較之詞「不如」，表示經過比較，認定乙勝過甲。〈方術列傳〉：「若果有神，可顯一驗事。不爾，立死矣！」前為形合假設，後為意合假設。「若果」引領可能發生的假設，隨後的結果分句提出要求作為證明。

本文佛典語料沒有「若果」，擴大檢索範圍，在經疏部找到當假設連詞「若果」，梁寶亮等集《大般涅槃經集解》：「而今行人有無量念，若初念不破，則不須後念。若果初到便破，是則不到也。」（T37, no.1763, p0564b14）利用「若…，則…。若果…，是則…也」兩組假設複句正反陳述可能發生的狀況，前一個結果分句出現「不須」，表示高度的推斷，第二結果分句出現「也」作結，亦是種推斷。筆者發現中古的「若果」跟上古的不同處，在於結果分句不再限於負面後果，再者，出現正反立論的假設分句。

《朱子語類》出現 29 次「若果」當假設連詞。〈易八・晉〉：「其人所占得者，其象如何？若果如今人所說，則易之說有窮矣！」「若果」出現在假設分句句首，引領可能發生的假設，結果分句出現「矣」作結，表示推斷，跟上古「若果」的用法一致，結果分句是下斷言，而且是負面論斷。除了延續上古的用法外，還有新用法，如〈論語二・學而篇上〉：「若果能悅，則樂與不慍，自可以次而進矣！」結果分句句式是以「矣」作結，但不再限於負面論斷。又如〈論語六・為政篇下〉：「若果無所得，雖溫故，亦不足以為人師，所以溫故又要知新。」此段是三重複句，「若果」後的結果分句比較複雜，首先，前三分句與第四分句為因果複句，其次，第一分句與二、三分句為假設複句，最後，二、三分句為讓步複句。

另外，《金瓶梅》出現 1 次「若果」，引領可能發生的假設，如〈五十九回〉：「若果是他害了，當當來世，教他一還一報，問他要命。」結果分句一連串是帶情緒的咒詛。《醒世姻緣》出現 2 次「若果」，《紅樓夢》出現 6 次「若果」，都是引領可能發生的假設。其中《紅樓夢》有 3 次是「若果如此」，《兒女英雄傳》出現 3 次「若果如此」。除了「若果如此」以外，《醒世姻緣》還有 3 次「若果真如此」。從《醒世姻緣》推知「若果如此」的「若果」仍存在兩解，一是「假設如此」，「若果」是假設連詞，二是「假如果真如此」，「若」是假設連詞。

「平衡語料庫」沒有「若果」。

《古代漢語虛詞詞典》頁 476 提到「若果」是複合虛詞，由連詞「若」與副詞「果」組成。連詞「若」可表示假設，副詞「果」在一定的語境也可表示假設，二者連用為詞，與單用義同。上述之說有兩個疑點：1.什麼原因促使連詞與副詞結合成詞？即便要變成雙音詞，兩個連詞的組合比連詞與副詞的組合常見，因為兩個連詞是直接並列複合，連詞與副詞必須經過重新分析的手續，發生重新分析需要高頻共現的支持，查檢上古典籍，十三經、諸子百家共 68 種典籍出現 8 次「若果」，如果上古的「若果」是複合連詞，很難說是因為高頻下重新分析而來的。2.何謂「在一定的語境」？沒有具體說明。

王政白編的《古漢語虛詞詞典》頁 506-507 提到「果」可當副詞、連詞，「果」當副詞時，一般用來加強謂語的語氣，表示情況與所料的或所說的相符合。「果」可當假設連詞，如《史記・晉世家》：「始吾先君莊伯，武公之誅晉亂，而虢常助晉伐我，又匿晉亡公子，果為亂弗誅，後遺子孫憂。」準此，筆者認為「若果」是兩個假設連詞以語素身份組合成詞，是並列式假設連詞。

根據前述清代的《醒世姻緣》、《紅樓夢》、《兒女英雄傳》，當時的「若果」存在兩解，當「若」是假設連詞，且「果」是副詞時，「若果」不在同一個平面上，譯為「假如果真」。當「若果」只有「假如」的連接功能，才是並列的假設連詞。關於「若果」的詞類，席嘉（2006：196-197）曾提出看法，認為「若果」早於「如果」，近代漢語多有用例，但似未完成詞彙化，《林間錄》：「若果如此，云門不值一錢，公亦當無兩日。」《金瓶梅》：「我就替他賭個大誓，若果有此事，大姊姊有個不先說的？」「若果」的「果」大都還帶有「果然」的意味，且均用在謂詞性成分前。如假設從句有主語/話題，「若果」基本上都用在主語/話題後，僅在《初刻拍案驚奇》找到一例用於主語/話題前。

4.若或

上古時，假設連詞「若或」僅出現 1 次，見《墨子・號令》：「有私見有罪而不誅，同罰。若或逃之，亦殺。」「或」不是選擇連詞，不是多選一的狀況，「逃之」為可能發生的情況，結果分句是推斷將得的後果，「若或」為假設連詞，「或」也表假設。

《三國志》與《三國志注》出現 4 次「若或」，都當假設連詞。〈魏書二・文帝紀〉注：「見賊可擊之形，便出奇兵擊之。若或未可，則當舒六軍以遊獵，饗賜軍士。」⑮ 前一複句是意合假設句，後一複句是形合假設句，兩複句正反說明可能發生的狀況，結果分句提出建議，出現「當」，表示言者認為理當如此處理。〈魏書二十三〉：「舊兵既少，東兵未到，是以諸營圖為邪謀。若或成變，為難不測。因其狐疑，當令早決。」「若或」引領可能發生的假設，結果分句是推斷的負面結局。〈吳書三〉注：「今渡江逆戰，勝不可保。若或摧喪，則大事去矣！」結果分句是以「矣」作結，推斷出負面後果。

《賢愚經》出現 1 次「若果」當假設連詞。《賢愚經》：「若苟是女，入財不遲。若或是男，應為財主。」(T04, no.202, p0382a07)「若苟」與「若或」正反說明兩種可能發生的假設，結果分句是推斷。

敦煌變文出現 4 次「若或」當假設連詞。〈維摩詰經講經文〉：「人若無疾無惱，身心強盛，氣力勁直。若或有病，故是身力衰羸。」「若」與「若或」正反陳述兩種可能發生的假設，結果分句是推論。

---

⑮ 中古的「若或」還可當選擇連詞。《論衡・儒增》：「此或時扣頭薦百里奚，世空言其死；若或扣頭而死，世空言其首碎也。」黄暉注：「若亦或也，複語。」「若或」是或之意。這種用法在譯經中曾經出現，吳支謙譯《佛說七知經》：「何謂知眾？能知彼眾，若君子眾，若理家眾，若梵志，若沙門眾，若或有時至彼眾，宜坐、宜立、宜語、宜默。知隨時宜，是為知眾。」(T1, no.27, p0810a06)「若」與「若或」表示選擇關係。後秦鳩摩羅什譯《小品般若波羅蜜經》：「憍尸迦！善男子、善女人，受持讀誦般若波羅蜜時，若在空舍，若在道路，若或失道，無有恐怖。」(T8, no.227, p0541c17)「若」與「若或」提供不同的選項，藉此強調般若之殊勝。

《紅樓夢》出現 1 次當假設連詞。〈第七十六回〉：「黛玉見他今日十分高興，便笑道：『從來沒見你這樣高興。我也不敢唐突請教，這還可以見教否？若不堪時，便就燒了。若或可政，即請改正改正。』」「若」與「若或」正反陳述兩種可能發生的假設，前一個結果分句是因應之道，「便就燒了」是具情感色彩的解決方法，後一結果分句是祈使，黛玉請妙玉改正作品。

「平衡語料庫」沒有「若或」。

《古代漢語虛詞詞典》頁 479 提到「若或」是複合虛詞，由連詞「若」和「或」組成。「若」和「或」都可表示假設，二者連用為詞，與單用義同。此說可信，因為上古階段的「或」可當假設連詞與選擇連詞，《左傳・襄公二十六年》：「文子言於晉侯曰：『晉為盟主，諸侯或相侵也，則討而使歸其地。今烏餘之邑，皆討類也，而貪之，是無以為盟主也。』」根據語義，「諸侯或相侵」是尚未發生的情況，故「或」為假設連詞。前有「或」，後有「則」，構成「或…，則…」搭配格式形式。「若或」是並列式假設連詞。

5.若使

《左傳》出現 8 次「若使」，「使」不是假設連詞，而是當動詞。〈莊公二十八年〉：「若使大子主曲沃，而重耳夷吾主蒲與屈，則可以威民而懼戎。」此段是驪姬說服獻公之語，「使」是二價動詞，從語境可知有權力下令的施事者是獻公，受事者是大子，「主」是行為動詞，表管理、掌管之意，由此可知「使」仍有使役之意（派遣），派遣大子管理曲沃。〈哀公二十年〉：「楚隆曰：『若使吳王知之，若何？』趙孟曰：『可乎。』隆曰：『請嘗之。』乃往。」

「使吳王知之」的「知」是心理動詞，「使」的意義已經虛化，僅具有微弱的使役力，表「讓」之意。

《呂氏春秋》出現 6 次「若使」，只有 3 次的「若使」可能已經是雙音的假設連詞，如〈八覽〉：「若桀、紂不遇湯、武，未必亡也。桀、紂不亡，雖不肖，辱未至於此。若使湯、武不遇桀、紂，未必王也。」「若」與「若使」引領違反歷史事件的假設，「若」與「若使」相應，由於受事者是歷史人物，無法使役歷史人物，難以解釋成「讓」之意，而應該和「若」一同表示假設關係。另 2 次見於〈先事〉與〈應言〉。

《三國志》與《三國志注》出現 21 次「若使」當假設連詞。〈魏書四・三少帝紀〉：「若使包羲因燧皇而作易，孔子何以不云燧人氏沒，包羲氏作乎？」此段討論古代之事，假設分句違反歷史事件，結果分句用疑問句來質疑假設，目的要說明假設的錯誤。

《世說新語》出現 6 次「若使」當假設連詞。〈文學〉：「殷仲文天才宏贍，而讀書不甚廣。博亮歎曰：『若使殷仲文讀書半袁豹，才不減班固。』」殷仲文讀書不甚廣是事實，故「殷仲文讀書半袁豹」是違反歷史事件的假設，結果分句帶有感嘆之意的推論。

《賢愚經》出現 1 次「若使」當假設連詞。《賢愚經》：「故佛說出家功德高於須彌，深於大海，廣於虛空。若使有人為出家者作諸留難，令不從志，其罪甚重，如夜黑闇無所覩見。」（T4, no.202, p0076b04）「若使」引領可能發生的假設，由於世尊相信出家功德甚大，結果分句便是站在「相信假設」的立場，說明其罪惡。

《顏氏家訓》出現 4 次「若使」當假設連詞。〈名實〉：「周公恐懼流言日，王莽謙恭未簒時。若使當時身便死，一生真偽有誰知？」「當時身便死」的「當時」表示過去的事情，故假設分句違反歷史事件，結果分句是感嘆的疑問句。

王梵志詩出現 1 次「若使」當假設連詞。〈漸漸斷諸惡〉：「漸漸斷諸惡，細細去貪嗔。若使如羅漢，即自絕囂塵。」「若使」引領可能發生的假設，按照修行的境界，達成羅漢時會絕離囂塵，故結果分句是推論。

另外，「若使」在敦煌變文出現 1 次，《朱子語類》出現 59 次，《金瓶梅》出現 1 次，《醒世姻緣》出現 6 次，《紅樓夢》出現 1 次。由此可知，除了《朱子語類》之外，「若使」逐漸退出假設連詞的範疇。

「平衡語料庫」沒有「若使」。

《古代漢語虛詞詞典》頁 481 提到「若使」是複合虛詞，由假設連詞「若」和「使」組成。此說可信。上古的「使」可當假設連詞，《莊子・列禦寇》：「夫千金之珠，必在九重之淵而驪龍頷下，子能得珠者，必遭其睡也。使驪龍而寤，子尚奚微之有哉！」準此，「若使」是並列式假設連詞。

張麗麗（2006：11-16）提到上古漢語中的條件「使」字句大都屬背離事實，或是假設與過去事實背反的情境，或是設想不符現況的情境，或是設想不合常理的情境，「若」字句則表示可能情境。再者，筆者發現「若」字句用於建議和推知，「使」字句用在推知、評說、質疑。有趣的是，當「若使」成為雙音的假設連詞時，除了表示「可能發生」的假設外，還用來表示「不可能發生」（違反歷史事件）的假設，而且「若使」之後的結果分句表達的是推測、質疑、評論，換言之，雖然「若使」的內部結構是並列式，但「若」

的語法化比較徹底，「使」的致使性依然殘存，影響著「若使」的用法，屬語法化的「保持」原則。

6.若令

《呂氏春秋》出現 1 次「若令」當假設連詞。〈孟秋紀〉：「若令桀、紂知必國亡身死，殄無後類，吾未知其厲為無道之至於此也。」「若令」引領違反歷史事件的假設，「令」不是使役動詞，而是假設連詞，因為桀、紂是歷史人物，「知」是心理動詞，「令」沒有使役的意義，結果分句出現「也」作結，表評斷。

《三國志》出現 6 次「若令」當假設連詞。〈魏書二十八・王凌傳〉：「若令死者有知，汝何面目以行地下也！」「若令」引領不可能發生的假設違反現在事實，人死就無法感知，結果分句出現「也」作結的詈語。

《世說新語》出現 1 次「若令」當假設連詞。〈言語〉：「徐孺子年九歲，嘗月下戲。人語之曰：『若令月中無物，當極明邪？』徐曰：『不然，譬如人眼中有瞳子，無此必不明。』」是人想測試徐孺子的聰明，故意問了有難度的天文問題，言者先認定「月中有物」，然後假設「月中無物」，對言者而言，「月中無物」是不可能發生的假設，對他而言此假設違反了現在事實，結果分句用疑問句示疑。

《百喻經》出現 1 次「若令」當假設連詞，即「醫師亦復頭禿，即便脫帽示之，而語之言：『我亦患之以為痛苦，若令我治能得差者，應先自治，以除其患。』」（T4, no.209, p0549a12）「我治能得差者」違反現在事實，因為醫者要說的是他無法治療禿頭，如果會治療，就先治自己了，故結果分句是依據假設而作的推論。

《賢愚經》出現 3 次「若令」當假設連詞。《賢愚經》：「大施答言：『我今方當涉難入海，焉知能得安全還不？預受君女，此非所以。』迦毘梨言：『若令吉還，當為我受。』」（T4, no.202, p0410a01）「若令」是可能發生的假設，結果分句表示意願。

《佛本行集經》出現 1 次「若令」當假設連詞，即「若令我得生於好男，我當來作如是供養，作是報答。必汝不能與我子者，我當將此大斧鍬钁，斫掘汝樹，根本枝條，一切悉却，終不放汝。」（T3, no.190, p0815a06）「若令」與「必」正反陳述兩種可能發生的假設，「若令」後的結果分句是假設成真後的報答行為，但「必」後的結果分句帶有主觀的情緒反應。

敦煌變文出現 3 次「若令」當假設連詞。〈佛說觀彌勒菩薩上生兜率天經講經文〉：「凡遇善流皆獎賞　但逢惡事不容伊　若令四海全無事　進士心中願滿時」「若令」引領可能發生的假設，「四海」打破兼語名詞是有生名詞的限制，「四海全無事」並非人力能支配的狀況，故「若令」是假設連詞，「令」不再是使役動詞。

「平衡語料庫」沒有「若令」。

有關「若令」的結構，因為上古階段的「令」可當假設連詞，《戰國策・趙策三》：「誠知秦力之不至，此彈丸之地，猶不予也。令秦來年復攻王，得無割其內而媾乎？」準此，「若令」是並列式假設連詞。張麗麗（2006：18）調查《史記》與《漢書》，認為「令」字句傾向表示背離事實，根據本文的考察，發現「若令」出現的次數不多，但表示「可能發生」的情境並非罕見。

此外，曾曉潔（2003：29）提到隋前佛典有「若假令」，本文的佛典語料沒有出現「若假令」，擴大檢索範圍，《大正藏》曾出現 1 次，北涼道泰等譯《入大乘論》：「若汝經中，不言摩訶衍魔所說者，自言魔說，此亦叵信。汝意若謂聲聞法中亦有遮斷，但事已久滅，難可證據，此亦不然。何以故？非處所故。若假令遮佛以神力，則能守護此法，經劫亦不墜沒，是故當知汝言久者，但有言語。假令魔說，能除惑障，不違正法，雖曰魔說，即是正法。」（T32, no.1634, p0037c17）「若」、「若假令」與「假令」表示可能發生的假設，三者都是假設連詞。

佛典的單音節「若」出現上萬次，雙音節「假令」出現 149 次，三音節「若假令」出現 1 次，三音節形式可能是臨時的組合。「若假令」次數如此之少可能跟韻律與語法功能有關，韻律上，雙音節是漢語常見的韻律格式，屬標準音步，較為穩定，而三音節結構屬超音步。內部結構上，三音節短語可能是動賓結構（如：擦油漆）、定中結構（如：酸辣麵）、動補結構（如：吃大碗）等等，構成的語素或詞之間的意義並不重複。反觀「若假令」，「若」、「假」、「令」都是假設連詞，三者並列沒有符合「數量象似性」，因為「若假令」與「若」、「假令」在語法功能上沒有差異，既然三個近義的語符疊加沒有強化作用，並未傳遞更豐富的信息，而且又屬超音步，便失去廣為流傳的價值。⑯

⑯ 王寅（2007：552）提到數量象似性的認知基礎是：語符數量一多，就會更多地引起人們的注意力心智加工也就較為複雜，此時自然就傳遞了較多的信息。

（二）派生詞

1.若其

「若其」在《左傳》出現 5 次，《荀子》出現 3 次，《韓非子》出現 1 次，都是引領可能發生的假設。《左傳》的假設連詞「若其」集中在昭公、定公的記載，如〈昭公五年〉：「穆子曰：『吾聞諸叔向曰：好惡不愆，民知所適，事無不濟。或以吾城叛，吾所甚惡也。人以城來，吾獨何好焉。賞所甚惡，若所好何，若其弗賞，是失信也。』」如果「其」是代詞，前面會有所指代之詞。此段前面沒有指代之詞，「其」無所指代，失去代詞的作用，「若其」表假設語氣。結果分句「是…也」，是典型的判斷句的，表示斷言。

《三國志》出現 12 次「若其」當假設連詞。〈蜀書七・法正傳〉：「天下有獲虛譽而無其實者，許靖是也。然今主公始創大業，天下之人不可戶說。靖之浮稱，播流四海。若其不禮，天下之人以是謂主公為賤賢也。」「其」不是指代「主公」，因為聽者是主公，如果「其」用來指代主公，則是第二人稱指代詞，但「其」沒有這種用法，「若其」表假設語氣。「不禮」是可能發生的假設情況，結果分句以負面批評作推論。

《顏氏家訓》註解出現 1 次「若其」當假設連詞。〈書證〉注：「張守節史記正義論字例云：『若其黿鼉從龜，亂辭從舌，覺學從與…此之等類，直是訛字。』」此例出自唐代張守節之言，「若其」的「其」沒有指代作用，「若其」是雙音假設連詞，引領可能發生的假設，而且該假設很長，結果分句「此之等類，直是訛字」是說明。

佛典保留「其」的虛化過程，「若其」確為假設連詞者如《百喻經》1 次，《出曜經》3 次，《賢愚經》30 次，《雜寶藏經》7 次，《佛本行集經》32 次，愈晚期的佛典出現次數愈多。《出曜經》：「以有是諸念　自身常建行　若其不如是　終不得意行。」（T4, no.212, p0698c27）「其」之前沒有出現可指代的人事物，故「若其」可能是一個單位，表示假設。《賢愚經》：「時彼國法，若其命終，家無男兒，所有財物悉應入官。」（T4, no.202, p0382a07）此例敘述國家的規定，「命終」是沒有特定的指稱對象，「若其」可能是一個詞，理解為假設連詞。《佛本行集經》：「汝今若其不肯出家，我定知汝命終之後必墮惡道。若其出家，汝亦應當成就大仙，有大神通。」（T3, no.190, p0930c26）前一個「若其」出現在主語後、謂語前，與「汝」共現，「其」沒有指代作用，後一個「若其」出現在前分句句首，正反敘述可能發生的假設，結果分句分別出現「必」、「應當」，都是高度肯定的判斷。

敦煌變文出現 1 次「若其」當假設連詞，〈伍子胥變文〉：「捥心并臠割，九族總須亡，若其不如此，誓願不還鄉。」「不如此」是可能發生的假設，結果分句表示言者的決心與強烈的意志。

「平衡語料庫」沒有「若其」。

《古代漢語虛詞詞典》頁 480 提到「若其」是複合虛詞，由連詞「若」和助詞「其」組成，當假設連詞。根據學界對助詞的研究，助詞附著在詞、短語、句子之前或後，表示結構關係或某些附加意義的語法詞，分為結構助詞、動態助詞、語氣助詞三類。助詞不是構詞成分，而是語法成分。筆者認為「若其」的「其」不是助詞，類似於「詞綴」（affix），具有輔助成詞的功能，《詩經・邶風・

北風》：「北風其涼，雨雪其雱。」「其涼」即寒涼之意，「其雱」指雪盛貌，「其」沒有詞彙意義，而是輔助單音節「涼」或「雱」成為雙音詞。《詩經・國風・七月》：「宵爾索綯，亟其乘屋。」「亟其」的「亟」有急之意，「其」有輔助成詞的作用。《詩經・國風・揚之水》：「揚之水，不流束楚。彼其之子，不與我戍甫。」「彼其」的「其」僅是輔助成詞。準此，「若其」是派生詞，而且佛典保留較豐富的「若其」。以「其」為後綴者還有「如其」、「脫其」、「極其」、「尤其」、「及其」、「與其」等等。

2.若當

上古沒有出現假設連詞「若當」。

中古的中土文獻沒有假設連詞「若當」，佛典保留了一些資料。《撰集百緣經》出現 2 次「若當」，[17]《四分律》出現 3 次，《五分律》出現 5 次，《賢愚經》出現 15 次，《摩訶僧祇律》出現 6 次，《佛本行集經》出現 41 次。《撰集百緣經》：「汝在胎時吾以許彼，由汝之故二國和善，不相侵陵。吾今若當不稱彼者，則負言信，彼必當還與我作讎。」（T4, no.200, p0241c12）「若當」出現在前分句主語/話題之後、謂語之前，表示未來可能發生的狀況，結果分句是推論。《賢愚經》：「母復告言：『吾愛汝等，是以因制。若當憎汝，終無此言。』」（T4, no.202, p0440c17）「若當憎汝」是違反現在事實的假設，常理是母親疼愛子女，結果分句為推測。《佛本行集經》：「若當有人布施奉佛，或復園林，或復宅地，或餘衣服，或餘資財空施佛者，然彼之物，於天人中，即成為塔，

⑰ 有關《撰集百緣經》的時代與譯者，目前所知並非支謙所譯，而是晉朝以後的譯經。

餘不得用。」（T3, no.190, p0861b16）「若當」引領的分句很長，四個選擇分句並列而成，為可能發生的情況，結果分句陳述了布施物的處置。

近代、現代階段「若當」已經消失了。

有關「若當」的內部結構，諸詞典沒有解釋。上古的「當」可當假設連詞，《荀子・君子》：「先祖當賢，後後子孫必顯，行雖如桀紂，列從必尊，此以世舉賢也。」由此看來「若當」可能是並列式假設連詞。不過，筆者不贊成此說，原因是：1.從宏觀的角度看，中古時代形成了一批「～當」，高婉瑜（2006）指出佛典與《世說新語》保留許多的「～當」，如副詞「唯當」、「終當」、「政當」、「還當」、「乃當」、「方當」、「故當」、「固當」、「猶當」，但沒有假設連詞「若當」。如果將「若當」看成並列式假設連詞，其他的「～當」是否可以看成並列式副詞？可是這些「當」沒有詞彙意義與修飾作用，並不是副詞，再者，如果「當」是連詞，那上述的副詞「～當」的結構亦非「副詞＋連詞當」。2.以刪除法來檢驗，刪除上述之例「若當」的「若」之後，假設語氣便消失了，因之，「若當」應是派生詞，「當」是後綴，無義可言，具搭配成詞的功能。

3.若是

上古階段沒有假設連詞「若是」。

本文的佛典沒有假設連詞「若是」，太田辰夫（2003[1987]：306）提到「若是」從隋唐開始使用，根據該說，筆者擴大搜尋，發現隋代吉藏《三論玄義》出現 2 次「若是」，即「天竺十六大國方八千里，有向化之緣，並為委誠龍樹為無相佛，敢預學者之徒無不翫味斯論，以為喉衿，若是偏空，豈為諸國所重！」（T45, no.1852, p0006b02）「是」沒有指代的對象，失去指代作用，「是」不當判斷動詞，因為判斷動詞後面是名詞或名詞短語。⑱ 「若是」出現在謂語之前，引領可能發生的假設，結果分句出現「豈」，以反詰語氣表示質疑。《三論玄義》：「問：『論主為並破諸部，亦有不破耶？』答：『凡有四句，一破而不取。若是諸部所說，乖大小乘經，自立義者，則破而不取。』」（T45, no.1852, p0008a21）「若是」出現在分句句首，引領可能發生的假設，結果分句表達推論。從語法位置與次數來看，當時的「若是」尚未成熟。

敦煌變文出現 9 次「若是」當假設連詞。〈維摩詰經講經文〉：「若是世間醫者能醫身病，菩薩法藥能醫得身心二病，永出離於生死，是名痊癒。」「若是」出現在分句句首，引領可能發生的假設，以世間的醫生與菩薩相比，為對比性推理，凸顯菩薩的法藥比世間的醫生效用更大。

《祖堂集》出現 5 次「若是」當假設連詞。〈許山和尚〉：「向後若是住山，則無柴得燒。若是住江邊，則無水得喫。」「若是」引領兩種可能發生的狀況，假設分句與結果分句看起來矛盾，不是有根據的推測，而是禪師特殊的教化方法。

另外，「若是」在《老乞大諺解》出現 2 次，《朱子語類》出現 136 次，《元刊雜劇三十種》出現 47 次，《西遊記》出現 78 次，《金瓶梅》出現 42 次，《醒世姻緣》出現 127 次，《紅樓夢》出現 134 次。

⑱ 朱德熙（1982：105）提到判斷具「是」的基本句型是「NP1+是+NP2」，在表示「強調」等特殊情況時，「是」後還可以為動詞或形容詞短語。

「平衡語料庫」在不設限的狀況下有 304 筆「若是」，標記是關聯連接詞，句子的結構比較複雜，有句式套疊的現象，造成連詞接連出現的情況，如「有不同的聲音是很正常的，但是若是純為反對而反對的就非理性」與「就業與個人興趣是主要發展方向，但若是國家需要她出國比賽，她仍會盡己所能為國爭光」，「但是」與「但」是轉折連詞，「若是」是假設連詞，兩者在不同的句法層次，形式上是兩個連詞相鄰出現。又如「首先，得要證明此菌為致病菌。因為若是偶然寄生在胃內，那就沒有意義了」，「因為」是因果連詞，「但是」是假設連詞，連詞接連出現的現象在近代階段少見。「尤其若是要住上三天或一星期，價格可以更便宜。」「尤其」是副詞，「若是」是假設連詞，「尤其」修飾「若是」引領的假設狀況，而非直接修飾「若是」。

《古代漢語虛詞詞典》頁 483 提到「若是」由動詞「若」和代詞「是」組成的慣用詞組，換言之，「若是」沒有凝固成詞。一開始，「若是」譯為像這樣，或如果這樣，此時「若是」為短語，在近代階段，「若是」因為經常共現，又處於鄰近的語法位置，發生重新分析，從句法結構凝固成詞，變成假設連詞的「若是」，譯為如果，「是」不再是代詞，詞彙意義已經磨損，變成了後綴的成分，換言之，「若是」是派生詞。

有關雙音的「若」組成員的討論到此告一段落，從內部結構來看，雙音假設連詞可能是並列式，可能是派生詞，並列式是漢語詞彙主流的構詞方式。每種並列假設連詞活躍的時代或出現的語料不同，例如「若苟」常見於上古的《墨子》，「若當」出現在中古的佛典。「若是」出現在近代階段，除了「若是」以外，其餘的成員在現代已經不流行。

二、「如」的聚合關係

（一）並列式

1.如或

《論衡》出現 4 次「如或」當假設連詞。〈祭意〉：「如或祭門以秋謂之祭戶，論者肯然之乎？不然，則明星非歲星也，乃龍星也。」此段話是對《禮記·月令》之說提出假設，〈月令〉：「祭門以春，祭戶以秋，各宜其時。」可見「如或祭門以秋謂之祭戶」是違反典籍紀錄的假設，結果分句以疑問句示疑，再以複句提出意見。

《三國志》出現 2 次「如或」當假設連詞。〈魏書七·張邈傳〉注：「將軍躬殺董卓，威震夷狄，端坐顧盼，遠近自然畏服，不宜輕自出軍。如或不捷，損名非小。」「如或」引領可能發生的假設，結果分句是推測會導致毀損名譽。另一例見於〈吳書十五〉，與〈魏書七〉的句型相同。

本文佛典沒有出現「如或」，擴大檢索範圍，《大正藏》出現 1 次，吳維祇難等譯《法句經》：「世皆沒淵　鮮剋度岸　如或有人　欲度必奔」（T4, no.210, p0563c24）此段為偈頌體，假設分句「如或有人欲度」是可能發生的假設，「必奔」的「必」是高度的斷定。

敦煌變文出現 2 次「如或」當假設連詞。〈維摩詰經講經文〉：「喻我輩將看經教，須發信。…如或信心不起，似無手足一般，直饒得到寶山，空手並無所獲。」「如或」引領可能發生的假設，結果分句採譬喻法來說明，具解注作用，「直饒」後的縱予複句又進一步說明結果分句「似無手足一般」。

《景德傳燈錄》出現 1 次「如或」當假設連詞。〈卷二十一〉：「嘗有人問曰：『弟子每當夜坐心念紛飛，未明攝伏之方，願垂示誨。』師答曰：『如或夜間安坐心念紛飛，却將紛飛之心以究紛飛之處。』」（T51, no.2016, p0374a07）「如或」引領可能發生的假設，結果分句出現轉折詞「卻」，表示逆轉關係，為後續之言預留伏筆，果然禪師提出的因應之道從禪宗的思想理路是難以實現的，是禪師的特殊教化，結果分句可看成是禪師提出一個難以實踐的建議。

《朱子語類》出現 14 次「如或」當假設連詞。〈禮七·祭〉：「堂狹地潤，頗有失儀，但獻官極其誠意，如或享之，鄰曲長幼並來陪。」「如或」引領可能發生的假設，結果分句是根據「獻官極其誠意」推斷將會發生的情形。

「平衡語料庫」沒有「如或」。

《古代漢語虛詞詞典》頁 464 提到「如或」是複合虛詞，由假設連詞「如」和「或」構成，二者連用為詞，與單用時義同。此說可信，上古的「或」可當假設連詞，《左傳·襄公二十六年》：「晉為盟主，諸侯或相侵也，則討而使歸侵地。」「如或」引領可能發生的假設。結果分句是因應之道，屬傳信範疇。準此，「如或」是並列式假設連詞。

2.如使

《論衡》出現 6 次「如使」當假設連詞。〈卜筮〉：「問生人者，須以生人乃能相報。如使死人問生人，則必不能相答。」「死人問生人」是違反自然界運作規則的假設，屬不可能發生的事情，結果分句以「必」表示推斷，反駁假設分句的不合理。

本文佛典語料沒有「如使」，擴大檢索範圍，後漢安玄譯《法鏡經》出現 2 次，吳支謙譯《佛說賴吒和羅經》出現 2 次，劉宋求那跋摩《佛說菩薩內戒經》出現 1 次。這些例子的「如使」表達的都是可能發生的假設，如《法鏡經》：「自有妻而知足，他婦女不喜眼視也。意常以自患已，思念欲都為苦。如使生欲念，自於其妻，則以觀惡露。」（T12, no.322, p0016b19）「如使」引領可能發生的假設，結果分句提出修行的對策，也算一種建議。《佛說賴吒和羅經》：「宜放是子聽令作沙門，所以者何？如使樂道作沙門者，後可生相見。設不樂道者，自當棄道來歸。當復如何乎？今反空使死亡，臭爛為虫蟻作食，用死人軀為？」（T1, no.68, p0869b22）「如使」、「設」正反陳述兩種可能發生的情況，結果分句是推測未來的後果。

《顏氏家訓》出現 1 次「如使」當假設連詞。〈勉學八〉：「孟子公孫丑上：『夫子當路於齊。』」趙岐注：「如使夫子得當仕路於齊，而可以行道。」「夫子得當仕路於齊」是違反歷史事件的假設，結果分句是依據孔子的自身的條件做下「可以行道」的推論。

近代、現代階段，「如使」已經消失了。

《古代漢語虛詞詞典》頁 499 提到「如使」是複合虛詞，由連詞「如」和「使」組成，「如」和「使」都可表示假設，二者連用為詞，與單用義同。上古的「使」可當假設連詞，《莊子・列禦寇》：「夫千金之珠必在九重之淵而驪龍頷下，子能得珠者，必遭其睡也。使驪龍而寤，子尚奚微之有哉！」「驪龍而寤」是可能發生的假設，結果分句表示斷言。準此，「如使」是並列式假設連詞。張麗麗（2006：11-16）提到上古漢語中的條件「使」字句大都屬「背離事實」，前面提過「若使」通常用來表示違反事實的假設，結果分句表達推測或質疑，「如使」的數量不多，用於「不可能發生」（違反歷史事件）與「可能發生」的假設情境，而且佛典的例子都是「可能發生」的假設。

3.如令

先秦不見假設連詞「如令」。

《史記》出現 1 次「如令」當假設連詞。〈李將軍列傳〉：「惜乎，子不遇時！如令子當高帝時，萬戶侯豈足道哉！」「子當高帝時」是背離事實的假設，說的是過去的歷史，句中缺乏使役者，「令」不再是使役動詞。「如令」是假設連詞，結果分句出現「豈」，用反詰語氣來質疑。

《生經》出現 1 次「如令」當假設連詞。《生經》：「外甥教舅，舅年尊體羸力少，若為守者所得，不能自脫，更從地窟，却行而入。如令見得，我力強盛，當濟免舅。」（T3, no.154, p078b06）外甥跟舅舅所言（如令見得）為可能發生的情境，結果分句出現「當」，有理當之意，是依據「我力強盛」來做判斷。「若」與「如令」都是假設連詞。

近代、現代階段，「如令」已經消失了。

《古代漢語虛詞詞典》頁 464 提到「如令」是複合虛詞，由連詞「如」和「令」構成，「如」和「令」都可表示假設，二者連用為詞，與單用義同。此說可信，上古的「令」可當假設連詞，《戰國策・趙策三》：「虞卿能盡知秦力之所至乎？誠知秦力之不至，此彈丸之地，猶不予也，令秦來年復攻王，得無割其內而媾乎？」首先，「秦來年復攻王」是施事者無法支配的行為，其次，時間詞「來年」表示事情是未來、尚未發生可能狀況，因之，「令」不是使役動詞，而是假設連詞。準此，「如令」是並列式假設連詞。

4.如有

《論語》出現 1 次「如有」當假設連詞。〈雍也〉：「季氏使閔子騫為費宰。閔子騫曰：『善為我辭焉！如有復我者，則吾必在汶上矣！』」「如有復我者」是可能發生的假設，結果分句出現「必」，表示高度的斷定。

《史記》出現 7 次「如有」當假設連詞。〈孟嘗君列傳〉：「今秦，虎狼之國也，而君欲往，如有不得還，君得無為土禺人所笑乎？」「如有」引領可能發生的假設，結果分句是疑問句形式，以反詰語氣表示說者心中的質疑，言下之意是勸君不要前往秦國。

《六度集經》出現 1 次「如有」當假設連詞，《六度集經》：「如有問：『王何以喪身？』答如所覩，以貪獲病，遂致喪身。」（T3，no.152，p0021c09）「如有問」斷句是「如有｜問」，也可能譯為如果有人問，因為佛典罕見假設連詞「如有」[19]，若做後者解，「如有」便不在一個平面。

---

⑲ 絕大多數的「如有」不是處在同一個平面，而是「如｜有」。例如吳支謙譯《太子瑞應本起經》：「煩卿五人，各遣一子，追求索之，得必隨侍，如有中道委而

《三國志》出現 10 次「如有」當假設連詞。〈吳書六・呂蒙傳〉注：「權欲作塢，諸將皆曰：『上岸擊賊，洗足入船，何用塢為？』呂蒙曰：『兵有利鈍，戰無百勝。如有邂逅，敵步騎蹙人，不暇及水，其得入船乎？』」「如有」引領可能發生的立設，結果分句以疑問句形式用以反問大家。

近代、現代階段，「如有」已經消失了。

《古代漢語虛詞詞典》頁 467 提到「如有」和「如或」義同，「有」與「或」古音近，通用。根據《廣韻》記載：「有，云久切。」中古為喻三有韻上聲三等字，上古為匣紐之部字。《廣韻》：「或，胡國切。」中古為匣母德韻入聲一等字，上古為匣紐職部字。可知「有」與「或」上古同聲紐，韻母的差別在「或」收舌根鼻音韻尾，「如有」與「如或」聲音相近。上古的「有」可當假設連詞，《呂氏春秋・期賢》：「人主有能明其德者，天下之士，其歸之也，若蟬之走明火也。」「有」表假設語氣，假設具備明德條件的人主，天下之士都會歸之。故「如有」是並列式假設連詞。

5.如若

上古沒有假設連詞「如若」。

中古的中土文獻沒有出現假設連詞「如若」，而本文的中古佛典亦無「如若」，擴大檢索範圍，東漢支婁迦讖譯《道行般若經》出現 1 次「如若」當假設連詞，即「佛語須菩提：『如若所言新發意者所知甚少，其心不入大法，亦不諷誦般若波羅蜜，是為魔所得

還者，吾滅汝族屬。』」(T3, no.185, p0476a20)「如有中道委而還者」斷句是「如｜有中道委而還者」，「如」後接動賓短語，僅「如」是假設連詞。

已。』」（T8, no.824, p0448c13）元本與明本作「若如」，「如若」即「若如」。[20]

後魏菩提流支譯《大寶積經論》出現 1 次「如若」當假設連詞，即「爾時共諸同法者住故，復問：『汝等幾何當得涅槃也？』答言：『如若如來所化人入涅槃者，我等亦當得入。』」（T26, no.1523, p0228a25）「如若」引領可能發生的假設，結果分句是推論。由此可見，「如或」在中古並不流行，即便到了唐代的《根本說一切有部毘柰耶》也只出現 3 次，即「問曰：『汝之所獲得利多少。』答曰：『或時得利，或不得利。』問曰：『如或得利，其數幾何？』答曰：『可得五六金錢。』」（T23, no.1422, p0654c28）「如或」引領可能發生的假設，結果分句用以示疑。

敦煌變文出現 1 次「如若」當假設連詞。〈前漢劉家太子傳〉：「如若憑腳足而[行]，雖勞一生，終不得見。汝若有其能，得至心啟請，必合得見。」「如若」與「若」引領兩種可能發生的假設，前一複句的結果分句是讓步句，前後複句的結果分句都表示高度的斷定。

《祖堂集》出現 1 次「如若」當假設連詞。〈龜洋和尚〉：「師放氣，闔府皆聞。閩王乃焚香啟告：『如若卻復故山，乞收氣。』師乃放香氣，闔廓皆瞻禮。」「如若」引領可能發生的假設，結果分句「乞」表示請求，以請求語氣委婉提出驗證的意見。

---

⑳ 支婁迦讖譯《道行般若經》：「善哉！善哉！如若所索者甚難，如汝作是精進者，今得般若波羅蜜不久。」（T8, no.824, p0471b16）聖語藏本（隋經）「若」作「汝」，是第二人稱代名詞，只有「如」才是假設連詞。

《西遊記》出現 15 次「如或」當假設連詞。〈第四回〉：「若依此字號陞官，我就不動刀兵，自然的天地清泰。如若不依時間，就打上靈霄寶殿，教他龍床定坐不成！」「若」與「如若」正反陳述兩種可能發生的情況，結果分句是提出因應的對策，但「如或」後的結果分句還帶有威脅。

《紅樓夢》出現 7 次「如或」當假設連詞。〈第一百十七回〉：「寫的是感冒風寒起來的，如今成了癆病了。現在危急，專差一個人連日連夜趕來的，說如若再耽擱一兩天，就不能見面了。」「如若」引領可能發生的假設，「不能見面」是常理下的推測。

「平衡語料庫」中，「如若」出現 6 次當假設連詞。例如「如若去掉了關聯詞，則結構鬆散…」，「我們必須說句良心話，如若上千個博士連個百人不到的幼稚園都管（不了）」，「如若」不是常用的假設連詞。

《古代漢語虛詞詞典》頁 465 提到「如若」是複合虛詞，由連詞「如」和「若」構成。「如」和「若」都可用為假設連詞，二者連用為詞，仍表假設，用例約見於唐代。引例是敦煌變文〈前漢劉家太子傳〉，但中古譯經偶見「如若」。「如若」是中古階段新興的假設連詞，內部結構是並列式假設連詞，而且是出現在佛典中，雖然中古以後依然可以看到它，活力始終不強，數量零星。

6.如果

上古、中古沒有當假設連詞的「如果」。

《朱子語類》出現 4 次「如果」當假設連詞。〈程子門人・胡康侯〉：「帝星等如果不動，則天必擘破。」「如果」引領可能發生的假設，結果分句出現「必」，表示高度的斷定。又如〈論語五・

為政篇上・吾十有五而志于學章〉：「如今學者誰不為學，只是不可謂之『志於學』。如果能『志於學』，則自住不得。」「如果」引領可能發生的假設，結果分句亦是推論。

《西遊記》出現 3 次「如果」當假設連詞。〈第七十八回〉：「點兵圍了金亭館驛，將那和尚拿來，必以禮求其心。如果相從，即時剖而取出，遂御葬其屍，還與他立廟享祭；如若不從，就與他個武不善作，即時綑住，剖開取之。有何難事！」用「如果」、「如若」做正反兩種可能發生的假設，結果分句是因應的對策，也是言者的建議。

《金瓶梅》出現 1 次「如果」當假設連詞。〈第四十八回〉：「如果臣言不謬，將延齡等亟賜罷斥，則官常有賴，而裨聖德永光矣。」「如果」引領可能發生的假設，共兩個分句，結果分句有兩句，表示推斷。

《醒世姻緣》出現 6 次「如果」，4 次單面立設，引領可能發生的假設。1 次正反立設，見〈第六十五回〉：「如果弟子該偷他的，望菩薩賜一上上之課。如果不該偷他的財物，只許他騙害平人，賜弟子一個下下之課。」從前一複句的結果分句出現「望」，期望菩薩給予指示讓他去實踐假設，表示言者想完成事件的意願，故後一複句的結果分句亦表意願。

《紅樓夢》出現 3 次「如果」，均引領可能發生的情況。〈第九回〉：「賈政冷笑道：『你如果再提『上學』兩個字，連我也羞死了。依我的話，你竟頑你的去是正理。仔細站髒了我這地，靠髒了我的門！』」假設分句是可能發生的事件，結果分句有諷刺之意。〈第十一回〉：「他如果如此，幾時叫他死在我的手裏，他才知道我的手段！」結果分句有威脅之意。〈第十七回至十八回〉：「園中所有亭臺軒館，皆係寶玉所題；如果有一二稍可寓目者，請別賜名為幸。」結果分句表示請求之意。

《兒女英雄傳》出現 32 次「如果」，引領可能發生的假設，〈第二十三回〉：「話雖如此說，假如果然始終順著他的性兒，說到那裏應到那裏，那就只好由著他當姑子去罷！」此例是「假如果然」「如果」不是一個單位，而「如果」未成詞之前的意思即是「假如果然…」，排除此例，該書的「如果」已經是假設連詞。

現代的「如果」是常用詞，「平衡語料庫」出現 5000 次，假設連詞是主流用法，「如果」多是單面立設，少數是正反兩面立設。引領的假設分句多是可能發生的情況，少數是不可能發生的假設，例如「如果她是男人，怎肯放了像你這樣美麗的（女子）？」[21] 現實中她是女人，因此該假設違反現實。又如「如果時光能倒轉，如果能有機會重新處理，我將我願意。」客觀上，時間不可能倒轉，兩個假設分句分別違反自然界運作規則及過去歷史。又如「當初我如果沒有整他，他就不會奮發圖強。」假設分句提到「當初」，表示事實已經發生，故是違反過去歷史的立設。

除了邢福義（2001：85-88）提到「如果」的假設複句可以用來推知、應變、質疑、祈使、評說、證實之外，從語料庫中看到結果分句也可用來建議，如「如果不曉得開孔式的長笛，可以去樂器行（問問）。」而且，多數的結果分句是陳述語氣（indicative）的

㉑ 語料庫中每條例子的字數有所限制，遇到句子未完時，筆者以引號方式補上文字，讓例證完整呈現。

直述句（declarative）。語料顯示建議、推測採直述句，數量居多；表示祈使、疑問或質疑則使用祈使句、疑問句或反詰句，數量較少。

周剛（2002：199-200）提到「如果」由假設的「如」和「果」複合而成，「如」和「果」見於上古時期，「如果」成為一個連詞、不晚於宋代，入宋以後用例漸多。此說大致正確。

準此，「如果」是並列式假設連詞，跟其他的「如組」的成員比起來，它的形成時間較晚。由於本文選定的宋明清語料是設定於語錄或小說，若是放寬範疇，南宋《洗冤集錄》出現 213 次，明代《明經世文編》出現 225 次，清代《大清會典事例》出現 869 次，到「平衡語料庫」的 5000 次，可見「如果」出現頻率上升極快，今日已成為最常用的假設連詞。

（二）派生詞

1.如其

上古沒有假設連詞「如其」。[22]

㉒ 《古代漢語虛詞詞典》頁 464 認為上古有假設連詞「如其」，引《孟子·盡心上》：「附之以韓魏之家，如其自視欿然，則過人遠矣！」「欿」，《說文解字·欠部》：「欲得也。」段玉裁注「孟子假欿為坎，謂視盈若虛也。」「如其自視欿然」有「如果他不會自滿」之意。再者，〈滕文公下〉：「彭更問曰：『後車數十乘，從者數百人，以傳食於諸侯，不以泰乎！』孟子曰：『非其道，則一簞食不可受於人。如其道，則舜受堯之天下，不以為泰。子亦為泰乎？』」「非其道」與「如其道」的斷句是「非｜其道」與「如｜其道」，「非其」與「如其」不在同一平面上。《古代漢語虛詞詞典》又引《史記·田叔列傳》：「今梁王不伏誅，是漢法不行也。如其伏法，而太后食不甘味，臥不安席，此憂在陛下也。」「其」指代「梁王」。因之，上古沒有確切當假設連詞的「如其」。

《三國志》出現 5 次「如其」當假設連詞。〈蜀書十二·郤正傳〉：「矇冒瞽說，時有攸獻，譬遒人之有采于市閭，游童之吟詠乎疆畔，庶以增廣福祥，輸力規諫。若其合也，則以闇協明，進應靈符。如其違也，自我常分，退守己愚。進退任數，不矯不誣，循性樂天，夫何恨諸？」「若其」與「如其」正反陳述可能發生的狀況，「其」前面沒有出現可指代的對象，不具指代作用。結果分句是因應的對策，也是言者的建議。〈吳書十三·子抗傳〉：「若有不守，非但失一郡，則荊州非吳有也。如其有虞，當傾國爭之。」「若」與「如其」從正反陳述可能發生的狀況，「則荊州非吳有也」，是針對前一句「非但失一郡」來指認更嚴重的後果。後一複句的結果分句出現「當」，表示高度的斷定。

《齊民要術》出現 1 次「如其」當假設連詞。〈養羊〉：「預收柞柴，桑薪灰，入五月中，羅灰徧著氈上，厚五寸許，卷束，於風涼之處閣置，蟲亦不生。如其不爾，無不蟲出。」「如其」引領可能發生的假設，結果分句出現「無不」雙重否定表示肯定，表示言者十分確定的結果，為高度的斷言。

佛典也保留了一些「如其」。《賢愚經》出現 1 次「如其」當假設連詞。《賢愚經》：「若蒙所願，願賜一子，當以金銀莊校天身，及以名香塗治神屋。如其無驗，當壞此廟屎塗汝身。」(T4, no.202, p0355a20）「若」與「如其」正反論述兩種可能發生的假設，結果分句提出因應對策，出現「當」表示言者堅定的承諾。《佛本行集經》出現 1 次「如其」，即「彼象當堪大王乘之，如其大王意所樂者，可往遣人搦彼象，取將示王來。」（T3, no.190, p910b19）「如其」引領可能發生的假設，結果分句是言者對大王的建議。《根本說一切有部毘奈耶》出現 15 次「如其」，即「此呪義深汝當熟誦，如其我弟更鞭打時，即便報曰：『且勿行杖，待我為誦家呪。』若問呪義，便可答言:『若更瞋呵我當廣說。』」(T3, no.1442, p0709c24)「如其」引領可能發生的假設，結果分句用來指示如何應對。

敦煌變文出現 1 次「如其」當假設連詞。《搜神記》：「王以我學問不廣，故遣我就邊先生處學問。若三年即達，即與我太山主簿。如其不達，退入平人。」此段是說話者的自述，「若」與「如其」正反陳述兩種可能發生的狀況，結果分句為請求的賞罰。

《祖堂集》出現 1 次「如其」當假設連詞。〈龐居士〉：「看經須解義 解義始修行 若依了義教 即入涅槃城 如其不解義 多見不如盲」「若」與「如其」正反陳述兩種可能發生的假設，前一個結果分句是推論，後一個結果分句是批評。

《朱子語類》出現 4 次「如其」當假設連詞。〈論語十六・述而篇・冉有曰夫子為魏君乎章〉：「如其不必讓而讓之，則未必無怨悔之心矣。」「如其」表示可能發生的情況，結果分句出現「矣」，表示評斷。

《金瓶梅》出現 1 次「如其」當假設連詞。〈六十五回〉：「黃主事道：『四泉此意差矣。松原委托學生來煩瀆，此乃山東一省各官公禮，又非松之己出，何得見卻？如其不納，學生即回松原，再不敢煩瀆矣！』西門慶聽了此言，說道：『學生權且領下。』」「如其」引領可能發生的假設，結果分句表示因應的對策，表示言者的堅決態度，故意出此言促使對方讓步。

「平衡語料庫」沒有「如其」。

《古代漢語虛詞詞典》頁 465 提到「如其」是複合虛詞。「如」可表示假設，「其」本是代詞，與「如」連用為詞之後，已經虛化為助詞，起促成複合音節的作用。何鋒兵（2009a：84）認為「如其」產生於中古時期，是舊有連詞同義複用。雖然上古的「其」有假設連詞的用法，例如《荀子・勸學》：「蘭槐之根是為芷，其漸之滫，君子不近，庶人不服。」前舉諸例的「如其」若刪除「如」，假設語氣便消失了，換言之，假設語氣由「如」表之。筆者認為「如其」與「若其」結構相同，是輔助成詞的詞綴，故「如其」是派生詞。

何鋒兵（2009a：84-87）提到「如其」出現的環境是引導前後並列的兩個假設複句中的後一複句，假設的內容語義上是否定的。表義的特點是並列的前一假設是說話者希望出現的，後一種可能是說話者不大希望出現的。此說大致是對的，然還可更準確，筆者發現如果是形合法的二重複句，第一複句的前分句可能用「若」或「若其」，傳達肯定、正面、希望達到的假設條件，「如其」出現在第二複句的前分句，傳達否定、負面、不理想的假設條件。但是「如其」也能出現在單一複句的前分句，如《根本說一切有部毘奈耶》，傳達的假設條件便不一定是否定、負面的限制了。

三、小結

綜合以上分析，整理成三個重點：1.正反兩面立設的假設複句中，排除意合法、形合法並用的狀況，如果正反都採形合立設，則往往是「可能發生」的假設，「不可能發生」的立設通常是單面假設。2.「若」組與「如」組的雙音連詞中，常見的結構是並列式複合詞，少數是派生詞，後綴侷限於「其」、「當」、「是」。3.假設分句與現實的關係中，作「可能發生」立設者居多，某些能作「可能發生」立設者可兼作「不可能發生」的立設，例如「若使」、「如或」、「如使」、「如令」、「如果」，但沒有專門作「不可能發生」立設者。4.詞內結構上，以並列式為主，派生詞為輔，派生詞後綴包含「其」、「當」、「是」。

現將前面的討論結果製成表 9，第四欄「假設分句與現實關係」中，「可能發生」註記 1，「不可能發生」註記 2，「違反歷史事件」註記 2-1，「違反現在現實」註記 2-2，「違反自然界運作規則條件」註記 2-3。

表 9 「若組/如組」綜合比較表

雙音詞	內部結構	流通時代				假設分句與現實的關係
		上古	中古	近代	現代	
若苟	並列式	○	○	○		1
若猶	並列式	○	○			1
若果[23]	並列式	○	○	○		1
若或	並列式	○	○	○		1
若使	並列式	○	○	○		1、2-1
若令	並列式	○	○	○		1、2-1、2-2
若其	派生詞	○	○	○		1
若當	派生詞		○			1、2-2

㉓ 「若果」的結果分句在上古時表負面結果，中古則不限。

若是	派生詞			○	○	1
如或	並列式		○	○		1、2-1
如使	並列式		○			1、2-1、2-3
如令	並列式	○	○			1、2-1
如有	並列式	○	○			1
如若	並列式		○	○	○	1
如果	並列式			○	○	1、2-1、2-2
如其[24]	派生詞		○	○		1

根據表 9，16 個雙音詞就結構而言，12 個是並列式，4 個是派生詞。就產生時代而言，9 個源自上古，5 個源自中古，2 個源自近代。換言之，「若組/如組」多數產生於上古，後來加入的新成員比較少。

就流通時代而言，6 個流通於上古至近代，3 個流通於上古至中古，1 個流通於中古至現代，2 個流通中古至近代，1 個只流通在中古，2 個流通於近代至現代，整體來看，中古的類型最豐富。有趣的是，現代的「若組/如組」類型少，集中於「如果」、「若是」，「如果」又遠多於「若是」，顯示假設連詞的數量雖然減少了，活力卻更加旺盛。

假設分句與現實的關係中，16 個可以表示「可能發生」的假設，7 個還可以表示「不可能發生」的假設，7 個當中有 3 個只用來表示「違反歷史事件」，1 個表示「違反現在現實」，2 個兼用

[24] 「如其」的結果分句可以傳達否定負面之意，也可以傳達正面之意。

於「違反歷史事件」與「違反現在現實」，1 個兼用於「違反歷史事件」與「違反自然界運作規則條件」。由此可見，「若組/如組」主要表示可能發生的假設。

另外，「若組/如組」的語法功能比較單一，基本上沒有一詞多用。

第四章　源自借設義的假設連詞

本章處理源自借設義假設連詞歷時演變的細節，透過文獻語料的蛛絲馬跡，拼合構擬常用假設連詞的生滅遞變，屬微觀的基礎溯源工作。

過去沒有專門研究源自借設義的假設連詞，故略去文獻回顧。

第一節的行文脈絡首先是推測「單音節假設連詞」的生滅軌跡與機制。

第二節描述單音詞發展成雙音詞的過程，再將雙音詞的討論內容製成表格，清晰眉目，方便閱覽。

本章的寫作目的除了清楚掌握假設連詞的發展史之外，更深刻的意涵是尋找發生的意義，完善的描寫可做為判斷來源的依據。

第一節　「假/設」的演變推測

表 10 是根據《漢語大詞典》整理「假/借/設」的義項。

表 10 「假/借/設」義項對照表

義項	假	借	設
借	○	○	
憑藉	○	○	
給予	○	○	
不真、虛假	○		
偽托	○	○	
設置、設想			○
表假設連詞（假如）	○	○	○
表縱予連詞（即使）①	○	○	○

源自「借設」義的假設連詞有「假」、「借」、「設」，然「借」少見，再者「假/借」有許多相似義項，故本節以「假/設」為代表。由於「假」有處置、憑藉某事物之意，「設」是安排、設置某事物（但沒有憑藉某事物），概念是相近的，將「假/設」合併成一節討論。

① 《漢語大詞典》原作「讓步連詞」，仔細地說，應是「縱予連詞」。再者，《漢語大詞典》的「假」沒有縱予連詞的用法，基於語料增補之。

實詞「假」分為「假 1」（借、憑藉、給予）、「假 2」（虛假）。「假 1」處置某事物，並涉及權利轉移，義項「借」、「憑藉」可分析為[＋處置，－所有權，＋使用權]，「給予」分析為[＋處置，－所有權，－使用權]。「假 2」是表[非真]義的狀態動詞或形容詞。

「設 1」是動詞，表示處置某事物，不強調權利轉移，語義徵性是[＋處置]。

概括來看，「假 1」與「設 1」都是對某事物做出處置行為，但細部有別，考慮[處置]的徵性太過寬泛，故改以具體的[借設]為共同語義基礎。以下舉例說明之。

一、「假/設」的實詞階段

先看「假 1」。

1. 唯器與名不可以假人。（《左傳·成公二年》）
2. 假輿馬者，非利足也，而致千里；假舟楫者，非能水也，而絕江河。（《荀子·勸學》）
3. 天假之年，而除其害。天之所置，其可廢乎！（《左傳·僖公二十八年》）
4. 孔子晚而喜易，序彖、繫、象、說卦、文言·讀易，韋編三絕·曰：「假我數年，若是，我於《易》則彬彬矣。」（《史記·孔子世家》）

例 1 根據孔穎達疏:「唯車服之器與爵號之名不可以借人也。」「假」是「借」之意，出現在能願動詞之後，受事賓語之前，是行為動詞，處置的對象是具體的器與抽象的名，這種位置的「假」不是假設連詞的直接來源。

例 2 的「假」是行為動詞，表「憑藉、依靠」之意，「假輿馬」、「假舟楫」與「者」構成名詞短語，因為是憑藉某物完成某事，對該物只有使用權，無所有權。

例 3、4 的「假」是「給予」義，當行為動詞，給予的不是具體物，而是時間，S 給予 O 時間，S 為天，是擬人的用法，O 對時間有所有權與使用權，這兩例的語態不同，例 3 談重耳回國，「天假之年」是已然事件，例 4 是孔子有感而發，「假我數年」是未然之事。

由此可知，「假 1」的對象可以是具體物（器、名、輿馬、舟楫），或抽象的時間（年），表示給予的施事者有時隱沒，但被憑藉、給予的對象必須出現。

接著是「假 2」。

> 5. 假色迷人猶若是，真色迷人應過此。彼真此假俱迷人，人心惡假貴重真。（白居易〈古冢狐〉）

例 5「假色」、「真色」相對，「假」為虛假之意。由此可知，「假 2」出現的時代比較晚。

接著看「設 1」。

6. 之子于苗，選徒囂囂，建旐設旄，搏獸于敖。（《詩・小雅・車攻》）
7. 天命多辟，設都于禹之績。歲事來辟，勿予禍適稼穡匪解。（《詩・商頌・殷武》）
8. 故先王秉蓍龜，列祭祀、瘞繒，宣祝嘏辭說，設制度。（《禮記・禮運》）
9. 是以君子不休乎好，不迫乎惡，恬愉無為，去智與故。其應也，非所設也；其動也，非所取也。（《管子・心術上》）

例6「建」、「設」相對，「設」為行為動詞，為「置」之意，表示客觀上放置了「旄」，不論「旄」的權利問題，「設」的焦點在於「處置」了某物，忽略權利的轉移。《詩經》出現的「設」幾乎都當安置解，安置的對象是可位移的旗幟、鍾鼓、席。

例7的「設」是「設立」之意，與前例相比，安置對象「都」雖然仍是三維空間，但已非可以輕易位移的旗幟、鍾鼓、席。處置的動作發生泛化，「設都」的動作是抽象的制定某地為首都。

例8的「設」依然是「設立」之意，與前例相比，安置對象「制度」不再是三維物體，而是條文或政策，處置的動作更加泛化。

例9的「設」是「設想」之意，是狀態動詞。放置的動作與對象是具體的，佔空間的，且設想的動作是抽象的，不佔空間。

《古代漢語虛詞詞典》頁496引《說文》：「設，施陳也。從言從殳。殳使人也。」段注：「設、施雙聲。施，有布列之義，言殳者，以言使人也。凡設施必使人為之。」筆者認為段說不但望文生義，更嚴重的是以字形解釋詞義，「設」是行為動詞，不是使役動詞，並非從「殳」者便有使人之義。後續《古代漢語虛詞詞典》又說虛詞「設」表示虛擬中的使令，亦是有誤。

二、「假/設」的語法詞階段

語法詞「假/設」分為假設連詞「假 3/設 2」與縱予連詞「假 4/設 3」。

10. 公季成謂魏文侯曰：「田子方雖賢人，然而非有土之君也，君常與之齊禮。假有賢於子方者，君又何以加之？」（《新序・雜事四》）
11. 楊子曰：「世固非一毛之所濟。」禽子曰：「假濟，為之乎？」楊子弗應。（《列子集釋・楊朱篇》）
12. 假令僕伏法受誅，若九牛亡一毛，與螻蟻何異？（司馬遷〈報任少卿書〉）

例 10 公季成認為文侯的行為太過，故先以讓步複句先褒後貶，暗示田子方不是最合適的人選，再以假設句營造層遞，人外有人，天外有天，還有比田子方更賢能、更合適之人，屆時該如何加倍待之？假設分句是可能發生的假設，結果分句表示質疑，以測度問達到勸諫文侯的目的。

例 11 出自東晉張湛假託的《列子》。禽子的問話是假設複句，結果分句是測度問句，表示質疑。如果沒有語境供參考，「假濟」不一定當假設連詞理解，可看成動詞狀語，修飾「濟」。但是根據楊子之言，「假」理解為假設連詞較合適。楊子所言過份偏頗，禽子故意針對其言作相反假設，而且楊子的反應是「弗應」，可見他知道所言失當，才無話可說。因此，筆者認為「假濟」是可能發生的假設。

例 12 司馬遷假設自己伏法受誅，但實際上當時他沒有遭受這種境遇，因此該假設分句違反了現在事實。

上古的「假 3」少見，遍覽數十部上古典籍，仍未找到從實詞到語法詞的過渡例證。

值得注意的是南宋《朱子語類》出現「假 4」。〈朱子十七·訓門人八〉：「蓋志在於利欲，假有善事，亦偶然耳！」「假…，亦…」形成虛擬、非實然的縱予複句，「亦」表示轉折語氣，對縱予分句的「善事」發表「評說」。與假設連詞比較，「假 4」比較晚出，而且由「假」組成的詞語，如「假如」、「假饒」、「假若」亦有縱予用法。②

再來看「設 2」與「設 3」。

13. 設以齊取魯，曾不興師，徒以言而已矣！（《公羊傳·閔公二年》）
14. 今我在也，而人皆藉吾弟。令我百歲後，皆魚肉之矣。且帝寧能為石人邪！此特帝在，即錄錄，設百歲後，是屬寧有可信者乎？」（《史記·魏其武安侯列傳》）

② 相關例證請參本章第二節。

例 13「設」後接動賓結構，表示某種狀況，而且是尚未發生的狀況，「設」為假設連詞，結果分句出現句末語氣詞「矣」，表示主觀判斷。先秦時代「設 2」只找到此例。

接下來是西漢《史記》，出現了 1 次「設 2」。此段話為竇太后所做的假設，因為「百歲」（過世）尚未發生，是人力無法控制的事件，無法使役，故「令」是假設連詞。同理，「設百歲」是尚未發生之事，「令」與「設」都是假設連詞。結果分句表面是斷言，目的是要質疑對方。如果沒有前面的「令我百歲後」，「設百歲後」有兩解：設想百歲後或假如百歲後。由此可知，假設連詞「設」與「設想」的「設」在語義上有共通點，語法上也有共通點，「設」之前沒有主語，導致「設」處於分句句首，而假設連詞的位置也是在分句的句首。

15. 鉤距者，設欲知馬賈，則先問狗，已問羊，又問牛，然後及馬，參伍其賈，以類相準，則知馬之貴賤不失實矣！（《漢書·趙尹韓張兩王傳》）

東漢《漢書》的「設 2」增加到 5 例。趙廣漢擅長鉤距，以提問及解決方法來介紹鉤距，「設欲知馬賈」的斷句是「設｜欲知馬賈」，趙廣漢提出的問題是：如果想要知道馬的價錢，「想要」即未發生，是可能發生的立設，結果分句提供循序漸進的查價、比價方式，有推測作用。

太田辰夫（1991：144）指出「設」在《祖堂集》裡似表「即使」的意思，就是說似為「縱予」意（假定的反轉），它往往接「也」、「亦」，使反轉之意益明。或許當時假定和縱予兩方面都使用。

筆者查檢《祖堂集》，發現「設」可當縱予連詞。如〈本山和尚〉：「師云：『還有臥單蓋得也無？』對云：『設有，亦無展底功夫。』」前分句是「設…」，後分句是「亦…」，表示婉轉的推估。〈福州西院和尚〉：「又問：『雙峰上人，有何所得？』師云：『法無所得。設有所得，得於本得。』」「設有所得」有兩解，一是假設分句，表示如果有所得，二是縱予複句，表示即使有所得。準此，「設」可當假設連詞（「設 2」）與縱予連詞（「設 3」），後者比較晚出。

綜合前述，上古的「假/設」多是動詞，很少當假設連詞，表示當時假設連詞的用法正值萌芽，在有限的例子中，筆者發現兩者引領的假設分句是「可能發生」，有的「假」可做「不可能發生」的立設。③ 另外，「設」除了當假設連詞外，還可當縱予連詞。

三、語法化蠡測

（一）動因

「假 3/設 2」形成的動因涉及語義、語法與邏輯條件。

語義上，「假 1/設 1」的[借設]義是語法化的基礎，從具體的借設動作逐漸泛化為抽象的借設（如設想、憑藉）。例 14 若只有「設百歲後，是屬寧有可信者乎？」兩句，可視為過渡之例。因為

---

③ 呂叔湘（1990a[1942]： 412-413）提到古漢語「假」、「設」多半表示與事實相反的假設，從他的例子中，嚴格來說他僅舉了一例，即司馬遷〈報任少卿書〉。

「百歲後」是抽象的時間短語，不能當行為動詞「設」的賓語，可能是「設想百歲後」之意或「如果百歲後」，「設想」與假設連詞的共通點是虛擬未發生的情境，由此語法化為假設連詞。

假設複句的 p、q 是蘊涵關係，只要滿足 p，就產生 q，無論 p 是哪一種條件，語句都成立。部分「假 3」引領不可能發生的假設（違反現在事實），相當於「不是真的條件」，條件本身只有可不可能發生，如果該條件違反事實，自然會增加條件不發生的機率。比較：

16. 假如當天颱風來襲，活動就延期。
17. ？假如當天是晴天，活動就延期。
18. *假如當天下了石頭雨，活動就延期。

例 16 假設分句只有颱風天或非颱風天兩種可能，非關真的颱風或假的颱風。

例 17 不合乎語感，一般而言晴天不會影響活動進行，除非該活動比較特殊，無法在晴天舉辦。另外，「晴天」非關真假。

例 18 的假設分句違反常理，背離事實，不但是虛擬事件，真值條件為假，常理下不可能發生的，既然 p 的條件無法滿足，q 便不會發生。一般而言，這種假設複句難以成立，除非言者有特殊之意，特別強調活動一定如期舉行，才會故意立下荒謬的假言條件。

語法上，「假 1/設 1」出現主賓之間或賓語之前，當述語，「假 1/設 1」必須有賓語，賓語可能是體詞性、「者」字結構、「於」字結構，這種「假 1/設 1」的動詞性很強。當「設」是狀態動詞出現在動詞之前，作修飾性的狀語，動詞性便減弱了。連詞「假/設」的位置通常是前分句句首，主謂結構之前、謂語之前，或者介於主謂結構之間，前面提過「設百歲後，…」的「設」之前沒有主語，正巧合乎了假設連詞的語法位置的要求。

有時「假 1/設 1」後接的成分逐漸複雜，又出現在句首時，看似連詞的位置，尚需檢視「邏輯」關係。假設複句內部的邏輯是前分句 p 與後分句 q 有蘊涵關係，且 p 是假設性條件。例如《荀子·非十二子》：「假今之世，飾邪說，文姦言，以梟亂天下，矞宇嵬瑣，使天下混然不知是非治亂之所在者，有人矣。」此例的「假」與「假輿馬者，…」、「假於鬼神、時日、卜筮以疑眾，…」都出現在分句句首，可是「假…者，…矣」並非蘊涵關係，「假…者」亦非假設性條件，故「假」不是假設連詞，沒有假設之意，而是「如同」之意。根據後分句出現句末語氣詞「矣」表示判斷，可知此例是判斷句。所以雖然「假」出現在分句句首，合乎假設連詞常見位置，但缺乏假設句的邏輯關係，也無法變成假設連詞。

前面提過「假/設」除了當假設連詞，還有縱予連詞的用法，兩者有何關聯呢？從形成的時間來看，當假設連詞「假 3/設 2」先於當縱予連詞「假 4/設 3」，兩者應該具有先後的衍生關係。席嘉（2010：354）認為假設連詞與縱予讓步連詞有語法意義的聯繫，總與讓步包括兩個構成要素：一是通過容認某種情況為後面的轉折作鋪墊，二是所容認的情況多為虛設，或者說一般帶有假設性。縱予讓步是在假設的基礎上附加了新的語義徵性，是由於假設連詞經常用於讓步句，語境意義逐步成為語法意義而獲得縱予讓步功能。此說大致可信。

根據第一章表 2，複句關係中，當 p 為假設時，p、q 之間若為順承關係，則是假設，若是逆轉關係，則是縱予。換言之，假設與縱予共同的基礎是 p 為假設，差異在於分句之間是否具有轉折與讓步意味。邏輯上，假設強調 p 成立，q 便成立，縱予強調 p 無法影響 q，p 是說話人不樂見的事件，p 不成立自然不會影響 q。就算是 p 成立了，q 依然不改變。假設關係邏輯上比較單純，縱予關係多了一道轉折與讓步的手續，生命或事物的發展規律是由簡單而複雜，故假設先於縱予，「假/設」先語法化為「假 3/設 2」之後，進一步語法化「假 4/設 3」。

（二）機制

在語義、語法、邏輯的動因配合下，「假 1/設 1」通過隱喻、重新分析與主觀化機制語法化為假設連詞。

從具體「借設」動作的動詞泛化為表抽象「假設」、「設想」的動詞，再變成邏輯上的連接，語義更進一步泛化，從動作的認知域映射到邏輯的認知域，是「隱喻」的作用。

有些「假 1/設 1」出現在分句句首，與假設連詞的位置相當，言者強調的是前後分句的蘊涵關係，那麼「假/設」在主觀化作用下，發生重新分析，語法化為假設連詞「假 3/設 2」。如「設百歲後，是屬寧有可信者乎？」無論「設」當設想解或當假設語氣解，言者想知道的是因前面的假設條件會產生何種結果，換言之，後分句才是重點，這種環境的「設」提供重新分析為假設連詞的基礎。

接著，「假 3/設 2」分句之間的關係由順承加上轉折，也就是說話人認定 p 不影響 q 的成立，換言之，這個轉折的主觀化更高，讓順承的「假 3/設 2」變成逆轉的「假 4/設 3」，邏輯上更加複雜了。

最後，將「假/設」的演變過程圖示如下。

圖 4 「假/設」的演變過程

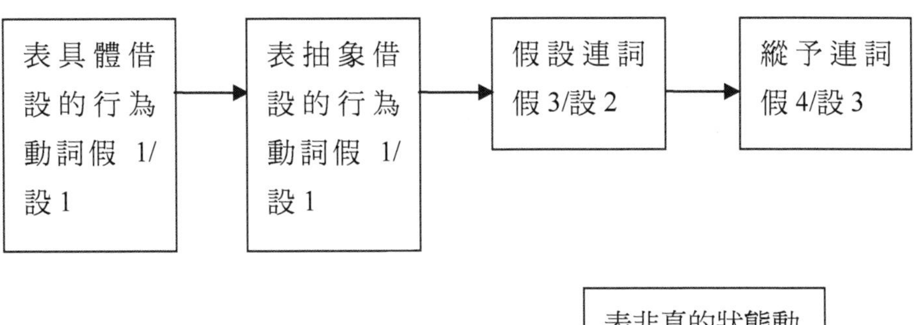

第二節　從單音節到雙音節的變化

一、「假」的聚合關係

（一）並列式

1.假如

本文的先秦語料沒有「假如」，在東漢荀悅《前漢紀》找到 1 次「假如」當假設連詞。〈孝成一〉：「假如單于初立，欲委身中國，未知利害，使人詐降，以卜吉凶。如受之，虧德沮善。」「假如」是假設連詞，「單于初立…吉凶」是虛擬可能發生的假設，交代事件背景，接著又出現「如」，提出接受詐降的可能假設，結果分句是針對「受之」所做的推斷。同樣的文句亦見於《漢書》，作「假令單于初立」，詞面更換了，可知「假如」與「假令」近義。

《齊民要術》出現 2 次「假如」當假設連詞。〈雜說〉：「立秋前後，皆十日內種之。假如耕地三徧，即三重著子。」「耕地三徧」是可能發生的假設，結果分句是下判斷。

本文的佛典語料只出現 1 次「假如」當假設連詞。《六度集經》：「吾之拯濟，唯為眾生。假如子云：『誠吾願矣！』慈惠受罪，吾必為之。危己濟眾，菩薩上志也。」（T3, no.152, p0001a21）「假如」引領可能發生的假設，結果分句有兩句，出現「必」表高度的推論。

敦煌變文出現 1 次「假如」，疑非假設連詞。〈孔子項託相問書〉:「假如鵝鴨何以能浮？鴻雁何以能鳴？松柏何以冬夏常青？」此變文假借孔子與小兒項託的一問一答，凸顯項託聰明伶俐，反應靈敏，他發問之目的是詰難，而非不知而問。語法上「假如鵝鴨何以能浮」為單句，根據第二問句、第三問句推知第一句應斷為「假如｜鵝鴨何以能浮」，「假如」表假設之意，當動詞，「鵝鴨何以能浮」是賓語。由於假設連詞有關聯作用，出現在複句的前一分句，此例只是單句；再者，雖然現代的對話語境中可出現假設連詞引領單句，如「A：如果他沒來呢？B：…。」雖然〈孔子項託相問書〉也是對話語境，不過「假如鵝鴨何以能浮」與「如果他沒來呢」結構不同，前者是「假如」接特指問，後者是接反詰問，漢語的假設連詞無後接特指問的用法，一般接直述句，偶接反詰句。假設連詞肩負關聯作用，關注的焦點是結果分句如何因應假設。反觀特指問的目的是針對問題做說明，「鵝鴨何以能浮」可預期的答案是解釋能浮的原因，可是「他沒來呢」關注的是後續因應對策，而非沒來的原因。故「假如鵝鴨何以能浮」的「假如」與假設連詞有別。

值得留意的是唐代的「假如」出現縱予用法，白居易〈代林園戲贈〉：「南院今秋游宴少，西坊近日往来频。假如宰相池亭好，作客何如作主人。」白居易〈座中戲呈諸少年〉：「縱有風情應淡薄，假如老健莫誇張。」兩個原形凝合的緊縮句並列，「縱有」與「假如」為縱予連詞.。盧仝〈感古四首〉：「假如屈原醒，其奈一國醉？一國醉號呶，一人行清高。便欲激頹波，此事真徒勞。」「假如」為即使之意，「其奈一國醉」與前一分句形成轉折。④

《朱子語類》出現 6 次「假如」，5 次引領可能發生的假設，結果分句則用來推測、判斷、說明。1 次引領不可能發生的假設，即〈朱子十七・訓門人八〉：「不長進者，多是自謂已理會得了底。如此，則非特終身不長進，便假如釋氏三生十六劫，也終理會不得！」此例的假設複句具有誇飾性，為了突顯終身不長進，故意以覺悟的佛陀與經歷長久的時間來立設，就是佛陀經歷三生十六劫也理會不得。故此假設為違反歷史事件的假設，結果分句是下判斷。

《西遊記》出現 10 次「假如」，引領的分句都是可能發生的立設，結果分句有 3 次表示反詰，1 次下判斷，1 次為設疑，1 次為因應對策，4 次評估。有 1 例是正反立設，〈第五十三回〉：「若還到第二家，老小眾大，那年小之人，那個肯放過你去！就要與你交合。假如不從，就要害你性命，把你們身上肉都割了去做香袋兒哩！」「就要與你交合」省略假設分句「假如服從」，為正面立設；「假如不從」則是反面立設。

《金瓶梅》出現 2 次「假如」，引領可能發生的假設，結果分句表建議與推知。

《兒女英雄傳》出現 37 次「假如」，有 25 次引領可能發生的假設，12 次引領違反事實的假設，後者如〈第八回〉：「再說，假如那時要留他一個，你未必不再受累，又費一番唇舌精神。」「那

④ 吳福祥（2004：200）認為《朱子語類》出現 1 次表示縱予的「假如」，即〈學七・力行〉：「凡事只去看箇是非。假如今日做得一件事，自心安而無疑，便是是處；一事自不信，便是非處。」筆者認為此例的「假如」亦可看成假設連詞。

時」表示過去時間，換言之，過去的事實是沒有留他一個。又如〈二十一回〉：「假如這何家的夫妻二位，假如也得有安公子這等一個好兒子，何至於弄到等女兒去報仇，要女兒來守孝？」事實是何家沒有兒子，此立設違反現在的事實。由上可知「假如」引領違反事實的假設比較晚出。跳脫從句子看「假如」，就篇章功能而言，「假如」還有 1 次用於「列舉」，如〈第十七回〉：「拏為親穿孝論，假如遇著軍事，正在軍興旁午，也只得墨絰從戎，回籍成服；假如身在官場，有個丁憂在先，聞訃在後，也只得聞訃成服。」假設複句的並列出現目的在列舉多種可能發生的狀況，表示言者的多重考慮。是書「假如」後面的結果分句表示推論、祈使、感嘆、評論、疑問、質疑。

「平衡語料庫」的「假如」出現 337 次，引領的分句多為可能發生的假設，少數是不可能發生的假設，後者如「男孩嗚咽著問我：『阿姨，假如我早一點來點掉這顆痣，我媽媽說不定就不會生病了！』」假設分句出現時間副詞「早一點」，事件發生的時間點是過去，詞已發生的事實。再如「他對妻子說出種感覺，並且說：「要是能永遠活下去該多好！」出現時間副詞「永遠」，真實世界沒有生物能永遠活著，違反了自然界運作規則條件。「假如」有正反列舉的功能，如「就是說假如你有症狀，當然要檢查。假如沒有症狀的話，或是你屬於比較高危險群…」前一個假設分句是「有症狀」，後一個假設分句是「沒有症狀」。

關於「假如」的內部結構與演變過程，太田辰夫（1985：306）認為是連詞「假」和「如」複合而成，唐代開始使用。根據前面的考察，東漢荀悅《前漢紀》已出現 1 次的「假如」，太田所言的時代過晚。周剛（2002：199）認為上古的「假如」已經是假設連詞，入唐以後出現讓步用法，與假設用法共存。宋代以後，表讓步的用法逐漸減少、消失，表假設的用法增多。此說大致可信，但嚴格來說縱予與讓步連詞雖然都是一種「容認」，細部仍有不同，縱予是虛讓，讓步是實讓，「假如」發展出的是縱予用法。《古代漢語虛詞詞典》頁 287 指出「假如」是複合虛詞，由「假」和「如」並列構成，除了用例晚見以外，所言大致正確。

2.假令

漢代整理的《九章算經・九章算數》第七卷：「以盈不足術求之，假令故米二斗，不足二升。令之三斗，有餘二升。」「假令」與「令之」對應，引領可能發生的假設，結果分句表示推測，而且此一句型出現 12 次。由於《九章算經》在漢代以前形成，可知上古時代「假令」已經當假設連詞。

《史記》保留了許多例子。〈張儀列傳〉：「張儀曰：『秦彊楚弱，臣善靳尚，尚得事楚夫人鄭袖，袖所言皆從，且臣奉王之節使楚，楚何敢加誅？假令誅臣而為秦得黔中之地，臣之上願。』」假設分句是尚未發生，也可能發生的立設，看似對張儀不利，但結果分句卻以「上願」表達己志，目的是要藉此勸諫。〈張釋之馮唐列傳〉：「釋之免冠頓首謝曰：『…今盜宗廟器而族之，有如萬分之一，假令愚民取長陵一抔土，陛下何以加其法乎？』」「假令」引領可能發生的假設，結果分句表示疑問，要請陛下裁決，用意是要勸諫陛下。特別說明的是「假令」可引領不可能發生的立設，如〈管晏列傳〉：「假令晏子而在，余雖為之執鞭，所忻慕焉！」與〈淮陰侯列傳〉：「太史公曰『：假令韓信學道謙讓，不伐己功，不矜其能，則庶幾哉！』」這兩例的假設分句違反了歷史事件，面對不可能發生的情況，結果分句以祈使句或感嘆句表達說者的主觀情感。⑤

在《漢書》中，「假令」可引領可能發生與不可能發生的假設分句，後者如〈賈誼傳〉：「假令悼惠王王齊，元王王楚，中子王趙，幽王王淮陽，共王王梁，靈王王燕，厲王王淮南，六七貴人皆亡恙，當是時陛下即位，能為治虖？」違反現在事實的假設，結果分句以反詰語氣表示質疑。《論衡》亦出現 32 次的「假令」。由此可見，「假令」的假設功能在漢代已經成熟。

佛典保留許多當假設連詞「假令」。《中本起經》：「假令大愛道審能持此八敬法者，聽為沙門。」（T4, no196, p0158c16）「假令」引領可能發生的假設，結果分句為因應的對策。愈到晚期，「假令」的數量愈多，如《根本說一切有部毘奈耶》出現了 24 次。佛典的「假令」都是引領可能發生的假設，結果分句包含了因應對策、疑問、評論。相對下中土的《三國志》只出現 6 次「假令」，引領可能發生的假設。中土文獻與佛典相較下，佛典保留的「假令」比較豐富。

近代階段，「假令」的數量急速下降，敦煌變文出現 1 次「假令」，〈降魔變文〉：「明朝許期聖，今日使私逃，假令計料不襟，不合相報，弟子為法，甘分喪軀。太子之身，何辜受戮！」「假令」引領可能發生的假設，結果分句表示意願，自己願意付出生命。

《朱子語類》出現 1 次「假令」當假設連詞。〈孔孟周程張子〉：「而今假令親見聖人說話，盡傳得聖人之言不差一字。若不得聖人

---

⑤ 另外，西漢《難經》也經常出現「假令」。

之心，依舊差了，何況猶不得其言？」因為聖人不復存，所以「假令」引領違反歷史的立設，結果分句是推測，「盡傳得」與「不差一字」帶有誇飾性，以示會好好把握親見聖人的機會。

「平衡語料庫」沒有出現「假令」。

《古代漢語虛詞詞典》頁 465 提到「假令」是複合虛詞，始見於漢代。以內部結構來看，「假令」是並列複合詞，因為「令」在上古已經當假設連詞，如《戰國策・趙策三》：「令秦來年復攻王，得無割其內而媾乎？」」

3.假饒

上古沒有出現「假饒」，中古的本文佛典、中土語料也沒有出現「假饒」。

敦煌變文出現 10 次，1 次當假設連詞。〈左街僧錄大師壓座文〉：「假饒不被改形儀，得箇人身多少時？」「假饒」引領可能發生的假設，結果分句表疑問，屬傳信範疇。有 9 次當縱予連詞，如〈維摩詰經講經文〉：「布施雖獲無限福，不如常轉大乘經…假饒身命皆將捨，未勝常持般若經。」最後兩分句呈現層遞，後分句優於前分句，這段偈頌強調布施不如持經，人最看重、最愛惜的是「身體」、「生命」，即使作大布施，將身命均捨去了，仍不如持誦《金剛經》。故「假饒」為縱予連詞。變文的「假饒」又作「價饒」、「賈饒」，見於〈悉達太子修道因緣〉：「價鐃（假饒）殿下應有尊高，神將有其（期）！」〈韓擒虎話本〉：「蹄觥小水，爭福大海滄波。賈（假）饒螻蟻成堆（堆），儺（那）能與天為患。」《廣韻》的「假」是見母馬韻開口二等字，「賈」是見母馬韻開口二等字，「價」是見母禡韻開口二等字，三者聲母、韻部相同，唯聲調些微差異。具通假的條件。

《祖堂集》出現 2 次「假饒」，都當縱予連詞。〈落浦和尚〉：「假饒併當得門頭淨潔，自己未得通明，還同不了。」此例為二重複句，「假饒」句與後二句有逆轉關係，「自己未得通明，還同不了」可能是意合的假設複句或轉折複句。〈百丈和尚〉：「古人舉一手堅一指，是禪是道？此語擊縛人，無有住時。假饒不說，亦有口過。」「亦」表示轉折語氣。

《景德傳燈錄》出現 7 次「假饒」，都當縱予連詞。[⑥] 〈卷三〉：「縱遇鋒刀常坦坦，假饒毒藥也閑閑。」兩個原形凝合的緊縮句並列，後一緊縮句出現「也」表示轉折，「縱」與「假饒」都是縱予連詞。

《朱子語類》出現 8 次「假饒」，都當縱予連詞。〈學四・讀書法上〉：「今人讀書，只衮衮讀去。假饒讀得十遍，是讀得十遍不曾理會得底書耳！」「假饒」複句的分句間有逆轉關係。

《金瓶梅》出現 3 次「假饒」，2 次當縱予連詞，1 次當假設連詞。後者如〈第五十七回〉：「娘說那里話？假饒兒子長成，討的一官半職，也先向上頭封贈起。」雖然最後一句出現「也」表示轉折，該句是言者跟母親所作的解釋，屬傳信範疇，從語境看來，「假饒」引領的分句與「也」分句沒有縱予的逆轉關係，而是順承關係，故「假饒」是假設連詞。

「平衡語料庫」沒有出現「假饒」。

---

⑥ 《景德傳燈錄》：「假饒通達祖師言，莫向心頭安了義。」「假饒」明本作「假使」，故不列入計算。

由上可知，「假饒」在唐代才出現，是比較晚出的連詞，現代已經不用，時代性較鮮明，而且當縱予連詞的數量比當假設連詞的數量多。原因是唐代的「饒」已經當縱予連詞，「假」是假設連詞，兩者組成雙音詞時，「饒」的作用較強，使得「假饒」當縱予連詞的數量比當假設連詞多。

《古代漢語虛詞詞典》頁 286 提到「假饒」為複合虛詞，引《助字辨略》：「假饒，猶言縱令，設辭也。」用例約始見於中古，後一直沿用至今。所謂「設辭」，即假設之詞，嚴格來說是當縱予連詞，根據筆者的研究，「假饒」出現於敦煌變文，現今已不再使用了。《朱子語類》出現當縱予連詞的「假」，而「饒」當縱予連詞的時間較早，出現於唐代變文，如〈無常經講經文〉：「饒君多有駐顏方，限來時也[被無常取]。」因此「假饒」應是假設連詞與縱予連詞以語素身份組成的並列式。

4.假使⑦

《商君書》出現 1 次「假使」當假設連詞。〈徠民〉：「假使王之群臣有能用之，費此之半，弱晉強秦，若三戰之勝者，王必加大賞焉。」「假使」引領的假設分句很長，「王之群臣…強秦」為事件的背景，在此背景下的「三戰之勝者」，則推測會有「大賞」，故假設分句是可能發生的情況，結果分句出現「必」，是高度肯定的推斷。

⑦ 《大正藏》出現 19 次「假使若」，最早見於西晉竺法護《寶女所問經》:「假使若以塵勞愛欲而羸劣者，則以智慧而有力勢。若慳貪劣，則用布施致於堅強。設以犯戒而羸劣者。則以戒禁而堅強矣。」(T13, no.399, p0460c14) 4 次出現在唐代玄奘譯經，12 次出現在宋代施護譯經，1 次出現在宋代惟淨等譯經。

《韓詩外傳》出現 1 次「假使」當假設連詞。〈卷三〉：「禹之所以請伐者，欲彰舜之德也。故善則稱君，過則稱己，臣下之義也。假使禹為君，舜為臣，亦如此而已矣！夫禹可謂達乎，為人臣之大體也。」此例談論歷史事件，「禹為君，舜為臣」是違反歷史的假設，助詞「矣」有標誌推斷的作用，但是「矣」之前又出現語氣助詞「而已」，整個結果分句具有言者的主觀色彩，表示言者的論斷。

《史記》出現 1 次「假使」當假設連詞。〈范睢蔡澤列傳〉：「假使臣得同行於箕子，可以有補於所賢之主，是臣之大榮也。臣有何恥？」「假使」引領違反歷史事件的立設，結果分句「是…也」為判斷句，表斷言。

《漢書》出現 4 次「假使」，都引領不可能發生的假設。〈外戚傳〉：「假使太后在彼時不如職，今見親厚，又惡可以踰乎！」假設分句出現時間詞「彼時」，表示是違反現在事實，結果分句有反詰之意。

《論衡》出現 4 次「假使」，3 次引領可能發生的假設。1 次是不可能發生的假設，後者如〈感虛〉：「假使堯時天地相近，堯射得之，猶不能傷日。」假設分句違反了歷史事件，結果分句是下判斷。

另外，《淮南子》也出現 1 次「假使」當假設連詞。〈天文訓〉：「假使視日出，入前表中一寸，是寸得一里也。一里積萬八千寸，得從此東萬八千里。」「假使」引領可能發生的假設，對太陽運作的推算，結果分句以判斷句「是…也」作推測或斷言。

《三國志》出現 6 次「假使」當假設連詞，4 次引領可能發生的假設。〈魏書九・曹仁傳〉：「謂仁曰：『賊眾盛，不可當也。假使棄數百人何苦，而將軍以身赴之！』」結果分句表面是建議，其實是勸阻。有 2 次引領不可能發生的假設，〈魏書十二・崔琰傳〉：「假使成王欲殺召公，則周公可得言不知邪？」「假使」引領違反歷史事件的假設，結果分以反詰語氣的疑問句來質疑。

《顏氏家訓》出現 1 次「假使」當假設連詞。〈雜藝〉：「嘗悔恨曰：『假使吾不知書，可不至今日邪？』」假設分句是違反現在事實的假設，結果分句以反詰語氣的疑問句表示後悔之意。

佛典保留豐富的「假使」，《中本起經》出現 1 次，《撰集百緣經》1 次，《六度集經》1 次，《生經》37 次，《摩訶僧祇律》5 次，《百喻經》1 次，《賢愚經》3 次，《雜寶藏經》5 次，《佛本行集經》27 次，《根本說一切有部毘奈耶》16 次，《祖堂集》3 次，《景德傳燈錄》6 次。假設用法比較早，見於《中本起經》，引領可能發生的假設，縱予用法比較晚，見於晉朝之後的《撰集百緣經》：「汝今假使百年之中，晝夜炙身，欲求如此珍寶之車，及以諸天侍衛汝者，終不可得。」（T4, no.200, p 0228c14）「假使」是縱予連詞，表示即便花費很多心思，終究不可得。又如《祖堂集・洞山和尚》：「莫為人間小小名利，失於大事。假使起模盡樣覓得片衣口食，總須作奴婢償他定也。」「假使…，總須…」對應，「總須」表逆轉語氣。《佛本行集經》：「假使我得帝釋天宮，意亦不樂，況復人間麤弊果報？」（T3, no.190, p0763b09）此為二重複句，第一層是「假使…，亦…」為縱予複句，第二層再與「況復」構成遞進複句，且「假使…，亦…，況…」句式經常出現。時代愈晚，縱予用法愈多，《百喻經》、《雜寶藏經》、《佛本行集經》、《景德傳燈錄》的「假使」全都是縱予用法，《摩訶僧祇律》、《根本說一切有部毘奈耶》、《祖堂集》也僅有 1 次當假設連詞。

順道一提，《大正藏》保留了 20 次三音節「假使若」，如西晉竺法護譯《寶女所問經》：「假使若有沙門、梵志、天龍、鬼神、魔王、梵天及與世人，不能覩見如來瑞應，弘雅威曜。設不能覩現應之德，欲求佛短，都不覩見，而敢生意，心自念言：『佛不得成平等正覺。』」（T13, no.399, p0462a04）「假使若」與「設」都是假設連詞，引領可能發生的假設。

敦煌變文出現 12 次「假使」，都當縱予連詞，後分句出現「尚」、「亦」、「終」為標誌，強化轉折語氣。如〈破魔變文〉：「假使有拔山舉頂（鼎）之士，終埋在三尺土中。」「拔山舉頂（鼎）之士」與「埋在三尺土中」是有違常理的，呈現逆轉關係。

《朱子語類》出現 9 次「假使」，6 次當縱予連詞，3 次當假設連詞，引領可能發生的假設，結果分句表示對策或評論，如〈戰國漢唐諸子〉：「雖云其書是後人假託，不會假得許多，須真有箇人坯模如此，方裝點得成。假使懸空白撰得一人如此，則能撰之人亦自大有見識，非凡人矣！」結果分句由兩句構成，末句出現「矣」作結，表示推斷。

《兒女英雄傳》出現 2 次「假使」，都當引領可能發生的假設，〈第十九回〉：「假使他方纔一伸手就把那把刀綽在手裏往項下一橫，早已『一旦無常萬事休』了。」前分句為可能發生的假設，結果分句是據前所作的推測或判斷。

「平衡語料庫」出現 63 次「假使」，都引領可能發生的假設，結果分句可以表示推測、評論、對策。「假使」所構成的假設複句幾乎都是表述的功能，屬傳信範疇。有 1 例比較特別，以一連串的「假使」來列舉，作為說理的手段，如「假使你是農人，就應該辛勤耕種；假使你是工人，就應該努力生產；假使你是軍警，就應該好搞保護人；假使你是醫生，就應該細心醫治病患；假使你是老師，就應該熱心教導學生。」還有 1 例作「假使說」，如「假使說，我今天退休以後，在家庭家庭我跟兒女接觸…」雖然「假使說」和後面的成分之間出現逗號，仍是假設連詞。

席嘉（2010：244）指出「假使」表縱予是唐宋時期常見用法，直到元代以後，「假使」才以假設為主，偶有縱予用法。該說尚可商榷，根據筆者的研究，「假使」當假設連詞比當縱予連詞早出現。

《古代漢語虛詞詞典》頁 287 指出「假使」為複合虛詞，先秦已有用例，沿用至今。事實上「假使」的連詞用法是有變化的，經歷了「假設連詞＞假設連詞、縱予連詞＞假設連詞」的過程。

5.假若

上古沒有出現「假若」。

中古階段，本文的中土文獻、佛典沒有「假若」。東晉袁宏《後漢記》，出現 1 次「假若」，〈桓帝紀〉：「上使不為，民或為之，是以加罰；假若上之所為，而民亦為之，向其化也，又何誅焉？」前有「使」，後有「假若」，兩個假設複句並列，進行正反論述、說理，最後再以反詰語氣的疑問句表示質疑。

《元刊雜劇三十種》出現 2 次「假若」當縱予連詞。〈晉文公火燒介之推雜劇〉第三折：「假若封加你官位高，至如升遷得你功勞大，劃地索招罪招殃添驚怕。（兒呵），子不如無是無非，且做莊家。」此段話意在規勸兒子不要爭名求利，所謂「封加你官位高」、「升遷得你功勞大」為虛擬情境，按理而言不會變成「劃地索招罪招殃添驚怕」，故前後呈現逆轉關係，「假若」當縱予連詞。

《西遊記》出現 38 次「假若」，當都假設連詞。〈第二十一回〉：「假若師父死了，各人好尋頭幹事；若是未死，我們好竭力盡心。」「假若」與「若是」對應，作正反論述，結果分句是提出意見。〈第三十回〉：「果然有書，就打死了，我也甘心；假若無書，卻不枉殺了奴奴也？」此為正反論述，後一複句「假若…，卻…」結果分句以帶轉折的疑問句結尾，反詰語氣表示抱怨。「假設…，卻…？」句式出現了 6 次，表示反詰語氣。

《金瓶梅》出現 3 次當假設連詞，均引領可能發生的假設。〈第四十五回〉：「不打緊。假若我替你說成了，你夥計六人怎生謝我？」結果分句以疑問句示疑。〈第二十八回〉：「平白地調唆打他恁一頓，打的鼻口都流血；假若死了他，淫婦，王八兒也不好，稱不了你甚麼願！」結果分句由一串詈語與陳述句組合而成，陳述句傳達了警告之意。

《紅樓夢》出現 1 次「假若」當假設連詞。〈第三十四回〉：「假若我一時竟遭殃橫死，他們還不知是何等悲感呢！」「假若」引領可能發生的假設，結果分句帶有感嘆意味。

《兒女英雄傳》出現 1 次「假若」當假設連詞。〈第二十五回〉：「假若永不適人，豈不先於倫常有礙？」「假若」引領可能發生的假設，結果分句出現評注副詞與否定副詞「豈不」，以疑問句表示反詰。

「平衡語料庫」出現 27 次「假若」，全部當假設連詞，結果分句多為表述性質，用以推測、評價、疑問。要說明的是「假若」出現的語式都是「書面語」，換言之，口語系統不流行「假若」。

王政白編《古漢語虛詞詞典》頁 719 提到「假若」可表假設與讓步（應是縱予）。根據前面的分析，可知「假若」出現的比較晚，中古出現 1 次，近代數量上稍微增多，多出現在《西遊記》，到了現代，則僅侷限於書面語。多數「假若」是假設連詞，但《元刊雜劇三十種》出現 2 次當縱予連詞的用法，後來又消失不用了。假設連詞「假若」是並列式假設連詞。

（二）派生詞

1.假之

上古當假設連詞的「假之」不多，《戰國策》出現 1 次「假之」當假設連詞，〈魏策四〉：「今由千里之外欲進美人，所效者庸必得幸乎？假之得幸，庸必為我用乎？」「假之」引領可能發生的假設，根據校注：「為我用，猶言如我寵，上句言未必得幸，此句言假使得幸，未必如我也。」可見結果分句「庸必為我用乎」是反詰語氣。

《荀子》出現 2 次「假之」當假設連詞。〈正名〉：「假之有人而欲南，無多；而惡北，無寡，豈為夫南之不可盡也，離南行而北走也哉！」〈性惡〉：「假之[人]有弟兄資財而分者，且順情性，好利而欲得。若是，則兄弟相拂奪矣。」上述兩個「假之」引領的是可能發生的事件，結果分句出現「矣」作結，表示判斷。

中古、近代佛典沒有假設連詞「假之」。

《水經注》出現 1 次「假之」當假設連詞。〈泗水〉：「故謂是水為吳王所掘，非也…蓋北達沂西，北逕于商、魯而接于濟，吳所浚廣耳。非謂起自東北受沂，西南注濟也。假之有道，非吳所趣，年載誠眇，人情則近，以今忖古，益知延之之不通情理矣。」此段話引自東晉戴延之《西征記》，「假之」後接動詞謂語「有道」，是可能發生的假設，整段話在討論水道是否為吳王所掘，作者持反對意見，故意從「有道」來假設，闡述意見，結果分句出現否定副詞「非」來推論。

近、現代階段都沒有假設連詞「假之」。

由此可見「假之」的壽命很短，出現是次數有限，內部的結構不是常見的並列式，是派生詞，假設語氣由「假」擔負，「之」用來增加音節。

附帶說明的是，既然有派生詞「若其」、「若是」、「若當」、「如其」，有沒有派生詞「假其」、「假是」、「假當」呢？有些詞典收錄了這些詞，可確定的是這些詞極罕見，本文語料中沒有出現，不過，中古流行的後綴「復」曾經與「假」構成「假復」，僅出現 1 次，見《水經注·滱水》：「又即俗說以唐城為望都城者，自北無城以擬之。假復有之，途程紆遠，山河之狀，全乖古證，傳為疏罔。」「假復」後接動賓結構「有之」，「有之」是虛擬的非現實狀況，為可能發生的事件，筆者認為「假復」為假設連詞。

二、「設」的聚合關係

（一）並列式

1.設令

先秦語料沒有出現假設連詞「設令」。

《漢書》出現 1 次「設令」當假設連詞，〈翟方進傳〉:「設令時命不成，死國埋名，猶可以不慙於先帝。今欲發之，乃肯從我乎？」「設令」引領可能發生的假設，結果分句用於評價，「不慙於先帝」是言者認為較高的評價。「慙」是心理動詞，屬主觀的感受，結果分句的帶有主觀感情的色彩。

《三國志》出現 3 次「設令」當假設連詞，〈魏書二十一・傅嘏傳〉：「賊之為寇，幾六十年矣！君臣偽立，吉凶共患，又喪其元帥，上下憂危。假令列船津要，堅城據險，橫行之計，其殆難捷。」根據語境，「假令」引領的是可能發生的假設，結果分句出現「殆」，是口氣比較婉轉的斷言。

《賢愚經》出現 3 次「設令」當假設連詞。《賢愚經》：「汝可盡力廣行求覓，若汝吉還，我曹合物當重賞汝。設令山澤遇害不還，亦當以物與汝妻子。」（T4, no.202, p0878b09）前有「若」，後有「設令」，組成正反的可能發生的立設，說明事情演變的兩種可能性，結果分句表言者的承諾，「當」提高了兌現諾言的保證。《賢愚經》：「於時世尊，告富那奇：『…設為彼人見毀辱者，當奈之何？』富那奇曰：『設令被人極理毀辱，但莫見害。』」（T4, no.202, p0394b29）世尊以「設」引領可能發生的假設，富那奇以「設令」立設，兩者皆是假設連詞。世尊是有疑而問，富那奇似乎沒有回答，結果分句「但莫見害」是更深一層的推論，「但」表示轉折，造成層遞效果，言下之意是對方只有言語的毀辱，沒有實際的傷害行為（故無須計較、掛心）。

另外，《佛本行集經》出現 1 次「設令」，《根本說一切有部毘奈耶》出現 5 次，但有 1 次「設令」異文作「設今」。同樣是義淨譯的《根本說一切有部毘奈耶雜事》曾出現 1 次「設令」異文作「設使」，可見「設令」與「設使」為近義假設連詞。

《顏氏家訓・勉學》註解引《南齊書》「設令…」，查《南齊書》出現 3 次「設令」，〈卷三十三〉：「設令袁令命汝言易，謝中書挑汝言莊，張吳興叩汝〔言〕老，端可復言未嘗看邪？」「設令」引領可能發生的假設，連續說出三種不利於聽者的情況，具有強化語氣作用，結果分句以疑問句表示反詰語氣。

近代、現代階段假設連詞「設令」已經不用了。

《古代漢語虛詞詞典》頁 496 認為「設令」為複合虛詞，由假設連詞「設」和「令」構成，與單用義同。該說正確。「令」在先秦已當假設連詞，如《戰國策・趙策三》：「此彈丸之地，猶不予也？令秦來年復攻王，得無割其內而媾乎？」由此可知，「設令」是並列式假設連詞。

2.設或

上古、中古階段，沒有出現假設連詞「設或」。

《漢書》顏師古注出現 1 次「設或」當假設連詞，〈揚雄傳〉注：「設或人云：『言儉質者皆舉伏戲、神農為之首，是則豈謂後代帝王彌加文飾乎？』」「設或」當假設連詞，引領可能發生的假設，結果分句以疑問句表示反詰。

《朱子語類》出現2次「設或」，1次當假設連詞，〈論語十五・雍也四〉：「設或人之問曰：『子路不說，孔子何以不告之曰「是禮也」，而必曰「天厭之」乎？』曰：『使孔子而得志，則斯人何所容也！』楊氏兩說亦然，恐非聖人意。」此段假設篇幅較長，假設一問一答，結果是「楊氏兩說亦然，恐非聖人意」，言者針對上述問答情況來推論「不合聖人之意」，「恐」減緩了批評語氣，屬推論。有1次當縱予連詞，見〈學三・論知行〉：「若是都不去用力者，日間只恁悠悠，都不曾有涵養工夫，設或理會得些小道理，也滋潤他不得，少間私欲起來，又間斷去，正如亢旱不能得雨相似也。」前有「若是」為假設連詞，後有「設或…，也…」，「也」表示轉折，「設或…」是隸屬「若是」內部的複句，從整個語境判斷「設或」為縱予連詞，因為鎮日不用力、不涵養，按理而言不會有所理會，即便真有一點理會，亦無濟於事。「也」分句否定了「設或」分句的假設，合乎縱予複句的條件。

《紅樓夢》出現1次「設或」，且是當選擇連詞，〈第十九回〉：「襲人道：『為什麼不放？我果然是個最難得的，或者感動了老太太，老太太必不放我出去的；設或多給我們家幾兩銀子，留下我；然或有之。其實我也不過是個平常的人，比我強的多而且多。』」襲人猜測不放他的可能原因，三種可能並列出現，「或者」、「設或」、「然或」當選擇連詞。

《兒女英雄傳》出現6次「設或」，均引領可能發生的假設，結果分句用以傳信或情態，〈第三十三回〉：「設或辦得不妥當，那一面兒的話還用我說嗎？你們自然想得出來。」結果分句以疑問句表示反詰，表示言者極度不悅，言下之意是「不用我說了」，故接著出現「你們自然想得出來」，結果分句主觀色彩強。

「平衡語料庫」沒有「設或」。

根據前述，「設或」出現時代晚，結束也早，具有時代特色，是近代階段的連詞。《古代漢語虛詞詞典》頁 496 提到「設或」是複合虛詞，由假設連詞「設」和「或」構成。考察發現「設或」可當假設連詞、縱予連詞、選擇連詞的用法。詞典的解釋不夠全面。

有趣的是，為什麼「設或」有三種連詞的用法呢？原因是「這三種用法有相似點。關鍵是分句是否為非現實、虛擬的條件。眾所周知，假設複句與縱予複句的前分句都表假設語氣，選擇複句方面，邢福義（2001：244-247）指出選擇複句表示的選擇有三；1.可能性選擇，2.交替性選擇，3.措詞性選擇。就《紅樓夢》為例，對襲人而言，這些猜測全是虛擬、未然的，隸屬可能性選擇，「設或」引領的選擇分句為可能性選擇，正好與假設的虛擬性質相通，故「設或」偶有選擇連詞的用法。

3.設若

上古階段沒有假設連詞「設若」。

本文的中古語料沒有「設若」，擴大範圍後，梁沈約等撰《宋書》出現 1 次「設若」，〈劉義慶列傳〉：「設若天必降災，寧可千里逃避邪？」「天必降災」為虛擬的非現實事件，是可能發生的假設，結果分句為疑問句，「寧可」表示反詰，言下之意是不能千里逃避。

近代階段，本文的佛典沒有假設連詞「設若」，但竺法護譯《普曜經》出現 1 次「設若」，即「佛自念曰：『本與父王要得佛道，爾乃還國，當度父母，今正應還。設若還國，無所感動，於事不宜，所化甚尠。⑧ 先遣神足弟子比丘優陀耶往，顯示神足，知佛欲往，乃解道尊，咸共渴仰，發起道心，所度乃多。』」（T3, no.186, p 0534b18）「設若」後面接動賓結構「還國」，為可能發生的假設，結果分句為推論。

《朱子語類》出現 9 次「設若」，6 次引領可能發生的假設，結果分句為斷言、疑問，屬傳信範疇。有 2 次是作違反歷史事實的假設，如〈論語二十五・子路篇〉：「設若衛君用孔子，孔子既為之臣而為政，則此說亦可通否？」「衛君用孔子」違反了事實，結果分句都以疑問句形式發問，

元刊雜劇出現 2 次「設若」，皆引領可能發生假設。〈輔成王周公攝政雜劇〉：「果必有禍福，愿先天無咎神鬼言，設若見吉祥，是主人有福牙推勝。」結果分句出現繫詞「是」，為判斷句，表示斷言。

《紅樓夢》出現 3 次「設若」，皆引領可能發生的假設。〈第二回〉：「但凡要說時，必須先用清水香茶漱了口才可；設或失錯，便要鑿牙穿腮等事。」結果分句為因應的對策，也是言者的意見。〈第二十二回〉：「他和我頑，設若我回了口，豈不他自惹人輕賤呢！」結果分句是言者內心的推想，出現評注副詞與否定副詞「豈不」帶有感情色彩。

《兒女英雄傳》出現 1 次「設若」當假設連詞，〈第八回〉：「設若我做出件事來，簇簇新的冤冤相報，大家未必不疑心到我。

⑧ 「甚尠」，宋本《資福藏》作「尠少」，元本《普寧藏》與明本《嘉興藏》作「鮮少」。

縱然奈何我不得，我使父親九泉之下，被一個不美之名，我斷不肯。」「設若」引領可能發生的假設，結果分句為設想的推論。

「平衡語料庫」找到 8 次「設若」，均引領可能發生的假設，從比較完整的結果分句判斷多為傳信範疇。例如「設若步入地雷段而回檔，只要幅度不超過，則多頭仍然大有可為…」，「設若」出現的語境較傾向書面的紀錄語言，但有一例作：「林青松說：『設若訴訟判決確定，該兩億元將轉贈新竹市所有的老人…』」看似出自口語，此例為法律的判決，而非一般的對話的交際場合。

由上可知，「設若」是比較晚出的假設連詞，多引領可能發生的假設，少數引領不可能發生的假設。《古代漢語虛詞詞典》頁 497 提到「設若」為複合虛詞，由假設連詞「設」和「若」連用為詞。該說正確。「設若」是並列式假設連詞。

4.設如

上古階段僅在東漢王符《潛夫論》找到 1 次「設如」當假設連詞。〈考績〉：「設如有五子十孫，父母不察精愞，則勤力者懈弛，而惰慢者遂非也，耗業破家之道也。」「設如」引領的是可能發生的假設，結果分句先是兩個主謂句並列，形式是「則…，…也」，末句以「也」作結，表示推斷。

《朱子語類》出現 3 次「設如」（1 次出現在註解），均引領可能發生的假設，且結果分句都以疑問句發問，如〈中庸二·第十二章〉：「『及其至也』，程門諸公都愛說玄妙，游氏便有「七聖皆迷」之說。設如把『至』作精妙說，則下文『語大語小』，便如何分？」

《紅樓夢》出現 1 次「設如」當假設連詞。〈第五回〉：「爾今偶遊至此，設如墮落其中，則深負我從前諄諄警戒之語矣。」「設如」引領可能發生的假設，結果分句「則…矣」表示斷言。

「平衡語料庫」沒有「設如」。

由上可知，「設如」出現次數不多，像是一種嘗試的結合，但仍不敵競爭，活力薄弱。《古代漢語虛詞詞典》頁 497 提到「設如」是假設連詞「設」和「如」連用為詞。該說正確。

5.設使

戰國楚人所作的《鶡冠子》曾出現 1 次「設使」當假設連詞。〈天權〉：「設使知之，其知之者屈，已知之矣。若其弗知者，雖師而說，尚不曉也。」前有「設使」，後有「若」，作正反論述，「設使」後的結果分句「其…矣」為推斷。

《說苑》出現 1 次「設使」當假設連詞。〈善說〉：「今大王曰：『食肉者已慮之矣，藿食者尚何與焉？』設使食肉者一旦失計於廟堂之上，若臣等藿食者，寧得無肝膽塗地於中原之野與？」「設使」引領可能發生的假設，結果分句是隨之發生的狀況，以反詰語氣表示意願，也就是臣等藿食者亦會肝膽塗地。

《三國志注》出現 6 次「設使」，5 次引領不可能發生的假設，如〈魏書一・武帝紀〉注：「設使國家無有孤，不知當幾人稱帝？幾人稱王？」曹操的存在是事實，「國家無有孤」為違反現在事實的假設，結果分句以疑問句設疑。〈吳書二〉注：「設使亮保國祚，休不早死，則晧不得立。晧不得立，則吳不亡矣。」「亮保國祚，休不早死」是違反歷史事件的假設，結果分句用以推斷。另有 1 次似為縱予連詞，〈蜀書十四・姜維傳〉：「夫功成理外，然後為奇，不可以事有差牙，而抑謂不然。設使田單之計邂逅不會，復可謂之愚闇哉！」後一複句的前後分句有逆轉關係，以當時田單若是失敗，來反證姜維的處境十分不得已。⑨

佛典保留豐富的「設使」，支謙譯的《菩薩本緣經》出現 4 次「設使」，都引領可能發生的假設，結果分句為說明或反詰，如「我若發心欲入涅槃即能得之，所以不取，正為汝等。我至王所，設使喪命，但令汝等安隱全濟，吾無所恨。」(T3, no.153, p0067c26)

《生經》出現 5 次「設使」當假設連詞，《生經》：「假使捨去憂慼之戀，或不自全。設使今日無有供具，便以我身供上道人。」(T3, no.154, p0094b04) 前有「假使」，後有「設使」，形成兩個假設複句的並列，「設使」後面的結果分句用來提供意見，傳達言者的意願。

《摩訶僧祇律》出現 12 次「設使」，11 次當假設連詞，引領可能發生的假設，結果分句用以設疑或說明，有 1 次當縱予連詞，如「設使我父及祖父作非威儀者，⑩ 我亦當道。」(T4, no.1425, p0512a02)，「設使…，亦…」為縱予複句常見句型，「亦」有轉折的功用。

《十誦律》出現 3 次「設使」當假設連詞，結果分句是斷言或說明。《佛本行集經》出現 4 次「設使」，有 2 次當縱予連詞，如

⑨ 《世說新語箋疏》出現 1 次「設使」，〈賞譽〉：「設使從卞壼之奏，黜屏浮偽，登進豪賢，左右大法，維持紀綱，則晉亦未可量也。」「設使」為假設連詞，引領不可能發生的假設，違反了歷史事件。結果分句是推斷。此段文字亦見於《全唐文》楊夔二〈原晉亂說〉。

⑩ 「祖父」的「父」宋本《資福藏》、元本《普寧藏》、明本《嘉興藏》、宮本《宮內省圖書寮本》異文作「公」。

「往昔一切諸仙人　恒說如是無常事　設使壽命八大劫　至於無常敗壞時　必死更無有疑慮」（T3, no.190, p0763b09）此為偈語，「設使」意為「即使」，此偈前有長行，作「假使我得帝釋天宮，意亦不樂，況復人間麤弊果報？」比對長行與偈頌，與「設使」相應的詞是「假使」，兩者都是縱予連詞。[11] 另外，《根本說一切有部毘奈耶》出現 2 次「設使」，都當縱予連詞；《景德傳燈錄》出現 9 次「設使」，都當縱予連詞。

敦煌變文出現 1 次「設使」當假設連詞。〈左街僧錄大師壓座文〉：「十月處胎添相貌…設使身成童子兒，年登七八歲髻雙垂，父憐編草竹為馬，母惜胭黛染眉…早被無常暗裏追。」此段描述人從小到大的成長過程，如果長大成童子，受到雙親愛護，也難逃無常的輪迴。「設使」引領可能發生的假設，結果是「早被無常暗裏追」，具說明性質。

《祖堂集》出現 6 次「設使」，都當縱予連詞。〈靖居和尚〉：「會曰：『和尚此間莫有真金與人不？』師曰：『設使有，與汝向什摩處著？』」「設使…」的前後分句呈現逆轉關係，後分句以疑問句設疑。又如〈洞山和尚〉：「口裏道得有什摩利益，莫信口頭辦，直得與摩去始得。設使與摩去，也是佛邊事。」最後兩句是縱予複句，前有「設使」，後有「也」表示婉轉的推估。[12]

《朱子語類》出現 11 次「設使」，7 次引領可能發生的假設，結果分句為斷言或說明，如〈大學三〉：「設使此心如太虛然，則

---

⑪ 《摩訶僧祇律》卷四曾出現「設使」異文作「假使」。

⑫ 《祖堂集》還有 1 次「設而」當縱予連詞，〈保福和尚〉：「莫道道不得，設而道得十成，猶是患饗。」

應接萬務，各止其所。」有 1 次引領不可能發生的假設，如〈易八·咸〉：「有晝必有夜，設使長長為晝而不夜，則何以息？夜而不晝，安得有此光明？」前提是「有晝必有夜」，緊接著正反說理，「設使」引領的假設是違反自然界運作的法則，結果分句以疑問句來論理。有 3 次以過去的歷史事件立設，如〈詩二·卷耳〉：「問：『卷耳與前篇葛覃同是賦體，又似略不同。蓋葛覃直敍其所嘗經歷之事，卷耳則是託言也。』曰：『亦安知后妃之不自采卷耳？設使不曾經歷，而自言我之所懷者如此，則亦是賦體也。』」「設使不曾經歷」是針對后妃采卷耳立設，事情的真相如何無法查證，言者欲藉此說名卷耳詩的體裁問題，不是對過去歷史的翻案。又如〈禮七·祭〉：「問諸生曰：『當劉項恁地紛爭時，設使堯舜湯武居其時，當如何？是戰好，是不戰好？』」劉邦、項羽與堯舜湯武王身處不同時代，此處假定他們同時，屬違反歷史事件的假設，結果分句以疑問句來發問，同文另例亦同，故此三例違反歷史事件的立設，用義在發問或解釋說明。

《金瓶梅》出現 3 次「設使」，都當縱予連詞。〈第七十八回〉：「不怕他。設使就行到府里，我也還教宋松原拏回去就是；胡府尹我也認的。」「設使…，也…」形成縱予複句。

「平衡語料庫」沒有出現「設使」。

《古代漢語虛詞詞典》頁 497 提到「設使」是假設連詞「設」和「使」連用為詞，沒有提到「設使」可當縱予連詞，縱予的用法比假設用法晚出，在《摩訶僧祇律》出現了縱予用法，越晚數量越多，有的語料甚至只有「設使」的縱予用法，而無假設用法。不過，不論是假設或縱予的「設使」，現代都不流行了。

（二）派生詞

1.設當

「設當」最早見於佛典，亦多收錄在佛典。

東吳支謙譯《菩薩本緣經》的 12 次假設連詞「設當」是較早的例子。《菩薩本緣經》：「今若不與，則違本要；設當與者，非我所有，復是父王所愛重者。」（T3, no.153, p0058a26）「設當/復…者」的「者」是結構助詞，接近現在常見的「…的話」，[13]「設當與者」即如果給予的話。「設當」出現在分句句首，後面接動詞謂語「與」，「若」與「設當」正反陳述兩種可能發生的狀況，結果分句用以評估，顯示難以抉擇的困境。

《出曜經》保留豐富的「設當」，共有 23 次，都當假設連詞。《出曜經》：「問曰：『故[14] 當萬物恒有常者，死屍骸骨不久存乎？百二十時謂之一日一夜，若當形骸久存世者，一人形體遍滿世界。』答曰：『以其眾生與根共生、與根共滅，以是之故骸不久存。設當眾生與根共滅與根共生者，骸骨便當久存於世。』」（T4, no. 212, p0612c07）「故當」、「若當」、「設當」皆是派生詞。佛陀用「生滅/滅生」敷演有為之相興衰變易的道理，根據答語的第一組複句，可知「設當」引領的假設「共滅共生」順序正好與前複句相反，「設當」引領的是可能發生的假設，結果分句以推斷來說理。《出曜經》：「夫人白王言：『云何大王！斯諸人等設當變易各就後世，當有愁憂苦惱不耶？』王告夫人：『彼等諸人變易遷轉，甚

⑬ 中國社科院《古代漢語虛詞詞典》（1999：824）指出「者」位於前句末，提示假定的事實，有假設連詞「即」、「若」等與之配合。

⑭ 「故」，宋本《資福藏》、元本《普寧藏》、明本《嘉興藏》作「若」。

懷憂愁痛切叵言。』夫人白言：『王念愛我不？』王報夫人：『甚愛於卿。』夫人白言：『設我遷轉變易不住者，王復當愁憂不？』」（T4, no. 212, p0649c08）「設當」出現在主語之後，動詞謂語之前，引領可能發生的假設，結果分句以疑問句發問。從夫人的發問與回答可知「設當」與「設」沒有差異，都是假設連詞。另外，「復當」亦是派生詞。

《四分律》出現 1 次「設當」當假設連詞。《四分律》：「設當出家學道者，必成無上至真等正覺。」（T22, no. 1428, p0779a07）此段講佛陀出世故事，預測佛陀出家必然證得佛果，故「設當」引領可能發生的假設，結果分句出現「必」，用以強化斷言。

《賢愚經》出現 1 次「設當」當假設連詞。《賢愚經》：「時優婆夷倍增憂惱，念：『病比丘已受我請，而我設當不供所須，或能失命，便是我咎。』」（T4, no.202, p0375a14）「設當」出現在主語後，動詞謂語前，「不供所須」是未來尚未發生的事，也是可能發生的假設，「或」也表假設語氣，結果分句判斷責任的歸屬。

相對下，中古的中土文獻缺乏「設當」，直到宋代的《朱子語類》才見 1 例，〈論語十六・述而〉：「設當孔子晚年，時君有能用之，則何如？」

「設當」的時代性、語料性質較特殊，僅流通於中古的佛典，在近現代幾乎未見此詞了。

筆者查考了五本古漢語虛詞詞典（佘心樂等 1996、王海棻等 1996、中國社科院 1999、王政白 2002、白玉林等 2004）未收「設當」。根據高婉瑜（2006），「當」是中古新興的後綴，與「若當」一樣是派生詞。

2.設復

「設復」最早見於佛典，亦多保留於佛典。

西晉竺法護《佛五百弟子自說本起經》出現 1 次「設復」假設連詞，是目前所知較早的例子，⑮ 即「假令掃除是　普天下使淨　不如為離欲　除掃所經行　假掃除天下…設復掃除是　滿天下精舍　不如於佛寺　掃除一步地」（T4, no.199, p0190a06）此偈誦分別出現「假令」、「假」、「設復」，都是假設連詞。「設復掃除是滿天下精舍」為可能發生的假設，「不如於佛寺掃除一步地」屬擇優的推斷。根據語境，「設復」的「復」沒有詞彙意義，語義已經磨損殆盡，變成後綴。

《摩訶僧祇律》出現 1 次「設復」當縱予連詞，即「我是法輪王子，設復服飾過此，猶尚是宜，況此麁物！」（T22, no.1425, p391b08）比較特殊的是根據「設復…，猶尚…，況…」句式判斷，分句之間呈現逆轉關係，一般而言服飾過此通常是不適宜的，現在說「猶尚是宜」，可見是逆轉關係。「設復」為縱予連詞，「設復…，猶尚…」為逆轉關係，與第四句「況此麁物」為遞進關係。

《出曜經》出現 7 次「設復」，均為假設連詞。如「智者所屏棄也，愚習以為樂者。設復有人善心勸諫，誘進童蒙，訓之以道，使見道門。不從其教，反更疑惑，以地獄為堂室，不慮後世殃禍之根，教行惡業不從善教，轉復墮落地獄、餓鬼、畜生之中，是故說曰，愚習以為樂。」（T4, no.212, p0727b11）「設復」引領可能發生的假設，「復」沒有詞彙意義，已經是後綴。又如：「『今觀此

⑮《撰集百緣經》出 1 次「設復」當假設連詞，但是因為該經的時代、譯者未定，故不列入。

中陰中識神，為從何許中來？設復遷轉為處何所？』是時，舍利弗即入四禪定意，觀此人神為從何來？設當遷轉為處[16] 何處？」（T4, no.212, p0773a26）「設復」、「設當」交替出現，兩者相當，都是派生式的假設連詞，引領可能發生的假設。

《賢愚經》出現 1 次「設復」當假設連詞，而《佛本行集經》出現 4 次「設復」，有 2 次「復」沒有詞彙意義，即「但我除斷一切財寶，設復見者，觀如瓦石土塊無殊。若當有人割我一臂，又以栴檀塗我一臂，此二人邊，我心平等。」（T3, no.190, p0808c16）「設復」、「若當」分別引領可能發生的假設連詞，結果分句是因應之道，其中「觀如瓦石土塊無殊」以譬喻表示視財寶為土石，不為所動。又如：「若無有佛出現世間，終無人能讀此偈者；設復有讀，亦不能解此之偈意。」（T3, no.190, p0826a08）根據前一複句可知「設復…，亦…」為轉折關係。

《根本說一切有部毘奈耶》沒有出現「設復」，同為義淨譯的《根本說一切有部毘奈耶安居事》則有 1 次「設復」當假設連詞，即「各自念言：『我於此處堪作安居，乃至同梵行者不生憂惱。設復生時，速能除滅。』」（T23, no.1445, p1041b28）[17]「不生憂惱」為自我勉勵之語，換言之修行尚未達到「不生憂惱」的程度，故隨後的「設復生時」表示可能發生的假設狀況，結果分句則是提出解決之道。

---

⑯ 「處」，元本《普寧藏》與明本《嘉興藏》作「趣」。

⑰ 此段文字亦見於義淨譯《根本薩婆多部律攝》，文字上稍有出入，即「我於此處堪作安居，不令生苦，設生能除。」（T24, no.1458, p0564b14）

中古的中土文獻也有「設復」，但時代稍晚，數量不多。更重要的是，中土的「設復」只當縱予連詞。梁沈約等撰的《宋書・謝弘微列傳》：「阿遠剛躁負氣，阿客博而無檢；曜恃才而持操不篤；晦自知而納善不周，設復功濟三才，終亦以此為恨。」此段前三句分述三人性質，第四句「晦自知而納善不周」是總評，「設復功濟三才」是虛擬的假設狀況，「以此為恨」是不合常理的發展，故為逆轉關係，「終亦…」強調總評的正確性。「設復」為即使之意，當縱予連詞。

唐代的《北史・伊婁謙列傳》：「齊主知之，令其僕射陽休之責謙曰：『貴朝盛夏徵兵，馬首何向？』答曰：『僕拭玉之始，未聞興師。設復西增白帝之城，東益巴丘之戍，豈足怪哉！』」[18]「設復…，豈…」亦屬虛擬、逆轉的縱予複句。

近代、現代的「設復」已經消失了。

筆者查考了五本古漢語虛詞詞典（余心樂等 1996、王海棻等 1996、中國社科院 1999、王政白 2002、白玉林等 2004）未收「設復」。根據朱慶之（1992[1990]）'與高婉瑜（2006），「復」是中古新興的後綴，「設復」是派生詞。

三、小結

綜合以上分析，有三點發現：1.「假」組與「設」組的雙音連詞中，常見結構是並列式複合詞，少數是派生詞，後綴是「之」、「當」、「復」。2.假設分句與現實的關係中，作「可能發生」立

⑱ 《隋書・伊婁謙列傳》異文作：「謙答曰：『僕憑式之始，未聞興師。設復西增白帝之城，東益巴丘之戍，人情恒理，豈足怪哉！』」

設者居多，某些是「可能發生」與「不可能發生」的立設均可，如「假如」、「假令」、「假使」、「設若」、「設使」，沒有專門作「不可能發生」立設者。3.「假」組與「設」組的成員除了當假設連詞之外，還可當虛擬、非實然的縱予連詞，如「假如」、「假饒」、「假使」、「假若」、「設或」、「設使」、「設復」，也有當選擇連詞者，如「設或」。

現將「假」組與「設」組的討論結果製成表 11，第四欄「假設分句與現實關係」中，「可能發生」註記 1，「不可能發生」註記 2，「違反歷史事件」註記 2-1，「違反現在現實」註記 2-2，「違反自然界運作規則條件」註記 2-3。第五欄說明一詞多用狀況。

表 11 「假組/設組」綜合比較表

雙音詞	內部結構	流通時代				假設分句與現實的關係	一詞多用現象
		上古	中古	近代	現代		
假如	並列式	○	○	○	○	1、2-1、2-2、2-3	縱予連詞
假令	並列式	○	○	○		1、2-1、2-2	
假饒	並列式			○		1	縱予連詞
假使	並列式	○	○	○	○	1、2-1、2-2	縱予連詞
假若	並列式		○	○	○	1	縱予連詞
假之	派生詞	○	○			1	
設令	並列式	○	○			1	

設或	並列式			○		1	縱予、選擇連詞
設若	並列式		○	○	○	1、2-1	
設如	並列式	○	○	○		1	
設使	並列式	○	○	○		1、2-1、2-2	縱予連詞
設當	派生詞		○	○		1	
設復	派生詞		○	○		1	縱予連詞

13 個雙音詞就結構而言，10 個是並列式，3 個是派生詞。就產生時代而言，7 個源自上古，4 個源自中古，2 個源自近代。換言之，「假組/設組」多產生於上古，後來加入的新成員比較少。

就流通時代而言，2 個流通於上古至中古，3 個流通於上古至近代，2 個流通於上古至現代，2 個流通於中古至現代，2 個流通於中古至近代，2 個只流通於近代。現代雖然數量減少，但相對集中，以「假如」為代表。

假設分句與現實的關係中，13 個都可以作「可能發生」的假設，5 個還可作「不可能發生」的假設，而且這 5 個均引領「違反歷史事件」的假設，1 個有「違反現在現實」的假設，1 個有「違反自然界運作法則」的假設。由此可見，「假組/設組」主要表示可能發生的假設。

有 7 詞發生一詞多用現象，可當假設連詞、縱予連詞，「設或」還可當選擇連詞。

第五章　源自使役義的假設連詞

本章處理源自使役義假設連詞歷時演變的細節，透過文獻語料的蛛絲馬跡，拼合構擬常用假設連詞的生滅遞變，屬微觀的基礎溯源工作。

第一節是簡要的文獻回顧。

第二節的行文脈絡首先是推測「單音節假設連詞」的生滅軌跡與機制。

第三節描述單音詞發展成雙音詞的過程，再將雙音詞的討論內容製成表格，清晰眉目，方便閱覽。

本章的寫作目的除了清楚掌握假設連詞的發展史之外，更深刻的意涵是尋找發生的意義，完善的描寫可做為判斷來源的依據。

第一節 「使/役」的文獻回顧

源自「使役」義的假設連詞代表是「使/令」，這兩個連詞在上古階段已經出現了。由於「使/令」的研究成果豐富，故先進行文獻的回顧。

清代學者留意到假設連詞「使/令」的演變，袁仁林（2004[1746]：109）指出「使、設、令、假、借、藉、設使、假使、假令、借曰、藉令、藉非」是未然假設之辭，意在充拓憑虛摹擬。誰使誰令，是乃空中兜轉，一若自為使令爾。馬建忠（1988[1898]：408）提到「使」字雖設辭，而有使令之意，為先起詞。清人提示了表假設的「使/令」與表使役的「使/令」互有關聯。

《古代漢語虛詞詞典》頁 510 引《說文》：「使，令也。」本義是使令。虛詞「使」義已虛化，表示虛擬的使令，先秦已有連詞用例。同書頁 351 引《說文》：「令，發號也。」本義是發出命令，引申為使、讓，再引申為「假使」、成為表示假設的連詞，春秋戰國已有用例。由此進一步可知表假設的「使」出現於先秦，「令」出現於東周。

今人對「使/令」的研究涉及了演變的過程、條件、機制、動因，擇要評之。

解惠全（2005[1987]：135）引《孟子》、《韓非子》、《史記》說明「使/令」虛化為連詞是由於出現在條件分句的句首。

洪波（2005[1998]：174-175）提到連詞「使」在戰國時期從動詞虛化而來，句法結構上，「使」字後的語句成分可以獨立成句，是虛化條件，句法意義上，先秦時期「使」字構成的兼語式經常出現在假設複句裡充當假設條件分句，是虛化機制。條件複句中表示使令行為的使令者不存在，使令意義因此弱化，假設意義就逐漸依附其上，加上「使」字處於句首位置，促使它虛化為假設連詞。

邵永海（2003：260-313）認為「使」透過重新分析變成條件連詞，第一階段先從派遣義虛化為致使義，再虛化為導致義或容許義，表達的內容則由客觀的現實轉為導致或容許的結果，此為虛化的動因和前提。第二階段，「使」字句的主語經常是隱含成分，是虛化的誘因。當主語缺省形式出現在條件複句時，在沒有任何表達條件形式標記的情況下，「使」便語法化為條件連詞。

徐丹（2003：224-238）從宏觀角度觀察使字句的變化，「使」字最初有「使用」、「派遣」、「使動」義。除了用在「使/令」句裡，「使」還可以表達「假使」義。在「主語＋使＋動詞（＋賓語）」結構中，「使」字句虛化的重要條件之一是主要動詞動作性的減弱，「使」失去強制意義，變成表達使動義的句法標誌，第二個條件是主語「自主性」的消失，「使」徹底虛化為使成句的句法標記詞。雖然該文沒有特別著重在當假設連詞的「使」，但曾提到先秦文獻的「使」字句可以表達「假使」義，而且「使」字後的動詞動作意義都不顯著。

張麗麗（2006a：1-38，2006b：333-374）指出命令類使役動詞虛化為條件連詞[①]，如「使」、「令」。「使」字句在戰國初期已經形成，其發展分成兩個步驟：步驟 1，「使」字句做話題或前提時，被重新理解為條件分句。條件 1.「使」字句用作話題或前提（語境上的條件），條件 2.「使」字句表非實然情境（語態上的條件），條件 3.漢語中的條件分句不需要帶條件連詞（句法上的條件）。步驟 2，條件分句中的使役動詞被重新分析為條件連詞。條件 4.「使」字意義空泛（語義上的條件），條件 5.「使」字前主語不出現（句法上的條件），條件 6.「使」字居複句之首（句法上的條件），條件 7.「使」字後接成分可獨立成句（句法上的條件）。步驟 2 是演變的關鍵，「使」字演變的機制是「代喻」和「語境意義的吸納」，前者著眼於句法功能的成因，後者側重於句法意義的來源。「令」字句在戰國末期才出現，「令」字句沒有明顯的從使役到條件的演變過程，過渡語料和發展成熟語料並陳，可能是語料觀察不夠徹底，或是歷史材料不足以反應實際狀況，也可能是「令」字受到「使」字的類推，直接用作條件連詞，而為經過虛化的過程。

陳麗與馬貝加（2009：61-66）指出句法結構和語義結構是「使」語法化關鍵。首先是表結果關係的複句的出現，為「使」發展成假設連詞提供了句法前提，「使」在虛化的過程中，所在本小句的結構類型不斷豐富、擴大；其次是語義結構的發展，主要表現為主語

① 張麗麗（2006：2）註解 1 提到該文的條件連詞指表示假設、條件等概念的連詞。呂叔湘（1990a[1942]：407-408）提到假設句和條件句的關係，因為觀察角度的不同，兩者可分為兩類，也可合併為一類，呂叔湘（1990a[1942]：408）不加以分別，總稱為假設句，把假設之詞稱為條件，假設的後果簡稱為後果，兩者之間的關係稱為條件關係。

的消失，名詞的擴展（由表人名詞發展到抽象名詞）和第二動詞實現可能性的弱化；最後是時間因素的影響，主要聯繫事件和人物的變化；語境的作用也有影響，動詞「使」虛化為讓某種情況出現的話，就會產生相應的結果，「使」是在假定的語境中形成的。

根據上述有三點發現：1.討論的焦點是「使」，雖然張麗麗曾論及「令」，但沒有找到明確的演變例證，他認為除了推測是資料不足外，或許是受「使」的影響發生類推。因之「令」的演變需要進一步考察。2.各家分別提到語義、語法、語境的影響，結合使役的語義，條件分句的非現實語境，加上「使」字句的主語隱含未見，導致「使」位於句首，推測「使」的演變過程是對的，也給「令」的演變提供參考。3.有些討論還需商榷，例如邵永海認為由派遣義虛化為致使義，再虛化為導致義或容許義，「使」經過多道語義手續才變成假設連詞，筆者認為使役動詞「使/令」是直接語法化假設連詞。陳麗與馬貝加像是橫向將「使」的演變攤開敘述，看不出各條件的先後關係，再者，提到「使」所在小句的結構越簡單，傾向分析為假設連詞，引「使」後接聯合短語（使驕且吝），從語料來看，這種句式比較少見，常見的假設分句是「使+NP+V」。

第二節 「使/令」的演變推測

前人的分析使得「使/令」的演變脈絡逐漸明朗，本節是作補充說明，讓演變的描述更加周密清晰。首先，根據《漢語大詞典》整理「使/令」的義項。②

表 12 「使/令」義項對照表

義項	使	令
派遣	○	
命令	○	○
役使、支配	○	
致使、讓	○	○
表假設連詞	○	○

從表 12 來看，前三個義項派遣、命令、使役，派遣與命令是具體的要求某人做某事，將三者統稱為「使役」，屬命令類使役動詞。「致使」則是另一個義位。實詞階段表「使役」的「使/令」記作「使 1/令 1」，語法詞階段表假設連詞的「使/令」記作「使 2/令 2」，表致使的「使/令」與假設連詞沒有演變關係，略而不論。

---

② 《漢語大詞典》收錄多個「令」，表 12 依據的是前兩個「令」。

一、「使/令」的實詞階段

使役結構的句式是：NP1 + V1 + NP2 + V2，即 NP1 發出動作 V1，促使 NP2 進行動作 V2。「使 1/令 1」可譯為派遣、命令。

1. 秋，七月，天王使宰咺來歸惠公仲子之賵。（《左傳·隱公元年》）
2. 桓公自莒反於齊，使鮑叔牙為宰。（《國語·齊語》）
3. 莊王曰：「嘻！吾兩君不相好，百姓何罪？令之還師而佚晉寇。」（《公羊傳·宣公十二年》）

例 1 的「使」有派遣之意，主語「天王」派遣「宰咺」歸惠公仲子之賵③。主使者與受使者都是具體之人，且主使者對第一動詞（使役動詞）及受使者對第二動詞謂語的操控性、支配性很強。

例 2「使」有命令之意，主使者（桓公）與受使者（鮑叔牙）分別對動詞「使」與「為」有操控性。

例 3 主使者「莊王」命令「軍隊」撤退還師，主使者與受使者分別對動詞「令」與「還師」有操控性。

由上可知，使役結構的 NP1 主使者（主語）通常會出現，且為具體之人，支配操控 V1，而 NP2 是具體的受使者，支配操控 V2。V1 具有強動詞性，這種情況的「使 1/令 1」不會發生語法化。

---

③ 《集韻·送韻》：「賵，贈死之物。」《公羊傳·隱公元年》：「賵者何？喪事有賵。賵者蓋以馬，以乘馬束帛。車馬曰贈，貨財曰賻，衣被曰襚。」

二、「使/令」的語法詞階段

導致「使 1/令 1」展開語法化的起點是 NP1 的隱匿，一旦 NP1 不出現，甚至據語境也無法補出，對「使 1/令 1」的支配力便逐漸削弱。以下三例為過渡階段。

4. 楚王將死矣！使民不安其土，民必憂。憂將及王，弗能久矣！（《左傳・昭公二十五年》）
5. 使死者反生，生者不愧乎其言，則可謂信矣！（《公羊傳・僖公十年》）
6. 令王良、造父共車，人操一邊轡而入門閭，駕必敗而道不至也。令田連、成竅共琴，人撫一絃而揮，則音必敗，曲不遂矣。（《韓非子・外儲說右下》）

例 4「使」之前的 NP1 沒有出現，亦無法補出，影響對「使」的支配力。其次，對人民而言「不安其土」是非自主操控的動作，「使」不再有派遣或命令之意，使役的功能漸趨減弱，近似於「讓」、「使得」。根據上文可知，「民不安其土」基於「楚王將死」所抒發的非現實語境，屬假設事件。

例 5 的 NP1 沒有出現，「反生」是違反常理、不可能發生的狀況，且「死者」沒有能力造成「反生」。第二分句的「不愧乎其言」也是「生者」難以操控的狀況，故「使」的使役功能減弱了。前兩個分句都是非現實語境，屬假設事件。

例 6 是譬喻，韓非用譬喻來說明「賞罰共則禁令不行」的道理。此例無法補出 NP1，雖然「共車」、「共琴」是 NP2 能操控的動作，但是王良、造父共車，田連、成竅共琴均屬非現實事件，「令」的使役功能減弱，不具實質的使役之意，接近讓之意。④

當 NP1 不出現，「使/令」便出現在句子的句首處，而且必須是在前分句句首（話題），後面的分句是針對前分句作評論、建議、說明等等。在前分句中，V2 不是 NP2 可控制的具體動作，此時「使 1/令 1」完全喪失使役的意義與功能，變成假設連詞「使 2/令 2」，見以下五例。

7. 夫差將死，使人說於子苟曰：「使死者無知，則已矣；若其有知，吾何面目以見員也！」遂自殺。（《國語・吳語》）
8. 如有周公之才之美，使驕且吝，其餘不足觀也已。（《論語・泰伯》）
9. 昔者楚取章武，諸侯北面而朝。秦取西山，諸侯西面而朝。曩者使燕毋去周室之上，則諸侯不為別馬而朝矣！（《戰國策・燕策一》）
10. 晏子曰：「幸矣！章遇君也。令章遇桀、紂者，章死久矣！」（《晏子春秋・諫上》
11. 帝怒曰：「此人親驚吾馬，吾馬賴柔和，令他馬，固不敗傷我乎？而廷尉乃當之罰金！」（《史記・張釋之馮唐列傳》）

---

④ 張麗麗（2006a：17）提到《戰國策・趙策》:「令秦來年復攻王，得無割其內而媾乎？」為假設連詞「令」（張文稱為條件連詞）最早的例子。即便此例成立，也是孤例。

例 7 的 NP1 沒有出現，「使」位於前分句句首。「無知」是狀態動詞，常理而言「死者」當然無知，不需刻意「促使」死者無知，可見「使」不再是使役動詞，也非「讓」、「使得」之意，而是假設連詞。另一旁證是兩個複句正反兩面立設，前為「使…」，後為「若…」，「若」是典型的假設連詞，「使」也應是假設連詞，兩組假設都與死者知覺有關，「使」引領「死者無知」，屬合理的、會發生的假設，「若」引領的假設違反自然界運作法則，屬不可能發生的假設。

例 8 的 NP1、NP2 均未出現，根據語境可知隱匿的 NP2 指具有「周公之才之美」者，「驕且吝」是 NP2 的態度，態度是抽象狀態。語義上「驕且吝」不受「使」的支配操控（因為使役的對象是 NP2），NP1、NP2 的隱匿導致「使」喪失使役之意，同時 NP1 不出現也讓「使」位於前分句句首，故能語法化為假設連詞。不過，「驕且吝」為並列結構，假設連詞引領的分句以主謂句或動詞謂語句居多。

例 9 的 NP1 沒有出現，再者，出現時間詞「曩者」，可知是過去事件，既然談論過去事件，便不可能超越時空，使役過去之事，故「使」喪失使役之意，語法化為假設連詞。另外，言者做出「曩者使燕毋去周室之上」的假設，可見歷史真相是「燕去周室之上」，才有必要逆向虛擬，換言之，「使」引領的假設違反了歷史事件，屬不可能發生的立設。

例 10 是弦章勸景公停止飲酒，景公未聽，晏子以反語婉諫。因為時空背景不同，弦章不可能遇上「桀、紂」，故「令」不具使役之意（也無法使役），已經語法化為假設連詞，引領違反現在事實的假設，故假設不可能發生。

例 11「令他馬」的 NP1、NP2 均未出現，「令」不具有使役之意，依據上文可知「令他馬」是非現實語境，屬假設事件，因為「親驚吾馬」事件已經發生，故「令他馬」違反現在事實，換言之「令」是假設連詞，引領不可能發生的立設。一般而言，假設連詞後面是接主謂句或動詞謂語句，此例比較特別，後接名詞謂語，能成立的原因是有語境的配合，不會造成誤解。

有關「使 2/令 2」引領的假設分句性質，呂叔湘（1990a[1942]：412-413）認為多半表示與事實相反的假設。張麗麗（2006a：16）引 Misch（1935：10）與 Habsmeier（1981：273-287），主張「使」引領背離事實的假設，而張麗麗還調查《史記》，發現 76%的「使」引領背離事實假設。陳麗與馬貝加（2009：65）從事件與時間的角度觀察，認為實義動詞「使」連接的是客觀現實中的事件，連接未來可能發生事件的連詞具有兩可解釋，可視為臨界點的例子。連接與過去或現實情況相反的事件的「使」一定為假設連詞。

張麗麗考察的西漢《史記》距「使」形成的戰國時代較遠了，筆者將時間往前推，從戰國、秦漢之際的文獻觀察「使」，發現初始時「使」本可引領可能發生與不可能發生的假設，見以下兩例。

12. 生亦我所欲，所欲有甚於生者，故不為苟得也；死亦我所惡，所惡有甚於死者，故患有所不辟也。如使人之所欲莫甚於生，則凡可以得生者，何不用也？使人之所惡莫甚於死者，則凡可以辟患者，何不為也？由是則生而有不用也，由是則可以辟患而有不為也。是故所欲有甚於生者，所惡有甚於死者，非獨賢者有是心也，人皆有之，賢者能勿喪耳。（《孟子・告子》）

13. 老子曰：「然。使道而可獻，則人莫不獻之於其君；使道而可進，則人莫不進之於其親；使道而可以告人，則人莫不告其兄弟；使道而可以與人，則人莫不與其子孫。然而不可者，無佗也，中無主而不止，外無正而不行。」（《莊子・天道》）

例 12「如使」、「使」從正反兩面引領假設分句，假設的狀況是「人之所欲莫甚於生」與「人之所惡莫甚於死者」，但是孟子強調的是「所欲有甚於生者」、「所惡有甚於死者」，因此所立之設「人之所欲莫甚於生」、「人之所惡莫甚於死者」是可能發生的狀況。換言之，「如使」、「使」引領可能發生的假設。

例 13 老子之言出現了四組「使…，則…」的假設複句，NP1 沒有出現，NP2 是「道」，VP2 都是具體的行為動詞，對「使」而言，抽象的「道」無法使役，對 VP2 而言，「道」是受事，但因為「道」是抽象概念，無法受到行為動詞的支配，故四個「使…」字句不再是使役句，而是假設分句，而且是違反自然界運作法則的假設，「使」字句的結果分句用以推測，四個假設複句並列出現，以層遞方式來說理，四組複句之後出現「然而不可者」，再度點出前四個假設分句是不可能發生的假設。

即便同一文獻中的「使」亦分別引領可能發生與不可能發生的假設，以《墨子》為例。

14. （墨子：）「今使魯四境之內，大都攻其小都，大家伐其小家，殺其人民，取其牛馬狗豕布帛米粟貨財，則何若？」魯陽文君曰：「魯四境之內，皆寡人之臣也。今大都攻其小都，大家伐其小家，奪之貨財，則寡人必將厚罰之。」（《墨子・魯問》）
15. 公孟子謂子墨子曰：「昔者聖王之列也，上聖立為天子，其次立為卿、大夫，今孔子博於詩、書，察於禮樂，詳於萬物，若使孔子當聖王，則豈不以孔子為天子哉？」（《墨子・公孟》）

例 14 墨子提出「今使魯四境之內…」的問題，雖然出現時間詞「今」，但整個事件尚未發生，從時間點來看，這是可能發生的假設。魯陽文君則針對這個假設性的問題，提出「寡人必將厚罰之」的答案。

例 15 根據歷史，孔子周遊列國，想一展抱負，可惜沒有遇到賞識他的君王，所以將重心轉向教育，故「若使孔子當聖王」是違反歷史事件的假設，也就是不可能發生的假設。

後來，「使」引領不可能的假設狀況漸漸增多，以《呂氏春秋》為例。

16. 使夏桀、殷紂無道至於此者，幸也；使吳夫差、智伯瑤侵奪至於此者，幸也；使晉厲、陳靈、宋康不善至於此者，幸也。若令桀、紂知必國亡身死，殄

無後類，吾未知其厲為無道之至於此也…。（《呂氏春秋・禁塞》）

17. 若桀、紂不遇湯、武，未必亡也；桀、紂不亡，雖不肖，辱未至於此。若使湯、武不遇桀、紂，未必王也；湯、武不王，雖賢，顯未至於此。（《呂氏春秋・長攻》）
18. 使百里奚雖賢，無得繆公，必無此名矣。（《呂氏春秋・慎人》）
19. 若使中山之王與齊王，聞五盡而更之，則必不亡矣！（《呂氏春秋・先識》）
20. 使工女化而為絲，不能治絲；使大匠化而為木，不能治木；使聖人化而為農夫，不能治農夫。（《呂氏春秋・不屈》）
21. 使民無欲，上雖賢猶不能用。（《呂氏春秋・為欲》）

例 16-19 的假設複句談的是歷史人物或過往的事件，故例 16「使」、「若令」，例 17「若」、「若使」，例 18「使」，例 19「若使」均引領違反歷史事件的假設。

例 20、21 的「使」是引領違反自然界運作法則或難以實現的事件，因為「工女化而為絲」與「大匠化而為木」不可能發生，「聖人化而為農夫」、「民無欲」則是難以實現。比較起來，《呂覽》的「使」引領可能發生的假設只有 2 例，即〈應言〉：「秦王立帝，宜陽令許綰誕魏王，魏王將入秦，…（魏敬）又曰：『若使秦求河內，則王將與之乎？』王曰：『弗與也。』」與〈用眾〉：「今使楚人長乎戎，戎人長乎楚，則楚人戎言，戎人楚言矣。」

洪波（2005[1998]：174-175）、張麗麗（2006a：8、16）分別提到假設連詞「使」出現時代最晚在戰國初期，「令」則是在戰國末期，所言正確。筆者過濾語料時發現「使 2」的數量多於「令 2」，應該是與前者產生時代較早有關。「使 2/令 2」除了引領可能發生的假設之外，亦引領不可能發生的立設。隨著時間的推移，引領不可能發生的假設逐漸增加。

三、語法化蠡測

（一）動因

「使 2/令 2」形成的動因包含語義、語法、語境、邏輯條件。

語義上，「使 1/令 1」具有義位「使役」，既是使役，便有主使者 NP1、受使者 NP2、使役之事 V2，NP1 與 NP2 必須是有生名詞，V2 必須是具體可行之事。如果句中缺乏 NP1，發出使役動作者會不明確，再加上 V2 不是可使役之事，則「使 1/令 1」難以發揮使役之意，意義逐漸磨損、消失。

語法上，缺乏 NP1 的「使 1/令 1」出現在句首，NP2+V2 是主謂結構，可以成為句子，為「使 1/令 1」營造了演變的語法條件。故「使 2/令 2」誕生的關鍵是 NP1 缺省。這點足以解釋為何假設連詞的位置可在句首或主語後、謂語前，但「使 2/令 2」出現的位置是「使 2/令 2+NP2+V2」，而非「NP2+使 2/令 2+V2」，反映語法化的「保持」原則。

語境上，後面的分句若是針對「使/令」句做出評論、推斷、說明，則「使/令」句相當於話題，後分句相當於述題，而假設複句的結果分句是對假設分句做出評論、推斷、說明等。亦可理解為話題與述題。另外，假設分句的性質是非現實語境，某種程度上使役句是未然語境，使役 NP2 做 V2，也就是 V2 還沒有實現。更進一步說，NP2+V2 是受使役之下的事件，NP2+V2 不是自動成立，而是被動成立，缺乏外力就不會成立了，由此來解釋「使 2/令 2」引領不可能發生的假設。

邏輯上，假設分句與結果分句之間有因果關係，結果分句是因應假設下的結果，邏輯是順承的。在前述過渡之例中，「使/令」句後出現「民必憂」（例 4）「則可謂信矣」（例 5），「駕必敗而道不至也」、「則音必敗，曲不遂矣」（例 6），都是順承假設條件下所造成的結果，作用是推斷。後分句與「使 1/令 1」分句構成因果、順承關係，提供了語法化的條件。特別強調的是，陳麗與馬貝加（2009：62-63）引《左傳・襄公二十三年》：「使慶樂往，殺之。」說明承接關係的「使」不是假設連詞。筆者認為該說不夠準確，此例的「使」無疑是使役動詞，「使慶樂往」與「殺之」無疑是承遞關係，更確切地說是遵守了時間像似性，「殺之」是承續「使慶樂往」的動作，「使」不可能是假設連詞的原因是該句不是假設事件，且兩句之間不是因果關係。由此可見，在「使 1/令 1」語法化為「使 2/令 2」的過程中，語義與語法條件扮演著更重要的角色。

（二）機制

「使 1/令 1」語法化為「使 2/令 2」的機制是轉喻、類推、重新分析。

語法上因為 NP1 缺省並無法補出，造成「使 1/令 1」出現在句首，加上使役句帶有未然性質，前後句的語境具有話題－述題，共同營造出「使 1/令 1」語法化的條件，筆者認為「使 1/令 1」會語法化為假設連詞的認知基礎是「轉喻」。Hopper and Traugott（2008[2003、1993]：88）、張麗麗（2006a：10）認為代喻（轉喻）指原本蘊含在語境中不顯著的邏輯意義，最後由特定詞彙標示出，是基於「相鄰」或「具指標性」所造成的語義轉換。筆者同意「使 1/令 1」處於指標性位置（分句之首），故能語法化為假設連詞。

如果語義磨損的「使/令」沒有存在的價值，便是羨餘成分，基於語言的經濟性，終究會被淘汰。事實上它們沒有淘汰，而是轉變為假設連詞。原因是在形合的假設複句中，典型假設連詞出現在分句之首，而「使/令」反覆出現在表假設語氣的分句句首，且「使/令」本身的語義已經磨損消失，認知上發生轉喻，根據現有形合的假設複句形式，將「使/令」類推為假設連詞。換句話說，「使/令」內在的條件是語義磨損殆盡，外在的條件是語法位置與環境。從詞類轉變的角度來看「使 1/令 1」的詞類發生改變，變成表邏輯意義的假設連詞，也是一種重新分析。⑤ 將此演變表示為：

⑤ Harris and Campbell（1995：61）主張重新分析可能造成詞類轉變。

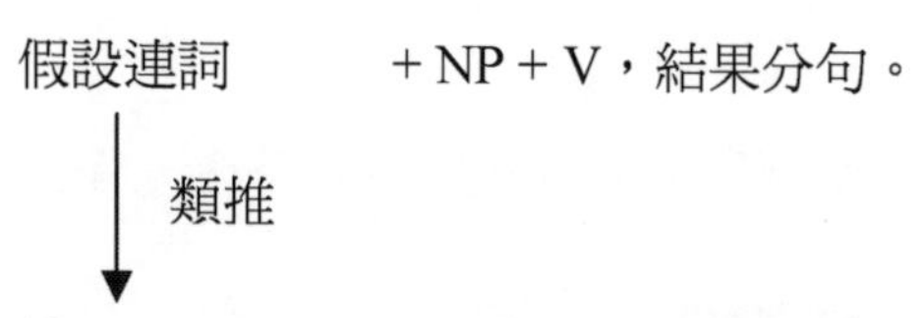

使（詞類轉變，重新分析）+ NP + V，結果分句。

洪波（2005[1998]：175）、張麗麗（2006 a：11）主張「使」變成假設連詞吸收了假設的語境意義，問題是用來判斷吸收語境意義的標準不明確，例如什麼條件下會吸收語境意義？到何種程度後會發生吸收？這麼說並非要否定語境的重要，只不過識別標準沒有確立，缺乏檢驗性。與其認為「使 1/令 1」抽象的吸收語境意義，還不如說是因為具體的語法分布與假設連詞的位置吻合，啟動了轉喻與重新分析，將「使 1/令 1」重新識解。

最後，將「使/令」的演變過程圖示如下。⑥

圖 5 「使/令」的演變過程

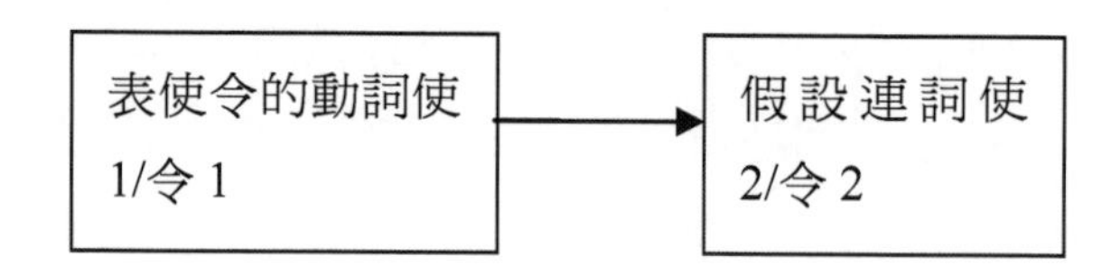

⑥ 使役動詞不只變成假設連詞，還有致使義、被動用法，參見張麗麗（2006b：333-374）。

第三節　從單音節到雙音節的變化

「使/令」的構詞活力不強，成詞有限。聚合形式是「x 使/令」，而非「使/令 x」，例如「若使」、「如使」、「假使」、「設使」、「假令」、「設令」等等，已討論的詞語不再重複，此處側重「正使」、「借使」、「向使」、「借令」、「向令」。[⑦]

一、「使」的聚合關係

（一）並列式

1.正使

本文的上古語料沒有找到「正使」，擴大範圍後，發現東漢劉珍等撰《東觀漢記》出現 2 次「正使」，都當縱予連詞。〈世祖光武皇帝紀〉：「正使成帝復生，天下不可復得也。況詐子輿乎！」此例為二重複句，按理說成帝復生，天下應該可以復得，但是因為「正使」引領的是違反過去事實的假設，故第二分句與「正使」句是逆轉關係，縱予複句再與「況…」之間是遞進關係。

佛典保留豐富的「正使」，可當縱予、假設、讓步、條件連詞，以縱予最常見。縱予連詞的最早用法見於《中本起經》有 2 次，都當縱予連詞。《中本起經》：「正使人終身相給施衣被、飲食、臥具、病困醫藥，不及我此恩德也。」（T4, no.196, p0158c04）「正

⑦ 文獻中有「正使」，是否有「正令」？根據高婉瑜（2009a：4-5），當連詞的「正令」甚少（僅 2 例），略而不論。

使…，不及…」為逆轉關係，「正使」相當於即使，引領虛言的假設。

《六度集經》出現 2 次「正使」，都當縱予連詞。《六度集經》：「群生處世，正[⑧] 使天帝仙聖巧黠之智，不覩斯經，不獲四棄之定者，猶為愚矇[⑨] 也。」（T3, no.152, p0039a15）「正使…，猶…」為逆轉關係，以天帝仙聖擁有「巧黠之智」的極佳條件反襯「不覩斯經，不獲四棄之定」的懈怠，終究會愚昧，警示無「巧黠之智」的群生應該精進。

《普曜經》偈誦出現 2 次「正使」，都當縱予連詞。《普曜經》：「正使肌皮[⑩] 消　骨髓盡無餘　若不成佛道　終不起于坐[⑪] 」（T3, no.186, p0524c19）偈誦傳達了禪坐修行的決心，即便代價是形銷骨毀，如果沒有成就佛果，便不離座（繼續禪坐）。形銷骨毀是虛擬的假設條件，故「正使」引領虛言的縱予分句。

其他佛典中，縱予連詞「正使」的數量分別是《摩訶僧祇律》3 次、《出曜經》35 次、《四分律》9 次、《十誦律》2 次、《五分律》3 次、《賢愚經》17 次。

東漢支讖譯《道行般若經》出現 1 次「正使」當假設連詞。[⑫]《道行般若經》：「正[⑬] 使是輩行菩薩道者，我代其喜，我終不

---

⑧ 「正」，宋本《資福藏》、元本《普寧藏》、明本《嘉興藏》作「政」。

⑨ 「矇」，宋本《資福藏》、元本《普寧藏》、明本《嘉興藏》作「矇之」。

⑩ 「皮」，宋本《資福藏》、元本《普寧藏》、明本《嘉興藏》作「肉」。

⑪ 「坐」，元本《普寧藏》、明本《嘉興藏》作「座」。

⑫ 《道行般若經》有一例作「正使天中天…」，「正」在宮內省圖書寮本、宋本《資福藏》、元本《普寧藏》、明本《嘉興藏》作「弗」，故此例不列入計算。

斷功德法。」（T8, no.224, p0429a20）「正使」引領可能發生的假設，結果分句用以表情，說明自己的態度。另外，《出曜經》有19次、《四分律》7次、《十誦律》1次、《五分律》有3次、《賢愚經》有5次引領可能發生的假設，蔣冀騁與徐朝紅（2009：45）認為「正使」當假設連詞是佛典特有的用法。

東漢支曜譯的《佛說成具光明定意經》出現1次「正使」當無條件連詞。《佛說成具光明定意經》：「正使世有佛無佛，法興法衰，有終有絕，心在定意，不以無此三寶故[14]，轉為邪業，是為五無轉心。」（T15, no.630, p0455b28）「正使」後面引領「有佛無佛」、「法興法衰」是相反概念，強調概念的周遍性，相當於「無論」、「不管」。另外，劉宋求跋陀羅譯《雜阿含經》有1次、《四分律》4次當無條件連詞。蔣冀騁與徐朝紅（2009：46）認為「正使」當假設連詞是佛典特有的用法。

後秦鳩摩羅什譯《大智度論》出現1次「正使」當讓步連詞。《大智度論》：「阿難答言：『是時，五百乘車截流而渡，令水渾濁，以是故不取。』大迦葉復言：『正使水濁，佛有大神力，能令

⑬ 「正」，正倉院聖語藏本作「政」。高婉瑜（2009a：4）討論過「正」與「政」的關係，轉引如下：《說文解字》：「政，正也。從攴正，正亦聲。」許慎用音訓法訓「政」，「政」的音符是「正」。《廣韻》：「政，之盛切。」「政」和「正」同一個小韻，語音相同。從文字的源流來看，高鴻縉提到「政」即征討，征伐的本字，從攴正聲，後世假借為政治之政，乃通假征行之征，以代政伐之政。裘錫圭認為「正」是征初文，本義是遠行，會意字。王初慶認為「政」是「正」的繁化字，本義是征伐。「正」加彳為征，加攴為政。因之，「正」、「政」、「征」三字關係密切，「正」是初文，後來才分化出「政」、「征」。

⑭ 「故」，宮內省圖書寮本、宋本《資福藏》、元本《普寧藏》、明本《嘉興藏》作「故不」。

大海濁水清淨。」（T25, no.1209, p068a19）根據語境，「水濁」是已然事實，所以「正使」引領事實的條件，後分句與之有逆轉關係，故「正使」是讓步連詞。

《三國志》與〈三國志注〉出現 5 次「正使」，都當縱予連詞。〈魏書四・三少帝紀〉：「行之決矣！正使死，何所懼？況不必死邪！」[15] 第一句表示決心。第二至四句為二重複句，「正使死，何所懼」之間有逆轉關係，組成縱予複句，再與「況不必死耶」之間形成遞進複句，提出另一種可能（不一定會到死亡的地步）。〈魏書十四・蔣濟傳〉注：「（蔣濟諫曰）：『今海表之地，累世委質，歲選計考，不乏職貢。議者先之，正使一舉便克，得其民不足益國，得其財不足為富；儻不如意，是為結怨失信也。』帝不聽，豫行竟無成而還。」此段是蔣濟勸告明帝不要進攻遼東，「正使一舉便克」是假設事件，後分句表示得民、得財也是無益，第一句與第二、三句存在逆轉關係，故「正使」是縱予連詞，「儻」則是假設連詞，結果分句用以推斷。

《朱子語類》出現 2 次「正使」，都當縱予連詞。〈尚書二〉「收復燕雲時，不曾得居庸關，門卻開在，所以不能守。然正使得之，亦必不能有也。」「然」是轉折詞，「正使得之，亦必不能有也」是縱予複句，「正使…，亦…也」為逆轉關係。〈程子之書一〉：「且如國家遭汴都之禍，國於東南，所謂大體者，正在於復中原，雪讎恥，卻曰休兵息民，兼愛南北！正使真箇能如此，猶不是，況為此說者，其實只是懶計而已。」「正使…而已」為二重複句，前一複句是縱予複句，再予「況為…」形成遞進複句。

---

⑮ 此段文字亦見於《世說新語・方正》注。

「平衡語料庫」沒有出現「正使」。

「正使」較早見於東漢《東觀漢記》，隨後多保留在佛典，縱然中土史書、筆記亦有「正使」，但多數當官名，不當連詞。

《古代漢語虛詞詞典》頁 832 提到「正使」由連詞「正」與「使」構成，「正」與「使」都可表示假設或讓步，「正」側重於讓步，「使」側重於假設。⑯ 縱予連詞「正」最早見於《漢書‧循吏傳》：「許丞老，病聾，督郵白欲逐之，霸曰：『許丞廉吏，雖老，尚能拜起送迎，正頗重聽，何傷？且善助之，毋失賢者意。』」黃霸認為許丞品行、行止合宜，即使有耳疾，又有何妨？和前面所舉的「正使」不同，「正」引領「實言」的假設，因為許丞的耳疾是事實，不是虛擬、未然的狀況。《漢書‧嚴朱吾丘主父徐嚴終王賈傳》：「且鹽鐵郡有餘臧，正二國廢，國家不足以為利害。」徐偃認為鹽鐵各郡都有庋藏，即便膠東、魯國不治理鹽事，亦不足以有害於國。「二國廢」是虛擬、未然的假設，故此例的「正」與前例不同，是引領「虛言」的假設條件。

因為東漢的「正」已經可當縱予連詞，筆者認為東漢出現的「正使」是縱予連詞與假設連詞以語素身份組成的並列式，⑰ 而且「正」的制約力比較強，因為縱予與假設之間只有一個差異——分句的邏輯關係，假設複句是順承關係，縱予複句是逆轉關係，逆轉轉折比順承因果多一道手續，邏輯關係推進一層，故「正使」優先表達的是縱予關係。

---

⑯ 有關「正」的語法化，請參見高婉瑜（2009a：1-10）。

⑰ 蔣冀騁與徐朝紅（2009：43）認為「正使」單音節讓步連詞（相當於縱予連詞）同義複合而成，沒有舉例證明「使」可當縱予連詞。

2.借使

《史記》出現 1 次「借使」當假設連詞。〈秦始皇本紀〉：「借使秦王計上世之事，並殷周之迹，以制御其政，後雖有淫驕之主而未有傾危之患也。」此段話是司馬遷的評論，認為秦始皇如果研究先代的政務，商周的事跡，後代即使出了淫驕君主也不至於有國家覆滅的禍患。「借使」引領違反歷史事件的假設，「也」具有推斷作用，結果分句用以推斷。

《三國志》與《三國志注》出現 2 次「借使」當假設連詞。〈魏書十・荀攸傳〉：「天下方有事，而劉表坐保江、漢之閒，其無四方志可知矣。袁氏據四州之地，帶甲十萬，紹以寬厚得眾，借使二子和睦以守其成業，則天下之難未息也。」「借使」引領違反現在事實的假設（說話當下二子不和睦），結果分句出現「則…也」用以推斷。〈吳書三・三嗣主傳〉注：「借使中才守之以道，善人御之有術，敦率遺憲，勤民謹政，循定策，守常險，則可以長世永年，未有危亡之患。」此段話是裴松之的評論，「借使」引領違反歷史事件的假設，結果分句用以推斷。

後晉劉昫《舊唐書》出現 1 次「借使」當縱予連詞。〈李百藥安子期列傳〉：「借使李斯、王綰之輩咸開四履，將閭、子嬰之徒俱啟千乘，豈能逆帝子之勃興，抗龍顏之基命者也！」此段談秦代之事，「借使…，豈…」為逆轉關係，「豈」字句是對「借使」句的反詰，故「借使」相當於即使，引領的是虛擬、未然的假設。是虛言的縱予連詞。不過，縱予連詞「借使」沒有普及，後世仍以假設連詞為主，如唐房玄齡等撰的《晉書》出現 3 次「借使」，全當假設連詞。

《朱子語類》出現 1 次「借使」當假設連詞。《論語十三・雍也二》：「今原思為之宰，而辭祿不受，則食功之義廢矣。蓋義所當得，則雖萬鍾不害其為廉。借使有餘，猶可以及鄰里鄉黨。」此段話談論的主角是原思，是過去的事件，原思已經辭祿不受，故「借使」引領的假設違反歷史事實，結果分句用以推斷。

宋以前的「借使」引領不可能發生的假設，宋代出現引領可能發生的假設，朱熹《朱子文集》有 4 次，〈少師保信軍節度使魏國公致仕贈太保張公行狀下〉：「公知仲賢為虜所脅，即謂之曰：『某在此邊備已飭，借使虜來，當力破之。』」外擄未至，是可能發生的假設，結果分句是肯定性強的斷言或保證。

南宋洪邁的《夷堅志》保留了 1 次「借使」當縱予連詞。〈舞陽侯廟〉：「見偉丈夫被甲持戟，儀狀甚武，坐於公庭上。馮知其怪也・叱之…馮以所疑質責之・其人自言為真噲不已。馮奮曰：『借使真樊噲・亦何足道！』」馮奮早已懷疑此為妖怪，那人卻仍自稱為真樊噲，故馮奮才說即便是真的樊噲，又何足稱說！「借使」分句是虛擬、未然的假設，表姑且認同妖怪之言，後分句逆轉前分句，提出不以為然的批評。

「平衡語料庫」沒有「借使」。

「借使」始見於中土文獻，漢譯佛典未見此詞。「借使」的功能隨著時間的推移，逐漸擴展，從一開始引領不可能發生的假設，衍生出縱予連詞的用法，但這條線開展不足，例證不多。同時，假設連詞的用法繼續發展，宋代出現引領可能發生的假設，多元的用途沒有讓「借使」更加活躍，隨後還是走向逐漸沒落、消失的道路。

《古代漢語虛詞詞典》頁 301 認為「借使」是假設連詞複合而成，有縱使、縱令之意。此說正確。許多假設連詞都可當縱予連詞，「借使」也是一例。

（二）跨層凝合

1.向使

上古沒有出現假設連詞「向使」。

《史記》出現 2 次「向使」，1 次當縱予連詞，1 次當假設連詞。〈秦始皇本紀〉：「向使嬰有庸主之才，僅得中佐，山東雖亂，秦之地可全而有，宗廟之祀未當絕也。」子嬰是秦朝最後一個皇帝，在位僅 46 天，國家就覆滅了。此段為二重複句，第一、二分句是虛擬的假設條件，與後面的讓步複句有轉折的邏輯義。即使子嬰有普通國君的才能，僅得到中等大臣的輔佐，遭遇山東之亂，不至於國家滅亡，宗廟斷絕。「向使」相當於「即使」。〈李斯列傳〉：「向使四君卻客而不內，疏士而不用，是使國無富利之實而秦無彊大之名也。」四君指繆公、孝公、惠王、昭襄王，都是秦國先王，「向使」為假設連詞，引領違反歷史事件的假設，結果分句「是…也」為判斷句。[18]

---

[18] 何晏《集解》出現 1 次「向使」，〈白起王翦列傳〉何晏曰：「白起之降趙卒，詐而阬其四十萬，豈徒酷暴之謂乎！後亦難以重得志矣。向使衆人皆豫知降之必死，則張虛捲猶可畏也，況於四十萬被堅執銳哉！」「向使」引領違反歷史事件的假設。

《世說新語》出現1次「向使」當假設連詞。〈賞譽〉：「阿源有德有言，向使作令僕，足以儀刑百揆，朝廷用違其才耳。」「向使」引領可能發生的假設，結果分句是推斷。

《顏氏家訓》出現1次「向使」當假設連詞。〈雜藝〉：「向使三賢都不曉畫，直運素業，[19] 豈見此恥乎？」評論顧士端、劉岳諸人精於繪畫，最後的遭遇令人悔恨，故感嘆他們若專於儒素之業，便不會遭受恥辱。「向使」引領違反歷史事件的假設，結果分句以反詰語氣表情喟嘆。

《根本說一切有部毘奈耶》出現4次「向使」，都當假設連詞，而且都引領違反歷史事件的假設。如「時孫陀羅難陀曰：『汝字何等？』答曰：『我字賢首。』報曰：『善哉！名實相稱。向使汝父母不立此名，我今為爾立賢首名。』」（T23, no.1442, p0632b29）賢首之名已取，故「向使汝父母不立此名」為違反過去事實的假設，結果分句以陳述句表明自己同樣這麼做。

全唐詩出現6次「向使」，都當假設連詞，而且都引領違反歷史事件的假設。元軫〈夢上天〉：「千慚萬謝喚厭人，向使無君終不寤。」因為配合格律，「向使無君」與「終不寤」緊縮成一句，結果分句用以斷言。白居易〈放言五首〉：「周公恐懼流言後，王莽謙恭未篡時。向使當初身便死，一生真偽復誰知。」跟前面提歷史人物周公、王莽的事蹟，「向使」之後的「當初」標誌是過去的時間，結果分句用以推斷。

---

⑲ 《三國志·魏書二十七·徐胡二王傳》:「徐邈清尚弘通，胡質素業貞粹。」《晉書·陸納傳》:「汝不能光益父叔，乃復穢我素業邪！」素業，謂儒素之業，《雲麓漫鈔六》載唐科目有抱儒素科。

《朱子語類》出現 2 次「向使」，跟以往的用法有別。〈論語十三·雍也〉：「呂氏曰：『富而與人分之，則廉者無辭於富。』造語未盡，不能無差。向使不義之富可以分人，廉者所必辭也。富之可辭與不可辭，在於義不義，而不在於分人與不分人也。」朱子認為「富而與人分之，則廉者無辭於富」並不正確，故提出「向使不義之富可以分人」的假設來反駁該說。「向使」引領可能發生的假設，結果分句用以推斷。〈朱子五·論治道〉：「州縣間寬嚴事，既已聞命矣。若經世一事，向使先生見用，其將何先？」針對「經世」的範疇，假設「先生見用」，可見是尚未發生的事件，是可能發生的假設，結果分句以疑問句提問。

「平衡語料庫」沒有出現「向使」。

本文的語料中，「向使」的數量沒有很多，但在其他的文獻中，「向使」頗為常見，例如《全唐文》出現了 120 次。「向使」發展的過程有鮮明的色彩，早期是當假設連詞，一律引領不可能發生的假設，到了《朱子語類》出現引領可能發生的假設。《古代漢語虛詞詞典》頁 652 提到「向使」由時間副詞「向」與假設連詞「使」複合而成，約見於漢代。古漢語的「向」表過去的時間，如《穀粱傳·成公二年》：「今之屈，向之驕也。」「今」、「向」相對，分別表示現代與過去的時間。《莊子·庚桑楚》：「向吾見若眉睫之間，吾因以得汝矣，今汝又言而信之。」「向」、「今」相對，表示過去與現在的時間。「向」有假設連詞的用法，可是時代偏晚，見於《三國志注》。當假設連詞的「向」可能是受到已形成的「向使」影響，發生詞義沾染。因此，從時間上考慮，不宜將「向使」當成兩個假設連詞以語素身份組成的並列詞。

《古代漢語虛詞詞典》提到「向使」可翻成當初如果，如果是這樣的話，表示「向使」語法化程度不高，甚至懷疑是否已經語法化成詞了？「向使」的凝合過程中，如何促使「副詞+假設連詞」跨越句法層次，重新分析為假設連詞？根據目前很有限的資料來看，難以找到「向使」的過渡例證。

筆者發現「向使」最早見於西漢《史記》，正巧是漢語加速雙音化的起始的階段，加上「向使」出現在句首，如《史記》的「向使嬰有庸主之才」、「向使四君卻客而不內」，韻律的停頓是「向使｜嬰有庸主之才」、「向使｜四君卻客而不內」，「向使」分別是兩個單音節詞，可以組成一個音步，變成韻律詞。表面上「向使」可繼續切成「向｜使」仍不妨礙表義，但因為兩者並不處於同一個語法平面，「向使」無法繼續切分。如果「向」是時間副詞，修飾「使嬰有庸主之才」、「使四君卻客而不內」，基於語法的切分點是「向｜使嬰有庸主之才」、「向｜使四君卻客而不內」，這種切分法與韻律的要求有別。筆者推測「向使」能夠跨層次重新分析雙音的假設連詞，可能是韻律制約的結果，韻律凌駕語法，促使「向使」凝合成詞。⑳

另外，筆者認為早期的「向使」引領不可能發生的假設，除了與「使」的性質有關之外，「向」也有影響力，因為「向」表示過去時間，出現在假設條件之前，提示該假設違反了過去時間。「向使」受韻律制約成詞，故「向」不必然要經過語法化，或者說，語

⑳ 馮勝利（1996：101）提到韻律可以征服句法，如「一衣帶水」原本是「一條如衣帶一樣寬的河水」，依照韻律規則，這四個字必須讀成「一衣｜帶水」，顯示韻律因素的重要。

法化的程度不高，語義磨損低，所以詞典編者認為「向使」可譯為當初如果。

二、「令」的聚合關係

（一）並列式

1.借令

「借令」較為晚出，上古文獻沒有出現。直到梁沈約等撰的《宋書》出現2次（行文相同），〈律曆下〉：「臣法興議：『沖之既云冬至歲差，又謂虛為北中，舍形責影，未足為迷。何者？凡在天非日不明，居地以斗而辨。借令冬至在虛，則黃道彌遠，東北當為黃鍾之宮，室壁應屬玄枵之位，虛宿豈得復為北中乎？』」此段是戴法興對祖沖之之說提出見解，「借令」引領可能發生的假設，結果分句很長，先進行推測，再提出質疑。

唐房玄齡等撰《晉書》出現1次「借令」當假設連詞。〈劉循傳〉「借令愚劣之嗣，蒙先哲之遺緒，得中賢之佐，而樹國本根不深，無幹輔之固，則所謂任臣者化而為重臣矣。」此段討論任臣與重臣輔國的分別，「借令」引領可能發生的假設，也就是假設若是愚劣之嗣與中等之臣的組合，則推斷得到「任臣者化而為重臣」的結果。

《朱子文集》出現1次「借令」當假設連詞。〈少師保信軍節度使魏國公致仕贈太保張公行狀下〉：「借令虜中有故，上下分離，天屬盡歸，河南遂復，我必德其厚賜，謹守信誓。將來人情益解，士氣漸消，彼或內變既平，指瑕造隙，肆無厭之欲，發難從之請，其將何詞以對？」從語境可知「借令」引領可能發生的假設，結果分句出現「必」，表示十分肯定的判斷。附帶一提，此文曾出現「借使」，引領可能發生的假設。

南宋李燾《續資治通鑑長編》出現 8 次「借令」，都當縱予連詞。〈哲宗六十一・元祐四年〉：「振孫又知寧州，挾其舊怨，勇於報復，乃用匿名之書，移振孫為原州都監。且匿名文字，於法不當受理，而昌衡違法受之。振孫事狀甚輕，曾無免所居官之罪，借令當移，亦無降等之理。」劉振孫罪不至降等，但事實上他已經被移為原州都監。「借令」引領的是實然的事件，是實言的假設，「亦」標誌轉折語氣。

除了史書之外，筆記也有例證。南宋羅大經《鶴林玉露》出現 1 次「借令」，當縱予連詞。〈王梅溪〉：「王十朋忠義謇諤，借令不容於朝，亦合置之近藩，緩急呼來，無倉卒乏使之憂，今遣往萬里外，非計之得也。」

「平衡語料庫」沒有出現「借令」。

「借令」在本文語料未曾尋獲，擴大範圍後，發現它誕生得較晚，見於梁代《宋書》。在中土文獻裡也沒有充分發展，數量有限，而漢譯佛典則未見此詞。帶「令」的假設連詞通常可引領不可能發生的假設，但在有限的例子中並未發現這種用法。南宋時期，「借令」出現縱予連詞的用法，特別的是，其他假設連詞發展出的縱予用法，依然是引領虛擬、未然的假設，但「借令」可引領實然的假設。

《古代漢語虛詞詞典》頁 301 認為「借令」是假設連詞複合而成，有縱使、縱令之意。此說正確。不過，引《晉書》為例，例證偏晚。

（二）跨層凝合

1.向令

上古沒有出現假設連詞「向令」。

《史記》出現 1 次「向令」，都當假設連詞。〈伍子胥列傳〉：「怨毒之於人甚矣哉！王者尚不能行之於臣下，況同列乎！向令伍子胥從奢俱死，何異螻蟻。」本段是司馬遷的評論，故「向令」引領違反歷史事件的假設，結果分句推斷兼表情。

《論衡》出現 1 次「向令」當假設連詞。〈定賢〉：「向令韓信用權變之才，為若叔孫通之事，安得謀反誅死之禍哉？」「向令」引領違反歷史事件的假設，結果分句帶反詰句表達個人的看法。言下之意如果假設成立，韓信不會招致死劫。

《三國志注》出現 2 次「向令」，都當假設連詞。〈魏書四・三少帝紀〉注：「向令墳、典具存，行事詳備，亦豈有異同之論哉？」「向令」引領違反歷史事實的假設，結果分句以反詰句表達己見，事實是墳典早已亡佚，才有許多不同的解釋。〈魏書六・袁紹傳〉：「軍皆拊膺而泣曰：『向令田豐在此，不至於是也。』」此段是士兵哭泣時所說之言，故「向令」引領違反現在事實的假設（說話當下田豐不在此處），結果分句是感嘆與追悔。

《世說新語注》出現 1 次「向令」當假設連詞。〈惑溺〉注：「傅暢此言，則郭氏賢明婦人也。向令賈后撫愛愍懷，豈當縱其妒悍，自斃其子。」根據《世說新語》的記載，郭氏是善妒的婦人，誤以為丈夫賈充喜歡小孩的乳母，竟將乳母殺害。因此，「賈后撫愛愍懷」違反了歷史事實，結果分句表示質疑。

《朱子語類》出現1次「向令」，且是引領可能發生的假設，〈朱子十七·訓門人八〉：「賀孫問：『先生，向令敬之看孟子，若讀此書透，須自變得氣質否？』」「敬之看孟子」是尚未發生的事件，故「向令」引領可能發生的假設，結果分句表示疑問。

「平衡語料庫」沒有出現「向令」。

「向令」最早見於西漢《史記》，流通時代與語料色彩較強，全數保留在中土文獻，佛典沒有「向令」。而且在中土文獻裡，「向令」多見於史書、奏疏，如《宋書》、《梁書》、《晉書》、《南史》，宋元明清的語料不乏「向令」。與「向使」相似，早期的「向令」引領不可能發生的假設，《朱子語類》時引領可能發生的假設。

《古代漢語虛詞詞典》頁652指出「向令」由時間副詞「向」與假設連詞「令」複合而成，例證見於漢代。與「向使」相同，筆者推測「向令」能跨越層次凝合成詞，亦是韻律的關係。

三、小結

綜合以上分析，整理出四點發現：1. 詞內結構方面，除了一般的並列式之外，出現跨層凝合，推測是因為韻律的制約，導致「向使」、「向令」打破具法的界線，跨層合為雙音詞。另外，在並列式中，「正使」的內部是縱予連詞+假設連詞。2.假設/縱予分句方面，縱予連詞「借令」只發現引領可能發生假設的例證，沒有找到引領不可能發生的假設。筆者發現「借使」、「向使」、「向令」可引領可能發生或不可能發生的假設，但後者比較早出，前者比較晚見。3.與其他組詞比較，「使組/令組」的雙音詞產生時代較晚，是漢代之後的新興詞語。4.語料性質上，除了「正使」偏向出現在佛典之外，其他四詞少見於佛典。

現將「使」組與「令」組的討論結果製成表 13，第四欄「假設分句與現實關係」中，「可能發生」註記 1，「不可能發生」註記 2，「違反歷史事件」註記 2-1，「違反現在現實」註記 2-2，「違反自然界運作規則條件」註記 2-3。第五欄說明一詞多用狀況。

表 13 「使組/令組」綜合比較表

雙音詞	內部結構	流通時代				假設分句與現實的關係	一詞多用現象
		上古	中古	近代	現代		
正使	並列式	○	○	○		1	縱予連詞、無條件連詞、讓步連詞
借使	並列式	○	○	○		1、2-1、2-2	縱予連詞
向使	跨層凝合	○	○	○		1、2-1	
借令	並列式		○	○		1	縱予連詞
向令	跨層凝合	○	○	○		1、2-1、2-2	

根據表 13，5 個雙音詞就結構而言，3 個是並列式，2 個是跨層凝合。就產生時代而言，4 個源自上古（漢代以後），1 個源自

中古。換言之，「使組/令組」出現的時代較晚，後來加入的新成員也少。

就流通時代而言，4 個流通於上古至近代，1 個流通於中古至近代。

假設分句與現實的關係中，5 個可以作「可能發生」的假設，3 個可作「不可能發生」的假設，而且都可引領「違反歷史事件」的假設，有 1 個還可作「違反現在現實」的假設。

有 3 詞發生一詞多用現象當縱予連詞，而「正使」還可當無條件連詞與讓步連詞。

第六章　源自或然義的假設連詞

本章處理源自或然義假設連詞歷時演變的細節，透過文獻語料的蛛絲馬跡，拼合構擬常用假設連詞的生滅遞變，屬微觀的基礎溯源工作。

第一節辨別書寫系統的「黨/儻/倘」，並兼述「或」的意義，

第二節的行文脈絡首先是推測「單音節假設連詞」的生滅軌跡與機制。

第三節描述單音詞發展成雙音詞的過程，再將雙音詞的討論內容製成表格，清晰眉目，方便閱覽。

本章的寫作目的除了清楚掌握假設連詞的發展史之外，更深刻的意涵是尋找發生的意義，完善的描寫可做為判斷來源的依據。

第一節 「黨/儻/倘」與「或」的辨析

陳穎（2009：114）研究或然義義的傳信副詞時，提到或然義指說話人對自己所說的話持不十分肯定的推測或估計，表現的是一種可能性。筆者發現有一部份的假設連詞來自於或然義，如倘、儻、或、脫、忽等等，[①] 以「倘/或」為代表，考其流變。

在進入正式的討論前，先解釋「黨/儻/倘」的關係。

異文資料經常見到三者相通，如王引之《經傳釋詞》卷六提到儻字或作「黨」、「當」、「尚」，訓詁術語「或作」表示異文關係。《荀子・天論》：「夫日月之有蝕，風雨之不時，怪星之黨見，是無世而不常有之。」王念孫《讀書雜志》：「黨，古儻字，儻者，或然之詞…《群書治要》引此正作『怪星之儻見』。」王念孫認為「黨」與「儻」是古今字。「黨見」意為偶然出現。《漢書・伍被傳》：「如此，則民怨，諸侯懼，即使辯士隨而說之，黨可以徼幸。」顏師古注：「黨讀曰儻。」訓詁術語「讀曰」表示通假關係，「黨」有或許之意。

《古漢語虛詞詞典》頁 570-571 提到虛詞「儻」是假借字，或用「黨」或用「倘」，可作副詞和連詞。連詞「儻」從先秦至現代沒有大的變化。頁 570 引《說文》：「黨，不鮮也。」本義為不鮮明，後假借為「鄉黨」的「黨」字，均為實詞義。虛詞「黨」通「儻/倘」，可作副詞和連詞，先秦兩漢用例較多，後世少用。頁 569

① 「脫」、「忽」多保留於敦煌變文。

「倘」通「黨/儻」，可作副詞和連詞。作副詞的「倘」表示推測、估計，這一意義在近現代漢語裡已消失，連詞「倘」用來表示假設，現代漢語書面語仍使用。《古漢語虛詞詞典》視「黨/儻/倘」為通假關係。

文字結構上，「儻」、「黨」、「當」、「尚」、「倘」為形聲字，聲符是「尚」，按照形聲字造字的原則，聲符表音，這些字同從「尚」聲，聲音應該相同、相近。聲韻上，它們均是舌頭音（端紐或透紐）陽部字。② 以產生的時間來看，前四字出現於先秦，「倘」較晚出，當假設連詞見於《三國志・蜀書八・許靖傳》：「倘天假其年，人緩其禍，得歸死國家，解逋逃之負，泯軀九泉，將復何恨！」當副詞見於《三國志・魏書一・武帝紀》注引《魏武故事》：「所以然者，多兵意盛，與彊敵爭，倘更為禍始。」語義上，根據《古漢語虛詞辭典》與《漢語大詞典》可知，「黨/儻/倘」的「字本義」不同，進入詞彙的層面來看，「黨」的「實詞義」較多，也比較流行，「儻/倘」的「實詞義」很少使用，三者相近的意思是「虛詞義」，都可當表推估的副詞與假設連詞，不過，副詞用法現在已經消失，留下來的是假設連詞用法，而且是寫作「倘」。

異文常見「黨/儻/倘」記錄同一個詞（副詞或假設連詞），以假設連詞的用法來看，《荀子・王制》：「天下脅於暴國，而黨為吾所不欲於是者，日與桀同事同行，無害為堯。」天下被兇暴的國家威脅時，如果自己不願意那樣做，每天都與桀共事同行，也不妨害成為堯，「黨」是假設連詞。「儻」見於《曹子建集・閨情》：

---

② 「倘」，《集韻》：「他朗切，湯上聲。」中古是透母唐韻一等字，逆推上古即是透紐陽部。

「儻終顧盼恩，永副我中情」。前面提過「倘」當假設連詞見於《三國志》。由此可知假設連詞「黨」早於「儻/倘」。

「黨/儻/倘」的關係應分為兩個層面看待。第一層，它們各自從「實字到虛字」的過程確實找不到關聯，是所謂的「假借/通假」，找實詞意義不相干的「黨」字、「儻」字、「倘」字分別記錄詞義「或許」、「假設」。第二層，從「詞」層面看，三者有共同的語法意義，語音又相近，記錄的時候不管寫成哪一個字都不會妨害讀者理解，這就不是「假借/通假」，因為它們不單純是語音關係，語法意義也相關。換句話說，語法詞「黨/儻/倘」之間不是「假借/通假」，而是「同音同義的替換」。由於三者的演變脈絡相同，現代比較熟悉的是「倘」，以下的行文以「倘」為代表。

「或」的字本義少見，根據《說文解字》：「或，邦也。从口从戈，以守一。一，地也。域，或又从土。于逼切。」段玉裁注：「邦者，國也。」「或」的字本義是國家，對應於今日讀音是 yù。當語法詞的「或」根據《廣韻》：「或，胡國切。」對應於今日的讀音是 huò，可知表國家的讀音與語法詞「或」的讀音不同。「或」的常見用法是當代詞、副詞、連詞，與字本義無關，「或」與「倘」一樣，宜從兩層面解釋。第一層，從記錄的角度來看，表國家的「或」字用來記錄代詞、副詞、連詞是「假借/通假」。第二層，就詞的內部而言，代詞、副詞、連詞的「或」之間有演變的關係。

第二節　「倘/或」的演變推測

「倘/或」的實詞義與語法詞義不相關，本節略過實詞，從語法詞階段談起。

一、「倘/或」的語法詞階段

本文將「倘/或」歸為一組是著眼於「詞」的層面而言，根據《漢語大詞典》，將「倘/或」的義項整理成表。

表 14 「倘/或」義項對照表

義項	倘	或
代詞		○
副詞，或許	○	○
副詞，有時		○
選擇連詞		○
假設連詞	○	○

從表 14 可知，「倘」可當推估的評注副詞（記作「倘 1」）與假設連詞（記作「倘 2」），「或」可當代詞（記作「或 1」）、評注副詞或頻率副詞（記作「或 2」）、選擇連詞（記作「或 3」）、假設連詞（記作「或 4」）。換言之，「或」可當選擇連詞與假設

連詞。上述諸義項可以用語義徵性[或然]概括之，將「倘/或」的語義徵性記作[或然]。

有關「倘」的演變，王克仲（1990：445）認為「儻」有或然、忽然之意，說話人以可能會忽然到來的事實作為敘述的前提，就將有假設意味，「儻」的假設義是從「忽然」或「一旦」引發出來。太田辰夫（1991：58）認為儻（倘）、儻若、儻或是假定可能性小的連詞，意為「萬一」、「如果」，古時也寫作「黨」，本為副詞，意為「或許」、「偶然」。這些是轉作連詞的，上古可作副詞、連詞，在中古，「儻」跟「若」、「或」複合。由上可知，王克仲與太田辰夫均認為連詞的「倘」與副詞「倘」有關。

現在就回歸到典籍，從文獻來看「倘」的演變。以下是「倘 1」的用法。

1. 所以然者，多兵意盛，與彊敵爭，倘更為禍始。（《三國志・魏書一・武帝紀》注引《魏武故事》）
2. 倘泛孤舟，萬里煙波，舉目有江河之限。（唐駱賓王〈與程將軍書〉）

例 1 根據「許多士兵意氣驕滿，與強敵征戰」的情況，推測「可能再次成為禍患」，故「倘」是表示推估。

例 2 句義是偶爾駕著小船，萬里的煙波飄盪，放眼望去只有江山變異的阻隔。「倘」表示偶然、偶爾之意，出現在動賓短語之前，當狀語。

接著，是「倘 2」的例子。

3. 倘天假其年，人緩其禍，得歸死國家，解逋逃之負，泯軀九泉，將復何恨！（《三國志·蜀書八·許靖傳》）
4. 故人倘思我，及此平生時。莫待山陽路，空聞吹笛悲。（梁庾信〈寄徐陵〉）
5. 樂毅儻再生，於今亦奔亡。（唐李白《贈江夏韋太守良宰》）
6. 為農倘可飽，何用出柴關？（唐彥謙〈和陶淵明貧士詩五〉）
7. 今具其異跡，列之於衰哉後，數千載之下，倘有得者，知其所由耳。（唐王度《古鏡記》）

例 3「倘」出現在分句句首，該假設分句有四句，「天假其年…」是虛擬的可能發生的假設，結果分句用以表情感嘆。

例 4「倘」出現在主語之後，動詞謂語之前，「故人倘思我」是可能發生的假設，結果分句是提出建議，有勸勉之意。

例 5 假設歷史人物「樂毅」再生了，可見「儻」引領違反歷史事實的假設，是不可能發生的假設，結果分句是斷言。

例 6 按照當時的狀況務農不足以溫飽，所以要離家。「倘」引領違反現實的假設，結果分句以疑問句表示反詰。

例 7「倘」後面接名詞短語「有得者」，指如果有得到古鏡的人，屬可能發生的假設，結果分句用以說明，說明為何紀錄古鏡異跡的原由。

現在看「或」的例子，先舉「或 1」的例子。

8. 或謂孔子曰：「子奚不為政？」（《論語・為政》）
9. 宋人或得玉，獻諸子罕，子罕弗受。（《左傳・襄公十五年》）

例 8「或謂孔子曰」,「或」出現在動詞之前,是不定指(indefinite)的主語（代詞），指有人、某人之意。

例 9「宋人或得玉」，「宋人」是泛指，表示限定範圍，「或」表示某一個「宋人」，亦是代詞。雖然「或」表不定指的人，與例 7 不同的是「或」有限定範圍，一定代表某個「宋人」。

再看「或 2」的例子。

10. 譬之宮牆，賜之牆也及肩，闚見室家之好。夫子之牆數仞，不得其門而入，不見宗廟之美，百官之富，得其門者或寡矣。（《論語・子張》）
11. 武王問太公曰：「得賢敬士，或不能以為治者，何也？」（《說苑・君道》）
12. 陳臻問曰：「於齊，王餽兼金一百鎰而不受；於宋，歸七十鎰而受；於薛，歸五十鎰而受取。今日之受是，則前日之不受非也。夫子必居一於此矣。」…夫金歸，或受或不受，皆有故，非受之時己貪，當不受之時己不貪也。金有受不受之義，而室亦宜有受不受之理。（《論衡・刺孟》）

13. 將軍朱桓，得一婢，每夜臥後，頭輒飛去。或從狗竇，或從天窗中出入，以耳為翼，將曉，復還。（《新校搜神記》）

例 10 人以為子貢優於孔子，子貢打了比方，說老師的圍牆幾丈高，找不到大門進入，就看不到宗廟的雄偉，房舍的富麗，能找到門進入者或許甚少吧！看起來例 10 與例 9「或」的語法位置相當，但語義的指稱有別，因為強調「得其門」的人，而非前述不得其門的人，故「得其門者」是定指。「宋人」是泛指、不定指的概念，「或」是不定指的指代。再者，「寡」用來描述「得其門者」的數量，「得玉」卻不是說泛稱的「宋人」都得到玉。所以例 10 不能譯為「得其門者（有人）甚少」，而例 9 可以譯為「宋人中某一個人獲得玉」，表示推估的評注副詞。

例 11 按理說得賢敬士可以為治，有時發生不能以為治的狀況，「或」表有時候之意，為頻率副詞。

例 12 格式是「或…或…」，「或」之後亦接動詞，但是當選擇連詞，因為根據語境孟子在齊接受黃金，在宋、薛則接受黃金。孟子解釋接受或不接受黃金，都是有原因的，不是貪不貪的問題。「或」可能表有的、或許，也可能是表或者，是「或 1/或 2」與「或 3」的過渡之例。

例 13「或從狗竇，或從天窗中出入」有兩解，一是表有時，二是表或者，為「或 2」與「或 3」過渡之例。

接著是「或 3」的例子。

14. 一野之物來至或出，吉凶異議。（《論衡・異虛》）
15. 賢聖之才，皆能先知。其先知也，任術用數，或善商而巧意，非聖人空知。（《論衡・知實》）

例 14 是「或」連接兩個動詞「來至」、「出」，表示來到或者出現之意，「或」為選擇連詞。

例 15 談到賢人聖者能先知是掌握了方法規則，或善於討論而巧於思考。「或」連接兩個短語，當選擇連詞。

最後是「或 4」的例子。

16. 晉為盟主，諸侯或相侵也，則討而使歸其地。（《左傳・襄公二十六年》）
17. 今大城陳、蔡、葉與不羹，或不充，不足以威晉。若充之以資財，實之以重祿之臣，是輕本而重末也。（《新書・大都》）

例 16「諸侯或相侵也」是假設性的可能狀況，「或」出現在主語後、謂語前，當假設連詞。「則討而使歸其地」是根據「諸侯相侵」的假設條件所做的反應。

例 17「或不充」指如果不充實陳、蔡、葉與不羹四城，「若充之以資財」指如果用大量的資產財富充實它們。兩句正反引領兩種可能發生的假設，結果分句用以說明利害關係。

經過上述分析，不論「倘 1」、「倘 2」，還是「或 1」、「或 2」、「或 3」、「或 4」，都含有[或然]義，「倘 2」、「或 4」

引領的假設事件是虛擬情境，日是否可能發生並不確定，「或 3」提供可能的選擇，亦帶有不確定性。因此筆者認為「倘 1」、「倘 2」之間與「或 1」、「或 2」、「或 3」、「或 4」之間存在演變先後的關聯。

至於太田辰夫（1991：58）說「倘」表示可能性小，筆者認為沒有堅實的根據，「倘」與其他的假設連詞沒有太大的差異，無所謂引領可能性小的假設，而且，同樣是源自[或然]的「或 4」，亦無傾向引領可能性小的假設。如例 7「倘有得者」，雖然是假設數千年以後有人得到古鏡，但言者側重於「得到古鏡」的事件，而非關注幾年後得到，另一個角度來說，邏輯上不是得到就是未得到，言者單純假設得到的狀況，而不估算得到的可能性高低。

再以現代漢語的例子說明，「當我們受到別人的欺負時，必須要為大眾著想，倘若這時馬上和別人吵架，結果會如何？倘若忍氣吞聲不動聲色，又會如何？」這兩個「倘若」正反引領兩種可能發生假設，是「吵架」或「隱忍」，非關兩者發生的可能性。又如「倘若附加洗衣、擦鞋，約是多出每次五十元消費」，「倘若」引領可能發生的假設，言者提出提供服務後的加價說明，未預設聽者同意的可能性高低。

二、語法化蠡測

筆者認為假設連詞「倘/或」是從副詞語法化而來，是什麼動因導致語法化的發生？又是什麼機制促動語法化呢？

（一）動因

「倘/或」能夠語法化為「倘 2/或 4」是語義、語法位置、邏輯的影響。

語義方面，語義徵性[或然]貫串了「倘 1」、「倘 2」，只不過「倘 2」的[或然]隱藏在邏輯意義中，因為假設條件是虛擬的，發生與否帶有或然性。雖然「倘 2」的語義已經磨損，不能再譯為或許、可能，但因為有語義徵性[或然]為基礎，讓它具有當假設連詞的條件。

語法分布與邏輯上，將位於前分句句首，具有不確定[或然]義的「倘 1」當成條件或話題，後分句針對此話題做出評論、推測，那「倘 1」就可能被理解為「倘 2」，由於「倘」的例子較少，未能找到過渡之例，故以「儻」來說明。

《史記·東越列傳》：「今漢兵至，眾彊，計殺餘善，自歸諸將，儻幸得脫。」「儻」是副詞，表示或許，此句為末句，「儻」沒有條件轉變成假設連詞。再如《全三國文·魏文帝·敕豫州禁吏民往老子亭禱祝》：「朕亦以此亭當路，行來者輒往瞻視，而樓屋傾穨，儻能壓人，故令修整。」「儻」當副詞，表示或許、可能，此句是倒數第二句，後面還有「故令修整」，造成「故令修整」的直接原因是「樓屋傾穨」，換言之，進行修整是基於樓屋傾穨的已然事實，推測可能會壓傷行人的危機處理，「樓屋傾穨…故令修整」隱含因果的關係,。又如《顏氏家訓·文章》：「自古宏才博學，用事誤者有矣。百家雜說，或有不同。書儻湮滅，後人不見，故未敢輕議之。」「書儻湮滅」是導致「後人不見」的原因，與「書儻湮滅」不同的是「樓屋傾穨」為已然事實，非假設條件，而「書儻湮滅」是虛擬、假設的條件，因此，「儻」可理解為假設連詞。

「或 1」是不定者的代詞，「或 2」是或許、偶然、有時義的副詞，「或 3」是提供不同選項的選擇連詞，「或 4」是不確定發生與否的虛擬假設條件，因此語義徵性[或然]同樣影響了「或 1」、「或 2」、「或 3」、「或 4」。

語法位置上，從例 8-9 可知「或 1」出現在動詞之前，動詞可能是言說動詞「謂」或行為動詞「得」，代詞充當句子的主語，具有指代作用。從例 10-12，可知「或 2」出現在動詞、形容詞謂語之前，可以組成「或…或…」的結構，如果指代作用消失，加上處於動詞前的位置，促使它可能朝副詞的方向演變，如例 10「得其門者或寡矣」的「或」變轉變為副詞「或 2」。

「或 2」進一步演變是「或 3」，如例 12「或受或不受」，著眼於受與不受的已然事件，「或」可理解為有的的「或 1」；著眼於受與不受的時間，「或」理解為有時的「或 2」；著眼於受與不受本身的動作，「或」理解為表選擇的「或 3」。例 13「或從狗竇，或從天窗中出入」，從時間上「或」可以理解為有時的「或 2」，從事件本身可以理解為「或 3」。受到例 12、13 的啟示，筆者推測「或…或…」是促使「或 2」轉變成「或 3」的重要句式，上古典籍保留許多「或…或…」，如《左傳》有「或撫其內，或營其外」、「或奔或止」；《孟子》有「或百步而後止，或五十步而後止」、「或相倍蓰，或相什伯，或相千萬」、「或遠或近，或去或不去」、「或為大人，或為小人」；《荀子》有「亦或遲、或速、或先、或後」、「或為之，或不為爾」、「故使或美，或惡，或厚，或薄，或佚[或]樂，或劬[或]勞」、「則必或是或非，或治或亂」；《莊子》有「或編曲，或鼓琴」、「或有餘於數，或不足於數」、「或謂之死，或謂之生；或謂之實，或謂之榮」；《史記》有「或欲大投，或欲分功」、「此其義或成或不成」、「或以金石，或以草木」、「其俗土箸，或移徙」、「或在衞，或在趙，或在秦」等等。

「或…或…」的「或」多為「或 1」或「或 2」，但也有「或 3」，如《莊子·駢拇》：「且夫駢於拇者，決之則泣；枝於手者，齕之則啼。二者或有餘於數，或不足於數，其於憂一也。」「二者」指駢拇、枝指，「或有餘於數」針對枝指而言，「或不足於數」針對駢拇而言，兩種情形指稱的對象明確，而「或」表示不定指，語義會有衝突，「或」理解成「或 3」比較合適。句式「…或…」比較晚出，見於東漢《論衡》，是「或…或…」脫落了第一個「或」所造成的，因為「或…或…」的功能多，肩負了「或 1」、「或 2」、「或 3」的功能，易生混淆，如果將第一個「或」略去，變成「…或…」，邏輯上只可理解為「或 3」（「A 或 B」表示選擇關係，「或」無法同時指代或修飾 A 與 B），能夠成功區隔開「或 1/或 2」與「或 3」，後來逐漸將選擇功能的句式固定為「…或…」，也因此看不到「…或…」可當「或 1」或「或 2」的例證。

「或 2」還可以朝「或 4」邁進，如果「或 2」出現在前一分句，隨後有另一分句針對前分句進行評論、說明，則「或 2」可以被理解為假設連詞。如例 17「或不充，不足以威晉」，「或不充」若譯成或許不充實，「不足以威晉」便無法解釋了。此時的「或」不再是修飾成分，而是表示假設的邏輯義。

「或 2」的兩條演變途徑「或 3」、「或 4」之間有何關聯？何鋒兵（2004b：17-20）認為選擇複句與假設複句有三點相似，1.語境上，未定選擇和假設都是面臨著幾種可能情況的句型。2.邏輯上，未定選擇和假設都是非事實的可能性，非肯定的傳疑性。3.關聯詞上，兩者都是傳疑性詞語。此說大抵正確。「或 3」提供可能性的選項，「或 4」虛擬某事件發生的可能性，再根據假設推出因應的結果，都隱含了[或然]義。既是[或然]，便帶有不確定性或傳疑性質，故兩者有一詞多用的條件。事實上，除了「或」之外，漢語也有一詞可當假設連詞、選擇連詞，例如《儀禮‧燕禮》：「冪用綌若錫。」《儀禮‧既夕禮》：「書賵於方，若九、若七、若五。」《論語‧先進》：「方六七十，如五六十，求也為之，比及三年，可使足民。」上述三例的「若」、「如」都是選擇連詞。

（二）機制

「倘/或」運用的語法化機制是隱喻與重新分析。

「倘」經歷了「倘 1」到「倘 2」，從具體有修飾功能的副詞轉換成抽象表假設邏輯的假設連詞，是基於[或然]義，認知域發生轉換。「或」經歷了「或 1」、「或 2」、「或 3」、「或 4」，從指代作用的代詞，轉變成修飾功能的副詞，再分別變成抽象表選擇邏輯、假設邏輯的連詞，雖然[或然]義，認知域轉換了。認知域的轉換屬隱喻。

「倘/或」從副詞轉變成假設連詞，語法位置十分重要。處在主語後、謂語前，或者分句句首的「倘/或」，初步具有假設連詞的影子，還要加上出現後分句，且後分句是「倘/或」分句造成的結果。這種格式頻繁出現時，透過隱喻的映射，最後便發生重新分析，讓「倘/或」被理解為假設連詞。以下將「倘/或」的演變過程以圖形顯示。

最後，將「倘/或」的演變過程圖示如下。

圖 6 「倘/或」的演變過程

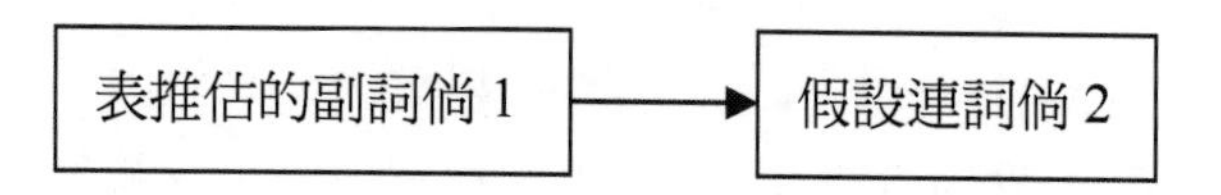

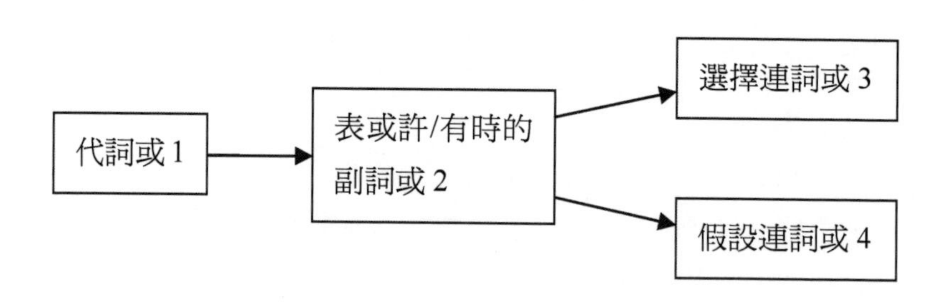

第二節 從單音節到雙音節的變化

一、「倘」的聚合關係

（一）並列式

1.倘若

「儻若」在劉宋出現，「倘若」在唐代出現。

劉宋謝靈運《酬從弟惠連》出現 1 次「儻若」當假設連詞，引領可能發生的假設。「儻若果歸言，共陶暮暮時。」「儻若」出現在動詞謂語之前，結果分句是推想歡樂的情形。

義淨譯《根本說一切有部毘奈耶出家事》出現 1 次「儻若」當假設連詞，引領可能發生的假。《根本說一切有部毘奈耶出家事》：「賢首！我當度汝，令得出家。儻若獲果，願當相報。」（T23, no.1444, p1030a15）義淨的譯經尊稱比丘為「賢首」。根據語境，可知「獲果」是尚未發生的事情，故「儻若」出現在動賓結構之前，引領可能發生的假設，結果分句提出願望或要求。本文的譯經未見「倘若」，最早見於宋代佛典。

敦煌變文出現 18 次「儻若」[③] 當假設連詞，都引領可能發生的假設。〈漢將王陵變〉：「儻若一朝拜金闕，莫忘孃孃乳哺恩。」「儻若」後面出現時間詞「一朝」，表示「拜金闕」是尚未發生的事情，結果分句是提醒。敦煌變文未見「倘若」，但是《敦煌歌辭總編》找到 1 例，即《雲謠集雜曲子·竹枝子》：「倘若有意嫁潘

③ 《李陵變文》的「儻若」作「償若」。

郎。休遣潘郎爭斷腸。」蕭娘尚未出嫁，假設分句是可能發生的假設，結果分句用以勸誡。

《祖堂集》出現 1 次「倘若」當假設連詞，引領可能發生的假設。〈安國和尚〉：「我如今不識好惡，顛倒與汝諸和尚插偈、歌詠、告報，尚不能察得；倘若依於正令，汝向什摩處會去？」「依於正令」是未來的打算，尚未發生的事情，也是可能發生的假設，結果分句表示疑問。

《西遊記》出現 9 次「倘若」當假設連詞，都引領可能發生的假設。〈第九回〉：「我的兒子拋在江中，倘若有人收養，算來有十八歲矣。」此段是言者心中的猜測，並不知道是否有人收養自己的兒子，但也是有可能發生的情況，結果分句是根據假設做的推想。

《金瓶梅》出現 1 次「倘若」當假設連詞，引領可能發生的假設。〈第五十八回〉：「倘若推辭，連那鴇子都與我鎖了墩在門房兒裡。」結果分句用以推測。

《醒世姻緣》出現 3 次「倘若」當假設連詞，都引領可能發生的假設。〈第四十回〉：「倘若你兩人不去，我就自己去，不等你們了。」結果分句是要採取的應變對策。

《紅樓夢》出現 8 次「倘若」當假設連詞，都引領可能發生的假設。〈第三十九回〉：「你倘若有要緊的事用錢使時，我那裏還有幾兩銀子，你先拿來使，明兒我扣下你的就是了。」「倘若」出現在主語後、謂語前，引領可能發生的假設，結果分句提出了建議。

《兒女英雄傳》出現 1 次「儻若」當假設連詞，引領可能發生的假設。〈第十五回〉：「你是會的，破個笑臉兒雙手捧來便罷；儻若不肯，我也不叫你過於為難。」前兩句是意合的假設複句，後兩句是形合的假設複句，引領兩種可能發生事件（笑或不笑），第二複句的結果分句用以表情，表明自己的態度。

「平衡語料庫」沒有發現「儻若」，「倘若」有 63 次。除了引領可能發生的假設以外，功能更多元，有 4 次引領違反過去事實的假設，「華輝嘆道：『倘若我武功不失，區區五個毛賊，何足道哉！』」武功失去在前，華輝感嘆在後，他感嘆的是過去發生的事情。結果分句亦表示感嘆。又如「十年前倘若跟爹爹媽媽一起死在強人手中，後來也可少受許多苦楚。」出現時間詞「十年前」，可見是過去的事情，結果分句「少受許多苦楚」是已經發生的事情，故言者是在表情，抒發悔怨的情緒。有 2 次是正反列舉不同的狀況，如「倘若這時馬上和別人吵架…，倘若忍氣吞聲不動聲…」、「倘若那讚美是真誠的…，倘若那讚美是虛偽的…」。語法位置上，有 2 次出現在主語後、謂語前，61 次出現在前分句句首。

「儻若」早於「倘若」。唐代的「儻若」多見於敕、詔、書、碑，隨後數量下降，亦多見於史籍，少量見於筆記，反映書面語的性質。「倘若」後來居上，晚期多見「倘若」，出現的文體多元，包含小說、筆記、政書、醫書、文集、詩歌。現代只用「倘若」，除了延續引領可能發生的假設之外，還可以引領違反過去事實或正反列舉的假設，從早期到現在，「倘若/儻若」多出現在前分句句首，偶爾出現在主語後、謂語前，前分句句首是典型假設動詞的位置。《古漢語虛詞詞典》頁 569、572 提到「倘若/儻若」是兩個假設連詞的複合，此說可信。

2.倘使

「倘使」最早見於梁庾信〈率爾成詠詩〉：「倘使如楊僕，寧為關外人。」「倘使」出現在前分句句首，對庾信而言「如楊僕」是有可能發生的假設，結果分句提出選擇。

《全唐文》出現 8 次「儻使」當假設連詞，有 3 次引領違反過去事實的假設，如杜牧〈上李司徒相公論用兵書〉：「賴相公廟算深遠，北虜即日敗亡。儻使北虜至今尚存，沿邊猶須轉戰。」根據語境可知，當時北虜已經滅亡，故「儻使」引領的是為反歷史事件的假設，結果分句是推斷。

《大正藏》沒有找到「倘使」，「儻使」在唐代佛典出現 2 次，但都不是譯經。

敦煌變文出現 1 次「儻使」當假設連詞，引領可能發生的假設。《降魔變文》：「弟子小人神力劣，希垂護念借威光。儻使一時降伏得，總遣度𠪚入僧行。」結果分句提出應變之道。

後晉劉昫等撰《舊唐書》出現 2 次「儻使」當假設連詞，都引領可能發生的假設。〈韋思謙子承慶嗣立列傳〉：「儻使微累德音，於後悔之何及？」「儻使」引領可能發生的假設，結果分句提出反詰。此例亦見於《全唐文》的韋承慶〈重上直言諫東宮啟〉，「儻使」寫成「倘使」。

《三國演義》出現 1 次「倘使」當假設連詞，引領可能發生的假設。〈第二十五回〉「當初劉使君與兄結義之時，誓同生死；今使君方敗，而兄即戰死，倘使君復出，欲求兄相助，而不可復得，豈不負當年之盟誓乎？」此段是張遼勸告關羽的話，張遼從當年結義之事談起，「今使君方敗」是眼前的事實，「兄」是尊稱關羽，

「而兄即戰死」是假設，「倘使君復出，欲求兄相助…」也是假設，言者假設劉備可能會復出，所以是可能發生的假設，結果分句回到結義當初的盟誓，以反詰語氣勸告關羽不要意氣用事。

《紅樓夢》出現 1 次「倘使」當假設連詞，引領可能發生的假設。〈第九十三回〉：「倘使得備奔走，糊口有資，屋烏之愛，感佩無涯矣。」結果分句「矣」帶有推斷性質，整句是表情的作用，表示感謝之意。

「平衡語料庫」沒有「儻使」，有 4 次「倘使」當假設連詞，都引領可能發生的假設，如「那大狼倘使不逃走，我就一刀殺了牠。」結果分句表示應變。

「倘使」早於「儻使」，而且出現的時間比較長。唐代的「儻使」多出現在疏、書、碑、記，後代逐漸少用，以史書為主，零星見於筆記。「倘使」亦見於史籍，零星出現在筆記、小說。整體來看「倘使/儻使」書面語性質較強，而且數量一直不多。再者，「倘使/儻使」多引領可能發生的假設，少數「儻使」引領違反過去事實的假設，根據第五章，「使」早期多引領不可能發生的假設，但一般的假設連詞以引領可能發生的假設為主，所以「使」跟「倘/儻」結合成新詞，依然多是主流用法。

3.倘或

《三國志注》出現 1 次「儻或」當假設連詞，引領可能發生的假設。〈吳書九‧魯肅傳〉注引〈江表傳〉：「人之將死，其言也善，儻或可採，瑜死不朽矣。」結果分句出現「矣」表示推斷，同時也反映了周瑜的願望。

本文的佛典語料沒有「倘或」，宋代佛典才出現。《佛本行集經》出現 1 次「儻或」，即「今日太子，若有如是殷重[④] 誓願，儻或未得自利利人，而取命盡，我當云何敢捨太子，違本誓願，將面空入迦毘羅城？』」（T3, no.190, p0768c29）「儻或」引領可能發生的假設，結果分句「我當…」以疑問形式反面來表示意願，言下之意就是不會捨棄太子。

《全唐文》出現 21 次「倘或」，53 次「儻或」，見於表、書、狀、詔、敕、牋、賦等，都引領可能發生的假設，如徐鉉〈百官奏請行聖尊后冊禮表〉：「倘或正儀未行，庶事莫敢先舉。」「倘或」出現在前分句句首，引領可能發生的假設，結果分句推斷。

敦煌變文出現 2 次「儻或」當假設連詞，都引領可能發生的假設。〈不知名變文〉：「儻或大限到來，如何免脫？」結果分句表示疑問。

後晉劉昫等撰《舊唐書》出現 3 次「倘或」，都引領可能發生的假設。〈魏知古列傳〉：「倘或窺犯亭障，國家何以防之？」結果分句表示疑問。

《元刊雜劇三十種》出現 3 次「倘或」，2 次「倘或間」，都引領可能發生的假設。〈承明殿霍光鬼諫雜劇〉第二折：「倘或取受了百姓錢，違負了帝王宣，敢大膽欺壓良民，冒突天顏，惹罪招愆，久以後，市曹中遭著刑憲，我子怕又連累咱滿門良賤。」此例的假設很長，從「倘或」到「刑憲」，為可能發生的假設，結果分句用以表情，表示擔心連累家族。〈嚴子陵垂釣七里灘雜劇〉第四折：「倘或間失手打破這盞兒呵，家裡有幾個七里灘賠得過！」「倘

④ 「殷重」，宋本《資福藏》、正倉院聖語藏本作「慇重」。

或間」只出現在雜劇，而且僅有 2 次，相當於「倘或」，引領可能發生的假設，結果分句用以表情，略帶氣意說明家裡賠不起。

朱熹的《朱子文集》出現 3 次「儻或」當假設連詞，都引領可能發生的假設。〈答李守約二〉：「但有疑雖當識以俟問，然亦不可不時時提起閑看，儻或相值，殊勝問而後通也。」「儻或相值」即如果相比較之意，為可能發生的假設，結果分句出現「也」，表示推斷。

《西遊記》出現 21 次「倘或」當假設連詞，都引領可能發生的假設。〈第十三回〉：「倘或餓死，卻如之何？」結果分句表示疑問。

《金瓶梅》出現 5 次「倘或」當假設連詞，都引領可能發生的假設。〈第一回〉：「武松口中不言，心下驚恐：『天色已黑了，倘或又跳出一個大蟲來，我卻怎生鬥得過他？』」結果分句用以揣測。

《醒世姻緣》出現 1 次「倘或」當假設連詞，引領可能發生的假設。〈第四十四回〉：「倘或處得過激，孩子生性惱出病來，悔就晚了。」結果分句是推斷。

《紅樓夢》出現 123 次「倘或」當假設連詞，都引領可能發生的假設。〈第三十九回〉：「那女孩兒大雪地作什麼抽柴草？倘或凍出病來呢？」〈第六十二回〉：「又開門喝戶的鬧，倘或遇見巡夜的問呢？」這兩個例子出現在對話，只見「倘或」引領的可能發生條件，未見結果分句，而且假設句以「呢？」收尾，透露出隱沒的結果分句是「怎麼辦」，可以逕行補出來。省略結果分句的情況甚為少見，出現在對話語境，因為有語境的輔助，才不會造成溝通的障礙。〈第六十二回〉：「不好，他們倘或聽見了倒不好。」〈第一百一十回〉：「別說拿不來，倘或拿了來也要鬧出來的。」這兩句也出現在對話，屬原形凝合的緊縮複句，可以斷開成「他們倘或聽見了，倒不好」及「倘或拿了來，也要鬧出來的」。

《兒女英雄傳》出現 2 次「儻或」當假設連詞，都引領可能發生的假設。〈第二十一回〉：「一年到頭不動鹽醬，儻或再長一身的白毛兒，那可是個甚麼樣兒呢？」結果分句表示疑問。

「平衡語料庫」沒有「倘或/儻或」。

「儻或」早於「倘或」，唐代「儻或」數量遠多於「倘或」。隨著時間推移，「倘或」的數量也十分有限，直到《紅樓夢》大量出現「倘或」，卻未見「儻或」。不過除了《紅樓夢》之外，其他的清代筆記、小說中，「倘或」的例子都僅有 1、2 例，而「儻或」則完全消失。換言之，《紅樓夢》的「倘或」可能是作者個人書寫習慣的呈現，而《醒世姻緣》、《兒女英雄傳》等小說反映的是普遍的狀況。《古代漢語虛詞詞典》頁 569、571 說「倘或/儻或」是並列式複合詞，也就是兩個假設連詞以語素身份組成的並列詞。

（二）派生詞

1.倘然

《大正藏》沒有出現「倘然」，翻譯佛典也沒有「儻然」。

《元詩選》出現 1 次「儻然」當假設連詞，引領可能發生的假設。《仲宏集・書懷寄杜原父二首》：「儻然有所得，中心樂陶陶。」「儻然」出現在前分句句首，引領可能發生的假設，結果分句說明心中的快樂。

「倘然」是明代才出現的假設連詞。明代編纂《正統道藏》出現 3 次「倘然」當假設連詞，都引領可能發生的假設。〈正乙部・謹身防失〉：「朽索御六馬，常須謹步行。倘然微縱放，必致禍臨身。」「倘然」出現在前分句句首，引領可能發生的假設，結果分句出現「必」，表示肯定性高的推斷。

明羅貫中的《三遂平妖傳》出現 6 次「倘然」當假設連詞，都引領可能發生的假設。〈第六回〉:「倘然訪得明師，有個住腳處，再來喚他不遲。」〈第八回〉：「若是他該做你兒子，自然有命活得；倘然沒命，也沒奈何。」前有「若是」，後有「倘然」，正反引領兩種可能發生的假設，後一複句的結果分句用以表情、感嘆。

馮夢龍的《醒世恆言》出現 13 次「倘然」當假設連詞，都引領可能發生的假設。〈第九卷〉：倘然皇天可憐，我孩兒有病痊之日，怕沒有老婆？」「倘然」出現在主語之前，位於前分句句首，引領可能發生的假設，結果分句看似疑問，卻是無疑之詰問，肯定會有老婆之意。

《金瓶梅》出現 1 次「倘然」當假設連詞，引領可能發生的假設。〈第七回〉：「官人倘然要說俺侄兒媳婦，自恁來閑講便了，何必費煩，又買禮來，使老身卻之不恭，受之有愧。」結果分句由一連串的客套話組成，用以說明。

《兒女英雄傳》出現 30 次「儻然」當假設連詞，都引領可能發生的假設。〈第三回〉：「 儻然你要急出個好歹來，我們可就吃不住了。」「儻然」引領可能發生的假設，結果分句的說明帶有表情，表示負擔不起責任。

《兒女英雄傳》出現 7 次「倘然」當假設連詞，都引領可能發生的假設。〈第十回〉：「父母如果准行，卻是天從人願；倘然不准，我豁著受一場教訓，挨一頓板子，也沒的怨。」前有「結果」，後有「倘然」，正反引領兩種可能發生的假設，結果分句說明意願或承擔。

《紅樓夢》出現 1 次「倘然」當假設連詞，引領可能發生的假設。〈第六十六回〉：「你乃是萍蹤浪跡，倘然淹滯不歸，豈不誤了人家。」結果分句是反詰語氣，言下之意是會耽誤人家。

「平衡語料庫」沒有「倘然/儻然」。

「倘然/儻然」都是近代才出現的假設連詞，「儻然」早於「倘然」，兩者的數量都不多，但是「倘然」在文獻中出現的次數比較平均，「儻然」在《兒女英雄傳》高達 30 次，應是作者個人書寫習慣造成的，在其他清代語料並未見到該詞。五本虛詞詞典都沒有收「倘然/儻然」，⑤ 「然」是常見的形容詞後綴，而「儻然」原先就有無心貌、自失貌，後又當假設連詞，因之，筆者推測「倘然/儻然」是派生詞。

二、「或」的聚合關係

（一）並列式

1.或若

假設連詞「或若」只見於敦煌變文，一共有 5 次，當中有 4 次引領可能發生的假設，〈前漢劉家太子傳〉：「汝緣年少，或若

⑤ 參見「參考與引用文獻」第七部分。

治國不得，有人奪其社稷者，汝但避投南陽郡，彼先有受恩之人，必合救汝。」「治國不得」是尚未發生的事件，有可能發生，結果分句是提出建議，也是解決之道。〈廬山遠公話〉：「若在家中，便即費人心力。或若出外，常須憂懼。」「若」、「或若」正反引領兩種可能發生的假設，後一複句的結果分句用以提醒。有 1 次引領違反現在事實的假設，〈漢將王陵變〉：「王陵只是不知，或若王陵知了，星夜倍程入楚，救其慈母。」根據語境，盧綰秉告時，王陵尚不知母親有難，故「或若」引領違反現在事實的假設，結果分句是推斷。

「平衡語料庫」沒有「或若」。

《古漢語虛詞詞典》頁 255 提到「或若」假設連詞同義複合，嚴格說是是兩個假設連詞以語素身份組成的並列詞。

三、小結

綜合以上分析，整理成四個重點：1.「倘組/或組」出現時代比較晚，上古沒有這些詞，中古、近代才產生。2.「倘」組書面語色彩較強，多出現在公文體的文章，如「儻若」、「倘使/儻使」。3.一般而言，「倘」組成員中寫作「儻」者多早於寫作「倘」，只有「倘使」早於「儻使」。4.「倘組/或組」以引領可能發生的假設為主，少數的「倘若」、「或若」可引領不可能發生的假設。

現將「倘」組與「或」組的討論結果製成表 15，第四欄「假設分句與現實關係」中，「可能發生」註記 1，「不可能發生」註記 2，「違反歷史事件」註記 2-1，「違反現在現實」註記 2-2，「違反自然界運作規則條件」註記 2-3。第五欄是備註。

表 15 「倘組/或組」綜合比較表

雙音詞	內部結構	流通時代				假設分句與現實的關係	備註
		上古	中古	近代	現代		
倘若	並列式			○	○	1、2-1	「儻若」出現在劉宋
倘使	並列式		○	○	○	1	「儻使」出現於唐代，有 2-1
倘或	並列式		○	○		1	「儻或」出現在劉宋
倘然	派生詞			○		1	「儻然」出現在元代
或若	並列式			○		1、2-2	

根據表 15，5 個雙音詞就結構而言，4 個是並列式，1 個是派生詞。就產生時代而言，2 個源自中古，3 個源自近代。換言之，「倘組/或組」出現的時代較晚，後來加入的新成員也少。

就流通時代而言，1 個流通於中古至近代，1 個流通於中古至現代，2 個只流通於近代，1 個流通於近代至現代。

假設分句與現實的關係中，5 個可以作「可能發生」的假設，2 個可作「不可能發生」的假設，其中 1 個可引領「違反歷史事件」的假設，1 個可以作「違反現在現實」的假設。

另外，「倘組/或組」沒有一詞多用現象。根據第四章，「設或」可以當縱予連詞、選擇連詞。

第七章　源自意志義的假設連詞

本章處理源自意志義假設連詞歷時演變的細節，透過文獻語料的蛛絲馬跡，拼合構擬常用假設連詞的生滅遞變，屬微觀的基礎溯源工作。

第一節是簡單的文獻回顧。

第二節的行文脈絡首先是推測「單音節假設連詞」的生滅軌跡與機制。

第三節描述單音詞發展成雙音詞、三音節的過程，再將討論內容製成表格，清晰眉目，方便閱覽。

本章的寫作目的除了清楚掌握假設連詞的發展史之外，更深刻的意涵是尋找發生的意義，完善的描寫可做為判斷來源的依據。

第一節 「要」的文獻回顧

助動詞又稱為情態動詞、能願動詞，依據功能命名為助動詞，依據意義命名為情態動詞、能願動詞（陳穎 2009：93），本文統一稱為能願動詞。能願動詞「要」表示說話人客觀傳達或主觀推測某一命題為真，後來發展成假設連詞。

有關「要」的研究成果較多，在正式討論之前先進行簡單的文獻回顧。

董志翹與蔡鏡浩（1994：414-417）指出「要」本為「腰」的古字，後來可引申為形容詞（重要），再引申出助動詞（應當、必須），再引申出副詞（一定），後來還可有助動詞（主觀的打算、想要）與轉折連詞的用法。魏晉南北朝的助動詞「要」一般是表示應當、必須，主觀願望的「要」在唐宋才出現，沒有提到「要」可當假設連詞。

盧卓群（1997：45-48）認為「要」本為名詞「腰」，引申為繫在腰間（動詞），再引申為從中攔截，再引申為求取（深層義為希望、想）、應當。動詞「要」向助動詞演變的內部條件是語義條件，外部條件是句法結構和語境制約。必要式助動詞「要」出現於《漢書》，《世說新語》也有用例。意志式助動詞「要」出現於唐代，唐五代迄宋是表意志的「欲」與「要」的競爭階段，元明時期「要」成為主流。

周剛（2002：200-201）主張假設連詞「要」是由助動詞虛化而成，用例不晚於唐代，宋代開始漸多，在口語中使用一直延續至今。

馬貝加（2002：81、85-86）指出動詞「要」的語法化始於漢代，最先出現能願動詞「要」，源頭是求取義的動詞「要」。近代的「要」可當轉折、假設、條件、選擇連詞，後三者由能願動詞而來，轉折連詞肇端於東漢，源頭是重要義的形容詞「要」。假設連詞「要」的源頭是主觀願望的能願動詞「要 4」，想要做的事不一定能做到，故可理解為假定的事情。肇端於漢代，萌生于魏晉時期，唐張說〈雜詩〉四首：「要君意若此，終始未相輕。」「要」出現在假設分句，是真正的假設連詞。①

太田辰夫（2003[1987]：307）提到「要」是表示意欲的助動詞，由此轉為表假定。「要」用於假定是在清代，開始指限於用在表示人的主語之後，可能不久它佔了優勢，就取代了在它以前的「若」、「若是」。例如庚辰本《石頭記》24：「你要看了，連飯也不想吃呢！」庚辰本《石頭記》47：「我要是假心，立刻死在你跟前。」

古川裕（2006：24）認為動詞「要」的語義指向有兩種，1.表主語意願，2.表說話人意願。表主語意願的「要」發展為表義務的「要」，表說話人意願的「要」發展為表說話人估計判斷的助動詞「要」，最後再變成假設連詞。「要」的多義性是基於「非現實性」（irreal）的基本語義功能的引申。助動詞「要」可以表示意

① 馬貝加引張說〈雜詩〉:「要君意若此，終始未相輕。」筆者查證後應作「要君意如此」。

願、希望、可能、將要、估計，表示意願或希望時隱含（imply）將來時態（future tense），如果「非現實性」 的事態是自主的動態行為，「要」表示主語或說話人的意願或希望，如果是非自主的狀態，包含「要」的那個句子傾向於表示說話人對將來可能性的估計或判斷，也就是反映說話人的「認識情態」（epistemic modality）。例如「看樣子，要下雨」的「下雨」是非自主事態，「要下雨」表示的是將來時態，同時還帶有說話人對未來的估計。

席嘉（2010：224）認為「要」做假設連詞大約來源於「若要」的組合同化，「若要」是假設連詞「若」和助動詞「要」跨層組合的韻律詞，當「若」不出現時，單用「要」也能表示假設。直到明代，「要」通過附著「是」產生了「要是」，才是假設連詞「要」的語法功能成熟的標誌。因此，「若要」的組合對「要」演化為假設連詞有直接的影響。

根據前賢的成果，除了席嘉的看法與眾不同，目前的共識是假設連詞「要」直接來源於能願動詞，除此之外，關於形成時間、演變過程，甚至「要」的語義基礎，還是各持己見，值得再討論的問題。古川裕試圖將「要」的多義性概括為「非現實」性，筆者認為該說不夠完善，因為假設連詞一定具有「非現實」性，這是成為假設連詞的必然結果，也是假設複句的性質。只要某詞當假設連詞就說是「非現實」性，是把問題看簡單了，那不就套用單一答案就能解決問題了嗎？語言的演變不是一套制式化的標準作業流程，而是豐富多變，富有生命力，與生活息息相關。筆者認為找出「要」的語義基礎是探索演變的首要工作。

第二節 「要」的演變推測

《說文解字》：「要，身中也…於消切。又，於笑切」「要」的字本義是腰。《廣韻》；「要，於霄切。」又「要，於笑切。」前者中古是影母宵韻，上古是影紐宵部；後者中古是影母笑韻，上古是影母宵部。由此可見，兩者的差別只在聲調。② 根據《漢語大詞典》，平聲「要」有腰、約言、盟誓、邀請、迎接、求取、約束禁止、脅迫等義項，去聲「要」有.綱要、重要主要、希望想要、恰如其分、應當必須、將要、總之、假設連詞、選擇連詞等義項。

從這些義項中，推測「要」是從名詞腰部增加動詞的用法，腰部位於身體的中間，由[中]衍生出動詞攔截、求取、邀請、迎接、脅迫之意，有些屬隨文釋義。又因為將東西纏束於腰部，衍生出動詞拘束、制止。又因為腰部在身體中間，居中為關鍵之位，故衍生出形容詞重要、主要。另外，名詞「要」又可當約言、盟誓等意，隱含了重要與以強烈意志遵守之意。與假設連詞直接來源是能願動詞，能願動詞由動詞而來，有應當、必須、可能、想要之意，綜合以上義項，筆者認為名詞「腰」衍生出的動詞、形容詞、能願動詞、假設連詞、選擇連詞，貫串這些用法的語義基礎是：語義徵性[意

② 《漢書·西域傳下》:「西域諸國頗背叛，匈奴欲大侵，要死，可殺校尉，將人衆降匈奴。」顏師古注:「要，音一妙反。」至少在唐代，甚至更早之前，「要」已經有去聲的唸法。

志]與[量高]，換言之，這些義項與言者的主觀意志與動作發生的強度、量級有關。

以下將各種「要」記作為名詞「要 1」，形容詞「要 2」，行為動詞「要 3」，動詞內部意義的差異以文字說明，不獨立出來，能願動詞表應當必須者「要 4」，表可能者為「要 5」，表希望、想要者為「要 6」，假設連詞為「要 7」，選擇連詞為「要 8」。

一、「要」的實詞階段

基於對「要」的義項有了梗概的瞭解，筆者做出上述的演變推估，現在回到文獻中，印證推論的正確性。實詞階段談指「要 1」至「要 6」。

首先是「要 1」。

1. 昔者楚靈王好士細要。（《墨子・兼愛中》）
2. 戶服艾以盈要，謂幽蘭其不可佩。（《楚辭・離騷》）
3. 使季路要我，吾無盟。（《左傳・哀公十四年》）

例 1「細要」即細腰，《戰國策・楚一》：「昔者先君靈王好小要。」注云：「鮑本『要』作『腰』。」

例 2「盈要」即滿腰之意。後起「腰」數量多於「要」。當腰部的「要 1」後多作「腰」。

例 3 杜預注：「子路信誠，故欲得與相要誓而不須盟。」子陸重然諾，子路的承諾效力大過於盟約。「要」即約言、承諾之意，承諾顯示了言者的意志，承諾的語力是強的，故表約言、盟誓的「要」具備語義徵性[意志，量高]。

接著是「要 2」。

4. 先王有至德要道，以順天下。（《孝經・開宗明義章》）

「要道」即重要之道。「要 2」具備[量高]。

接著是「要 3」，「要 3」有許多義項，有些是隨文釋義，「要 3」表示要求、求取，具備了語義徵性[意志]。有些「要 3」還具備語義徵性[量高]，如表脅迫。

5. 噫！亦要存亡吉凶，則居可知矣！《易・繫辭下》
6. 今人乍見孺子將入於井，皆有怵惕惻隱之心，非所以內交於孺子之父母也，非所以要譽於鄉黨朋友也，非惡其聲而然也。（《孟子・公孫丑上》）
7. 臧武仲以防求為後於魯，雖曰不要君，吾不信也。（《論語・憲問》）
8. 頃襄王橫元年，秦要懷王不可得地，楚立王以應秦，秦昭王怒，發兵出武關攻楚，大敗楚軍，斬首五萬，取析十五城而去。《史記・楚世家》
9. （孟仲子）使數人要於路…。（《孟子・公孫丑下》）
10. 期我乎桑中，要我乎上宮，送我乎淇之上矣！（《詩・鄘風・桑中》）

例 5 根據高亨注：「要，亦求也。此言用《易經》求人事之存亡吉凶，則安坐可知矣！」「要」是探求之意。

例 6「要譽」指求取名譽之意。

例 7 臧武仲以封邑「防」請求魯君為臧氏立後，孔子認為這是威脅君王的行為，故「要」指脅迫之意，不過，可視為廣義的要求，差異只在威脅比要求更強烈，量級更高。

例 8 記載楚懷王戰敗，被拘留在武關，被威脅割地的故事，「秦要懷王不可得地」的「要」也是脅迫之意，屬廣義的要求。

例 9「要」中途攔截之意，顯然是「要 1」的中間位置衍生而來的動作，是主觀意志支配下強力進行的動作。

例 10「要」有邀請之意，邀請是比較客氣和緩的請求。

接著是「要 4」、「要 5」與「要 6」。

11. 欲久生兮無終，長不樂兮安窮…黃泉下兮幽深，人生要死，何為苦心！（《漢書·武五子傳》）
12. 漢數使使者風諭嬰齊，嬰齊尚樂擅殺生自恣，懼入見要用漢法，比內諸侯，固稱病，遂不入見。（《史記·南越列傳》）
13. 若要添風月，應除數百竿。（韓愈《竹徑》）
14. 師示眾曰：「王老師要賣身，阿誰買？」僧對云：「某甲要買。」（《祖堂集·南泉和尚》）

例 11 根據語境，此「要」是「要 4」，表示必然之意，「人生要死」即人生必定會死亡。顏師古注亦云：「言人生必當有死，無假勞心懷悲戚。」將「要」解釋成「必當」。「要 4」反映言者強烈的主觀意志，據此做出高度肯定的推定，故具備[意志，量高]。再者，「要 4」隱含了將來時的時態，因為必然要死亡，時態上就是將來會死亡。

例 12 嬰齊不敢入京朝拜天子，擔心比照內地諸侯，要實行漢朝法令。「要」可理解為必定要（要 4）或應當要（要 5）之意，前者是絕對肯定的斷言，後者是可能性高的推測，「必定要」的肯定度量級高於「應當要」，不論是必定或應當，都是言者的主觀判斷，故「要 5」具[意志，量高]。由於「要用漢法」是嬰齊對未發生之事的推測，所以隱含了將來時。

例 13 是假設複句，「若」是假設連詞。「要」有想之意，當為「要 6」，反映言者的願望，是一種主觀意志，換言之「要 6」時態上是具[意志]，不具[量高]，不像「要 4」、「要 5」表示高度的必然性或可能性。因為是心中的願望，願望還沒有實現，故「要 6」是將來態。此例是「要 6」較早的例子。③

例 14「王老師要賣身」的「要」表是想要之意。另外，《祖堂集·三平和尚》:「若要修行路及諸聖建立化門，自有大藏教在。」「要」也是希望、想要之意。

從「要 1」至「要 6」，看到語義徵性[意志]或[量高]貫串其中，一直到表希望、想要的「要 6」，只剩下[意志]，而[量高]消失了。

③ 隋劉子翊〈駮劉炫繼母不解官議〉:「然則繼母之與前母，于情無別。若要以撫育始生服制，王昌復何足云乎？」「若要以撫育始生服制」應斷為「若｜要以撫育始生服制」,「要」為必定之意。

二、「要」的語法詞階段

語法詞階段指「要 7」與「要 8」。

馬貝加（2002：85-86）與周剛（2002：200）都主張唐代有「要 7」，馬貝加（2002：85-86）引唐張說〈雜詩〉主張「要」是假設連詞，筆者認為此例仍有疑慮。〈雜詩〉：「剖珠貴分明，琢玉思堅貞。要君意如此，終始未相輕。」語義上，「要」依然有言者希望或期望之意，「要君意如此」指希望你的心意像這樣（珠玉），結構是 V+NP+VP。再者，如果「要」是假設複句，分句之間是廣義的因果，但「要君意如此，終始未相輕」無因果關係。

周剛（2002：200）引的是柳宗元《桐葉封弟辯》：「凡王者之德，在行之何若。設未得其當，雖十易之不為病。要於其當，不可使易也，而況以其戲乎！」「設未得其當…使易也」是兩組假設複句，前者是形合法，後者是意合法。「設」是假設連詞，「當」指恰當之意，「要」表重要的是、關鍵是之意，故「要於其當」即關鍵是要恰當，周剛將「要」當成假設連詞是因為語境造成的誤會。

蔣冀騁與吳福祥（1997）、席嘉（2010：202-203）主張「要 7」萌芽於宋代。蔣紹愚認為「要 7」出現在明代。④ 太田辰夫（2003[1987]：307）的主張最晚，直到清代「要」才用於假定。主張宋代者多以《朱子語類》為例。

---

④ 蔣紹愚之說因是未刊稿，無發表年代可標，蔣老師惠賜文章的局部供筆者參考。

15. 它硬說『寂然不動』是耳無聞，目無見，心無思慮，至此方是工夫極至處。伊川云：『要有此理，除是死也！』（《朱子語類・呂伯恭》）
16. 如要造百間屋，須著有百間屋基；要造十間屋，須著有十間屋基。（《朱子語類・學二・總論為學之方》）
17. 要與賢說無，何故聖人卻說有？要與賢說有，賢又來問某討。（《朱子語類・鬼神》）
18. 性最難說，要說同亦得，要說異亦得。（《朱子語類・性理一・人物之性氣質之性》）
19. 體與用不相離，且如身是體，要起行去，便是用。（《朱子語類・大學四・或問上》）

例 15「要有此裡」似是假設連詞，不過，語義上可理解為表真得、必然之意，相當於「要 4」。更有力的證據是邏輯上「要有此理，除是死也」不是假設複句，因為後句是條件，前句是結果。

例 16 是兩組假設複句，前一組出現「如」，是形合假設，後一組是意合假設。「要」可理解為希望、想要，相當於「要 6」，後一個「要」會以為表假設，是因為語境的影響。

例 17 前說無，後說有，是兩種可能狀況，有假設的語氣，因為語境關係，「要」似可當假設連詞，不過，「要」也可表想要之意，相當於「要 6」。

例 18 與例 17 相似，都是兩種可能的狀況，語境的關係讓「要」似為「要 7」，但另一方面也可能是「要 6」。

蔣紹愚認為例 19「要」是「要 7」，因為「起行去」難看成是某人的意圖（不能說是「身」希望、想要起行去），只能說是假設的客觀情況，不能換成「欲」，只能換成「若」。雖然筆者認同此說，但仍只是孤例。

「要 6」與「要 7」不斷拉扯的演變關係中，「要 6」語義徵性[意志]也逐漸磨損消失了。

20. 菩薩若要得我時，我好替你作個計較，也就不須動得干戈，也不須勞得征戰，妖魔眼下遭瘟，佛衣眼下出現；菩薩要不依我時，菩薩往西，我悟空往東，佛衣只當相送。（《西遊記》第十七回）
21. 你要肯，便就教師父與那婦人做個親家，你就做個倒踏門的女婿。（《西遊記》第二十三回）
22. 你也忒不長俊，要著是我，怎教他把我房裡丫頭對眾撈恁一頓撈子？有不是，拉到房裡來，等我打。（《金瓶梅》第四十四回）
23. 要著我，你兩個當面鑼，對面鼓的對不是？（《金瓶梅》第五十一回）⑤
24. 要不吃，月桂你與我捏著鼻子灌他。（《金瓶梅》第九十五回）
25. 老身實和姐姐說，要不是我也住。明日俺門外第二個侄兒定親事，使孩子來請我，我要瞧瞧去。（《金瓶梅》第七十四回）

⑤ 席嘉（2010：203）引作「要是我，你兩個當面鑼，對面鼓的對不是？」

例 20 前面說「菩薩若要得我時」，後面是「菩薩要不依我時」，正反引領可能發生的假設，結果分句是表明立場。兩個「要」都是「要 7」，前一個「要」看似可理解為希望、想要，後一個「要」則難以理解為希望、想要。因為「菩薩要不依我時」若相當於「菩薩想不依我時」，是比較奇怪的翻譯，常見的說法是「不想依我時」，但作若是要表達「不想」之意，就不會出現「要不依我」的句型，因為「要不依我」的「不」否定動詞「依」，如果要否定「要 6」，語法形式是「不想」，而非「要不」或「不要」。作者要表達的應該是「菩薩如果不依我時」，由此反推「菩薩若要得我時」的「要」已是「要 7」。

例 21「要」出現在能願動詞「肯」之前，不再理解為「要 6」，而是「要 7」。

例 22「要著是我」相當於「要是我」，「要」後面接動賓結構，與義上不可能是「要 6」，只能理解為「要 7」。

例 23「要著我」相當於「要我」，譯為如果我的話。

例 24「要不吃」即如果不吃之意，「不吃」是可能發生的假設。

例 25「要不是我也住」即如果不是，我也住，後面的「明日…」是說明不住的原因。

宋代、明代的「當 7」通常後面接動詞，很少後面接主謂結構（例 25），因為「要 7」從「要 6」演變而來，「要 6」的位置就是在動詞之前，所以「要 7」也受到影響。

清代小說保留了豐富的「當 7」。

26. 要他不認科斂，把這一場的大事彌縫得過，別事俱可支吾。（《醒世姻緣》第十七回）
27. 你要聽說，咱娘明日早來替你送飯；要姐姐不聽說，明日咱娘也不來了，三日可也不來接你。（《醒世姻緣》第四十四回）
28. 二位哥體諒我，到家就來。要扯了謊，就是個禽獸畜生！（《醒世姻緣》第六十六回）
29. 你要有這個橫勁，那龍也下蛋了。（《紅樓夢》第三十五回）
30. 這還了得！要這樣，十年也打不完了。（《紅樓夢》第三十五回）
31. 要東家批定了報多少錢糧，晚生才好照著那錢糧的數目，核算工料的。（《兒女英雄傳》第二回）
32. 如今我要不先把你們的心安了，神定了，就說萬言，也是無益。（《兒女英雄傳》第九回）

例 26「要」出現在前分句句首，而且是主謂結構之前，引領可能發生的假設，結果分句提出意見。

例 27 是兩組假設複句的並列，前一個「要」出現在主語後、謂語前，後一個「要」出現在主謂結構之前的句首。兩個「要」正反引領可能發生的假設，結果分句是帶有威脅性的因應之策。

例 28 是透過立誓澄清自己絕對沒有說謊，「要扯了謊」違反了狄希陳的主觀意願，不可能當「要 6」，而是「要 7」。狄希陳

表示自己沒有說謊，故「要」引領的是違反現在事實的假設，結果分句是誓言·

例 29「要」出現在主語後、謂語前，引領違反現在事實的假設，言者認定聽者沒有橫勁，因此假設不可能發生，結果分句是帶有諷刺、荒謬的譬喻，龍是傳說的動物，以沒人見過的龍下蛋打比方，反襯假設根本不成立。事實上，有橫勁與龍下蛋沒有因果關係，換言之，這種用法的假設複句不是廣義因果關係，而是比擬關係，帶有豐富的表情。

例 30「要」後接指示代詞，引領可能發生的假設，結果分句是推斷。

例 31「要」出現在前分句句首，而且在主語之前，引領可能發生的假設，結果分句是因應的動作。

例 32「要」出現在主語後、謂語前，引領可能發生的假設，結果分句以「就…，也…」句式，並加上具誇飾的數字「萬言」來斷言。

綜合上述，宋代是「要 6」、「要 7」並存的朝代，此時的「要」後面通常接動詞，可以理解為能願動詞，表主觀的願望，相當於欲、想要。「要 7」成熟於明代，出現「要+否定結構」、「要+代名詞」、「要+能願動詞」。「要 7」大量出現在清代，而且在主語之前的前句首位置數量增多了。「要 7」多引領可能發生的假設，少數引領不可能發生的假設，如例 28、29，例 29 屬比擬性假設複句，非一般常見的因果關係的假設複句。為什麼「要 7」多引領可能發生的假設？筆者認為是「要 7」來自於「要 6」，而希望、想要又多是尚未發生的事件，反映了將來態，在語法化為「要 7」時，實詞的將來態「保留」在「要 7」身上。

古漢語沒有「要 8」，「要 8」出現於現代漢語，提供限定性選擇，表示非彼即此，相當於「要麼」，選項通常是動詞謂語，如動詞或動賓結構。

33. 要就給他，要就不給他，總該明確一下態度。（《漢語大詞典》）
34. 世界上的事情有這麼怪，不搞就不搞，一搞就很多；要麼就沒有，要麼就很多。（「平衡語料庫」）
35. 他不明白毛「要麼不得罪人，一得罪就得罪到底」的作風。（「平衡語料庫」）
36. 啊，職業高中這一流，今年不是缺的嘛，要報，要麼報高中，要麼報職業高中，中專，要麼報技校。（「平衡語料庫」）

例 33「要 p，要 q」提供的選擇屬可能性選擇，p、q 是未然的、未經證實的。同時也是意欲性選擇，是言者的主觀的欲望。

例 34 根據語境（第一句），推知此例「要麼 p，要麼 q」的 p、q 已經發生，屬交替性選擇。同時也是析實性選擇，是對事實 p、q 的描述或反映。

例 35 根據語境，「要麼 p，q」的 p、q 是交替性與析實性選擇，p 是有標記的選擇項，q 是無標記的選擇項，不同於例 51 的地方是第二個「要麼」省略了。

例 36「要報」的「要」是「要 6」，接下來是「要麼 p，要麼 q，要麼 r」，提供三種可能性選擇。

「平衡語料庫」共出現 12 筆「要麼」，一律表選擇。「要 8」與「要麼」的功能沒有太大的差異，「麼」讀輕聲，可能是「要」的語義負荷較重，增加音節（後置的構詞成分）來分擔工作，專職選擇連詞。

三、語法化蠡測

（一）動因

「要」的語法化動因與語義、語法、邏輯有關。

語法化過程中，語義會發生磨損。根據筆者的分析，整理出表誓約「要 1」具備[意志，量高]，表重要的「要 2」只具備[量高]，脅迫的「要 3」具備[意志，量高]，但表要求的「要 3」只具備[意志]，表必然的「要 4」與可能的「要 5」具備[意志，量高]，表希望、想要的「要 6」只具備[意志]，表假設的「要 7」與選擇的「要 8」兩種語義徵性已經磨損殆盡了。

「要 6」語法化為「要 7」的過渡階段，雖然出現在前句句首，後面接的是動詞，看起來像「要 7」，但能願動詞的位置也是在動詞之前，易產生「要 6/要 7」的兩解。「要 8」的後面通常是動詞或動賓結構，與能願動詞的位置相當，將例 33 改造為「要給他，要不給他，總該明確一下態度」，「要」可理解為「要 6」，強調以意願決定一個選擇。

如果僅是語法位置相似仍可判讀答案，語法位置是必要條件，還要考慮邏輯關係。如果是「要 7」，除了出現在前分句句首之外，還得有後分句與前分句構成順承、蘊涵的因果關係，前分句必須是個假設條件。後分句是因假設條件導致的結果。如果是「要 8」，必須出現兩個以上的選項，構成限選關係。

（二）機制

有關「要」的語法化機制，涉及了隱喻、重新分析、主觀化。

「要」的語義基礎是[意志，量高]，從誓約的「要 1」、要求的「要 3」，演變到「要 7」、「要 8」，便是透過相似的語義基礎，讓具體的名詞（實體概念）轉換成有支配賓語作用的動詞（動作），再轉變成表推測可能性、意願的能願動詞（抽象概念），再變成表假設或選擇的關係（邏輯概念），屬認知域之間的轉換，是隱喻的作用。

語義上發生隱喻，連帶語法上會造成重新分析，具體的結果是轉變詞類屬性。

由於「要」具有語義徵性[意志]，語法化當中，言者的主觀認知也產生影響，例如從客觀的事理必然性「要 4」，到雜有主觀推測事件發生的可能性「要 5」，再到反映言者主觀上希望、想要的「要 6」，是主觀化逐漸提高的過程。

有關「要」的推測其實有類型學的基礎，Hopper and Traugott（2008[2003]：234）指出情態詞可演變成條件（假設）連詞，例如英語的 suppose，蘇門答臘語的米南卡包語中的 kò。

最後，將「要」的演變過程圖示如下。

圖 7 「要」的演變過程

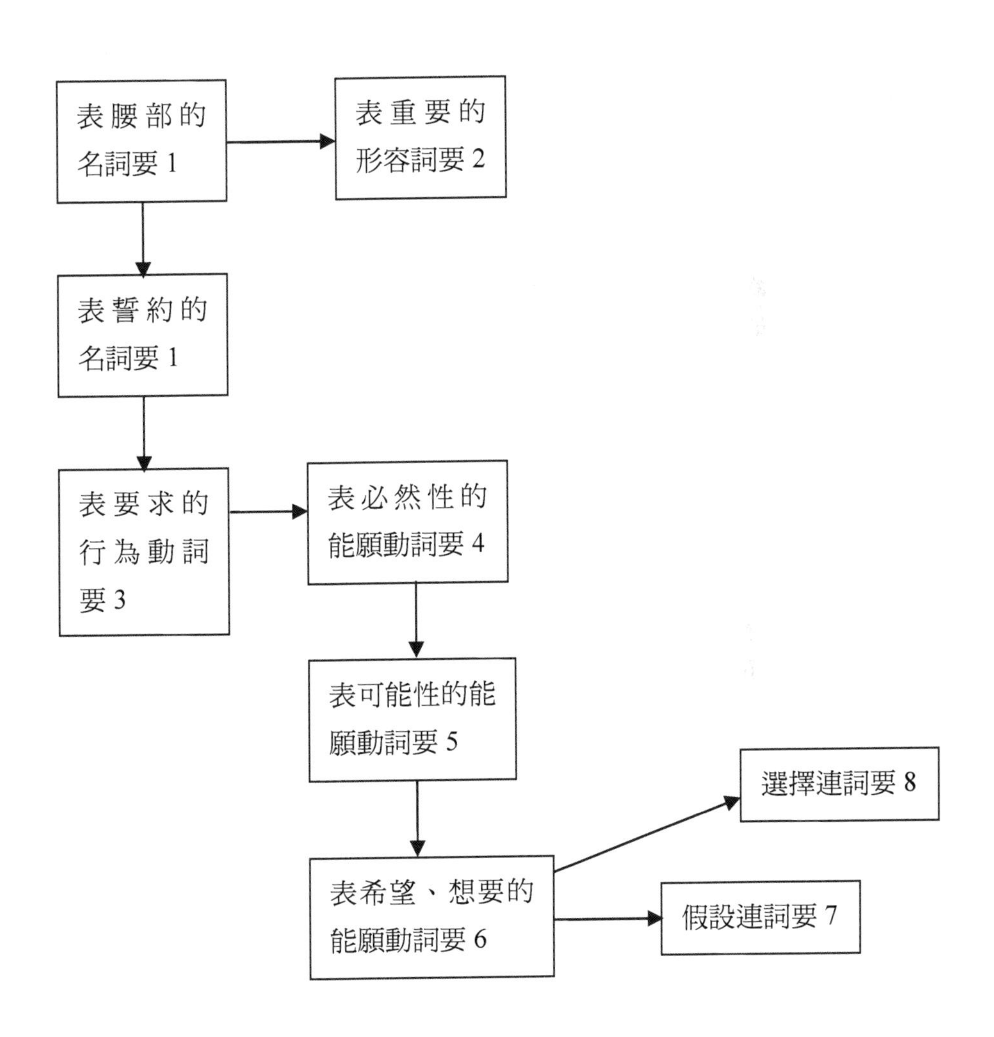
表腰部的
名詞要 1
表重要的
形容詞要 2
表誓約的
名詞要 1
表要求的
行為動詞
要 3
表必然性的
能願動詞要 4
表可能性的能
願動詞要 5
選擇連詞要 8
表希望、想要的
能願動詞要 6
假設連詞要 7

第三節　從單音節到複音節的變化

一、「要」的聚合關係

（一）派生詞

1.要是

上古、中古漢語沒有假設連詞「要是」。

《西遊記》出現 1 次「要是」當假設連詞，引領可能發生的假設。〈第九十三回〉：「要是一綉毬打著你，就連夜燒『退送紙』也還道遲了，敢惹你這晦氣進門！」「要是」出現在主謂結構之前的句首，引領可能發生的假設，結果分句是二重複句，第一層是遞進複句，第二層遞進複句的前分句是緊縮的縱予複句（原形凝合），「就連夜燒『退送紙』也還道遲了」相當於「即使連夜燒『退送紙』，也還道遲了」，「敢惹你這晦氣進門」比縱予複句描述的狀況更進一步，說「（難道還）敢招惹你這個晦氣進門」。

《醒世姻緣》出現 75 次「要是」，73 次引領可能發生的假設。〈第四十回〉：「這個緣法好容易！你要是投不著，說那夫妻生氣；若是有那應該的緣法，憑這隔著多遠，繩子扯的一般，你待掙的開哩！」前有「要是」，後有「若是」，正反引領可能發生的假設，結果分句是說明。〈第六十五回〉：「這顧繡衣裝，你要是沒曾與人，還在那裏放著，你就該流水的取了來與我；你要是與了婊子去，你是個有懼怕的，你就該鑽頭覓縫的另尋一套與我。」兩個「要是」正反引領可能發生的假設，結果分句是判斷與說明。又如〈第八十三回〉：「你姑夫要這個官，可是圖名，可是圖利？要是圖名，這低三下四，沒有甚麼名。要是圖利，你姑夫是少銀子人家？」前面預設了圖名與圖利兩種可能，後面兩個「要是」分別列舉這兩種可能假設，結果分句是判斷與疑問。2 次引領違反過去事實的假設，如〈第四十七回〉：「只這三奶奶頭裏進了學就是造化，要是三奶奶沒了，他還是個白丁，我也還有三句話說。如今進了學，這事就做不的了。」根據「如今進了學」可知前面的假設（要是三奶奶沒了）違反過去事實，結果分句則是推斷。〈第九十六回〉：「神天在，要是受下他的好處，把頭割給他，咱也是甘心無怨的！」此例是發誓，發誓的目的要證明自己沒有做某事，否則會遭受厄運，故「受下他的好處」是違反過去事實的假設，結果分句是咒言與表情（甘願受厄運）。

《紅樓夢》出現 28 次「要是」，26 次引領可能發生的假設。〈第三十一回〉：「要是心裏惱我，你只和我說，不犯著當著二爺吵；要是惱二爺，不該這們吵的萬人知道。」兩個假設複句並列，「要是」用以列舉，生氣的對象可能有兩個（我或二爺），結果分句是說明與批評。有 2 次引領違反過去事實的假設，如〈第二十六回〉：「紅玉笑道：『那一個要是知道好歹，就回不進來才是。』」根據語境，可知那個人已經進來，事實已經發生，故紅玉說的「要是知道好歹」違反了過去事實，是不可能發生的假設，結果分句用以表述、說明。再如〈第二十八回〉：「黛玉聽了這個話，不覺將昨晚的事都忘在九霄雲外了，便說道：『你既這麼說，昨兒為什麼我去了，你不叫丫頭開門？』寶玉詫異道：『這話從那裏說起？我要是這麼樣，立刻就死了！』」黛玉問寶玉昨天的事情，寶玉不知從何說起，便發了一個誓言，用死亡反證自己沒有這樣（說話當下寶玉沒有死），可見該假設所言並非事實（違反過去事實），結果分句是咒言。

《兒女英雄傳》出現 10 次「要是」當假設連詞，都引領可能發生的假設。〈第二十六回〉：「你若果然有成全我的心，衛顧我的話，就請說；要是方纔伯父合九公說的那套，我都聽見了，也明白了，免開尊口！」前有「若」，後有「要是」，正反引領可能發生的假設，結果分句是說明。

「平衡語料庫」出現 338 次「要是」，⑥ 306 次引領可能發生的假設。6 次引領違反現在事實的假設，如「唉！清華要是有園藝社，那該多好啊！」結果分句用祈使句表示感嘆。又如「我要是能像小蜜蜂那樣自由自在的飛翔，那該有多好！」假設分句是假想狀況，事實上言者不是小蜜蜂，結果分句用祈使句表示感嘆。22 次引領違反過去事實的假設，如「要是馬后還在，情形就不同了。」結果分句是推斷。又如「梅姊，要是有你在我身邊，那該多好。」結果分句表示感嘆。4 次引領違反自然界運作的規則，如「要是能永遠活下去該多好！」為緊縮的假設複句，結果分句用祈使句表示感嘆。又如「要是世上真有顛倒國，該是多麼奇妙哇！」結果分句用祈使句表示感嘆。

---

⑥ 原有 343 次「要是」，有 5 次「要是」後接名詞，「是」為判斷動詞，故不列入計算。

有 5 組例子表示列舉，其中 2 組列舉了違反過去事實的假設，如「要是當時我手裡沒有拿著那根棍子該有多好啊，要是當時那同伴沒有叫我的名字該有多好啊。」兩個緊縮假設複句並列，假設分句出現「當時」，表示過去的事實，結果分句用祈使句表示感嘆。有 3 組是列舉可能發生的假設，如「說話的時候要是把重音放在我字上，就表示別人不恨你，是我恨你。要是強調恨字，就表示我不是喜歡你而是恨你。要是強調你字呢，就表示我不恨別人，我恨的是你。要是用反問的語調說，又可以表示這三種意思的反面。」出現四個「要是」分別列舉四種重音的狀況，結果分句用以說明。

有關「要是」的結構，周剛（2002：201）提到「要是」是假設連詞「要」加後綴「是」黏合構成，用例不晚於明代。

石毓智（2005：5-6）認為假設句的典型表達功能為設定一個事件已經發生，推斷將會帶來什麼結果，所假定的事件實際上是被看做在未來時間（或者虛擬時間）中的一個「離散單位」。「要」和「要是」的差異有二點，可看出「是」的作用：1.「要」本來是一個助動詞，原來的語法位置是在主語和謂語之間，因此當它表達假設時通常也是限於這個位置。如果假設連詞出現在主語之前，只能用「要是」。由此可見「是」具有把假設部分看做一個整體事件的功能。2.假設部分如果是名詞短語時，只能用「要是」，不能用「要」，而這個「要是」可看成一個偏正短語，「要」是一個假設標記，「是」為一個判斷詞。當前面出現主語時，「要是」只能被理解成一個狀動短語。

判斷詞「是」的演變不是孤例，Hopper and Traugott（2008[2003]：235）提到判斷詞結構可演變成條件（假設）連詞，如日語 nara 和 Chikasaw（奇卡索語）的(h)oo，Swahili（斯瓦希里語）i-ki-wa 的 w 表示「是」，故「要是」的演變是有類型學的基礎。

準此，「要是」形成的語法環境是判斷句。判斷句中，「要」是假設連詞，「是」為判斷動詞，「要是」不是一個詞。如「畢業有什麼好哭的？要是我呀！一定哭不出來。」當「是」後面不是具體、離散的個體，「是」就失去當判斷動詞的功能，如「要是去打仗，準能立大功」，「去打仗」是連動結構，不是離散個體，「是」無法再理解為判斷動詞，語義與功能削弱，清代以來「要是」共現頻率增加，促使「是」轉變成一個後綴，與「要」組成雙音假設連詞。

（二）跨層凝合

1.要不是

「要不是」是清代出現的假設連詞，作用在否定假設的命題，故「要不是」引領違反過去或現在事實的假設。⑦

《醒世姻緣》有 12 次「要不是」當假設連詞。〈第二十一回〉：「那日要不是嫂子救，還要拿到大街上一頓板子。」事實是那天嫂子救，「要不是」否定了事實，但是事實已經發生，不可能被否定，所以「要不是」引領的是違反過去事實的假設。結果分句是推斷。〈第七十一回〉：「要不是太太救了，俺娘兒們可投奔誰？」「太

⑦ 李晉霞（2010 : 53）提到反事實「如果」的標誌是前分句出現否定詞語「不是」、「沒有」，或者出現表示過去的時間詞語。與本文主張「要不是」引領的都是違反過去或現在事實的假設是相同的。

太救了」是過去以發生的事實，「要不是」引領違反過去事實的假設，結果分句是反詰問，言下之意是無人可以投奔。〈第四十六回〉：「要不是有這點逸彎，晁奶奶可不就輕易的一家給他五六十畝地呀！」「有這點逸彎」屬現在的事實，「要不是」引領的是違反現在事實的假設，結果分句是感嘆語氣的推知。

「要不是」可出現在主語後、謂語前，如〈第五十五回〉：「我們爺要不是眉來眼去興的那心不好，我也捨不的賣他，好不替手填腳的個丫頭哩麼！」從此例可知「要不是」凝合得較緊，中間不允許插入其他詞，若換成「如果不是」，主語可安插在「如果不是」中間，如《雞肋篇・莊綽生平資料考辨》：「如果他不是長期生活在潁川，這種現象便無法解釋。」

《紅樓夢》出現 2 次「要不是」當假設連詞。〈第二十四回〉：「要不是你叔叔說，我不管你的事。」事實是之前你叔叔說了，所以「要不是」引領違反過去事實的假設，結果分句是陳述，微帶埋怨之意。〈第三十九回〉：「老太太那些穿戴的，別人不記得，他都記得，要不是他經管著，不知叫人誆騙了多少去呢！」事實是從過去到現在他經管著，「要不是」引領違反現在事實的假設，結果分句用以推測。

《兒女英雄傳》出現 6 次「要不是」當假設連詞。〈第二十回〉：「要不是有神佛保著，怎麼想到我們今日都在這裏見著姑娘啊？」言者相信有神佛的存在，而且神佛保著是從過去到今日存在的事實，「要不是」引領違反現在事實的假設，結果分句是反問句，「怎麼想到」相當於不可能想到之意。〈第三十回〉：「這話要不是你胸襟眼界裏有些真見解，絕說不出來。」「要不是」出現在主語後、謂語前，引領違反現在事實的假設，結果分句出現「絕」，表示高度肯定的斷言。

「平衡語料庫」出現 38 次「要不是」，有 3 次後面接名詞，不是典型的用法，其餘是主謂、動賓結構等小句形式，如「要不是我撥了電話，恐怕你連中飯都省了。」「要不是」引領違反現在事實的假設，結果分句是推測。如「你老美要不是為了科威特有那麼多石油，會真的那麼好心嗎？」「要不是」出現在主語後、謂語前，引領違反現在事實的假設，結果分句用以反詰。

另外，「要不是」或說成「要不」，《醒世姻緣·第五十三回》：「要不虧了這幾位朋友，如今還綑著哩！」現代的例子見呂幼安《我沒有錯》：「我告訴你蕭部長，要不看你是何文仲的老婆，我會開口罵人，你信不信？」[⑧] 「要」還可以組成「要不然」，如《醒世姻緣·第三十四回》：「你沒的給他，刑拷起來，也是有的，要不然，你出些麼給他也罷。」「要不然」相當於如果不如此。

「要不是」並非「要是」的否定形式，例如「要是迷了路，可不是玩的。」「要是迷了路」相當於如果迷了路。想要表達否定的話，應是「要是沒迷路」（如果沒有迷路），而不是「要不是迷了路」。事實上，「要是」是假設連詞，假設連詞不存在否定形式。

「要不是」是在判斷句的語法環境下逐漸成詞，如《儒林外史·第四十七回》：「若要不是方府，怎做的這樣大事！』前分句的斷句是「若要｜不是方府」，即如果不是方府，怎麼做這樣的大事！假言反證「就是因為方府，才做這樣的大事」。《醒世姻緣·第十五回》：「要不是他，咱那裏尋徐翰林去？」前分句意義相當於如

⑧ 此例轉引自邢福義（2001：117）。

果不是他，由於「他」是名詞性賓語，該斷句有兩解，一是「要不是｜他」，二是「要｜不是他」，後者的「不是」為否定的判斷動詞。《醒世姻緣‧第四十八回》：「剛纔要不是你敦著定，雌著嘴吃，怎麼得少了雞。」「要不是」後面接主謂句，不是判斷句常見的名詞賓語，前分句斷句是「剛纔｜要不是‖你敦著定」，「要不是」突破不同的語法平面，凝固成三音節詞。

「要不是」的「是」已非判斷動詞，如「要不是我撥了電話，恐怕你連中飯都省了」，「要不是我撥了電話」意義是假設否定「我撥了電話」這件事，而非否定打電話的對象「我」，換言之，「要不是」的否定轄域是整個假設分句，判斷動詞「不是」的否定轄域是緊接的名詞或名詞短語。再者，「要不是」又作「要不」，「是」若是判斷動詞就不宜省略，顯見判斷動詞地位動搖了，逐漸轉變成一個語法化不高的構詞語素，仍帶有判斷的意義。

數量上，「要是」遠多於「要不是」，即便同一本文獻，「要是」仍然比「要不是」多。時代上，清代的「要是」正在流行，「要不是」才誕生。結構上，「要是」屬派生詞，「要不是」一開始是「要+不是」，不處於一個語法平面的兩個成分因為位置鄰近，轉變成假設連詞「要不是」。雖然「要不是」相當於「如果不是」，但「要不是」已經是詞了，「如果不是」不是詞。從「要不是」的演變中不難發現「不是」的性質悄悄變化，從具有判斷意味的動詞，變成詞內成分。

如何判斷「要不是」是否成詞？筆者認為「要不是」後面只接名詞或名詞短語時，如「要不是趙樹理，我們早餓死了。」嚴格而言，「是」還可理解為判斷動詞，強調「『是』趙樹理」，而非別人，相應的斷句是「要｜不是趙樹理」。「要不是」後面接小句形式時，如「要不是同學跟房東熱心的幫助我，真不知道該怎麼辦。」「要不是」是詞，斷句只能是「要不是｜同學跟房東熱心的幫助我」，而不可斷為「要｜不是同學跟房東熱心的幫助我」。

邢福義（2001：117-124）提到「要不是」的表裡關係是形式上構成假設複句，內容上表達事物之間事實上或推論上的因果聯繫。語用價值方面，「要不是」有反證釋因，加強句子容量和論證性，可以反證強調，突出 p 對 q 的關鍵性影響。筆者發現「要不是」後面的假設一定是「事實」，套上「要不是」之後，整個假設分句被否定，變成「違反事實」，結果分句為表情的祈使、反詰，或與事實發展相反的陳述句。換言之，「要不是」是邏輯上比較曲折的假設連詞，言者故意挑選這種句式是想強調 p 對 q 的重要性，凸顯之所以非 q，是因為 p 的因果關係，透過邏輯上的雙重否定，間接反證「正因為 p，才導致 q 的結果」。因為「要不是」論證性較強，必須反證推理來理解其中的意義，屬有標記的假設連詞，所以數量上以「要是」居多，除非要特別強調，才會選用「要不是」。

二、小結

綜合以上分析，整理成四個重點：1.「要」組出現時代比較晚，近代才產生。2.「要是」出現於明代，「要不是」出現於清代。3.「要是」以引領可能發生的假設為主，「要不是」引領不可能發生的假設。4.數量上，「要是」多於「要不是」。

現將「要」組的討論結果製成表 116，第四欄「假設分句與現實關係」中，「可能發生」註記 1，「不可能發生」註記 2，「違反歷史事件」註記 2-1，「違反現在現實」註記 2-2，「違反自然界運作規則條件」註記 2-3。

表 16 「要組」綜合比較表

雙音詞	內部結構	流通時代				假設分句與現實的關係
		上古	中古	近代	現代	
要是	派生詞			○	○	1、2-1、2-2、2-3
要不是	跨層凝合			○	○	2-1、2-2

根據表 16，2 個雙音詞就結構而言，1 個是派生詞，1 個是跨層凝合。就產生時代而言，2 個都源自近代。換言之，「要」組出現的時代較晚，後來加入的新成員也少。

就流通時代而言，2 個都流通於近代至現代。

假設分句與現實的關係中，「要是」引領「可能發生」與三種「不可能發生」的假設。「要不是」僅能引領「不可能發生」的假設，分別是違反過去與現在事實的假設。

另外，「要」組沒有一詞多用現象。

第八章　源自極微義的假設連詞

本章處理源自極微義假設連詞歷時演變的細節，透過文獻語料的蛛絲馬跡，拼合構擬常用假設連詞的生滅遞變，屬微觀的基礎溯源工作。

第一節是簡單的文獻回顧。

第二節的行文脈絡首先是推測「單音節假設連詞」的生滅軌跡與機制。

第三節描述單音詞發展成雙音詞的過程，再將雙音詞的討論內容製成表格，清晰眉目，方便閱覽。

本章的寫作目的除了清楚掌握假設連詞的發展史之外，更深刻的意涵是尋找發生的意義，完善的描寫可做為判斷來源的依據。

第一節　「萬一」的文獻回顧

本節只討論一個對象，源自於機率極微義的「萬一」。有關「萬一」的研究成果較多，在正式討論之前先進行簡單的文獻回顧。

柳士鎮（1992：452）提到「萬一」來源於萬分之一，是簡縮後的詞組形式。構詞方式來於先秦的「十一」，但本身是東漢時期開始萌發。

曹躍香與高娃（2005：34-36）主張副詞「萬一」演變成連詞「萬一」。兩種「萬一」多表示不希望出現的消極事情或情況，也可以表示希望發生或出現的積極事情，反映了僥倖或投機的心裡。區別是副詞「萬一」表「出乎意料」之意，連詞「萬一」表「假設」之意。語法位置上，副詞「萬一」一般在後一分句的前面，而且前後分句可以互換，連詞「萬一」一般在前一分句的前面，如果是疑問句，有的還可以在後一分句前，但前後分句不能互換。

此文的問題在於僅以現代漢語的「萬一」做出演變推測，是比較危險的事情，因為談詞的演變是史的考察，共時考察側重於比較研究，僅憑現代的例子難以說明演變過程。再者，頁 35 認為「萬一…呢」的「萬一」當副詞，頁 36 又說連詞「萬一」也可出現在「萬一…呢」，判斷「萬一…呢」的標準是看前後分句可不可以互換，筆者認為分句互換不足作為判斷標準，因為「萬一…呢」是有標記的先果後因句，依然可以有條件地調換順序。

羅曉英（2006：39-40）提到「萬一」當假設連詞時假設的可能性最小，同時是說話者最不願意發生的，是消極的、意外的假設。「萬一」和「如果」緊接連用，例如「如果萬一沒有事呢？」「那麼，如果你萬一考不取呢？」「如果」是連詞，「萬一」是副詞，若「如果」和「萬一」不緊接連用，而是在句內同現，例如「這些科學家認為，如果不搶先完成，萬一納粹德國得到成功，恐怕是更大的一場浩劫。」「萬一」是連詞，這種假設的可能性比「如果」更小，「如果」前「萬一」後有遞進關係，因為「萬一」的可能性比「如果」小得多，可以說是一般假設中的意外假設。

以「如果」、「萬一」是否連用判斷詞類不是有效的方法。「如果萬一沒有事嗎？」表面上，「萬一」的位置恰巧處於動詞謂語之前，可能是副詞或連詞，但要考慮的是「萬一」是否可當副詞？還是僅有少數看來處於狀語位置？「如果萬一考不取呢」、「如果萬一你考不取呢」、「如果你萬一考不取呢」的意義相同，如果第一例的「萬一」是假設連詞，第三例的「萬一」是副詞，第二例「萬一」的詞類呢？假設連詞出現在分句句首或主語後、謂語前，按此標準，第二、第三例的「萬一」為何不能是假設連詞？

羅榮華（2007：74-78）認為「萬一」的演變是簡縮詞組「萬一」逐漸凝結成名詞，再虛化為連詞，再進一步虛化為副詞。首先從數量極少的一部份，引申為某事物所佔比例極小。《後漢書》出現表可能性極小的意外「萬一」，《三國志》出現假設連詞「萬一」。假設連詞「萬一」可用於疑問句，表示自己的擔心，同時希望對方提供解答，一般在疑問句句首，「萬一」也有積極事件的用法。羅榮華引石毓智之說，量大的事物肯定性強，量小的事物否定性強，語義程度接近極小的詞語多用於否定結構，少用於肯定結構，故假設連詞「萬一」多用於消極事件。羅榮華認為副詞「萬一」比假設連詞「萬一」晚出的因素是「主觀化」，當假設連詞「萬一」的客觀性減弱，主觀性加強時，副詞「萬一」也就產生了。

羅榮華意識到「萬一」從假設連詞演變為副詞不合乎語法化順序，故以「主觀化」解釋。筆者同意「萬一」的演變涉及主觀化機制，但癥結在於「萬一」是否有副詞用法？

謝洪欣（2008：115）推測受到「十一」構詞方式的類推及漢語雙音化的影響，東漢就有「萬分之一」簡縮為「萬一」的例子，「萬一」從表示「數量極少的一部份」引申為「某事物所佔比例極小」，這種結果有可能是忽略不計或完全沒有，從「極少到沒有」的兩可狀態，會引申出表達說話者對某事物或事件的推測語氣，用來表示未然之事的推測。這種未然之事通常表達一種與正常或正在呈現出的狀態不同的另一種情況，因此，「萬一」就吸取了「未然」的語境義，當「萬一」前移至複句前一小句的句首或者謂語之前的位置時，就產生了隱喻抽象，即語義由數量範疇延伸到更抽象的假設關係範疇，「萬一」所吸收的「未然」義由隱含到呈現，進一步抽象為假設義，整個意思表示可能性極小的假設，假設連詞「萬一」最早見於《三國志》。

筆者不贊同謝洪欣所謂「萬一」吸取未然的語境義，因為名詞的「萬一」本身就隱含了[非現實]，換言之，假設連詞「萬一」的非現實情態來自內部，而非外在的語境。

張雪平（2009：49-64）做「萬一」的語篇分析，分別從「萬一」所在語段的基本語義結構、語段的語義關係，語段的使用變化、語體分佈進行考察，綜合語境、語義、表達目的將「萬一」的使用條件概括為；當說話人設想到某種跟通常狀況或常情相背或相關的、可能性極小又有可能的非常態的事情，並且該式的發生會導致或避免出現某種不企望不如意的非意志性的結果時，就可以使用「萬一」引導的假設句來表達。「萬一」的語法意義表示它引導的小句所假設的事情是主觀上認為發生的可能性極小的，即用於人們主觀上認為發生的可能性極小的非常態事情的假設，並隱含著某種非意志性的非常態結果。

張雪平的分析細膩，沒有正面談「萬一」的詞性問題，不過從其描述中，他認為用於「積極/消極」語境的「萬一」都有假設的用意，也就是假設連詞。另外，他認為有些「萬一」之前可以加「以免、免得、以便」，是因為「萬一 B+C」的語義模式與先果後因式相同，這種「萬一」表假設，而羅榮華（2007：77）認為是副詞，可見這種用法需要進一步討論，確立性質。

鄧瑤（2009：91-92）有四個重點：1.「萬一」的語義成分包含未然因子、假設因子、情感因子。2.「萬一」的演變是從抽象性極小量到主觀極性假設，多用在表示將來時的句子，表示[未然]，逐漸吸收了[未然]的語境意義，當「萬一」出現在複句前一分句的句首，或謂語之前的位置，就產生了隱喻，語義由數量範疇延伸到抽象的假設關係範疇。「萬一」從表數短語到表極小量的抽象名詞，到假設連詞、語氣副詞，再到表消極取向意義的名詞，「萬一」的語法意義和語法功能發生變化，核心的語義「小」沒有變。3.「萬一」主觀性和消極取向產生的動因是與義內部的制約、語境頻率效應、交際互動策略。4.判斷「萬一…呢」的「萬一」詞性要依據語境，如果是主觀認為不利的或不希望發生的消極語境，「萬一」表示假設某種情況，尋求某種建議，起假設關聯作用，應屬連詞。如果是主觀希望發生的積極語境，「萬一」僅表示主觀的推測和僥倖心理，沒有關聯作用，屬於副詞。

筆者認為鄧瑤的說法值得商榷，首先，推測的演變過程從「名詞、連詞、副詞、名詞」，與語法化的輪迴不一致，「萬一」如何從實詞到較虛的語法詞、次虛的語法詞回歸到名詞，他提供的證據不夠充分。其次，判斷「萬一…呢」的「萬一」標準是「積極/消極」語境，但是兩者的語法位置沒有分別，而且筆者任危機及語境的「萬一」依然有假設的語法功能，換言之，這個判斷缺乏堅強、明確的形式標準。

根據前賢的研究，本文將「萬一」的研究著重於兩點：1.詞性歸屬。「萬一」是副詞、假設連詞，還是兩者兼具？主張是「副詞」的如劉潛（2003：18）說「萬一」是關聯副詞，及社科院《古漢語虛詞詞典》等。主張是假設連詞的如白玉林與遲鐸的《古漢語虛詞詞典》、《漢語大詞典》、《現代漢語詞典》）第五版）等。主張兩者兼具的如周剛（2002：18）、《現代漢語八百詞》、侯學超《現代漢語虛詞詞典》等。另外，上述前賢的討論也是意見紛歧，可見「萬一」的詞性值得細究。2.演變脈絡、動因與機制。「萬一」是從名詞演變成副詞，再演變為連詞，還是名詞演變成連詞，再演變成副詞？還是從名詞演變成假設連詞？是什麼動因、機制促使「萬一」的變化？

第二節　「萬一」的演變推測

一、「萬一」的實詞階段

根據《漢語大詞典》的記載，「萬一」有三個義項：1.萬分之一，表示極少的一部分。2.指可能性極小的意外的情況。3.連詞，表示可能性極小的假設。不難發現這三個義項彼此相關，有演變關係。現將「萬一」的語義徵性概括為[極微]，將名詞記作「萬一 1」，假設連詞記作「萬一 2」，縱予連詞記作「萬一 3」。

上古與中古文獻的「萬一」有兩種情形：1.「萬」與「一」不在一個語法平面，先秦、西漢文獻幾乎都是這種類型，如《史記》出現 5 次「萬一」，如〈將軍驃騎列傳〉：「最大將軍青…遂置朔方郡，再益封，凡萬一千八百戶。」「萬一」應切分為「萬｜一」，數詞「萬」與數詞「一」不是一個韻律單位，不是詞彙單位，不處於一個語法平面。2.「萬一」作「萬分之一」，如《史記》出現 1 次數詞短語「萬分之一」，如〈張釋之馮唐列傳〉：「今盜宗廟器而族之，有如萬分之一，假令愚民取長陵一抔土，陛下何以加其法乎？」「萬分之一」表示數量極少。

後來「萬分之一」先凝縮再固化為「萬一 1」，屬兩個數詞的「並列式」，但卻不是詞面義，仍是短語義。確定切分為「萬一 1」的例子如後，「萬一 1」可當賓語、定語。

1. 夫欲治之主不世出，而可與興治之臣不萬一。（《淮南子・泰族訓》）

2. 況無法度而任己，直意用人，必大失矣。故君使臣自貢其能，則萬一之不失矣。（《說苑・君道》）
3. 陛下德過天地，恩重父母，誠非臣俊破碎骸骨，舉宗腐爛，所報萬一。（東漢張俊〈假名上鄧太后書謝減死〉）
4. 竊聞太子、諸王妃匹未備，援有三女，大者十五，次者十四，小者十三，儀狀髮膚，上中以上，皆孝順小心，婉靜有禮。願下相工，簡其可否。如有萬一，援不朽於黃泉矣。（《後漢書・明德馬皇后紀》）
5. 此非脣舌所爭，爾必望濟者，將去時但當屢顧帝，慎勿言！此或可萬一冀耳。（《世說新語・規箴》）

例 1「萬一」當賓語，相當於「萬分之一」，表示「興治之臣」數量極少。

例 2「萬一」當定語。「萬一之不失」指的是舉賢一事，表示失誤的可能性極小。

例 3「萬一」當賓語，「所報萬一」指報抽象的恩德，表示能報答陛下恩德的比例極小。

例 4「萬一」當賓語，表示可能性極小的意外，是言者主觀希望發生的事情，反映了「萬一 1」隱含著[非現實]之意。

例 5 的「萬一」出現在「冀」之前，鄧瑤（2009：92）認為「萬一」當狀語，是副詞。「此或可萬一冀耳」可譯為這樣或許可有一點點希望啊！「冀」是名詞，「萬一」當定語修飾「冀」，而非當狀語。

二、「萬一」的語法詞階段

「萬一 2」在東漢已經出現，引領負面、不利的假設條件。

6. 邊兵多勇，其鋒難當，而新合之眾，上下未和。萬一內變，雖悔無及。（東漢傅燮〈諫耿鄙〉）
7. 萬一有不如意，臣當以死奉明詔。（《三國志・魏書九・曹爽傳》）
8. 萬一不剋，豈不損邪？（《後漢書・呂布列傳》）
9. 汝等脫若萬一蒙時主知遇，宜深慎言語，不可輕論人惡也。（《魏書・楊椿傳》）

例 6 最後兩句是二重複句，第一層是假設關係，「萬一」出現在動詞謂語之前，當假設連詞，引領可能發生的假設，結果分句內部是第二層關係，為緊縮的讓步複句，用以評論兼表情。「內變」是負面、不利事件，是言者無法控制、非常態、不樂見的事情。

例 7「萬一」出現在動詞謂語之前，「有不如意」是可能發生的負面、不利的假設，是言者不樂見、無法控制之事，結果分句表示自己的應變對策。

例 8「萬一」出現在動詞謂語之前，「不剋」是可能發生的負面、不利的假設，結果分句是反詰，言下之意是一定會損傷。

例 9「萬一」與「脫若」是假設連詞的連用，[①] 引領可能發生的假設，而且是正面的事件，結果分句用以提醒。「萬一」引領的

① 本文的「連用」相當於楊榮祥（2005）的「並用」，非其「連用」。楊榮祥的「並用」指多個功能特徵、語義特徵相同、相近的副詞並列使用，它們同在一個層

正面事件是出乎意料的，違背言者主觀設想的常態，發生機率小，卻是有可能發生的狀況。這種類型的例子不多。

現代漢語還有一種後面沒有結果分句的「萬一」句，如：

10. 你想的倒美，萬一他不來呢？（《現代漢語八百詞》）

「萬一」與「呢」形成疑問句，「萬一」出現在主謂結構「他不來」之前，「他不來」是非現實且主觀上不被期待、非自主的事件，「萬一」表主觀上認為可能性極小的假設。「萬一…呢」為特指疑問句，「呢」是疑問語氣詞，不可刪除。言者發出疑問，目的是要聽者回應，在交際過程中經常發生省略未說或言不盡意，聽者憑藉語境推知言者的用意，當言者說：「萬一他不來呢？」目的不在問句本身，而是想知道聽者接下來的反應，也就是「你該怎麼辦？」從這個角度看，「萬一」具有篇章上的關聯作用。

有些「萬一2」引領正面、有利的假設條件，如：

11. 老丈，你試說一說我聽，萬一我的力量做得來，也未可知。（《醒世姻緣·第六十一回》）
12. 既不肯打他一頓，那麼就依著她的主意辦好了，萬一有些靈驗呢！（老舍《駱駝祥子》）
13. 啊！萬一我得到一個是剛好點六九呢，對不對，那就，就很難了哦。（「平衡語料庫」）

次上，語義冗餘了（redundancy）。他所謂的「連用」指多個副詞相連出現，這些副詞不在相同的層次上，只是有線性排列的關係，語義沒有冗餘。

例 11「我的力量做得來」是正面、有利的假設條件，由於沒有太大的把握，結果分句出現表轉折的「也」，結果分句用揣測語氣，而非肯定堅信的語氣，為自己留下退路，亦反映了假設條件是超乎言者能控制的。

例 12「有些靈驗」是超乎言者的常態意料，是正面、有利的假設條件，雖然發生的可能性很低，確仍有可能發生的事件，結果分句隱匿了，依照語境可以補上表示驚喜的語句（如「那就太好了」）。

「平衡語料庫」只有 1 筆是引領正面、有利條件，出現在會話語境。例 13「剛好」流露出言者的僥倖心理，後面出現「那就很難了」，再一次表示「得到點六九」可能性極小。依言者之意，通常不會得到點六九，不得是正常，得到是異常幸運。

一般而言，現代口語中引領有利條件的「萬一」，與「（考）上了」、「中獎」、「發了」、「紅了」共現，所謂「人人有機會，個個沒把握」，說明考試過關、比賽勝利、中獎、走紅對言者而言，是非自主、出乎意料、可能性極低的虛擬事件。表示有利事件的「萬一」反映出「主觀性強」、「可能性極低」、「非自主」、「異常」、「非現實情態」，表示不利的「萬一」也是如此，兩者唯一的差異在語用層面（禮貌原則）。

偶爾「萬一 2」引領中性條件，如：

14. 萬一無驂可脫時，又如何？（《朱子語類・禮四・小戴禮・檀弓上》）

15. 凡自家見得都是，也且做一半是，留取一半且做未是。萬一果是，終久不會變著；萬一未是，將久浹洽，自然貫通。（《朱子語類·朱子十五·訓門人六》）

例 14「萬一」引領假設性的中性問題，結果分句表示疑問。

例 15「萬一」正反引領兩種可能發生的假設，是中性的條件，結果分句是推知。

有的「萬一2」前面出現「以免」、「免得」，句式為先果後因式。如：

16. 所以一路上我都小心翼翼，以免萬一再遇到什麼不測，便一命歸西了。（「平衡語料庫」）
17. （準備）寢具、相機和比預定停留時間多出一個星期的糧食，免得萬一接機來遲時，會受到斷糧的威脅。② （「平衡語料庫」）

例 16 是二重複句，第一層是「…以免…」是目的複句，「所以」引領的分句是結果，「以免」之後的兩個分句是原因，屬先果後因式。第二層「萬一…，則…」是假設複句。雖然原因句在後，但畢竟「萬一」依然在表因分句，當假設連詞，引領可能發生的不利事件，結果分句「便…」用以推斷。

② 此例前面的引文未全，筆者依照語感，逕行補上「準備」，以（ ）表示。

例 17 此例的句式結構與前例相同。是 1 目的與假設套合的二重複句。「免得…」是目的連詞，「萬一」是假設連詞，假設複句的結果分句用以推斷。

處於先果後因式的「萬一」不是典型的用法，數量遠不如處於因果式假設關係的「萬一」，例如「平衡語料庫」的「萬一 2」有 161 次，僅 5 次是先果後因式。

總結上述，「萬一 2」在東漢已見蹤跡，從古至今，「萬一 2」的發展過程中，出現的數量始終沒有顯著的成長，如「平衡語料庫」中「萬一 2」出現 161 次，相對於上千次的「如果」，「萬一 2」的使用是有限的。以三種「萬一」來比較，早期「萬一 1」比較常見，「萬一 2」後來居上，而且以引領負面、不利事件為主，到了《朱子語類》明顯多於「萬一 1」（參見表 17）。

「萬一」引領的假設分句都是可能發生的狀況，沒有不可能發生的。這種假設有五個特點：1.主觀性強，言者主觀不樂見（不利）者居優勢，2.可能性極小，3.非自主，4.異常狀態，5.非現實情態。

「萬一」還可當縱予連詞，即「萬一 3」。

邢福義（2001：525-526）提到「萬一 3」有時不是很明顯，如果不是跟「即使」配合使用，或者不是在特定語境中可以明顯替換為「即使」，都可以認為相當於「如果」。[3]

18. 再說萬一變了天下，也一樣幹，和鐵飯碗一樣，破不了。（馮德英《迎春花》）

---

③ 邢福義（2001：525）引金庸《神雕俠侶》的例子未全，實際上是「不過聽從郭芙的主意，萬一事發，師母須怪不到他。」筆者認為「萬一」仍是「萬一 2」。

例 18「萬一…，也…」是縱予關係，分句之間是逆承的邏輯，表示「變了天下」不會影響「一樣幹」，「萬一」相當於即使。觀察「平衡語料庫」的「萬一」，沒有發現確為「萬一 3」的例子，故「萬一 3」可能正在萌芽而已。

筆者認為邢福義（2001：526）提到「即使」與「萬一」配合使用可凸顯「萬一」是縱予連詞之說並不正確，這種「萬一」其實還是「萬一 2」，以下是他的例子：

19. 我還是那句話：騎馬找馬！即使萬一出了問題，自己還能考一下。（王火〈夜的悲歌〉，《十月》1982 年，4：132〉
20. 我空手回去，即或萬一有什麼不幸，我一人承擔。（梁信〈赤壁之戰〉，《芙蓉》1983 年，4：60）

例 19、20「即使…，自己…」與「即或…，我…」是縱予複句。但是「即使」、「即或」是縱予連詞，「萬一」是假設連詞，相當於「即使如果」。

依據「平衡語料庫」，「即使」可與異類連詞的連用，例如「然而即使」、「但是即使」、「但即使」、「因為即使」、「所以即使」、「因此即使」、「以致即使」，沒有發現「即使」與同類連詞連用的例子，原因是縱予連詞連用在語義上羨餘了，一個縱予連詞已經清楚表達虛讓的邏輯關係，除非有特殊的語用因素，但實際上語料庫沒有出現這種用法。既然語義、邏輯兩方面都沒有必要讓兩個縱予連詞連用，所以「即使萬一」不宜看成兩個縱予連詞的連用，而是縱予連詞與假設連詞的連用，這個判定有邏輯的依據，「即使」與「萬一」都表假設條件，差異在「即使」後面的分句與「即使」句是逆承關係，而「萬一」後面的分句與「萬一」句是順承關係，辨別逆承比順承多了一道轉折手續，所以不管「即使/即或+萬一」，或者「萬一+即使/即或」，與後面的分句都呈現轉折關係，加入的「萬一」讓語句增添了主觀上不願意、發生可能性極小之意，故這種「萬一」引領的分句一定是負面、不利事件。

現代還有一些特殊的「萬一2」，如：

21. 讓她同情我？可憐我？搖尾乞憐？我做得到嗎？萬一，就算萬一她留下來了，我們又將怎麼辦？（「平衡語料庫」）
22. 不用不用，一點點，謝謝。
很多比較好吃。
不行，萬一，不過要胖就胖到底啊！（「平衡語料庫」）
23. 周瑾于水中苦笑時「我想芯不可能碰到比方言更合適的人，我又不是公主。」
「萬一呢？」「什麼萬一？」「萬一這時突現出現一個……」
「不會的。」周瑾笑著打斷趙雷。「那也一樣，當時我就覺得方言是我心目中的那個人。」（王朔《給我頂住》）
24. 兒子不願意，推開了水杯。
「不行，必須喝！」我拿出媽媽的威信。

「萬一燙呢？」

「不燙！」

「萬一呢？」

「我已經嘗過了，不燙！」（倆孩兒娘）④

例 21、22 的「萬一」後面出現逗點，假設連詞與假設分句關係緊密，不允許被標點隔開，這兩例是獨白語境或對話語境，例 21「萬一 2」後之所以出現逗點，表示言者當下正處與意志掙扎的狀況，「萬一」要表達的語義未完，例 22 的「不行，萬一，」表示言者原要抗拒食物，後來投降了，隨即又立刻轉念接受大量的食物。

例 23、24 是對話語境，「萬一呢」、「什麼萬一」必須依賴語境才能出現的句子，表面上看起來「萬一」句不夠完整，甚至「什麼」還修飾「萬一 1」，不過，這些「萬一」仍然是「萬一 2」，因為「萬一呢」是因應語境所做的省略，例 23 的「萬一呢」相當於後面出現的「萬一這時突現出現一個……」，例 24 的「萬一呢」相當於前面出現的「萬一燙呢？」(可理解為「萬一會燙，怎麼辦？」)例 23 的「什麼萬一」根據語境可知是「萬一什麼（呢）？」的倒置。這些特殊的「萬一 2」十分依賴語境，脫離了語境就難以成立。

最後是副詞「萬一」的辨別。

「萬一」的例子比較晚出，數量很少。羅榮華（2007；77）引了幾個「萬一」當副詞的例子，除了引用有誤之外，還有些例子的解釋有問題。例如〈維摩詰經講經文〉：「汝今便請速排諧，萬一

④ 新浪博客，http://blog.sina.com.cn/s/blog_4b41b7ae0100096o.html。

與吾為使去。」句式上，此段是偈誦體，前句為果，後句為因，屬先果後因句，雖然順序顛倒了，「萬一」仍是假設連詞，「吾為使去」是虛擬的中性事件。語義上，世尊要求文殊菩薩問候維摩詰居士，按果位而言，佛陀高於菩薩，佛陀請菩薩問疾，沒有可能性極小的道理。

又如杜甫〈覽鏡呈柏中丞〉：「鏡中衰謝色，萬一故人憐。」兩句之間有轉折關係，前句帶有感嘆之意，「萬一」是假設連詞，假設有人憐愛，但鏡中的自己卻已經衰老了。

又如史達祖〈東風第一枝・詠春雪〉：「寒爐重暖，便放慢春衫針線。恐鳳靴，挑菜歸來，萬一灞橋相見。」此闋詞歌詠春天的雪，冰冷的爐子重新點燃，倒是製春衫的針線活可以放慢。擔心那穿繡鳳鞋的女子挑菜回來時，萬一碰上灞橋上的風雪，可怎麼辦呢？「萬一灞橋相見」是虛擬的假設情境，後面隱沒的「怎麼辦」依語境可以補出，「萬一」仍是假設連詞。

又如《朱子語類・邵子之書》：「凡先生長者惜才，不肯大段說破，萬一其有回意。」第二句與第三句是先果後因句。筆者發現這些例子的語序有顛倒的情況，而且是出現在偈誦、詩歌、口語的對話，除了格律的限制以外，口語沒有那麼嚴格遵守邏輯順序是常見的現象。

另外，筆者找到一例狀似副詞「萬一」，即；

25. 若以此情可矜，猶冀聖人萬一哀憫。若將譴越，甘心待罪。（唐張說〈與執政書〉）

「萬一哀憫」出現在假設複句的後分句，不是「萬一2」。此例存在兩解，或將「哀憫」視為狀態動詞，「萬一」是副詞，當狀語用；或將「哀憫」視為名詞，「萬一1」當定語。筆者傾向第二解，因為如果「萬一」是副詞，為何僅出現1次便沒了後續？不宜憑藉孤例來成立副詞之說。

三、語法化蠡測

（一）動因

引發「萬一」語法化的動因是語義、語法位置與邏輯關係。

「萬一」的語義徵性是[極微]，語法化過程中，[極微]始終貫串了「萬一1」與「萬一2」。從「萬一1」到「萬一2」，語義徵性從隱含到浮現，語義徵性增加了。「萬一2」無論引領正面、負面、中性的可能假設，都帶有[強主觀性]、[非自主]、[異常狀態]、[非現實]，而且因為引領負面、不利事件居多，漸漸地，又增加了語義徵性[不利]。要特別說明的是，所謂負面、不利的事件是言者的主觀認定，換言之，如果言者認定此假設事件不合他的期望，違背了意志，那麼傾向採用「萬一2」。「萬一2」依然保有語義徵性[極微]，反映了語法化的「保持」原則。

不過少數的「萬一2」引領中性事件，此時「萬一2」的[極微]義磨損程度較多，比較不明顯，如《朱子語類・詩一・綱領》：「若其他刺詩無所據，多是世儒將他謚號不美者，挨就立名爾。今只考一篇見是如此，故其他皆不敢信。且如蘇公刺暴公，固是姓暴者多；萬一不見得是暴公則『惟暴之云』者，只作一箇狂暴底人說，亦可。」

除了語義基礎，還需要語法與邏輯的配合。「萬一 2」必須出現在假設連詞的分布位置，即前分句的句首或主語後、謂語前，並且後面需要有因應的分句，前後分句之間是假設的順承、蘊涵、因果邏輯關係。以《三國志》為例，說明「萬一 1」語法化為「萬一 2」的過程。

26. 雖有萬一不虞之災，軍主有儲，則無患矣。（〈魏書三・明帝紀〉注引干寶《晉紀》）
27. 與足下州里人，今雖小違，要當大同，欲相與善語以別。邂逅萬一不如意，後可復相見乎！（〈魏書六・董卓傳〉注引《九州春秋》）
28. 萬一有不如意，臣當以死奉明詔。（〈魏書九・曹爽傳〉）
29. 若萬一危辱，吾將以死拒之，何論遲速邪！（〈蜀書十一・霍弋傳〉注引《漢晉春秋》）

例 26「萬一不虞之災」是「有」的賓語，「萬一 1」表示可能性極小，「不虞」指料想不到，兩者共同修飾「災」，雖然「萬一」不是假設連詞，但「萬一不虞之災」隱含未然、非現實情態。

例 27「邂逅」有意外之意，「萬一 2」表示假設，假設「不如意」的狀況，結果分句用以推測。

例 28「萬一 2」出現在前分句句首，在動詞謂語之前，引領可能發生的假設，結果分句表示自己的應變對策。

例 29「若」與「萬一 2」連用，出現在前分句句首，在動詞謂語之前，結果分句也是應變。

「萬一不虞之災」是名詞短語，處於前分句，並隱含[非現實]情態。然後「萬一」繼續處於前分句，但後接的詞不再是名詞，而是一種狀態、行為、動作，再加上「萬一」句之後還有分句，是順承「萬一」句的果句，則「萬一」變成假設連詞，假設某種狀態、動作的情況，具有關聯兩句的功能。

（二）機制

「萬一」的語法化機制涉及了重新分析、隱喻、主觀化。

數詞短語「萬一」表示極小，語義基礎促使它轉變成可能性極小的假設連詞，甚至進一步轉變為帶有不樂見之意的假設連詞。往上溯源，數詞短語「萬分之一」與「萬一」有密切的關係，古代文獻的「萬一」經常是類似「萬一千戶」或「二萬一千六百文」的組合，「萬」是位數詞，「一」是數詞，兩者不在一個語法平面，「萬一千戶」切分為「萬｜一千戶」。雖然有些文獻的「萬一」有萬分之一之意，但時間先後來論，[極微]的「萬分之一」早於「萬一」。以《史記》為例，該書的「萬分之一」是表[極微]的數詞短語，「萬一」卻不還是同一語法平面的成分，因此，推測其演變是四音節數詞短語「萬分之一」節縮為雙音短語「萬一」，再逐漸凝固為雙音詞。從「短語」凝固為「詞」，即語法化的「降類」原則，短語內部成分的邊界模糊，發生重新分析，成詞方式為有兩道手續，先進行「短語凝縮」再「短語固化」。

「萬一 1」內部從表示數量極少到表示可能性極小，表示數量極小，對象一定是具體可數的事物，表示可能性極小，則沒有這層限制。這層變化是認知域的映射，屬隱喻的轉換。然後，「萬一1」又繼續語法化為「萬一2」，表示抽象的假設邏輯，亦屬隱喻。

依據上述分析，「萬一1」不管是數量極少，或可能性極小，都只有語義徵性[極微]，但是「萬一 2」不僅僅是[極微]而已，還是[非自主]、[強主觀]、[異常]、[非現實]，這些異常的不利/有利條件是言者主觀的認定，而非客觀的事實，只要言者認為不合期望的事件，無論是正面有利或負面不利，都可選用「萬一2」。換句話說，「萬一2」是主觀化的產物。

一般而言，連詞的語法化程度較高，只有連接或關聯功能，沒有詞彙意義，但「萬一」比較特殊，句內若出現「萬一」，後面的描述往往有兩種可能，1.發生機率極低，如「萬一山河大地都陷了…」。2.多為言者主觀不樂見、不合期待的情形，如「危難」、「答不出來」、「失敗」、「落水」、「有病」等等。

為什麼有這種傾向？推測是兩個原因造成的。1.量的問題。石毓智（2001：52、2010：436）提出肯定與否定的公理，量大的事物肯定性強，量小的事物否定性強，中間的事物其肯定程度和否定程度相當。準此，「萬一」表示極小量，多用於否定結構。2.語義韻（semantic prosody）。語義韻跟搭配的詞語有關。詞語的搭配會產生褒貶的共性，經常與褒義詞/貶義詞搭配共現，久而久之，可能沾染褒義/貶義，褒義的語義韻是積極的，貶義的語義韻是消極的。「萬一2」在形成的過程中經常與負面、貶義事件搭配，衍生出[不利]的語義徵性。因之，「萬一下雨了」與「如果下雨了」同樣是假設條件，前者卻帶有言者主觀不樂見的意思，後者則無此意。

「萬一 2」的使用是受限制的，筆者認為「如果」是無標記（unmarked），「萬一2」是有標記（marked），表示客觀假設用無標記的「如果」，有特殊傾向則用有標記的「萬一2」。

30. 如果林志玲願意參加，這場秀就更有看頭了。
31. ？萬一林志玲願意參加，這場秀就更有看頭了。
32. 如果你有時間，可以幫忙打掃嗎？
33. ？萬一你有時間，可以幫忙打掃嗎？
34. 如果你中了樂透，可別忘了我喔！
35. 萬一你中了樂透，可別忘了我喔！
36. 如果接到詐騙電話，請撥打 165 通報。
37. 萬一接到詐騙電話，請撥打 165 通報。

例 30「有林志玲」側重於參加的「意願」，而不強調參加的「可能性高低」，一般選用無標記的「如果」。例 33「你有時間」無關言者的主觀性，而是客觀的事實，與「萬一」的主觀色彩矛盾，故接受度較低。

例 31、例 33 雖然合乎語法規範，主觀色彩則失準了，因為「萬一 2」引領的假設分句是可能性極微、非自主、不合言者期待的異常事件。

例 35 可接受的原因是中樂透的機率極小，不是自主行為，槓龜是正常，重了是異常，言者帶著強烈的主觀期許與僥倖心裡，明明知道難中獎，偏偏期望好運降臨。

例 37 可接受的原因是接到詐騙電話是非自主、主觀上不樂見、不合期望的異常事件，而且基於普遍的經驗，接到一般電話的可能性遠高於接到詐騙電話。

因此，在假設連詞的範疇裡，「如果」是無標記成員，頻次高（平衡語料庫出現上千次）、適用任何場合，算是典型的假設連詞。「萬一 2」屬有標記成員，有標記限制它的頻次（「平衡語料庫」出現 161 次）與使用場合。

現將「萬一」的演變過程圖示如後。

圖 8 「萬一」的演變過程

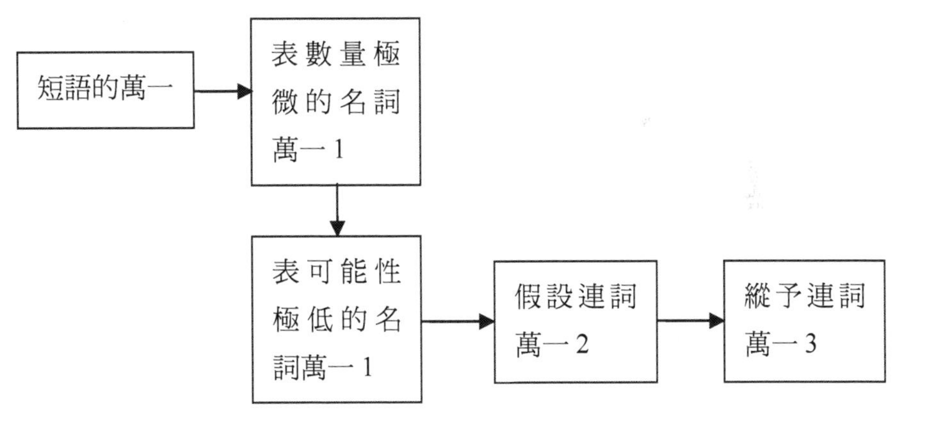

四、小結

「萬一」本身就是雙音詞，故無所謂「從單音節到雙音節/複音節」的討論。每節之後的分組綜合比較表調整為「萬一 1」、「萬一 2」的比較。

由於「萬一 3」在本文語料中沒有出現，故不列入表格，再者，出現「萬一 1」或「萬一 2」的語料才列表，反之不列。表格內呈現頻次與頻率的統計，頻次直接標示，頻率用（）標示。

表 17「萬一」綜合比較表

語料	萬一 1	萬一 2（不利條件）	萬一 2（有利條件）	萬一 2（中性條件）
三國志	12（70.59%）	5（29.41%）	0	0
世說新語	1（100%）	0	0	0
王梵志詩	0	1（100%）	0	0
敦煌變文	0	2（66.67%）	0	1（33.33%）
朱子語類	3（9.09%）	25（75.76%）	0	5（15.16%）
金瓶梅	0	1（100%）	0	0
醒世姻緣	0	38（86.36%）	6（13.64%）	0
紅樓夢	2（100%）	0	0	0
兒女英雄傳	0	27（93.10%）	2（6.90%）	0

平衡語料庫	4（2.45%）	156(95.71%)	1（0.61%）	2（1.23%）

根據表 17，《三國志》的「萬一 1」多於「萬一 2」，此後，「萬一 2」數量逐漸增加，以引領負面、不利事件為主，少數引領正面、有利條件或中性條件，而且引領不利條件的傾向從古至今都適用。

第九章　連詞演變的多元思考

通過前面兩章微觀的個案溯源之後，對於假設連詞的發展脈絡已有掌握，本章從中觀與宏觀的角度，關照假設連詞發展過程所衍生的問題。

本章共三小節。第一節談本質問題，假設連詞的演變到底是哪一種現象？是「假借/通假」的文字現象，還是語言上的語法化？如果是前者，表示連詞的演變依賴於語音相同、相近的關係，可是漢語同音、近音的字詞眾多，要挑哪一個同音、近音者來「假借/通假」沒有一定的準則。換句話說，連詞的來源無法預測。如果是後者，表示連詞的演變是基於語義、語法等條件，發展脈絡或許幽微，仍然是可推測的過程。其次，隨著詞語雙音化的腳步，假設連詞亦邁向雙音化，雙音詞種類增多，逐漸普及，愈到後期，有些雙音詞的數量還勝過了它的單音詞形式。本節除了再一次說明雙音詞的內部構詞形式，側重於釐清並列式的成詞途徑。

第二節著眼於「一詞多用」的現象，首先是談一詞多用的競爭過程。其次，看了具體的一詞多用現象，接著，是回到問題本身，一詞多用的本質是什麼？相當於一般所說的兼類嗎？另外，又是什麼原因造成一詞多用呢？

第三節討論是跳開連詞內部的一詞多用，觀察假設連詞進一步語法化的過程，研究發現假設連詞「如果」與「如果說」之間存在差異，「如果」句是蘊涵推理關係，「如果說」句是隱喻推理關係。而「如果說」的「說」是傳信語，表示言者對內容真實性帶有懷疑、弱信任的態度。「如果/如果說」表示假設時，還可以構成框式結構「如果/如果說…的話」。另外，假設標記「如果說」可以語法化為話題標記。

第一節　演變本質與詞語結構

一、演變的本質

第一章曾經提到漢語著重以虛詞與語序表現語法關係，從古迄今產生的虛詞不勝枚舉，面對如此豐富的虛詞，加上時間久遠與資料有限等種種條件，想要逐一驗明虛詞的來源是困難的任務。站在語文學的角度，談文字本義的文字學者，或研究古書詞語訓解的訓詁學者，主張虛詞是因為聲音的「假借/通假」而來（王鳳陽 1989：397-398，胡楚生 2007[1995]：157，楊端志 1997：283），站在語言學的立場，語言系統的虛詞有限，發展過程是有理據可循。

細緻地說，每個語法詞各有演變過程，籠統地說，語法詞的來源歸結為「假借/通假」或「實詞語法化」二說。「假借/通假」與「語法化」不是同一層次的問題，詞典之所以主張語法詞來自「假借/通假」，是因為沒有嚴謹區分「字」與「詞」。語言、文字的先後順序是先有音，後有字，說話時直接發出 ruò 音來立說，不是先想到某一個唸 ruò 的文字，再特意發出 ruò 音。因為有語境的支持，交際溝通不會有困擾，轉換成文字記錄才會有問題，根據文字的構造原理，虛字少用表意法製造，通常以「假借/通假」釋之。排除該音節只對應一個漢字的情況，既然同音字很多，為什麼正好以[像似]義的「若」字紀錄假設連詞 ruò，而不是其他同音字？還是原有許多字紀錄假設連詞 ruò，經過競爭後，「若」脫穎而出？後者的推測不可靠，因為沒有找到其他發 ruò 音的字表示假設連詞的書證，所以寧可認為當時紀錄假設連詞 ruò 的文字是「若」。

在語言層次上，ruò 用來表示虛擬的連接作用，紀錄時用[像似]義的「若」來書寫不是恰巧的偶然。如果只是單純考慮音同、音近，用來紀錄 ruò 音的文字有很多可能，不會不約而同是「若」。因為語言具社會性，語言發展涉及人類的認知，會有共通性，縱然全世界有上千種語言，卻歸納為幾種類型；又如語言學的分支「類型學」，關注語言的「共性」，主張經過跨語言的比對才能瞭解語言本質。基於認知，雖然發 ruò 音的詞很多，但其中有個表示[像似]的 ruò 詞提供了合宜的語義依據，[像似]的 ruò 詞繼續演變，發展出連接功能，由於[像似]的 ruò 詞書寫為「若」字，表連接的 ruò 詞自然也書寫成「若」字。

學習的順序是通過外顯、具象的字形來學習字音、字義。漢字初造時，反映的是字本義，也就是說漢字本身負載著字本義。記錄語言時，被紀錄的詞語有詞義，通常詞義與字本義往往不同，加上詞義本身會演變，發生多次的引申，再加上外在的時間、空間因素，文字與語言的對應變得愈來愈複雜，常見的情況是以同一字形 A 紀錄詞義 1、詞義 2、詞義 3 等等，有些詞典會依語音不同區分為「A1」、「A2」，研究者試圖找出意義之間的關連，便有引申之說，一旦找不出引申脈絡，便歸入音同、音近的「假借/通假」，更麻煩的是有時一字通多詞，例如「假」字通「嘏」、「瘕」，「惠」字通「繪」、「慧」，「會」字通「繪」、「禬」、「惠」，這是先秦兩漢典籍的普遍現象，無疑會增添閱讀的難度，因為學習者必須通過字形的媒介瞭解文句的意義，句子由詞組成，識讀詞語的過程中容易受到字形干擾，當字義為詞義，產生種種誤會。

就本質而言，通假是用字、紀錄的問題，與詞的演變不宜混為一談，只有書寫上才會發生同一個字紀錄不同的詞，閱讀上要讀懂古書的文句，一定得將通假字還原為本字，根據本字反映的「詞義」進行理解。因此，只有文字有「假借/通假義」，語言沒有「假借/通假義」，推衍之，只有虛字來自「假借/通假」，沒有虛詞來自於「假借/通假」，虛詞（語法詞）反映的意義就是交際當中自身的意義，而不是「假借/通假」哪個詞來的。

Hopper and Traugott（2008[2003]：234-235）提到條件連詞的來源有：1.其意義與情態相關的形式，2.疑問詞，3.表達持續的時間詞，或其意義介於持續和瞬間的時間詞，4.繫詞（判斷詞）結構，5.表示已知或確定事物的形式。

漢語的假設連詞來源和上述之說僅有局部重疊，例如表假設的「要」屬第一類「意義與情態相關的形式」，其他的假設連詞則有不同來源。

經過前面幾章的微觀分析，證明十組單音假設連詞的演變是「語法化」的結果，基於一定的動因，透過機制的運作，變成了假設連詞，甚至還發生一詞多用現象。儘管有的假設連詞的演變脈絡比較隱微，通過一番抽絲剝繭，逐條過濾語料，還是能夠找出隱蔽的演變過程。至於像是「倘/儻/黨」，第四章也曾提到它們是書寫體系的變化，因為記錄語言所造成「假借/通假」，回到語言體系下，內部的演變脈絡依然存在。

現將十組單音假設連詞的來源與演變過程、牽涉的動因、機制，彙整成表。

表 18 十個假設連詞的來源與演變

對象	演變過程	動因	機制
若/如	表像似的動詞若 3/如 3 ＞表像似的副詞若 3/如 3 ＞假設連詞若 5/如 5	語義、語法、邏輯	隱喻、重新分析、主觀化
假/設	具體借設的行為動詞假 1/設 1 ＞抽象借設的動詞假 1/設 1 ＞假設連詞假 3/設 2 ＞縱予連詞假 4/設 3	語義、語法、邏輯	隱喻、重新分析、主觀化
使/令	表使令的動詞使 1/令 1 ＞假設連詞使 2/令 2	語義、語法、語境、邏輯	轉喻、類推、重新分析
倘	表推估的副詞倘 1 ＞假設連詞倘 2	語義、語法、邏輯	隱喻、重新分析

或	代詞或1＞表或許/有時的副詞或2＞選擇連詞或3、假設連詞或4	語義、語法、邏輯	隱喻、重新分析
要	表腰部的名詞要1＞表誓約的名詞要1＞表要求的行為動詞要3＞表必然性的能願動詞要4＞表可能性的能願動詞要5＞表希望想要的能願動詞要6＞假設連詞要7、選擇連詞要8	語義、語法、邏輯	隱喻、重新分析、主觀化

萬一	短語的萬一＞表數量極微的名詞萬一 1＞表可能性極微的名詞萬一 1＞假設連詞萬一 2＞縱予連詞萬一 3	語義、語法、邏輯	隱喻、重新分析、主觀化

就直接來源而言，10 個假設連詞有 4 個來自動詞，4 個來自副詞，1 個來自能願動詞，1 個來自名詞。

就語法化動因而言，語義、語法分布位置、假設複句的邏輯關係是影響假設連詞最重要的三個因素。其中，「若/如」的語義基礎是[像似]，「假/設」是[借設]「使/令」是[使役]，「倘/或」是[或然]，「要」是[意志]，「萬一」是[極微]。雖然來自不同的語義基礎，但這些詞在語境中幾乎都有未然性、傳疑性（「使/令」例外，故引領的假設條件有別於其他詞），加上出現在分句句首，或主語後、謂語前的位置，再配合後面出現分句與前分句組成假設性的順承、蘊涵、因果關係，便導致假設連詞的誕生。

就語法化機制而言，影響假設連詞形成最重要的三個機制是隱喻、重新分析、主觀化，隱喻與重新分析或先或後，但主觀化通常比較晚見，另外「使/令」涉及轉喻與類推。

二、詞的結構問題

複音連詞內部結構是成詞演變結果的反映。首先簡要說明構詞法與造詞法的區別，這兩個問題已經累積不少研究成果，Aronoff（1976）可說是西方第一本研究造詞法的書籍，中國的呂叔湘、黎錦熙、趙元任、陸志韋、方祖燊、胡以魯、王力、孫常敘、任學良、葛本儀等都有所論述。葛本儀（2006[1985]：46）總結前人的討論，提出：

> 「造詞」和「構詞」作為語言學中的兩個術語，表示著兩個既有聯繫又有區別的含義完全不同的概念。儘管「造」和「構」具有同義關係，但是「造詞」的意義重在「製造」，「構詞」的意義重在「結構」；「造詞」是指詞的創製說的，「構詞」是指詞的結構規律說的。因此，我們應該把「造詞」和「構詞」區分開。與此有關的就是也應該把「造詞法」和「構詞法」區分開來。

葛本儀（2006[1985]：46、65）又云：

> 所謂造詞，就是指創制新詞，它是解決一個詞從無到有的問題。所謂構詞，是指詞的內部結構問題，它的研究是已經存在的詞。

根據上述，本節所謂複音連詞的結構分析是「構詞法」層面的問題，而非造詞法問題。葛本儀（2006[1985]：66-71）將漢語構詞依照詞素的性質及組合方式，分成派生詞與複合詞。複合詞又分為五小類：聯合氏（即並列式）、偏正式（即主從式、定中式、補充式（即動補式）、動賓式、主謂式。

前幾章的複音假設連詞，其內部結構共分三類：1.從句法而來，由「鄰近成分」跨層凝合成詞，2.派生詞，3.並列式複合詞。①

（一）跨層凝合

在 42 個複音假設連詞中，跨層凝合有 3 個，佔了 7.14%，分別是「向使」、「向令」、「要不是」。

跨層凝合屬句法構詞，必須打破不同語法平面的界線，比起詞法構詞難度更大。跨層凝合的條件是兩個成分的位置必須緊鄰，因為「距離象似」原則，經常的共現促使兩個成分被視為一個整體。而且，造成跨層凝合的機制是重新分析，讓兩個成分界線模糊，進而凝合成一個單位。

（二）派生詞

Beard（1995：155-176）提出派生有四種類型，即：「特徵價值的轉換派生」（feature value switches）、「換類派生」（transposition）、「表達性派生」（expressive derivation）、「功能性派生」（functional L-derivation）。

---

① 董秀芳（2004：95-96）提到詞法的傳統三個分知識派生、屈折、複合，可以合併為兩個類別：一個類別是與句法相關的，即屈折，另一個類別是與句法無關的即派生和複合。後一類與句法無關，並不是絕對無關，只是在生成過程中，不必參照句法層面的信息。除了屈折形式與句法有關，由短語、句法結構或跨層結構變成雙音詞，亦涉及句法層面。

以漢語而言，還有一種「純造詞派生」（purely morphological derivation），有些派生詞綴具造詞功能，但不是創一個與語根完全無關的新詞，新造詞的意義、語法、詞類和詞根無別，語用層面可能有別，筆者稱之為「純造詞派生」。這種詞綴不是典型詞綴。②

在 42 個複音假設連詞中，派生詞有 9 個，佔了 21.43%，屬純造詞派生。出現的後綴包含「其」、「當」、「是」、「之」、「復」、「然」。

（三）並列式

根據程湘清（1992a：112）對《論語》、《孟子》雙音詞的統計，《論語》的聯合式有 48 例，占總詞數 26.7%，偏正式有 67 例，占總詞數 37.2%，《孟子》的聯合式有 115 例，占總詞數 34.5%，偏正式有 100 例，占總詞數 30%。在詞序造詞中產生最早、產量最高的是聯合式和偏正式。聯合式可構成名詞、動詞和形容詞，構成每類詞的方式比較單純，多數是同類聚合。進入戰國時期以後，聯合式雙音詞的增長速度卻比偏正式顯著加快了。

程湘清觀察的是地上文獻的雙音詞，魏德勝（1999：169）則以地下文獻為材料，《睡虎地秦簡》有 1062 個複音詞，依照結構

---

② 董秀芳（2004：165）與吳福祥（2005：488-489）將「X 是」、「X 著」、「X 然」、「X 然」、「X 復」、「可 X」、「字 X」、「相 X」等詞中，X 前後的成分稱為「詞內成分」。吳福祥（2005：488-489）認為許多人是這些成分為詞綴，不論是屈折詞綴或派生詞綴，都具有意義或功能，其中，派生詞綴給詞根帶來新的語義成分，可以（但並不總是）改變所附詞幹的語法類別。吳福祥不認為「然」、「是」、「復」等為派生詞綴的原因是多數情況下並沒有給詞根帶來新的語義成分。筆者認同此說，但是，筆者認為漢語的詞綴和其他語言體系的詞綴本來就不相同，像上述的「然」、「是」、「復」等的功能是「純造詞」，而不改變詞根的語義或詞類。

方式，不計重複之下複合詞有 902 個，其中偏正結構 497 個，並列結構 289 個，述賓結構 44 個，主謂結構 10 個，述補結構 6 個，另有 56 個詞結構不明。綜合兩人的統計，程湘清認為戰國晚期聯合式增加速度快於偏正式，在《孟子》裡聯合式已超越偏正式，《睡簡》卻反映了偏正式多於並列式的結果，或許因為材料的性質、判斷成詞的標準、統計方法的因素、導致兩人對並列式與偏正式孰多孰少並不一致，不過，至少可以確定即便戰國晚期的並列式不是最能產的構詞方式，也還是位居亞軍。

程湘清（1992b：337-338）統計《論衡》複音詞，聯合式有 1404 個，占全書總數音詞數 61.04%，偏正式有 517 個，占全書總複音詞數 22.48%。聯合式遙遙領先，其次是偏正式，但數量上與並列式相距甚遠。

程湘清（1992c：1-2、24、30）統計變文的複音詞 4347 個，聯合式有 2113 個，占全書複音詞數 48.61%，偏正式有 800 個，占全書複音詞數 18.48%。與《論衡》、《世說新語》比較，聯合式仍居各類結構方式之首。

不難發現上述研究的焦點集中在雙音實詞，較少觸及雙音語法詞。程湘清的統計立基於特定典籍，嚴格來說，調查結果不可類推該時代雙音詞的內部結構，不過，只要方法正確，抽樣調查仍是可行，何況他所選取的樣本反映了當時的口語，調查結果值得參考。

筆者認為程湘清的觀察結果亦適用於本文。複音假設連詞在上古時代已經存在，中古、近代陸續新興了一批成員，在 42 個複音假設連詞中，有 30 個詞的內部結構是「並列式」，佔了 71.43%，[③] 符合漢語詞彙的構詞趨勢。

董秀芳（2004：101-128）研究漢語的詞法模式，有規則、能產的詞法模式必須符合以下數量條件：1.如果有標誌成分，該成分的左向或右向替換率一定超過 50。左向替換率即保持右邊的成分不變，替換左邊的成分所能造出的同類詞的數量。右向替換率即保持左邊的成分不變，替換右邊的成分所能造出的同類詞的數量。2.如果沒有標誌成分，比較難以準確統計該模式所生成的詞的數量，但根據估計也需要不低於 50。從結構方式上看，構成名詞的能產性的詞法模式主要是定中式，構成動詞的能產性的詞法模式主要是動補式，也有一些是動賓式（賓語一般是謂詞性），構成修飾語（形容詞）的詞法模式大都來自與動詞相關的結構。

如同程湘清的研究，董秀芳偏重於實詞範疇的詞法模式，複音假設連詞是否也有規則、能產的詞法模式？在其架構下，複音假設連詞屬沒有標誌成分的一類，即便本文將具有相同構詞成分的假設連詞分組討論，但是否已達到替換率高於 50 恐怕還有問題。

如果假設連詞不像名詞、動詞、修飾語（形容詞）有種種的詞法模式，那麼，它們的形成是否有規則或途徑可尋呢？

丁喜霞（2006：151）觀察「並列雙音詞」的來源，認為同義並列雙音詞是在雙音化的驅動作用和同義並列構詞法的類推作用下，運用同義聯想，通過詞法途徑把兩個意義相同或相近的單音節

---

③ 此處要特別強調是「近義」並列，而非「同義」並列，嚴格意義的同義詞必須語義、語法、語用等方面完全等同。事實上很少能百分之百吻合。許多書沒有嚴加區隔，還是稱同義並列或同義詞。

並連在一起構成的，不需要經過由短語到詞的句法演變。同義並列雙音詞的成詞主要是語用（使表述更清晰、修辭上符合節律美等）和韻律因素促成的。

筆者認為丁喜霞之說尚可斟酌。以並列式假設連詞為例，它們的構成不必然是語用上使表述更清晰，修辭上符合節律美，韻律因素的關係而形成的，原因是並列式假設連詞的語法意義與單音假設連詞沒有太大差異，例如「若苟」與「若」、「苟」都是假設連詞，「若苟」的產生不是基於「數量象似性」④，因為不是「若」加上「苟」之後，「若苟」具有強化假設語氣的作用，「若苟」相當於「若」或「苟」，可見並列式假設連詞沒有表述更清晰或加強的作用。至於修辭的節律美，除非是特殊文體（如韻文、詩歌或偈頌）有對偶或韻律需求，對一般散文體而言，不特別強調修辭的優美或韻律的協調，因此，「語用」與「韻律」恐怕對複音假設連詞的形成沒有必然的影響。

有關並列式的成詞途徑，丁喜霞（2006：151-152，2010：178-179）提到有些雙音虛詞不是直接從實詞虛化來，虛化過程是在構詞語素的層面發生的。也就是說，雙音虛詞的構詞語素都是先由實詞虛化而來，後因具有相同的意義和功能，在概念領域內的距離較近，根據「距離象似」原則，容易黏合成詞，又因經常在線性序列上連用，易被看成一個整體，遂成雙音詞。這種雙音節虛詞的

④ 王寅（2007：552-553）提到數量象似性的認知基礎是：語符數量一多，就會更多地引起人們的注意力，心智加工也就較為複雜，此時自然就傳遞了較多的信息。例如 We went for a long, long walk. (a very long walk)

內部語義關係一般是同義並列，產生途徑是詞法的同義語素並列，不是句法的虛化。

以並列式假設連詞來說，成詞途徑是單音連詞充當語素成分，與另一個當語素的單音連詞，在詞法層面直接複合，例如「若苟」是語素「若」＋語素「苟」，「假如」是語素「假」＋語素「如」，「如若」是語素「如」＋語素「若」等等。為什麼不是兩個單音詞組成的「短語」呢？因為它們的語義和語法功能跟單音假設連詞沒有明顯區別，⑤ 如果它們是「短語」，基於語言形式比較複雜，傳遞的訊息量會增加，意義是兩個單音假設連詞的加合，語法功能理當有差異，否則違反語言的「經濟」原則與「數量象似」原則。

那麼，三音並列式假設連詞是否可看成「短語」呢？與雙音的情形一樣，筆者依然視為「詞」，相當於楊愛姣（2002b：157）的「重合構成」。⑥ 三音並列式假設連詞很少，如《大正藏》的「假使若」。

三音詞的成詞有三種可能：1.三個單音節語素直接形成詞彙。2.前兩個單音節語素先形成詞彙，再搭配第三個單音節語素。3.後兩個單音節語素先形成詞彙，再搭配第一個單音節語素。後兩種可能性較高。

根據楊愛姣（2002a：497-498，2003：69）分析近代漢語 3046 個三音詞，在結構層次上，A｜BC 有 1119 個，AB｜C 有 1759 個，

⑤ 趙元任（1994[1990]：145）指出並列詞語除了有並列關係以外，也都屬於功能相同的一類。通常是同一個詞類，結構平行，或者至少是音節的數目一樣多。

⑥ 楊愛姣（2002b：157）對三音詞的「重合構成」的解釋是構成詞義的兩個詞素意義因基本相同而重合，即 A=B，AB＋C＝AC 或 A＋BC＝AC，從信息角度來講，主要是等質損量型。

A｜B｜C 有 9 個，造成數量落差的原因與前重音理論與詞長選擇有關，前兩者合乎音節和節奏雙音步的要求，所以具有優勢，第三種因為詞內部結構特徵比較明顯，意義的組合性強，不易凝固成詞。

吳為善（2003b：101-102）從句法平面來看，三音節分為 1＋2 或 2＋1，若從節律平面來看，只有 2＋1 的可能，這是節律自然和諧的要求，稱為「後置單音節具有黏附性」。在自然節律中，當一個單音節處於雙音節之後，它會自然前附構成一個緊密的三音節段，因此三音節段也構成一個音步。

綜合上述，造成三音並列式假設連詞數量不多，而且內部結構不太可能是三個語素在詞法上直接構成三音詞的原因是，漢語的單音節若要形成一個音步，受限較多，所以三音詞內部結構通常是 1＋2 或 2＋1，而非 1＋1＋1。三音節構成的超音步，韻律的切分是 21 或 12，是不對稱的並列，不如雙音節的標準音步穩定，所以三音詞的數量少於雙音詞。回到「假使若」，筆者傾向是「假使+若」，即第二種方式。

第二節　一詞多用現象

本節討論的重點有三個，首先解釋「一詞多用」的意義，接著，呈現語言現象，即同一連詞自身用法的競爭過程（一詞多用的競爭），最後提出造成「一詞多用」原因。

一、一詞多用的意義

有關「一詞多用」，常見的解釋有：1.兼類現象，2.假借現象，3.語法化現象。假借與語法化先前已經介紹，此處辨析的是「兼類」。

成建明（1996：16-19）介紹動詞與名詞的兼類，提到兼類的異稱，如一詞多類、兼類、轉類、跨類、名動詞說、活用。可依據意義、功能、綜合（語法性質、詞彙意義）標準來判斷兼類。

陸儉明（2003：46-48）提到從本體研究出發的兼類詞，指同一個概括詞兼有兩種詞類特性，即同音同義而詞性不同的詞。以下四種情況不是兼類：1.同一類詞用於不同的句法位置，而且同類都能這樣用。2.不同類的詞具有部分相同的語法功能。3.臨時借用。4.意義毫無關係的同音同形詞。

郭銳（2004：156-157）進一步發揮陸儉明之說，與兼類詞有關的現象有三種，第一種是同型兼類詞，指同一義項（嚴格說是同一概括詞）兼屬多個詞類，如「長期」、「真正」兼屬區別詞、副詞。第二種是異型兼類詞，指意義上有聯繫的幾個義項屬於不同詞類，如「一個典型」和「很典型」的「典型」意義不同，前者是名詞，後者是形容詞。第三種是異類同形詞，指意義上無聯繫，音同、詞形同的幾個詞屬於不同詞類，如「會游泳」和「開一個會」的「會」同音同形，前者是動詞，後者是形容詞。狹義兼類詞是第一種，廣義兼類詞包含第二種。

筆者認為這個問題可分為兩層次來看，第一層立基於同一語形的不同詞類之間，第二層立基於同一語形同一詞類內部子類。以「若」為例，先看第一層，「若」可當動詞、副詞、連詞，根據蔣紹愚（2005：32）主張實詞虛化為虛詞後，兩者語法功能差異甚大應該看成兩個詞，如名詞的「被」與介詞的「被」。因之，動詞、副詞、連詞的「若」是不同的詞，但動詞「若」跟副詞、連詞「若」不是分頭製造或因字形演變產生的同形詞，而是有演變的先後關係，演化之後的語音不變，語義、功能、詞類不同了，不能說「若」同時兼了動詞、副詞、連詞三類，所以第三章將動詞「若」依照意義標記為「若 1」、「若 2」、「若 3」，副詞「若」標記為「若 4」，假設連詞「若」標記為「若 5」，藉以區別彼此，亦照顧了演變的關連。

再看第二層，「若」有五種連詞用法：1.並列連詞，2.選擇連詞，3.假設連詞，4.轉折連詞，5.承接連詞，席嘉（2010：17-18）視為兼類現象，產生這種情況的原因有三：1.由於語境意義和詞語意義的相互影響，先秦連詞的產生以引申為最主要發展方式，語言表達的精確性還不及後代，使得語境意義容易轉化為詞語意義。2.由於今人劃分關連範疇和古人角度不同。3.通假現象普遍，同一連詞有多種字形，今人以「字」為基礎劃分連詞，使得連詞的兼類更為複雜。

筆者認為古代的「字」與「詞」界線不清楚，通假頻繁，導致同一詞形有多重的用法，這是否等同於現代所謂的「兼類」，必須仔細考慮。既然對字、詞、通假沒有確切的理解，就不太可能有明確的兼類概念，看待古代連詞的多重用法並不適合用現代的兼類去解釋，以免犯了以今律古的毛病。謹慎來看，不管是採陸儉明或郭銳之說，這種現象都不符合兼類的定義，因為同一詞形當不同的連詞，便表示不同的關聯性與語法意義，不能當成是「同一意義的概括詞的兼類」。這種現象是擁有相同的詞形，實際上不是同一個詞，例如「若」雖然可當五種不同的連詞，這個五種用法不是同一個「若」，不能說是同一意義的「若」兼屬五種連詞，本文將這種現象稱為「一詞多用」，定義是：

> 指詞形相同，詞類不同，用法不同，彼此之間是演化關係（不是訓詁談的詞義引申），「一詞多用」不是「同形詞」⑦，因為它們之間不是任意的偶然同形。

Givón（1979）提到語法化是一個循環過程，實詞語法化成語法詞，語法詞繼續語法化為詞綴、詞內成分、零形式，漢語的介詞、副詞可以語法化為連詞，連詞雖然沒有進一步變成詞綴、詞內成分、零形式，卻也非停滯不變，最明顯的例子是上古同一詞形當多種連詞，顯示語法化程度高的連詞仍然具有活力，即便中古以後這種情形逐漸減少了，但也沒有全然消失。

二、一詞多用的競爭

談詞語的競爭，常見的做法是計算各詞出現頻次、頻率，再根據數據高低判斷優勝劣敗。基礎的分析與量化是前幾章個案處理的

---

⑦ 裘錫圭（1995：237-238）提到狹義的同形字指分頭為不同的詞造的、字形偶然相同的字，例如古代的鉈指「矛」，近代有一個的「鉈」是秤砣的「砣」異體，現代化學家造了「鉈」，是金屬元素。廣義的同形字包括所有表示不同的詞的相同字形，按照這種理解，假借字和被假借字，用來表示本義和用來表示派生詞性質的引申義的同一個字，也是同形字。另外，借用字形，不管原來音義的「形借」，如表示「獲」的「隻」跟當單個講的「隻」也是同形字。

核心，此處不打算處理細節問題，而是從宏觀角度討論詞語競爭的概念。

楊榮祥（2005b：186）提到吳福祥主張因為古語詞彙的承用、方言詞彙的融入以及構詞方式的差異，使得變文中同一語法意義由多個連詞來表示，如假設連詞有可中、或若、若或、如或、若也、若是、若使、若令、若其、倘若、倘如、倘其、倘或、必若、必其等等。[8] 古漢語「一義多詞」十分普遍，是值得關注、探討的課題。

周剛（2002：174-177）提到連詞發展走向「功能精密化」，一詞多義變成一詞一義，或一義多詞變成一義一詞。「一詞多義變成一詞一義」指有些連詞兼有兩個或兩個以上的意義，後來有些語義功能消失，由別的同義連詞替補，只剩一種意義由它載負，使表達便於交際。如「假如」上古表示假設義，唐代增加一個新意義，表讓步義，入宋以後讓步用例逐漸減少、消失，只剩假設義，一詞一義直至現代。「一義多詞變成一義一詞」有兩種情況，一種是完全不同形不同音的同義詞，如表假設的連詞在上古有「若」、「苟」、「如」、「設」、「使」、「令」、「儻」、「假」、「果」。一種是有一個語素相同或相近的同義詞，如「縱」構成的雙音節讓步連詞「縱令」、「縱使」、「縱復」、「縱然」。在歷史的競爭中，單音連詞絕大多數先後消亡，被雙音連詞替代，冷僻的雙音連詞淘汰，通俗常用的雙音連詞保留。

---

⑧ 筆者一直沒有找到吳福祥《敦煌變文語法研究》，此段資料轉引自楊榮祥（2005b：186），該文指出此段文字出自吳福祥（1996）：《敦煌變文語法研究》，長沙：岳麓書院，頁 284-285。

筆者認為「單音連詞絕大多數被雙音連詞取代」之說宜謹慎看待，應建立在個案的基礎上來討論。例如就現代的「如果」來說，此說是成立的，但若是清代以前的讓步連詞「雖」與「雖然」比較，前者反而佔優勢，現代漢語變成後者佔了優勢。假如以專書而言，席嘉（2010：190）調查「若」的頻次分別是變文 501 次，《祖堂集》570 次，《朱子語類》1702 次，「若是」分別是 23 次、6 次、136 次，筆者調查的「若是」的頻次分別是 9 次、5 次、136 次。⑨三本專書中的單音「若」比雙音「若是」頻次高，沒有被取代的跡象。

據此，顯示出談詞語的比較應該注意「時間」因素，例如討論「若」組與「要」組的競爭就不太恰當，因為「若」組成員多，生滅消長各有不同，橫跨上古、中古、近代、現代階段，「要」組成員少，如「要是」明代才出現，「要不是」更晚至清代才出現，如何與「若」組進行比較？再者，又該與「若」組的哪一個成員相較呢？同一共時平面的比較才能凸顯時代意義，也不會造成不同時代現象隔空競爭的窘境。

筆者認為周剛（2002：174-177）所謂的「一詞多義變成一詞一義」是一個連詞詞形自身功能的調整，是內部、自身的競爭。「一義多詞變成一義一詞」是不同連詞之間的競爭。從競爭的角度來看，將前幾章的個案討論互相對照，反映的是「不同連詞的競爭」

⑨ 針對同一個詞的調查，有些數據有不一致狀況，排除判斷失準問題以外，應該是標準寬嚴有別。筆者採的嚴式標準，例如《敦煌變文集新書》的〈悉達太子修道因緣〉：「若是世尊親子息 火坑速為化清涼」「若是」後面接名詞短語，「是」仍有判斷功能，「若」才表示假設，因此「若是」不是雙音假設連詞，不列入計算。

面貌，此處不再重述。[10] 以下要解釋「一個連詞詞形自身的競爭」，本文稱為「一詞多用的競爭」，即同一連詞詞形有多重用法，多重用法之間的競爭。

假設連詞自身的發展變化可分成兩個層次來看，即：1.單音連詞多重用法的競爭。2.雙音連詞多重用法的競爭。

（一）單音連詞多重用法的競爭

古漢語單音連詞通常身兼數職，一詞多用頻繁。例如「若/如」可當假設、並列、轉折、選擇、承接連詞，「假/設」可當假設、縱予連詞，「或」可當選擇、假設連詞，「要」可當假設、選擇連詞。有些義項可能是同時產生，但多數是有先後關係。前者如「若/如」在上古階段已有五種連詞用法，後者如「假/設」、「要」。「假/設」、「要」前文已經解釋過了，現側重於說明「若/如」。

1. 父母有婢子，若庶子庶孫，甚愛之。雖父母沒，沒身敬之不衰。《禮記・內則》
2. 士於君所言大夫，沒矣則稱諡若字。（《禮記・玉藻》）
3. 君若以綏諸侯，誰敢不服。君若以力，楚國方城以為城，漢水以為池，雖眾，無所用之。（《左傳・僖公四年》）
4. 故學數有終，若其義則不可須臾舍也。（《荀子・勸學》）

---

⑩ 請參見第三章至第八章個案的統計與說明，以及每節末的表格。

5. 君子夬夬，獨行，遇雨若濡，有慍，无咎。（《周易·夬》）
6. 嘗若鬼神知能賞賢如罰暴也。蓋本施之國家，施之萬民，實所以治國家利萬民之道也。（《墨子·明鬼下》）
7. 方六七十，如五六十，求也為之，比及三年，可使足民。（《論語·先進》）
8. 富而可求也，雖執鞭之士，吾亦為之。如不可求，從吾所好。（《論語·述而》）
9. 夫鼠晝伏夜動，不穴於寢廟，畏人故也。今君聞晉之亂，而後作焉，寧將事之，非鼠如何？（《左傳·襄公二十三年》）
10. 不失其馳，舍矢如破。（《詩·小雅·車攻》）

例 1《正義》曰：「此一節謂父母有婢子、庶子、庶孫，父母所愛，已亦愛之。」「若」是並列連詞，相當於「和」、「與」，連接名詞。

例 2《疏》曰：「沒矣則稱謚若字者，君前臣名，若彼大夫生，則士呼其名，若彼大夫已死沒，而士於君前言，則稱彼謚。無謚則稱字，不呼其名，敬貴故也。」「若」是選擇連詞，相當於「或」，連接名詞。

例 3 兩個「若」各自引領可能發生的假設，當假設連詞。

例 4 此二句之意是：所以求學的方法有終了的時候，至於求學的目標則片刻都不可放棄啊！「若」是轉折連詞，相當於「但是」，前後句是逆轉關係。

例 5「濡」有浸漬、沾濕之意，「遇雨若濡」即遇到下雨而沾濕，「若」是承接連詞，相當於「而且」。

例 6《墨子·明鬼下》異文作「不明忽鬼神之能賞賢而罰暴也。」可見「如」等同「而」，1「如」是並列連詞，連接動賓短語。

例 7「如」是選擇連詞，相當於「或」，連接數詞。

例 8 前面是「富而可求…」，後面是「如不可求…」，分別是意合與形合的假設複句。「如」當假設連詞，引領可能發生的假設。

例 9「非鼠如何」即不是老鼠，那又是什麼？帶有逆轉關係，「如」是轉折連詞，

例 10 王引之《經傳釋詞》：「如破，而破也。」可見「如」等同「而」，為承接連詞。

特別要申明的是，這些用法雖然產生於上古階段，彼此仍有主從之分。以《論語》為例，「若」出現 12 次，11 次當實詞，1 次當假設連詞，未見其他連詞用法。「如」出現 88 次，排除實詞的部分，16 次當假設連詞，6 次當選擇連詞，未見其他連詞用法。以《韓非子》為例，「若」出現 81 次，排除實詞的部分，33 次當假設連詞有，6 次當選擇連詞，未見其他連詞用法。「如」出現 151 次，實詞居多數，僅 1 次當假設連詞，未見其他連詞用法。在有限的調查中，筆者認為這五種連詞用法中，「若/如」主要的用法是假設連詞，因為不管頻次多寡，即便零星出現，那個零星的例子往往是假設連詞，而非其他當連詞。由此推知，假設是五種用法中的主流。

（二）雙音連詞多重用法的競爭

一般認為由於單音連詞肩負多義，負擔相對沈重，造成溝通理解的困難，勢必得想辦法減輕負擔，減少承載的意義。減少的意義可能是讓給其他詞負責，有的則是透過語素結合變成雙音連詞，讓表義更明確。但雙音連詞能否做到一詞一義呢？答案是不行。因為有些雙音連詞還是有多重用法，只能說跟單音連詞的一詞多用比較起來，雙音連詞一詞多用的現象減弱了。

具有一詞多用現象的雙音連詞如「假如」、「假使」、「假若」、「假饒」、「設使」、「設復」可當假設、縱予連詞，「正使」可當假設、縱予、讓步、無條件連詞，「設或」可當假設、縱予、選擇連詞，「萬一」可當假設、縱予連詞。當然，根據前幾章的考察，這些一詞多用的雙音連詞能找到的時代證據較多，換言之，這些不同的用法是有先後順序的，而非同一平面的產物。

「假如」當假設連詞出現在東漢《前漢紀》，當縱予連詞晚至唐代詩歌才出現，競爭的結果是假設用法勝出，直到今天都是假設用法。

「假使」當假設連詞出現在戰國《商君書》，當縱予連詞見於敦煌變文，南宋《朱子語類》的縱予多於假設，但是後來假設又勝出，直到今天都是假設用法。

「假若」當假設連詞出現在東晉《後漢記》，後來沒有發現假設的用法，直到《元刊雜劇三十種》出現縱予用法，不過，明代以後卻又是假設用法勝出，直到今天都是假設用法。

「假饒」當假設連詞與縱予連詞都見於敦煌變文，但縱予連詞一直處於優勢地位，假設用法無法與之競爭，清代以後兩種用法都消失了。

「設復」當假設連詞出現在西晉《佛五百弟子自說本起經》，當縱予連詞出現在東晉《摩訶僧祇律》，兩者彼此競爭的結果，唐代的例子只見縱予用法，不過，唐代之後縱予也消失了。

「正使」當假設、縱予、無條件連詞都見於東漢譯經，後秦《大智度論》又可當無條件連詞，縱予連詞一直處於優勢地位，其他的用法十分零星，無法與之競爭。直到南宋，縱予用法才消失。

「設使」當假設連詞出現在戰國《鶡冠子》，當縱予連詞見於東晉《摩訶僧祇律》，競爭的結果是不分勝負，清代以後兩種用法都消失了。

「設或」當假設連詞出現在東漢《漢書》，當縱予連詞出現在南宋《朱子語類》，當選擇連詞出現在《紅樓夢》，由於三種用法的頻次偏低，可說是三種很弱勢的用法互相競爭，結果是全部消失。

「萬一」當假設連詞出現在東漢〈諫耿鄙〉，當縱予連詞出現在現代漢語，以現代而言，彼此競爭的結果假設用法依然勝出。

以下，將雙音連詞自身多重用法的競爭整理成表。

表19 雙音連詞多重用法競爭一覽表

雙音連詞	表假設的始見時代	表縱予的始見時代	其他用法始見時代	競爭結果
假如	東漢	唐代		假設勝，使用至今
假使	戰國	晚唐五代		南宋縱予勝，後來是假設勝，使用至今

假若	東晉	元代		假設勝，使用至今
假饒	晚唐五代	晚唐五代		縱予勝，清代以後兩種都消失
設復	西晉	東晉		唐代縱予勝，唐以後縱予也消失
正使	東漢	東漢	東漢出現無條件用法，後秦出現讓步用法	縱予勝，南宋以後消失
設使	戰國	東晉		不分勝負，清代之後兩種都消失
設或	東漢	南宋	清代出現選擇用法	三種始終是弱勢的用法都消失
萬一	東漢	現代		假設勝

雙音連詞的多重用法的競爭不必然是「取代」概念，可能的狀況包含新用法取而代之；或者實力相當，兩者並存；或者舊用法勝出，新用法消失。而且很重要的是，新舊用法不是「銜接」的概念，並非新用法出現，舊用法即消失。反而是有共處的階段，某個新用法誕生了，舊用法依然繼續使用，於是造成新舊用法彼此競爭。

三、一詞多用的辨析

前面是單純呈現單音/雙音連詞內部用法的競爭過程，現在則針對「一詞多用」的現象，解釋形成的原因。

連詞的關聯性是「邏輯」的反映，邏輯轉換了，歸屬類別隨之不同。不同連詞之間的差異可能是邏輯轉換或認知視角的改變。上古同一詞形當多種連詞使用的情況，除了歸因於席嘉（2010：17-18）三個原因之外，邏輯有轉換的空間亦是重要關鍵。

（一）呂叔湘的看法

呂叔湘曾經從邏輯角度觀察假設句、推論句、因果句。

呂叔湘（1990a：434）指出縱予句和容認句屬於同類，通常合稱為讓步句；所謂讓步，即姑且承認之意。但容認句承認實在的事實，縱予句承認假設的事實。轉折句及容認句跟一般的因果句相對，而縱予句跟假設句相對。因果句和假設句都是表示「有此因方有此果」，而容認句和縱予句是表示「有此因卻無此果」或「無此因仍有此果」。假設句之表因果相關比因果句更斬截，縱予句之表前後違異（不合預期）也比容認句更明朗。表縱予的關係詞文言以「縱」字為最顯明，白話也說「縱然」。「縱」字只能位於主語/話題之前（因為原是動詞），但「縱然」也可以用在主語/話題之後。「縱」字是代表的縱予關係詞，因為他兼有「假使」和「雖然」兩層意思。

呂叔湘（1990a：427）比較「要是」和「就」的假設句，「既然」和「就」的推論句，「因為」和「所以」的因果句，這三種句法雖然各有用處，所表示的是根本相同的廣義因果關係，包括客觀的即事實的因果和主觀的即行事的理由目的等等。這三種句法的同異綜括如下：

> 假設句：若甲則乙，甲乙皆虛，理論的，一般的，泛論因果。
>
> 推論句：既甲應乙，甲實乙虛，應用理論於實際，推斷因果。
>
> 因果句：因甲故乙，甲乙皆實，實際的，個案的，說明因果。

雖然假設句和因果句各有一部份例外，以典型的例句而論，這三種句法是彼此相應的。

筆者認為呂叔湘的意見是有道理的。在邢福義（2001：39）的複句三分系統中，這三種都屬因果類。換言之，三種因果類複句的邏輯有相通處，可以進行轉換。

（二）命題邏輯

從邏輯上看，聯言命題、選言命題與並列類複句有關，充分條件命題與因果類複句有關。

聯言命題（conjunction，合取命題）斷定多種事物情況都存在的複合命題，或者說，它是斷定支命題都真的複合命題，例如：小王喜歡小莉而且小莉喜歡小王。聯言命題的邏輯性質是：若所有聯言支都真，那麼聯言命題就真；若聯言支至少有一個假，那麼聯言命題就假（楊士毅 1994：155-157，楚明錕 2000：102-103）。聯言命題的形式是 p 並且 q，記作：$p \wedge q$（p 合取 q）。

選言命題（disjunction，析取命題）斷定事物若干種可能情況至少有一種存在的複合命題；或者說，它是斷定支命題至少有一真的複合命題。根據連結項邏輯性質的不同，選言命題可分為相容選言命題和不相容選言命題（楊士毅 1994：157-161，楚明錕 2000：105-107）。

相容選言命題斷定事物若干種可能情況可以同時存在的選言命題，或者說，它是斷定選言支可以同真的選言命題。相容選言命題的邏輯性質是：只要選言支有一個為真，相容選言命題就真；當選言支都假時，相容選言命題才是假的。相容選言命題的形式是：p 或者 q，記作：p∨q（p 析取 q）。

不相容選言命題斷定事物若干種可能情況僅有一種情況存在的選言命題；或者說，它是斷定選言支唯有一個真的選言命題。其邏輯性質是：如果選言支唯有一個真，那麼不相容選言命題則真；當選言支至少兩個真或都假時，不相容選言命題就是假的。不相容選言命題的形式是：要麼 p 要麼 q、或 p 或 p，記作：p∀q（p 不相容析取 q）。

條件命題（conditional）斷定某事物存在是另一事物存在的條件的複合命題。根據連結項表示的條件關係的不同，分為充分條件命題、必要條件命題和充分必要條件命題（楊士毅 1994：168-171，楚明錕 2000：111-114）。

充分條件命題（蘊涵命題、充分條件假言命題）斷定前件（antecedent）所表示的事物存在，後件（consequent）所表示的事物必然存在的條件命題。前件所表示的事物存在，即前件真；後件所表示的事物存在，即後件真，因此，充分條件命題也可說是斷定前件真，後件必真的條件命題。邏輯性質是當前件真而後件假時，充分條件命題是假的，否則，前件真後件真，前件假後件假，前件假後件真。充分條件命題都可以是真的。充分條件命題形式是：如果 p，那麼 q。記作：p→q（p 蘊涵 q）。

（三）本文的解釋

本章第一節提到單音連詞一詞多用的類型有假設、並列、轉折、選擇、承接、縱予連詞，雙音連詞一詞多用的現象減少，可當假設、縱予、選擇連詞。這些複句分屬於「並列」、「因果」、「轉折」三大類複句，換言之，假設連詞的一詞多用現象是「三大類型複句」之間的轉換。

有關複句類型之間的關係，李晉霞與劉雲（2007：20-26）主張不同複句類型之間具有演變關係，並且這種演變具有方向性，具體表現為並列類＞因果類＞轉折類。並列演變為因果或轉折受時間性的制約，表現為：先－後（承接）＞因果類、同時（並列）＞轉折類。並列類、因果類演變為轉折類，是受前後小句之間逆承關係的制約，表現為逆承並列類＞轉折類，逆承因果類＞轉折類。

站在前賢的研究基礎之上，筆者試著從邏輯角度解釋假設連詞的一詞多用現象。

1.選擇、並列、承接與假設的轉換

此類是並列類複句的連詞，與因果類的假設連詞的轉換關係。

（1）選擇與假設的轉換

選擇連詞引領兩個以上的選言支，不管是相容或不相容選言命題都必須提供兩個以上的支命題。只是單純提供 p、q 兩種支命題，

並不會轉變成假言充分條件命題。而是當支命題的前後分句具有時間先後關係時，才可能進一步演變成因果類的假言充分條件命題。例如《新書・大都》：「今大城陳、蔡、葉與不羹，或不充，不足以威晉。」「或」不是選擇連詞的原因是沒有提供兩個以上的選言支，換言之，聽者無從選擇，不符合選言命題。

再者，「或不充，不足以威晉」之間有時間先後關係，p 得先發生，q 才會發生。P 沒先發生，q 不會發生。p 蘊含了 q，就是 p 真，q 必然為真的條件命題，因此「或」是假設連詞。如果將此例改為「今大城陳、蔡、葉與不羹，或充，或不充，不足以威晉。」「或」連接了兩個不相容選言支，是選擇連詞，後分句是對兩個選言支的否定推斷。這種用法有「總讓」之意（無論…）。

（2）並列、承接與假設的轉換

並列要轉變成假設必須分句之間有時間先後關係，但是，筆者發現「若/如」當並列連詞時，多連名詞或名詞短語，而不是連接小句，不具備營造前後分句的時間關係。加上「若/如」當並列連詞不是主流用法，如果不是方言問題，應該是席嘉（2010：17-18）所言語境意義和詞語意義的相互影響。先秦語言表達的精確性還不及後代，使得語境意義容易轉化為詞語意義。

並列與承接有關，並列動詞「若/如」連接名詞或名詞短語，承接連詞連接動詞或動詞短語，表示動作發生的先後關係，就連接兩個聯言支的邏輯而言，並列連詞與承接連詞是相通的，只不過承接連接的是兩個動作，多了一層時間先後關係。承接是否會演變為假言的充分條件關係？從有限的例子中，沒有發現「若/如」引領兩個先後發生的小句。

就邏輯而言，假設連詞「若/如」恐怕沒有條件擔任並列或承接連詞，雖然李晉霞與劉雲（2007：20-26）提到並列類＞因果類，卻只是個別的傾向，而非全面的演變。縱然類型學上，看到了英語 when 有 if 的用法，德語 wenn 可表示「一…，就…」與「如果」，可是若要證明並列、承接連詞「若/如」演變成假設連詞「若/如」確實有困難，理論可能成立，卻沒有找到過渡的例證，加上「若/如」的並列、承接用法不是主流，低頻難以促動演化。所以，關於「若/如」為何有並列、承接的用法的問題，筆者只能暫且存疑，或姑從席嘉（2010：17-18）的語境意義轉化為詞語意義。

2.轉折、無條件、讓步、縱予與假設的轉換

轉折、無條件、讓步、縱予都屬轉折類複句，假設連詞轉變為縱予連詞是常見的演變方向，前幾章也曾提出解釋。轉折類複句的特點是分句之間有逆轉關係，例如轉折是單純的逆轉，無條件是「各種可能條件+逆轉」，讓步是「實言條件+逆轉」，縱予是「假言條件+逆轉」。假設屬廣義因果類複句，分句之間是「假言條件+順承」。換言之，假設是否演變為轉折、無條件、縱予，關鍵在於分句之間是否有逆轉的邏輯。

（1）轉折與假設的轉換

分句之間有逆轉關係者，表示事情的發展不順著常理進行，例如《荀子・儒效》：「鄉是者臧，倍是者亡；鄉是如不臧，倍是如不亡者，自古及今，未嘗有也。」開頭兩句並列複句說明事理的必然發展方向，後四句先提出相反的可能，再以否定句駁斥。「鄉是如不臧，倍是如不亡者」的「如」可以是假設連詞，但又因為前面

有並列複句當前提，可知「不臧」、「不亡」違背事理的發展，故「如」可以理解為轉折連詞。要說明的是這種情況需要語境的輔助，若失去語境的支持，就難以將假設連詞理解為轉折連詞。

（2）無條件與假設的轉換

假設複句本身就是一種條件複句，只不過強調條件的虛擬、假言。無條件複句是一種總讓，提出可供選擇的條件，認可所有條件之後，又全部排除。對總讓而言，條件是實是虛不重要。當假設分句引領了所有的條件，就可能朝無條件邁進，如東漢支曜譯《佛說成具光明定意經》：「正使世有佛無佛，法興法衰，有終有絕，心在定意，不以無此三寶故，轉為邪業，是為五無轉心。」（T15, no.630, p0455b28）不是有佛，就是無佛，不是法興，就是法衰，條件全部具備，也就是所有的條件了，結果分句與條件分句形成逆轉關係，強調結果分句的出現不受條件分句的影響，相當於「無論…，都…」，「正使」為無條件連詞。

（3）讓步與假設的轉換

假設連詞與讓步連詞的差異在於條件的虛實與分句之間的順承或逆轉關係。由於兩者要轉換的限制比較多，故這種例子很少見，必須依賴語境才能存在。目前只發現《大智度論》有1次「正使」當讓步連詞，後秦鳩摩羅什《大智度論》：「阿難答言：『是時，五百乘車截流而渡，令水渾濁，以是故不取。』大迦葉復言：『正使水濁，佛有大神力，能令大海濁水清淨。」（T25, no.1509, p0068a19）如果沒有阿難所言的提示，僅憑迦葉之言的話，「正使」仍是縱予連詞。

（4）縱予與假設的轉換

假設連詞常見的變化是朝縱予連詞發展，如〈維摩結經講經文〉：「假使百千萬年，以滄海水洗之，亦不能淨。」按理說百千萬年以滄海水洗之，應該會乾淨了，但結果卻違背常理，依然洗不乾淨，故分句之間具有逆轉關係，「假使」是縱予連詞。

由於縱予是「假言條件+逆轉」。假設是「假言條件+順承」，兩者之間旨在前後分句事理發展上的順逆之別，言者如果認為有違事理，則是縱予連詞，如果認定合乎常理，則是假設連詞。

另外，類型學也提供了假設連詞演變為縱予連詞的佐證，例如法語 si 除了表假設關係之外，還可表縱予關係。

上述單音連詞或雙音連詞雖然有一詞多用現象，從史的角度來看，「若/如」、「假/設」、「要」、「假如」、「假使」、「假若」、「設使」、「設或」、「萬一」以假設為主流用法的時間較長，「或」則是選擇連詞，「假饒」、「正使」是縱予連詞，「設復」頻次不高，難以分出主次。排除某些已經不用的詞，在現代漢語中，「若/如」、「要」、「假如」、「假使」、「萬一」的假設用法仍然流通，「或」依然是常用的選擇連詞。

為何「設或」的主流用法不是選擇連詞？為何「假饒」、「正使」不像其他的成員一樣，以假設用法為主呢？關於第一個問題，是因為「設或」的內部結構是兩個假設連詞以語素身份複合成雙音詞，主流用法是當假設連詞。關於第二個問題，因為「假饒」、「正使」的內部結構是假設、縱予連詞以語素身份複合成的雙音詞，邏輯上縱予比假設更複雜，假設可以演變為縱予，縱予卻沒有演變為假設（逆語法化 degrammaticalization），所以當假設語素與縱予語素複合成雙音詞時，優先顯現的是縱予用法。

第三節　從假設連詞到話題標記

現代常用的假設連詞是「如果」，「平衡語料庫」出現 5000 次，相關研究也做得多，例如伍人義（1995：27-28）、周自厚（2001：45-48）、徐陽春（2001：94-100）、李晉霞與劉雲（2003：59-70）、李晉霞（2005：28-32，2009：37-41，2010：53-55）、王麥巧（2008：59-61）等等。

本節討論的重點是假設連詞的後續發展，以連詞內部而言，假設連詞與其他連詞在邏輯上可以轉換，跳脫連詞之外，假設連詞配合一定的語法條件，還能展開更高度的語法化，演變成話題標記，例如「如果說」是假設標記，也是話題標記。

關於「如果」與「如果說」，李晉霞、劉雲曾做過一系列的討論。李晉霞與劉雲（2003：60、65）認為「說」是一個標誌言者對所述內容真實性保持主觀弱信任態度的傳信標記，可能來自於間接引語。「如果」與「如果說」的主流用法是假設，兩者之間仍有差異，以推理類型來說，「如果」是蘊涵的邏輯推理，「如果說」是隱喻推理；就線性距離而言，「如果說」與複句其他構成部分在概念距離上相距較遠，「如果」則較近。

李晉霞（2005：28-32）主張假設標記「如果說」還進一步語法化為話題標記。假設標記「如果說」後跟謂詞性小句者居多，話題標記「如果說」後跟名詞和名詞成分居多，推測「如果說」後跟「有+NP」謂詞性小句促使演變的句式，因為「有」是存在動詞，意義比較抽象，這種句式容易變成「如果說+NP」，他舉了兩個例子，轉引如後。

11. 人之一生，能達到這一的高度，也可以說了不起了。但是，我們同時又看到，他們原來不也是些普通人嗎？他們的青少年時期不也和我們的青少年差不多嗎？如果說（有）不同，那就是他們的處境，比起現在的青少年恐怕要困難千百倍，凶險千百倍。（《帥星升起》，1995 年 11 月 7 日）
12. 這次「兩會」和上次「兩會」相比，同樣是談農業，如果說（有什麼）不同的話，記者認為上次會議更多的是呼吁對農業的重視，而這次會議代表、委員們則更多談到了深層次的矛盾和解決問題的建議。（《從「兩會」說農業》，1996 年 3 月 15 日）

例 11 是假設提出一個話題，不能替換為「就…而言」。

例 12 是提出一個話題，可以替換為「就…而言」，「如果說」是話題標記。

另外，李晉霞（2009：37-41）還提到除了假設用法之外，兩者還有其他用法，比較起來，「如果說」表示比況、解說、轉折比「如果」多，「如果」表示條件、選擇比「如果說」多。

根據筆者查檢，發現最早表間接引語的「如果說」出自《清實錄》，只有 1 次。〈文宗顯皇帝實錄・咸豐八年十月上〉：「四事若有轉圜，其餘即照天津、及上海、現定各款辦理。該夷若誠心永遠和好，則去此四件，必能長保無事也。至該夷之意，本欲移欽差於上海。如果說定時四事消弭，桂良等即可允其將欽差移至上海，專辦通商事務。」「如果說」引導的小句是對前面所言的間接引用，「桂良等即可允其將欽差移至上海，專辦通商事務」是根據前分句的條件所做的推斷。

由此可見，表假設的「如果說」十分晚出，現代逐漸發展開來，「平衡語料庫」出現了 221 次「如果說」，因為行寬的限制，很多例句顯示不全，解讀有困難。因此，筆者參考其他文章的例子、《光華雜誌》的報導或自擬例句來比較「如果/如果說」。

一、「如果/如果說」轉換的不對稱

表面上「如果/如果說」似乎相當，但語言事實卻非如此，以「如果說」的表假設、解注、比況、轉折用法為例，發現「如果/如果說」有轉換不對稱的情況。

嚴格而言，表示假設的「如果/如果說」邏輯上有差異。

13. 如果明天下雨，活動就會延期。
14. 如果說你是我第一個貴人，那麼他就是我第二個貴人。
15. 如果說眼睛生病的話，再美好的人生也都會跟著褪色了。（「平衡語料庫」）

例 13 的「如果」表蘊涵的推理邏輯，即 p→q。

例 14 的「如果說」是隱喻推理，側重 p、q 之間的隱喻是否合宜，p、q 之間沒有必然的因果關係，不是 p→q。

例 15「如果說」引領的分句與後分句似乎是 p→q，但這個假設的語用預設是：既然兩者類似，前者成立，後者也成立（周剛 2002：86）。眼睛可以識別色彩，人生的苦樂如同色彩，有彩色或黑白之分，基於這個相似性，眼睛好，人生是彩色；眼睛生病，人生就褪色，故是一種隱喻，用這種句式來強化論證的邏輯性。

表示解注性的「如果/如果說」雖能轉換，但兩者稍有不同。

16. 如果說我有什麼特色，那大概就是我喜歡和團員站在一起，而不是一個人獨享掌聲。（林欣靜〈無心的歌聲最美麗——指揮家呂紹嘉〉，《光華雜誌》2008 年 4 月頁 98）
17. ？如果我有什麼特色，那大概就是我喜歡和團員站在一起，而不是一個人獨享掌聲。
18. 如果說成功有秘訣的話，那就是站在對方立場來考慮問題。（美·亨利福特）
19. ？如果成功有秘訣的話，那就是站在對方立場來考慮問題。

例 17、19 的「如果說」以「如果」替換，語感上不太自然。例 16 根據語意，前提是呂紹嘉認為自己沒有什麼特色，硬要找一個的話，大概是喜歡看團員站在一起，不是一個人獨享掌聲；例

18 的前提是亨利福特不認為成功有秘訣，硬是得找一個的話，就是站在對方立場來考慮問題。換言之，「如果說」是對「我有什麼特色」、「成功有秘訣」抱持懷疑的態度，反映言者的主觀性。反觀「如果我有什麼特色」、「如果成功有秘訣的話」為中性陳述，對於自己有無特色、成功有無秘訣並未預設立場，不含主觀性。

表示比況性的「如果/如果說」雖能轉換，但兩者稍有不同。

20. 相對於位於北部紅河環繞的共黨首都河內，胡志明具有人口多、開發早、華裔比例較高的優點…。如果說胡志明的氛圍像中國的上海，那麼中央政府所在地的河內就像北京。（張瓊方〈從胡志明市到河內——新舊台商接力賽，2007 年 9 月頁 6〉
21. 相對於位於北部紅河環繞的共黨首都河內，胡志明具有人口多、開發早、華裔比例較高的優點…。台商於是將目光北移到過去較為陌生的河內。如果胡志明的氛圍像中國的上海，那麼中央政府所在地的河內就像北京。
22. 喂，請幫我接吳淑珍，我是陳水扁。
如果說你是陳水扁，我還是馬英九哩！
23. 喂，請幫我接吳淑珍，我是陳水扁。
如果你是陳水扁，我還是馬英九哩！

例 20「如果說」有間接引語的功能，因為前面已經提過胡志明與河內，「如果說」是對兩者進行類同性比況，胡志明與河內就好比上海與北京，前兩者是同一個認知域，後兩者是一個認知域，以台灣熟悉的上海、北京來比擬較陌生的胡志明、河內，幫助讀者瞭解胡志明與河內的關係，言者做這樣的比擬是基於主觀認定。例21「如果」則沒有主觀的成分。

例 22、23 是非真實的比況，言者不認為來電者是陳水扁，且言者本身更不是馬英九，「說」反映言者態度上是保留的，帶有輕微的揶揄。例 23 刪除「說」之後，語氣變得強硬，具有強烈否定、諷刺的意味。

表示轉折的「如果/如果說」也有轉換問題。

24. 如果說，袁野的冤案是有形的，那她的卻是無形的。
（遇羅錦〈天使〉，《百花洲》1983 年 2 期，頁 149）
25. *如果，袁野的冤案是有形的，那她的卻是無形的。

例 24「如果說…，那…」除了有轉折關係之外，還是相對性的比況關係。例 25 的接受度低。原因是「如果說」側重隱喻推理，p、q 之間是並列句，例 24 的 p、q 是對立性的並列，故可以加上表轉折的「卻」。「如果」表示蘊含關係，p、q 之間是順承的因果句，與逆轉的轉折差距較大，不能加上「卻」。

由此可知，「如果/如果說」形式上是「說」的有無之別，造成轉換不平衡、不對稱的原因也與「說」有關。

二、傳信標記「說」

傳信範疇（evidentiality）是言者對信息來源及可靠性的認知編碼，是言者主觀性的表現。[11] 傳信語分為直接型與間接型，言說動詞是直接體現信息來源的傳信語（陳穎 2009：46）。

江藍生（2004：397）提到言說動詞經常用於假設範疇，凡是有設定義的連詞後面都可以加上「說」，比如「如果說」、「假使說」、「即使說」、「只要說」、「除非說」、「雖然說」、「既然說」等。唐詩的「論時」也有這種功能，如寒山詩：「論時實蕭爽，在夏亦如秋。」「論時實蕭爽」即要說的話真是很涼爽，另外，日語「の話」亦可用於假設分句之後。

為何言說動詞可以用在假設句呢？

陳穎（2009：55-65）考察言說動詞「說 1」、引導直接引語「說 2」、引導間接引語「說 3」，引語標記的「說 2」數量最多、最常見，高頻出現使它逐漸語法化為表示「傳聞」的傳信標記。根據句法主語到言說主語、操作域從實體到事件到命題，否定形式的從有到無、語義的可取消性、結構層次的改變，推斷「說」的語法化方向是「說 1」→「說 2」→「說 3」。陳穎認為「如果說」的「說」是體現信息來源的傳信標誌，功能是引導間接引語，「如果說」引導的小句只是作為後續小句出現條件的間接引語，這個條件不一定是真正的假設句。

「說 3」還能不能繼續演化？筆者認為可以的。

---

[11] 傳信範疇的相關文獻，請參考陳穎（2009：6-54）。

「說 3」表間接引語的功能還能繼續演化，變成單純的傳信標誌，也就是李晉霞（2003：63）所謂言者對所言內容真實性的弱信任態度。

26. 反觀台灣，雖然沒有類似上述一開始即以「營利企業」型態存在的社會企業，但 NPO（非營利組織）走向產業化，其實已有一段歲月。
如果說，以公益服務為主的非營利組織，是「政府失靈」困境的解藥，那麼，社會企業或許就是非營利組織「志願失靈」現象的產物。（張瓊方〈企業腦·公益心——一種社會運動的開始〉，《光華雜誌》2008 年 11 月頁 6）

另起一段的「如果說…」的來源依據是前一段文字「反觀台灣…」，因此「說」具有間接引語的功能，然後進行解注。陳穎（2009：63）依據呂叔湘的想法，將表間接引語的「如果說」斷為「如果+說 P…」。

有些語境沒有提供「如果說」明確的資料來源，這種情況的「說」沒有間接引語的功能。

27. 如果說，前副總統呂秀蓮是台灣新女性主義的拓荒者，那麼，早呂秀蓮 5 年出生的陳若曦，就是在新女性主義意識的荒地上，一顆輕輕落土，默默成長

的種子。（蘇惠昭〈陳若曦——堅持與無悔〉，《光華雜誌》2011 年 8 月頁 86）

28. 初見王惠民，如果說不是在公司裡，真的不會相信他的頭銜會是「副總經理」。（「平衡語料庫」）

因為篇幅關係，此處沒有引出例 27 前的一段文字，該段在談陳珠子改名陳秀美，再以陳若曦為筆名的過程。然後另起一段「如果說，前副總統…」（即例 27），這是該文首次出現呂秀蓮，用來對照並定位陳若曦的角色，「說」已無間接引語的功能，是言者/作者自已認為呂秀蓮可以當成陳若曦的對比，這個「如果說」凝固成一個單位，而非「如果+說」。從「如果說」仍可看到「說 3」的影響，因為「說 3」與引語之間關係比較鬆，表現在可以用標點符號隔開（如例 26），而例 27「如果說」之後也出現逗點，表示表假設的「如果說」與後面的成分關係不那麼緊密。

例 28「如果說」的「說」沒有間接引語的功能，不能斷為「如果+說」。「說」表示言者對內容真實性抱有懷疑或弱信任的態度，所以提出「在公司裡」的特定地點才能知道、「不在公司」就不會知道，後面還出現評注副詞「真的」，強調言者對「王惠民是公司副總經理」的事實難以置信。

三、「如果（說）…的話」的框式結構

除了「如果/如果說」表示假設之外，它們還與「的話」搭配出現，形成「如果/如果說…的話」。⑫

⑫ 有關「的話」的演變過程，請參見江藍生（2004：387-399）。

29. 人的良知是否具有普遍性？如果是的話，為什麼會有壞人？。（「平衡語料庫」）
30. 如果您願意的話，尚可附上住址與電話號碼。（「平衡語料庫」）
31. 如果說你們二個人都是這樣子的話，有很多事情會耽誤。（「平衡語料庫」）
32. 如果說人都不病的話，這醫生也賺不了錢了。（「平衡語料庫」）

上述「的話」已經沒有詞彙意義，是假設標記。

「如果/如果說…的話」是一個假設框架，中間可以是動詞謂語或主謂結構充當小句成分，這個框架的「說」可以省略，變成「如果…的話」；或「如果/如果說」省略，變成「…的話」；或「的話」省略，變成「如果/如果說」。即便只出現「如果/如果說」，有表達假設的功能，若只出現「的話」，可能表達假設或話題。

按理基於「數量象似性」，框式結構有凸顯假設的作用。不過，語料證明框式結構比省略其一的結構（省略模式）還要少見。以「如果說」為例，「平衡語料庫」的「如果說」共有 221 次，單一出現「如果說」有 156 次（70.59%），框式結構「如果說…的話」有 65 次（29.41%）。「如果」共出現 5000 次，單一出現「如果」有 4540 次（90.80%），框式結構「如果…的話」有 460 次（9.20%）。據此，當框式結構變成省略模式時，通常是省略置後的「的話」，原因是「如果/如果說」為典型假設標誌，已經提供足夠的訊息，再者，「的話」雖然可以標誌假設，但它還有一個常見的標誌話題的功能。由此看來，在省略模式中，「經濟」原則凌駕了「象似性」原則，導致語言的事實是框式結構出現頻率比省略模式低。

四、話題標記「如果說」

有些假設連詞可以進一步語法化為話題標記，例如「如果說」、「要是」。「如果說」當話題標記並不常見，筆者查詢 2011/1/21-2011/4/21 的自由時報，2011/3/22-2011/4/20 的中國時報與工商時報、1996/1-2011/4 的光華雜誌，均未發現當話題標記的「如果說」，顯示這種用法尚未普及。現將李晉霞（2005：28）的例子轉引如下。⑬

> 33. 目前我們擁有一支 2500 多人的科技隊伍，平均 35 個職工中就有一名科技人員，依靠他們在「八五」期間取得 124 項科技成果，共增加經濟效益 3000 多萬元。如果說貢獻率的話，科技對農業發展的貢獻率至少在 40％以上。（〈天山南麓科技花——訪新疆生產建設兵團農二師政委王建臻〉，《人民日報》1995 年 10 月 19 日）

「如果說…在 40％以上」沒有蘊涵關係，後分句是對前分句的說明，「如果說貢獻率的話」是話題，可以轉換成「就貢獻率的

⑬ 李晉霞（2005：29）找尋 1995-2003 年的《人民日報》，有效的「如果說」有 2062 個，話題標記只有 21 個，約佔 1％，其他都表示假設。

話」，「科技對農業發展的貢獻率至少在 40%以上」是述題，故「如果說…的話」是話題標記。

「如果說」與「的話」都是話題標記，但「如果說」先用在假設句，再擴及話題句，依據江藍生（2004：387-399），「的話」產生於話題句，再擴及假設句。Haiman（1978：564-589）主張條件句就是話題，所謂的條件句相當於假設的條件句。呂叔湘（1990：421）提到「至如」、「至於」、「要講」、「要論」、「若夫」的假設之意甚輕，主要作用在另提一事。從以上的證據顯示，假設句與話題句是同質的。

判斷「如果說」是否為話題標記需依據語法標準。前面提過假設標記「如果說」通常接動詞謂語或主謂結構，如果後面接名詞成分，則是當話題標記。因為「如果」是從副詞語法化而成的假設連詞，不具有動詞性，難以直接接名詞成分，除非在後面加上「是」或「有」（周剛 2002：139）。「是」為判斷動詞，也是焦點標記，具有將後面成分視為一個離散整體的功能，「有」是存在動詞，意義比較抽象，兩個動詞都可接名詞成分。筆者認為「如果說+是/有+NP（+的話）」的語法環境提供了「如果話」繼續語法化的條件，逐漸轉成「如果說+NP（+的話）」，此時的「如果說」是話題標記了。[14] 標誌話題的「如果說…的話」可以用同樣是標誌話題的「就…而言」或「至於說…的話」替換。

34. 請轉告小王，他再不來上課，就不必修了。

---

⑭ 李晉霞（2005：31）認為由「有+NP」謂詞性小句構成的「如果說」假設句演變為話題句更為容易。

老師，據我所知，如果說是小王的話，他可一點也不在乎。

35. 請轉告小王，他再不來上課，就不必修了。
老師，據我所知，如果說小王的話，他可一點也不在乎。
36. 請轉告小王，他再不來上課，就不必修了。
老師，據我所知，就小王而言，他可一點也不在乎。
37. 「夜市人生」中，方恰恰與金大風是有其母必有其子，如出一轍。如果說有勝負的話，那金大風是青出於藍了。
38. 「夜市人生」中，方恰恰與金大風是有其母必有子，如出一轍。如果說勝負的話，那金大風是青出於藍了。
39. 「夜市人生」中，方恰恰與金大風是有其母必有子，如出一轍。至於說勝負的話，那金大風是青出於藍了。

例 34「如果說是小王的話」、例 37「如果說有勝負的話」還帶有假設的性質，不過也可以看成話題標記，如例 35、36 與 38、39。

綜合前述，假設連詞雖然是語法化程度較高的詞類，在合適的語法條件下，可以進一步朝更抽象的話題標記前進。「假設連詞+說」的結構是個別性的，而非普遍適用，例如有「如果說」、「假如說」、「要是說」，卻沒有「萬一說」。其次，「如果說」的「說」

由間接引語又演變為表弱信任、不確定的傳信語，前者可切分成「如果｜說」，後者則無法切分，已經凝固成「如果說」。最後，就現代「如果說」的例子來看，當話題標記的數量有限，尚在發展中。

第十章　結語

本章是全書的尾聲，共分兩節說明。

第一節針對假設連詞的形成與發展進行重點回顧。

第二節提出可繼續思考的議題與方法，提供有興趣的讀者延伸研究的參考。

第一節　假設連詞的演變綜述

促使筆者思考連詞來源問題的原因來自傳統語文學。文字學、訓詁學範疇中有個很重要的問題——假借/通假，通假是廣義的假借，也是假借的一種類型。假借除了涉及漢字的造字、用字之爭外，通假還是古書閱讀的頭號障礙。再從文法的角度看，談到意義玄虛的虛詞/虛字時，前人往往認為是假借/通假的緣故，非但如此，就連現代的詞典亦觸目可見「某為某的假借/通假」之言。

「假借/通假」最根本、唯一的依據是聲音，按照前人和詞典的主張，如果想知道某個虛詞的來源，必須藉助古音學知識，從聲紐、韻部著手，找出可能的本字。根據清代訓詁學者累積的實務經驗，尋找本字是一項艱鉅的任務，而且不見得每一個假借/通假字都能找到本字，這無疑是整理虛詞來源的一大難點。換個角度說，如果虛詞來自於假借/通假，表示虛詞形成的任意性很強，既然是完全的任意性下，如何有可能勾勒發展的理路？可想而知，關於虛詞來源的研究會變成單點式、各憑古音知識的構擬而已，因為憑據的古音派別不同，容易造成各說各話、無法交集的結果。

根據語言的類型學，儘管世界上有上千種語言，每種語言自成系統，各有特色，但在語言演變方面，卻找出了許許多多類似的演化方向，例如條件句和話題句密切相關，言說動詞和假設相關，時間範疇演化為空間範疇等等。有鑑於此，筆者開始反思漢語虛詞（以下改稱為語法詞）的來源是否隱藏著演變的順序，而且，有相同語義基礎的詞是否有類似發展過程的問題。①

經過長期的閱讀文本，篩選過濾，再逐條的分析，筆者發現語法詞來源問題應該分為兩個層面看待，首先，文字層面，確實存在字與字之間的「假借/通假」，可能因為時間、空間、個人書寫等因素，導致一個字通假為許多字，或者因為本無其字，找一個聲音相同、相近的字代之紀錄，處於相同時空背景的人對這些假借/通假現象能夠成功轉換文字的符碼，但對於不同時空背景的人，卻變成理解的障礙。其次，語言層面，實詞和語法詞之間，或語法詞與語法詞之間存在演變的先後關係，不管這個詞語在書寫系統上的來源是基於引申、假借或通假，在語言系統中，詞語會發展、變化、擴充意義、功能，或者縮減意義、功能，這些意義或功能往往是互相關聯，有發展先後的順序，從實詞到語法詞，從語法詞再到更深層的語法詞，即是語法化的過程。

語法詞的類型很多，筆者以假設連詞為出發點，依據語義基礎，將常用的假設連詞分為十組共 42 個雙音詞，逐一進行微觀的來源及演變的考察。筆者發現有相似語義基礎的假設連詞，其語法化動因、機制、演變過程也是高度的相似，再者，擁有相同單音語素聚合成的雙音連詞，在語法意義、語法功能方面與單音連詞相近，這就是中國社科院語言所編的《古代漢語虛詞詞典》經常出現「與單用義同」的原因。

① 姑且不論訓詁學中「聲訓」與「右文說」的缺失，但是「聲訓」與「右文說」已經意識到聲音與意義之間有某種相關性，試圖以聲音為主軸，將聲音相近的字/詞進行歸納，整理其中的意義。

有時候，單音連詞本身有一詞多用的現象，但以它構成雙音連詞卻沒有一詞多用現象，例如「若/如」的雙音成員只擔任假設連詞的工作，直到後來，才有少數成員繼續發展出其他用法，例如「如」組的「如果」。

有時候，單音連詞本身只當假設連詞，它所構成的雙音連詞卻有一詞多用的現象，如「使」組的成員「正使」又發展出縱予連詞、無條件連詞、讓步連詞的用法。

在第三章至第八章的個案討論的最後，筆者都以圖表方式呈現單音假設連詞的語法化過程，及雙音假設連詞內部結構、流通時代、假設分句與現實的關係，是否有一詞多用現象。以下是簡單的重點整理。

比較十組單音連詞的語法化動因，發現最基本的動因是語義、語法位置（分布）與邏輯關係。常見的語法化機制是隱喻、重新分析、主觀化，而「使/令」的演變涉及轉喻與類推。

比較 42 個雙音假設連詞的內部結構，依數量多寡排序：並列式（71.43％）＞派生詞（21.43％）＞跨層凝合（7.14％）。並列式的成詞途徑是單音連詞充當語素成分，與另一個當語素的單音連詞，在詞法層面直接複合。派生詞類型上，都是純造詞派生。跨層凝合的條件是兩個成分的位置必須緊鄰，基於「距離象似」原則，進行重新分析，凝合為一個詞。

假設連詞的流通時代各有不同，大致有一個傾向，單音連詞多數出現在上古階段，中古、近代紛紛加入新成員，現代常用的假設連詞都是舊成員，即便是「要是」、「要不是」很晚出，但還是明清的產物。

假設分句與現實的關係中，假設連詞典型的表現是引領可能發生的假設，而引領不可能發生的假設不是典型用法，可以這麼說，語言的事實支持假設連詞只引領可能發生的假設，除了「要不是」以外，沒有只引領不可能發生的假設連詞。

單音連詞常見一詞多用的現象，雙音連詞依然有一詞多用，但比較起來，比例減少了。筆者認為造成一詞多用的關鍵是邏輯是否能夠充分轉換，從假設連詞到縱予連詞是最常見的轉換，因為就條件的虛實而言，兩者都引領虛言的條件，兩者之間的差異只在前後分句的順承或逆轉關係，如果前後分句的事理發展合乎常理，則為順承；如果前後分句的事理發展有違常理，則為逆轉。而假設連詞與其他連詞雖然也可以轉換，卻不如縱予連詞多，與語言分工逐漸精細及邏輯轉換的可能性較低（依賴語境的配合）等因素有關。

最後，從宏觀的立場看待假設連詞，發覺它還有繼續語法化的可能，具體地說，是從假設連詞演變成話題標記。以現代漢語的「如果說」為例，「假設連詞+說」的結構具個別性而非普遍性，有「如果說」、「假如說」、「要是說」，卻無「萬一說」。再者，「如果說」的「說」由間接引語又演變為弱信任、不確定的傳信語，前者可切分成「如果｜說」，後者已凝固成詞。當話題標記「如果說」的數量很有限，尚未普遍流通。

第二節　假設連詞研究的展望

有關後續研究的方向，筆者提出七點想法，以供參考。

首先，在研究對象方面，如第一章所言，本書研究對象定位在常用的假設連詞，「常用」的標準不是基於頻率，而是語言中基礎、核心的假設連詞，因為每個時代常用的假設連詞不見得相同，筆者以現代漢語為參考點，「向上溯源，向旁擴充」，整理出十組與 42 個雙音連詞為對象。嚴格而言，如果想要完全掌握假設連詞的形成與演變，最理想的狀況是全盤考察，因為時間與精力的限制，筆者僅作了局部，還有一些對象沒有列入討論，例如「誠」、「信」、「必」等是否也是假設連詞？

第二，有些特定體裁或地方色彩的資料保存特別的假設連詞沒有列入討論，例如謝洪欣（2008：119）提到元雜劇「還」、「若還」、「如還」，山東方言的「不著」、「要著」。「分布」研究能呈現同一性質語料中假設連詞的特色。

第三，有關假設連詞的搭配、套用、連用等現象是否有一定的條件限制，是日後可著墨之處。

第四，量化工作可以更細緻，筆者僅做了頻次與頻率的計算，頻率法有其侷限，如果能進一步考量累加頻率，或提供其他統計學上的數據，更能說明假設連詞在當代流通的狀況。

第五，有些例子假設分句與結果分句間關係的判讀上有模糊、兩可的狀況，是否能找到更簡潔、明確的辨別方法，還可繼續思索。

第六，結合語用學，觀察假設連詞的語用特色、交際功能，整理口語中的表現。

第七，本書雖運用了類型學的研究成果，整體上仍顯不足。將漢語假設連詞與其他語言進行對比，能有效彰顯異同關係，定位漢語的假設連詞。

從語文學到語言學，經過這些歲月的探索，逐漸能夠體會 Einstein 說「上帝不會擲骰子」的意義。

現代物理學之父阿爾伯特・愛因斯坦（Albert Einstein）反對哥本哈根學派所謂「隨機性或不可精確預期性是客觀物理世界的根本面」的想法，他認為這正表示對量子力學認識得不夠。

不同學問之間有共通的道理，量子力學如此，自然界的運作亦是如此。隨著研究愈深入，認識愈清楚，就會發現人類的語言發展不是「擲骰子」決定，總是依循著一定的規律。

參考與引用文獻

一、主要觀察語料

周‧《詩經》，《重刊宋本十三經注疏》，臺北：藝文印書館，1955
春秋‧左丘明，《左傳》，《重刊宋本十三經注疏》，臺北：藝文印書館，1955
春秋‧《論語》，《重刊宋本十三經注疏》，臺北：藝文印書館，1955
戰國‧墨翟著，清‧孫詒讓著，孫以楷點校，《墨子閒詁》，臺北：華正書局，1987
戰國‧荀況著，李滌生：《荀子集釋》，臺北：臺灣學生書局，1979
戰國‧韓非著，陳奇猷校注，《韓非子集釋》，北京：中華書局，1958
戰國‧呂不韋著，陳奇猷校注，《呂氏春秋新校釋》，上海：上海古籍出版，2002
西漢‧司馬遷著，劉宋‧裴駰集解，唐‧司馬貞索隱，唐‧張守節正義：《新校本史記三家注并附編二種》，臺北：鼎文書局，1981

漢魏六朝・樂府詩，北宋・郭茂倩輯，《樂府詩集一百卷》，北京：商務印書館，2006
東漢 ・許慎著，清・段玉裁注，《說文解字注》，經韻樓藏版，臺北：洪葉文化，2001 增修一版
東漢 ・王充著，黃暉，《論衡校釋》，北京：中華書局，1990
東漢・曇果共康孟詳譯，《中本起經》，CBETA,T4, no.196
東吳・支謙譯，《撰集百緣經》，CBETA,T4, no.200
東吳 ・康僧會譯譯，《六度集經》，CBETA,T3, no.152
西晉・竺法護，《生經》，CBETA,T3, no.154
西晉・陳壽撰，《三國志》，劉宋・裴松之，《三國志注》，楊家駱主編，《新校本三國志注附索引》，臺北：鼎文書局，1980
東晉 ・佛陀跋陀羅共法顯譯，《摩訶僧祇律》，CBETA,T22, no.1425
後秦 ・竺佛念譯，《出曜經》，CBETA,T4, no.212
後秦・佛陀耶舍共竺佛念等譯，《四分律》，CBETA,T22, no.1428
後秦・弗若多羅共羅什譯，《十誦律》，CBETA,T23, no.1435
劉宋・劉義慶著，蕭梁・劉孝標注，余嘉錫箋疏，周祖譔等整理：《世說新語箋疏》，上海：上海古籍出版社，1993
劉宋・佛陀什共竺道生等譯，《彌沙塞部和醯五分律》，CEBTA,T22, no.1421
蕭齊・求那毘地譯，《百喻經》，CBETA,T4, no.209
北魏・慧覺等譯，《賢愚經》，CBETA,T4, no.202
北魏・吉迦夜共曇曜，《雜寶藏經》，CBETA,T4, no.203
北魏・賈思勰著，繆啟愉校釋，繆桂龍參校，《齊民要術校釋》，北京：農業出版社，1982

北魏・酈道元注，陳橋驛校釋，《水經注校釋》，杭州：杭州大學出版社，1999
北齊・顏之推著，王利器集解，《顏氏家訓集解》，上海：上海古籍出版社，1980
隋・闍那崛多譯，《佛本行集經》， CBETA,T3, no.190
唐・王梵志著，項楚校注，《王梵志詩校注》，上海：上海古籍出版社，1991
唐・義淨譯，《根本說一切有部毘奈耶》，CBETA,T23, no.1442
潘重規編著，《敦煌變文集新書》，臺北：文津出版社，1994
唐・圓仁著，顧承甫、何泉達點校，《入唐求法巡禮行記》，上海：上海古籍出版社，1986
南唐・靜、筠禪師，《祖堂集》，京都：中文出版社，1984，據宋版高麗本影印
北宋・道原，《景德傳燈錄》，CBETA,T51, no.2076
北宋・道原，《景德傳燈錄》，京都：中文出版社，1984，據宋版高麗本影印
南宋・朱熹著，南宋・黎靖德編，王星賢點校，《朱子語類》，北京：中華書局，1986
元・元刊雜劇三十種，寧希元校點，《元刊雜劇三十種新校》，蘭州：蘭州大學出版社，1988
明・《老乞大諺解》，《奎章閣叢書》第 9，臺北：聯經，1978
明・《朴通事諺解》，《奎章閣叢書》第 8，臺北：聯經，1978
明・吳承恩，黃周星點評，《西遊記》，北京：中華書局，2009
明・蘭陵笑笑生，《繡像金瓶梅詞話》，臺北：雪山圖書，1993

清・西周生，《醒世姻緣一百回》，臺北：聯經，1986
清・曹雪芹、高鶚著，其庸等校注，《紅樓夢校注》，臺北：里仁書局，1984
清・文康，《兒女英雄傳》上海：上海古籍出版社，1990，據山東大學圖書館所藏聚珍堂初刊本照原大影印

二、古代典籍

東漢・許慎撰，清・段玉裁注，《新添古音說文解字注》，《經韻樓臧版》，臺北：洪葉文化，1999 增修一版
清・黃季剛，〈求本字捷術〉，收錄於《黃侃論學雜著》，臺北：學藝出版社，1969，頁 359-360
清・袁仁林著，解惠全注，《虛字說》，北京：中華書局，2004[1746]
清・馬建忠著，章錫琛校注，《馬氏文通校注》，北京：中華書局，1988[1898]

三、現代專書

[日]太田辰夫著，江藍生、白維國譯 1991 《漢語史通考》，重慶：重慶出版社
[日]太田辰夫著，蔣紹愚、徐昌華譯 2003[1987] 《中國語歷史文法》（修訂譯本），北京：北京大學出版社，二版
[日]志村良治著，江藍生、白維國譯 1995 《中國中世語法史研究》，北京：中華書局
[日]香坂順一 1997[1983] 《白話語彙研究》，北京：中華書局

[日]香坂順一著，植田均譯，李思明校 1992 《水滸詞彙研究：虛詞部分》，北京：文津出版社
[美]鮑爾·J·霍伯爾，伊莉莎白·克勞絲·特拉格特著（Hopper and Traugott），梁銀峰譯 2008 《語法化學說（第二版）》，上海：復旦大學出版社
[瑞士] 弗迪南·德·索緒爾（Ferdinand de Saussure），高名凱譯 1985 《普通語言學教程》中譯本，北京：商務印書館
[德]弗里德里希·溫格瑞爾（F. Ungerer）、漢斯-尤格·施密特（H.-J. Schmid）著，彭利貞、許國萍、趙微譯 2009 《認知語言學導論（第二版）》，上海：復旦大學出版社
F. Ungerer, H. J. Schmid 著，陳治安、文旭導讀 2001 《認知語言學入門》，北京：外語教學與研究出版社
丁喜霞 2006 《中古常用並列雙音詞的成詞和演變研究》，北京：語文出版社
丁喜霞 2010 《漢語相似語言學》，北京：語文出版社
刁晏斌 2007 《《三朝北盟彙編》語法研究》，開封：河南大學出版社
文旭、安泉主编 2006 《認知語言學新視野》，北京：中國社會科學出版社
方夢之、張順梅 2004 《譯學辭典》，上海：上海外語教育出版社
牛保義主編 2007 《認知語言學理論與實踐》，開封：河南大學出版社
王力 2002[1958] 《漢語史稿》，北京：中華書局

王力 1984[1944] 《中國語法理論》、《王力文集》第一卷，濟南：山東教育出版社

王力 1985[1943] 《中國現代語法》，北京：商務印書館

王力 1989 《漢語語法史》，北京：商務印書館

王寅 2005 《認知語言學探索》，重慶：重慶出版社

王寅 2007 《認知語言學》，上海：上海外語教育出版社

王叔岷 1978 《古書虛字新義》，臺北：聯經出版公司

王雲路 2010 《中古漢語詞彙史》，北京：商務印書館

王雲路、方一新 1992 《中古漢語語詞例釋》，長春：吉林教育出版社

王鳳陽 1989 《漢字學》，長春：吉林文史出版社

左松超 2008 《漢語語法（文言篇）》，臺北：五南圖書公司，二版

石毓智 2001 《肯定與否定的對稱與不對稱》（增訂本），北京：北京語言大學出版社

石毓智 2010 《漢語語法》，北京：商務印書館

石毓智與李訥 2001《漢語語法化的歷程——形態句法發展的動因和機制》，北京：北京大學出版社

向熹編著 1993 《簡明漢語史》，北京：高等教育出版社

朱德熙 1982 《語法講義》，北京：商務印書館

朱慶之 1992 《佛典與中古漢語詞彙研究》，臺北：文津出版社（1990 年四川大學博士論文）

朱曉農 2008 《方法：語言學的靈魂》，北京，北京大學出版社

何樂士 1989 《《左傳》虛詞研究》，北京：商務印書館

吳福祥 1996 《敦煌變文語法研究》，長沙：岳麓書社
吳福祥 2004a 《敦煌變文 12 種語法研究》，開封：河南大學出版社
吳福祥 2004b 《《朱子語類輯略》語法研究》，開封：河南大學出版社
吳福祥 2006c 《語法化與漢語歷史語法研究》，合肥：安徽教育出版社
吳福祥、洪波主編 2003 《語法化與語法研究》（一），北京：商務印書館
呂叔湘 1985 《近代漢語讀本》，上海：上海教育出版社
呂叔湘 1990a[1942] 《中國文法要略》，收錄於《呂叔湘文集》第一卷，北京：商務印書館
呂叔湘 1991[1944] 《文言虛字》，臺北：文史哲出版社
呂叔湘 1999[1983] 《現代漢語八百詞》增訂本，北京：商務印書館，增訂版
宋宣 2004 《結構主義語言學思想發微》，成都：巴蜀書社
李小五 2003 《條件句邏輯》，北京：人民出版社
李宗江 1999 《漢語常用詞演變研究》，上海：漢語大詞典出版社
李泉 1996 《副詞和副詞再分類》，北京：北京語言學院出版社
李福印 2008 《認知語言學概論》，北京：北京大學出版社
汪維輝 2000 《東漢—隋常用詞演變研究》，南京：南京大學出版社
沈家煊 1999 《不對稱和標記論》，南昌：江西教育出版社
邢福義 2001 《漢語複句研究》，北京：商務印書館

邢福義 2002 《漢語語法三百問》，北京：商務印書館
周生亞 2007 《《搜神記》語言研究》，北京：中國人民大學出版社
周法高 1972 《中國古代語法（造句篇）》，臺北：台聯國風出版社，重刊
周秉鈞 1981 《古漢語綱要》，長沙：湖南人民出版社
周俊勛 2009 《中古漢語詞彙研究綱要》，成都：巴蜀書社
周剛 2002 《連詞與相關問題》，合肥：安徽教育出版社
周國光、張林林 2003 《現代漢語語法理論與方法》，廣州：廣東高等教育出版社
屈承熹著，紀宗仁協著 2005 《漢語認知功能語法》，哈爾濱：黑龍江人民出版社
屈承熹著，潘文國等譯 2006 《漢語篇章語法》，北京：北京語言大學出版社
林尹 1972 《訓詁學概要》，臺北：正中書局，臺初版
林照田、蔡承志 2004 《邏輯學入門》，臺北：雙葉書廊
金兆梓 1922 《國文法之研究》，北京：中華書局
俞光中、[日]植田均 1999 《近代漢語語法研究》，上海：學林出版社
姚振武 2005 《《晏子春秋》詞類研究》，開封：河南大學出版社
柳士鎮 1992 《魏晉南北朝歷史語法》，南京：南京大學出版社
胡明揚主編 1996 《漢語詞類考察》，北京：北京語言學院出版社
胡楚生 2007[1995] 《訓詁學大綱》，臺北：華正書局，六版
孫錫信 1992 《漢語歷史語法要略》，上海：復旦大學出版社

徐時儀 2007 《漢語白話發展史》，北京：北京大學出版社

徐陽春 2002 《現代漢語複句句式研究》，北京：中國社會科學出版社

殷濟明 1998 《漢語語源義初探》，上海：學林出版社

袁雪梅 2010 《中古漢語的關連詞語：以鳩摩羅什譯經為考察基點》，北京：人民出版社

袁賓 1992 《近代漢語概論》，上海：上海教育出版

高名凱 1970 《國語語法》，臺北：樂天出版社

高育花 2007 《元刊《全相平話五種》語法研究》，開封：河南大學出版社

崔立斌 2004 《《孟子》詞類研究》，開封：河南大學出版社

張世祿 1992 《古代漢語》，臺北：洪葉文化

張相 1993[1953] 《詩詞曲語辭匯釋》，臺北：洪葉文化，原為北京中華書局，三版

張盛彬 2008 《認識邏輯學——關於「轉識成智」的邏輯研究》，北京：人民出版社

張斌、張誼生 2000 《現代漢語虛詞》，上海：華東師範大學出版社

張誼生 2000 《現代漢語副詞研究》，上海：學林出版社

張誼生 2002 《現代漢語虛詞》，上海：華東師範大學出版社

許進雄編撰 2009 《簡明中國文字學》（修訂版），北京：中華書局

許錟輝 1999 《文字學簡編・基礎篇》，臺北：萬卷樓

郭銳 2004 《現代漢語詞類研究》，北京：商務印書館

陳中乾 1995 《現代漢語複句研究》，北京：語文出版社
陳忠 2006 《認知語言學研究》，濟南：山東教育出版社
陳望道 1978 《文法簡論》，上海：上海教育出版社
陳新雄 1994《訓詁學》（上），臺北：學生書局
陳穎 2009 《現代漢語傳信範疇研究》，北京：中國社會科學出版社
陸儉明 2003 《現代漢語語法研究教程》，北京：北京大學出版社
陸儉明、馬真 1985 《現代漢語虛詞散論》，北京：北京大學出版社
彭利貞、許國萍與趙微譯 2009 《認知語言學導論（第二版）》，上海：復旦大學出版社
程祥徽、田小琳 1992 《現代漢語》（最新訂正版），臺北：書林出版社
程琪龍 2006 《概念框架和認知》，上海：上海外語教育出版社
馮春田 2000 《近代漢語語法研究》，濟南：山東教育出版社
馮春田 2003 《《聊摘俚曲》語法研究》，開封：河南大學出版社
黃宣範 2008 《漢語語法》（中文版，修訂版），臺北：文鶴出版公司
楊士毅 1994 《語言·演繹邏輯·哲學》，臺北：書林出版社，修訂版
楊伯峻 1936 《中國文法語文通解》，上海：商務印書館
楊伯峻 1981 《古漢語虛詞》，北京：中華書局
楊伯峻、何樂士 2001 《古漢語語法及其發展》（修訂本），北京：語文出版社，二版

楚明錕主編 2000 《邏輯學—正確思維與言語交際的基本工具》，開封：河南大學出版社
楊榮祥 2005a 《近代漢語副詞研究》，北京：商務印書館
楊端志 1997 《訓詁學》（上、下），臺北：五南圖書
楊樹達 2008[1928] 《詞詮》，長沙：湖南教育出版社
葉正渤 2007 《上古漢語詞彙研究》北京：中央文獻出版社
葛本儀 2006 《漢語詞彙研究》，北京：外語教學與研究出版社，[1985]
董志翹、蔡鏡浩 1994 《中古漢語虛詞例釋》，長春：吉林教育出版社
董秀芳 2002 《詞彙化：漢語雙音詞的衍生和發展》，成都：四川民族出版社
董秀芳 2004 《漢語的詞庫與詞法》，北京：北京大學出版社
裘錫圭 1995 《文字學概要》，臺北：萬卷樓，再版
解正明 2008 《社會語法學》，北京：中國社會科學出版社
雷冬平 2008 《近代漢語常用雙音虛詞演變研究及認知分析》，北京：中國社會科學出版社
廖序東 1995 《《楚辭》語法研究》，北京：語文出版社
蒲立本著，孫景濤譯 2006[1995] 《古漢語語法綱要》，北京：語文出版社
裴學海 2004[1932] 《古書虛字集釋》，北京：中華書局，二版
趙元任著，丁邦新譯 1994[1990] 《中國語的文法》，臺北：台灣學生書局，學一版，由香港中文大學出版社出版

趙元任著，呂叔湘譯 1979[1968] 《漢語口語語法》，北京：商務印書館
趙豔芳 2001 《認知語言學概論》，上海：上海外語教育出版社
齊滬揚、張誼生、陳昌來合編 2002 《現代漢語虛詞研究綜述》，合肥：安徽教育出版社
劉月華、潘文娛、故韡 2006 《實用現代漢語語法》，臺北：師大書苑，六版
劉堅、江藍生、白維國、曹廣順 1992 《近代漢語虛詞研究》，北京：語文出版社
劉鈞杰 1999 《同源字典再補》，北京：語文出版社
潘文國、葉步青、韓洋 2004[1993] 《漢語的構詞法研究》，上海：華東師範大學出版社
蔣紹愚 1994 《近代漢語研究概況》，北京：北京大學出版社
蔣紹愚 2005 《古漢語詞彙綱要》，北京：商務印書館
蔣紹愚、曹廣順主編 2005 《近代漢語語法史研究綜述》，北京：商務印書館
蔣冀騁、吳福祥 1997 《近代漢語綱要》，長沙：湖南教育出版社
蔣禮鴻 1997[1962] 《敦煌變文字義通釋》（增補定本），上海：上海古籍出版社，新三版
鄭奠等編 1972 《古漢語語法學資料彙編》，臺北：泰順書局
魯實先 1973 《假借溯原》，臺北：文史哲出版社
黎錦熙 1924 《新著國語文法》，北京：商務印書館
盧植編著 2006 《認知與語言：認知語言學引論》，上海：上海外語教育出版社

鍾兆華 2011 《近代漢語虛詞研究》，北京：中國社會科學出版社

藍純 2005 《認知語言學與隱喻研究》，北京：外語教學與研究出版社

蘇立昌 2007 《認知語言學與意義理論：隱喻與意義理論研究》，天津：南開大學出版社

Anderson, S. 1992. *A-Morphous Morphology*. New York:and Melbourne: Cambridge University Press.

Aronoff , Mark. 1976. *Word Formation in Generative* Grammar. Cambridge: MIT Press.

Beard, Robert. 1995. *Lexeme-Morpheme Base Morphology: a general theory of inflection and word formation.* Albany: State University of New York.

Brinton, laurel J. and Elizabeth Closs Traugott. 2005. *Lexicalization and Language* Change. Cambridge: Cambridge university Press.

Dixon, R. M. W. and Alexandra Y. Aikhenvald edited. 2009. *The semantics of clause linking : a cross-linguistic typology.* Oxford : Oxford University Press.

Givón , Talmy. 1979. *On Understanding Grammar*. New York: Academic Press.

Harris, Alice C. and Lyle Campbell. 1995. *Historical Syntax in Cross-linguistic Perspective.* Cambridge: Cambridge University Press.

Heine, Bernd, Ulrike Claudi, and Friederike Hünnemeyer. 1991a. *Grammaticalization: a conceptual framework.* Chicago: The University of Chicago Press.

Hopper, Paul J. and Elizabeth Closs Traugott. 2003[1993]. *Grammaticalization (second Edition)*. Cambridge: Cambridge University Press.

Lehmann, Christian. 1995[1982]. *Thoughts on Grammaticalization*. Munich: Lincom Europa.

Tsao, Feng-fu.1990.*Clause and Sentence Structure in Chinese: A Function Perspective*. Taipei: Student Book Co.

四、單篇論文

于娜 2007 〈現代漢語假設和條件連詞研究綜述〉，《現代語文》（語言研究）7：14-15

于麗娟 2009 〈「一朝」和連詞「一旦」演變差異之比較〉，《科技創新導報》31：241-242

方梅 2003 〈從空間範疇到時間範疇——說北京話中的「動詞－裡」〉，收錄於吳福祥、洪波主編《語法化與語法研究（一）》，頁 145-165

王力 1992 〈同源字論〉，《同源字典》，臺北：文史哲出版社，頁 1-73

王世華 2003 〈文字假借不是詞義引申〉，《中國語文》5：477-478

王克仲 1990 〈意合法對假設義類詞形成的作用〉，《中國語文》6：439-446

王淑華 2009 〈「新時期」漢語連詞研究綜述〉，《社科縱橫》1：91-93

王麥巧 2008 〈「既然 p，那麼 q」與「如果 p，那麼 q」（新）之比較〉，《語言應用研究》5：59-61
王進超 2009 〈近代漢語連詞研究述評〉，《河北經貿大學學報》2：83-86
王維賢 1997[1982]〈複句與關聯詞語〉，《現代漢語語法理論研究》，北京：語文出版社，頁 104-134
王麗 2006 〈《洛陽伽藍記》中的雙音節虛詞研究〉，《東方論壇》5：68-71
古川裕 2006 〈關於「要」類詞的認知解釋——論「要」由動詞到連詞的語法化途徑〉，《世界漢語教學》1：18-28
石毓智 2005 〈判斷詞「是」構成連詞的概念基礎〉，《漢語學習》5：3-10
伍人義 1995 〈淺談「如果…那麼…」句的內部結構差異〉，《漢語學習》5：27-28
成建明 1996 〈動詞和名詞兼類問題研究綜述〉，收錄於胡裕樹、范曉主編《動詞研究綜述》，太原：山西高校聯合出版社，頁 16-27
江藍生 2000 〈禪問答的傳意〉，《近代漢語探源》，北京：商務印書館，頁 401-411（原刊於《語言與傳意》，香港：和平圖書‧海峰出版社，1996）
江藍生 2004 〈跨層非短語結構「的話」的詞彙化〉，《中國語文》5：387-400
何鋒兵 2004a 〈中古假設連詞「若一」、「邂逅」探原〉，《文教資料論文集》，頁 109-110

何鋒兵 2004b 〈選擇複句和假設複句關聯詞的交叉略談〉，《昭通師範高等專科學校學報》1：17-20

何鋒兵 2009a 〈假設連詞「如其」語用特點探析〉，《韶關學院學報》4：84-87

何鋒兵 2009b〈兩類連詞在漢語雙音化後的不同歸宿原因探析〉，《語言應用研究》2：35-37

吳為善 2003a 〈雙音化、語法化和韻律詞的再分析〉，《漢語學習》2：8-14

吳為善 2003b 〈漢語節律的自然特徵〉，《上海師範大學學報》，2：100-106

吳凱風 2006 〈「雖然」的語法化探析〉，《井岡山學院學報》11：67-69

吳福祥 2002 〈關於語法化的單向性問題〉，《當代語言學》4：307-322

吳福祥 2005 〈語法化研究的當前課題〉，《語言科學》2：20-32

吳福祥 2006a 〈語法化演變的共相與殊相〉，《語法化與漢語歷史語法研究》，合肥：安徽教育出版社，頁 107-140

吳福祥 2006b 〈近來來語法化研究的進展〉，《語法化與漢語歷史語法研究》，合肥：安徽教育出版社，頁 1-23

呂叔湘 1990b[1955] 〈關於漢語詞類的一些原則性問題〉，收錄於《呂叔湘文集》第二卷，北京：商務印書館，頁 230-276（原刊於《中國語文》1954 年 9 期，修正稿收錄於《漢語的詞類問題》，北京：中華書局）

呂叔湘 1990c[1979] 〈漢語語法分析問題〉，收錄於《呂叔湘文集》第二卷，北京：商務印書館，頁 481-582

李宗江 2009〈關於語法化機制研究的幾點看法〉，收錄於吳福祥、崔希亮主編《語法化與語法研究（四）》，北京：商務印書館，頁 188-201

李林立 2004 〈關聯詞語及其分類〉，收錄於胡明揚主編《詞類問題考察續集》，北京：北京語言大學出版社，頁 262-271

李英哲、盧卓群 1997 〈漢語連詞發展過程中的若干特點〉，《湖北大學學報》4：49-55

李晉霞 2005 〈論話題標記「如果說」〉，《漢語學習》1：28-32

李晉霞 2009 〈「如果」與「如果說」〉，《漢語學報》4：37-41

李晉霞 2010 〈反事實「如果」句〉，《語義研究》1：53-55

李晉霞、劉雲 2003 〈從「如果」與「如果說」的差異看「說」的傳信義〉，《語言科學》3：59-70

李晉霞、劉雲 2004 〈「由於」與「既然」的主觀性差異〉，《中國語文》2：123-128

李晉霞、劉雲 2007 〈複句類型的演變〉，《漢語學習》2：20-26

沈家煊 2005[1994] 〈「語法化」研究綜觀〉，收錄於吳福祥主編《漢語語法化研究》，北京：商務印書館，頁 1-18（原刊於《外語教學與研究》1994 年 4 期）

沈家煊 2009 〈跟語法化機制有觀的三對概念〉，收錄於吳福祥、崔希亮主編《語法化與語法研究（四）》，北京：商務印書館，頁 333-346

邢志群 2003〈漢語動詞語法化的機制〉，收錄於北京大學漢語語言學研究中心《語言學論叢》編委彙編《語言學論叢》第二十八輯，北京：商務印書館，頁93-113

邢志群 2005 從「就」的語法化看漢語語意演變中的「主觀化」，收錄於沈家煊、吳福祥、馬貝加主編《語法化與語法研究》（二），北京：商務印書館，頁324-339

周自厚 2001 〈「如果」句式與「如果說」句式〉，《天津成人高等學校聯合學報》1：45-48

周剛 2003 〈連詞產生和發展的歷史要略〉，《安徽大學學報》1：83-88

周剛 2005 〈漢語語篇中的關聯連詞〉，《現代漢語多方位研究》，成都：巴蜀書社

孟凱 2004 〈中古漢語讓步複句探析〉，《長春大學學報》1：40-44，51

邱德修 2009 〈古文被借字初擝〉，《輔仁國文學報》28：163-183

洪波 2005[1998] 〈論漢語實詞虛化的機制〉，收錄於吳福祥主編《漢語語法化研究》，北京：商務印書館，頁168-178（原刊於《古漢語語法論集》）

胡竹安 1961 〈敦煌變文中的雙音連詞〉，《中國語文》10、11：41-46

胡明揚 2003 〈近代漢語的上下限和分期問題〉，收錄於《胡明揚語言學論文集》，頁192-201

孫朝奮 2005[1994] 〈《虛化論》評介〉，收錄於吳福祥主編《漢語語法化研究》，北京：商務印書館，頁19-34（原刊於《國外語言學》1994年第4期）
徐丹 2003 〈「使」字句的演變——兼談「使」字的語法化〉，收錄於吳福祥、洪波主編《語法化與語法研究（一）》，北京：商務印書館，頁224-238
徐通鏘 2004 〈說「字」——語言基本結構單位的鑑別與語言理論建設〉《漢語研究方法論初探》，北京：商務印書館，頁302-326
徐陽春 2001 〈「如果A，就B」句式考察〉，《繼續教育研究》6：94-100
馬貝加 2002 〈「要」的語法化〉，《語言研究》4：81-87
馬真 2003 〈語法〉，收錄於北京大學中文系現代漢語教研室編《現代漢語專題教程》，北京：北京大學出版社
馬清華 2003a 〈詞彙語法化的動因〉，《漢語學習》2：15-20
馬清華 2003b 〈漢語語法化問題的研究〉，《語言研究》2：63-71
高文盛、席嘉 2005 〈《朱子語類》中的讓步連詞「雖」及相關問題〉，《江南大學學報》5：82-85，89
高志勝 2008 〈現代漢語讓步連詞研究綜述〉，《安徽文學》9：339、342
高婉瑜 2008〈從《無量壽經》異譯本看假設連詞的演變〉，「紀念施銘燦教授學術研討會」論文集，高雄：高雄師範大學，頁1-15
高婉瑜 2009a 〈試論中古連詞「正」的語法化與詞彙化〉，「第一屆語言理論教學和研究全國學術研討會和國際學術研討會」論文集，長沙：湖南師範大學，湘潭：湖南科技大學，頁1-10

高婉瑜 2009b 〈假設連詞「果」之溯源〉，「紀念徐中舒先生誕辰 110 週年國際學術研討會」論文集，成都：四川大學，頁 244-246
高婉瑜 2009c 〈論東漢魏晉南北朝假設連詞「若」與「如」〉，「第九屆中國訓詁學全國學術研討會」論文集，臺北：東吳大學，頁 1-18
高婉瑜 2009d 〈漢文佛典「一旦」辨析——兼論「忽」與「萬一」〉，「漢譯佛典語法研究國際學術研討會暨第四屆漢文佛典語言國際研討會」論文集，寧波：香山教寺，頁 1-7
高婉瑜 2009e 〈試析「萬一」的詞類——原型論的反思〉，「2009 台灣華語文教學年會暨研討會」論文集，苗栗：聯合大學，頁 104-116
張旺熹 2005 〈漢語介詞衍生的語義機制〉，收錄於徐杰主編《漢語研究的類型學視角》，北京：北京語言大學出版社，頁 374-394
張春秀、李長春 2007 〈20 世紀 90 年代以來現代漢語虛詞研究綜述〉，《齊齊哈爾師范高等專科學校學報》5：36-39
張雪平 2009 〈「萬一」的語篇分析〉，《世界漢語教學》1：49-64
張誼生 2005[2000] 〈論與漢語副詞相關的虛化機制——兼論現代漢語副詞的性質、分類與範圍〉，收錄於吳福祥主編《漢語語法化研究》，北京：商務印書館，頁 380-408（亦收於《現代漢語副詞研究》，頁 343-375）
張麗麗 2006a 〈從使役到條件〉，《臺大文史哲學報》65：1-38
張麗麗 2006b 〈使役動詞的多重虛化——從句法、語義和語用三層面觀之〉，《臺大中文學報》25：333-374
張麗麗 2009 〈從限定副詞到充分條件連詞〉，《清華學報》3：355-388

張寶林 1996 〈關聯副詞的範圍及其與連詞的區分〉，收錄於胡明揚編《詞類問題考察》，北京：北京語言文化大學出版社，頁 399-401

曹躍香、高娃 2005 〈「萬一」與「一旦」〉，《語文學刊》（高教版）9：34-36

畢永峨 2009 〈語言使用與語法化〉，收錄於蘇以文與畢永峨主編《認知與語言》，臺北：台大出版中心，頁 264-281

郭錫良 1997a 〈介詞「于」的起源和發展〉，《中國語文》2：131-138

郭錫良 1997b 〈漢語歷代書面語和口語的關係〉，《漢語史論集》，北京：商務印書館，頁 606-618

陳丹 2009 〈先秦漢語代詞「然」和連詞「然」及其關系研究〉，《廣州廣播電視大學學報》3：54-57、52

陳衛蘭 1997 〈敦煌變文複音虛詞結構類型初探〉，《農屋師專學報》2：37-39

陳衛蘭 1998 〈《兒女英雄傳》複音虛詞的特點〉，《齊齊哈爾師範學院學報》3：20-21

陳麗、馬貝加 2009 〈假設連詞「使」的語法化動因〉，《溫州大學學報》4：61-66

陸宗達、王寧 1994 〈音轉原理淺談〉，收錄於《訓詁與訓詁學》，太原：山西教育出版社，頁 389-402

陸宗達、王寧 1994 〈傳統字源學初探〉，收錄於《訓詁與訓詁學》，太原：山西教育出版社，頁 352-365

陸宗達、王寧 1994 〈論字源學與同源字〉，收錄於《訓詁與訓詁學》，太原：山西教育出版社，頁 366-388

彭茗瑋 2001 〈漢魏六朝詩歌中的連詞淺析〉，《青海師專學報》2 期

曾曉潔 2004 〈隋前佛經中假設連詞類複音連詞調查〉，《湖南第一師範學報》3：99-10

曾曉潔 2005 〈隋前漢譯佛經複音連詞概況〉，《淮北煤炭師範學院學報》1：115-117

曾曉潔 2006 〈略論「即使」類連詞的源與流——兼及該類連詞的歸類問題〉，《湖南第一師範學報》4：120-122

湯廷池 1992 〈漢語的詞類：劃分的依據與功用〉，《漢語詞法句法三集》，臺北：台灣學生屋局，頁 59-92

程湘清 1992a 〈先秦雙音詞研究〉，收錄程湘清主編《先秦漢語研究》，濟南：山東教育出版社，頁 45-113

程湘清 1992b 〈《論衡》複音詞研究〉，收錄程湘清主編《兩漢漢語研究》，濟南：山東教育出版社，頁 262-340

程湘清 1992c 〈變文複音詞研究〉，收錄程湘清主編《隋唐五代漢語研究》，濟南：山東教育出版社，頁 1-132

馮勝利 2000 〈漢語韻律句法學引論（上）〉，《學術界》1：100-123

黃盛璋 1957 〈論連詞跟副詞的劃分〉，《語文教學》8：23-25

楊江 2009 〈基於語料庫的虛詞「一旦」及相關問題探析〉，《語文學刊》1：87-89、174

楊愛姣 2000 〈近代漢語三音詞發展元音試析〉，《武漢大學學報》4：568-571

楊愛姣 2002a〈近代漢語三音詞概述〉，《武漢大學學報》4：496-502

楊愛姣 2002b 〈近代漢語三音詞的語義構成〉，《南京師範大學文學院學報》，4：152-158
楊愛姣 2003 〈近代漢語三音詞的結構方式〉，《湖北大學學報》3：65-70
楊榮祥 2005b 《介詞（附連詞）》，收錄於蔣紹愚、曹廣順主編《近代漢語語法史研究綜述》，北京：商務印書館，頁 183-197
董秀芳 2003 〈北京話名詞短語前陽平「一」的語法化傾向〉，收錄於吳福祥、洪波主編《語法化與語法研究（一）》，頁 166-180
解惠全 2005[1987]〈談實詞的虛化〉，收錄於吳福祥主編《漢語語法化研究》，北京：商務印書館，頁 130-151（原刊於《語言研究論叢》第四輯）
解植永 2006 〈佛教文獻中的假設連詞「若也」〉，《宗教學研究》3：201-204
廖秋忠 1986〈現代漢語篇章中連接成分〉,《中國語文》6：413-427
劉堅、曹廣順、吳福祥 1995 〈論誘發漢語詞彙語法化的若干因素〉，《中國語文》3：161-169
蔣冀騁 1994 〈隋以前漢譯佛經虛詞箋識〉，《古漢語研究》2：49-51
蔣冀騁、徐朝紅 2009 〈連詞「正使」的產生和發展〉，《漢語學報》3：43-46
鄧瑤 2009 〈「萬一」的功能差異及其演變動因〉，《寧夏大學學報》（人社版）6：90-93
鄭軍 2002 〈也說現代漢語連詞範圍〉，《淮北煤師院學報》2：84-85

鄭軍 2004 〈現代漢語連詞研究概述〉，《龍巖師專學報》81：6-88

鄭麗 2008 〈古漢語假設連詞「使」的來源及虛化過程〉，《南京林業大學學報》2：86-89

謝佳玲 2003 〈華語的情態動詞與情態副詞：語意的分類與歸類〉，收錄於世界華語教育學會編《第七屆世界華語文教學研討會第一冊：語文分析組》，台北：世界華文出版社，頁 55-73

謝佳玲 2006 〈漢語情態詞的語意界定：語料庫為本的研究〉，《中國語文研究》1：45-63

韓棟 2009 〈「即便」的詞彙化初探〉，《衡水學苑學報》2：66-68、123

魏德勝 1999 〈〈睡虎地秦墓竹簡〉複音詞簡論〉，《語言研究》2：169-178

羅進軍 2009 〈「假設－求解」型有標假設複句〉1：21-28

羅榮華 2007 〈「萬一」的語法化〉，《宜春學院學報》1：74-78

Aronoff, Mark and Frank Anshen. 1998. Morphology and the Lexicon: Lexicalization and Ptoductivity. In Andrew Spencer and Aronld M. Zwicky, eds., *The Handbook of Morphology*. 237-247. Oxford: Blackwell Publishers.

Chueh-chen Wang and Lillian M. Huang. 2006. Grammaticalization of Connectives in Mandarin Chinese: A Corpus-Based Study. *Language and Linguistics* 7.4: 991-1016.

Dixon, R. M. W. 2009. the Semantics of Clause Linking in Typological Perspective. In R. M. W. Dixon and Alexandra Y.

Aikhenvald, eds., *The Semantics of Clause Linking: A Cross-linguistic Typology*. Oxford: Oxford University Press, 1-55.

Haiman, John. 1978. Conditionals are Topics, *Language* 54.3: 564-589.

Heine, Bernd, Ulrike Claudi and Friederike Hünnemeyer. 1991b. From Cognition to Grammar—Evidence from African Languages. In Elizabeth Closs Traugott and Bernd Heine, eds., *Approaches to grammaticalization.* Vol 1. 149-187. Amsterdam: John Benjamins.

Hopper, Paul J. 1991. On Some Principles of grammaticization. In Elizabeth Closs Traugott and Bernd Heine, eds., *Approaches to grammaticalization.* Vol 1. 17-35. Amsterdam: John Benjamins.

Rosch, Eleanor and C. B. Mervis. 1975. Family Resemblances: Studies in the Internal Structure of Categories. *Cognitive Psychology* 7:573-605.

Rosch, Eleanor. 1975. Congitive representations of semantic categories. *Journal of Experimental Psychology:* General 104:193-233.

Tai, James H-Y. 1985. Temporal sequence and Chinese word order. In John Haiman, ed., *Iconicity in syntax*. Amsterdam : John Benjamins. 49-72.

Traugott, Elizabeth C. 1985. Conditional markers. In John Haiman, ed., *Iconicity in syntax*: Amsterdam : John Benjamins. 289-307.

Traugott, Elizabeth C. 2003. From subjectification to intersubjectification. in Raymond Hickey, ed., *Motives for Language Change*. Cambridge, UK: Cambridge University Press, 124-139.

五、學位論文

于娜 2008 《面向對外漢語教學的假設和條件連詞研究》，南京：南京師範大學碩士論文

于麗娟 2006 《《梁書》連詞研究》，南京：南京師範大學碩士論文

王月婷 2008 《《新校元刊雜劇三十種》連詞研究》，蘇州：蘇州大學碩士論文

白君堂 2007 《近代漢語連詞研究綜析及若干個案探微》，武漢：華中師範大學碩士論文

白鈺 2007 《《荀子》連詞的語法化初探》，北京：首都師範大學碩士論文

何鋒兵 2005 《中古漢語假設複句及假設連詞專題研究》，南京：南京師範大學碩士論文

何鑫 2007 《「元曲四大家」雜劇連詞研究》，南京：南京師範大學碩士論文

李麗艷 2007 《甲骨文介詞、連詞研究》，石家莊：河北師範大學碩士論文

征文平 2007 《《水滸傳》連詞計量研究》，蘇州：蘇州大學碩士論文

邵妍 2007 《《醒世姻緣傳》轉折連詞研究》，濟南：山東大學碩士論文

金美蘭 .2006 《漢語假設連詞及其英語對應形式研究》，延吉：延邊大學碩士論文

范崇峰 2004 《魏晉南北朝佛教文獻連詞研究》，南京：南京師範大學碩士論文

凌瑜 2007 《讓步連詞演變及語法功能研究例說》，杭州：浙江大學碩士論文

孫琦 2006 《《顏氏家訓》連詞研究》，大連：遼寧師范大學碩士論文

孫懷芳 2008 《《金瓶梅》連詞研究》，濟南：山東大學碩士論文

席嘉 2006 《近代漢語連詞研究》，武漢：武漢大學博士論文

徐朝紅 2008 《中古漢譯佛經連詞研究——以本緣部連詞為例》，長沙：湖南師範大學博士論文

高婉瑜 2006 《漢文佛典後綴的語法化現象》，嘉義：中正大學博士論文

張莉 2007《明清時期山東方言假設連詞及相關助詞研究》，濟南：山東大學碩士論文

張愛麗 2005 《《宋書》連詞研究》，南京：南京師範大學碩士論文

張寶英 2008 《句間連詞與句類的互選機制》，武漢：華中師範大學碩士論文

凌瑜 2007 《讓步連詞演變及語法功能研究例說》，杭州：浙江大學碩士論文

連佳 2006 《中古漢語假設複句關聯詞研究》，濟南：山東大學碩士論文

彭笠 2008 《《孟子》連詞研究》，北京：首都師範大學碩士論文

曾曉潔 2003 《隋以前漢譯佛經中的複音連詞研究》，長沙：湖南師範大學碩士論文
楊泠 2007 《從與《左傳》的比較看《史記》連詞的特點》，北京：北京師範大學碩士論文
溫振興 2003 《《搜神記》連詞研究》，太原：山西大學碩士論文
鄔新花 2006 《東漢佛經與《論衡》連詞比較研究》，長沙：湖南師範大學碩士論文
劉潛 2003 《漢語假設複句的演變》，長春：吉林大學碩士論文
戴興敏 2006 《漢語「雖」類和「但」類連詞匹配框架及其類型學解釋》，長沙：湖南師範大學碩士論文
謝洪欣 2008 《元明時期漢語連詞研究》，濟南：山東大學博士論文
羅曉英 2006《現代漢語假設性虛擬範疇研究》，廣州：暨南大學碩士論文

六、語料庫

中研院史語所現代漢語平衡語料庫
http://dbo.sinica.edu.tw/SinicaCorpus/
中研院史語所漢籍全文資料庫
http://dbo.sinica.edu.tw/~tdbproj/handy1/index.html?
中華佛典電子協會 CBETA 電子佛典集成 2010 年版

七、詞典、字典

Jack C. Richards, John Platt, Heidi Platt. 1992. *Longman dictionary of language teaching and applied linguistics* 3rd ed. New York : Longman,

[德]哈杜默德・布斯曼(Hadumod Bussmann)著,陳慧英等編譯 2007《語言學詞典》,北京,商務印書館,2003,據德國 Kröner 出版社 1990 年二版譯出

中國社會科學院語言研究所古代漢語研究室編 1999《古代漢語虛詞詞典》,北京:商務印書館

王政白編纂 2002《古漢語虛詞詞典:增訂本》,合肥:黃山書社,二版

王海棻、趙長才、黃珊、吳可穎 1996 《古漢語虛詞詞典》,北京:北京大學出版社

白玉林與遲鐸主編 2004 《古漢語虛詞詞典》,北京:中華書局

何樂士、敖鏡浩、王克仲、麥梅翹、王海棻 1985 《古代漢語虛詞通釋》,北京:北京出版社

佘心樂與宋易麟 1996 《古漢語虛詞詞典》,南昌:江西教育出版社

漢語大字典編輯委員會 1986-1990 《漢語大字典》,成都:四川辭書出版社

羅竹風主編 1994 《漢語大詞典》,上海:漢語大詞典出版社

後記

距離 2006 年 5 月博士論文完稿，將近五年的光陰了，終於又完成一本書，做為人生下一階段的禮物。

這些年來筆者致力於漢語語言學的研究，主要從事詞彙學、語法學、佛經翻譯的探索。發現愈是深入語言學的堂奧，愈覺得這門學問真是不簡單；愈是挖掘，愈覺興味盎然，趣味無窮。語言學的內部分支不是涇渭分明，往往蘊含著共通的道理，看似變化多端的語言現象，內部竟是井然有序，條理分明。基於這點體認，筆者試著整合各分支的知識，進行跨科研究。

假設連詞屬語法學的範疇，亦屬詞彙學的領域，若是回到文獻本身，又發現古代學者眼中的假設連詞（虛詞）總是與文字學、訓詁學有密切關聯。因此，這本書雖然談的是語言課題，卻不離文字、聲韻、訓詁，而且是這些基礎學問觸發筆者的研究動機。西方的語言學與傳統的語文學之間有接軌的可能性，但不是西學中用，生搬硬套，應該是進行融合的化學變化，找出合宜的理論與方法。筆者不揣譾陋，朝著熔煉傳統與現代知識的方向努力，進行深入的反思，解釋古今中外皆備的「假設連詞」。

本書之所以能夠完成，全然是眾人之力。

沒有前賢走在前面，提供豐富的研究成果，僅憑個人的駑鈍與有限的想法，如何能夠完成論文？想要感謝的人太多了，首先，謝謝蔣紹愚老師與蘇新春老師在百忙之中的提點指導，提供章節安排、例句解釋、演變推測、用字遣詞諸多方面的寶貴意見。謝謝董志翹老師、汪維輝老師、席嘉老師惠賜著作，特別是田春來老師，他總是給予最即時的幫助，提供無數的資料。由於個人的懈怠與遲疑，反反覆覆不斷質疑研究的意義與價值，導致一時失去動力與方向，陷入手足無措的困境，幸好松木學長的一封信道醒茫然的我，以及美慧學姐電話中的打氣。更要感謝　恩師竺家寧先生與黃靜吟先生多年來的栽培與關懷，無論是什麼狀況，老師始終給予最堅強的支持與肯定，不斷鼓勵我用功上進。

在系上，有賴於崔成宗主任、張雙英主任、陳仕華老師、喬姐的耳提面命，督促我盡快完成寫作。完稿之後，承蒙陳仕華老師引薦，及臺灣學生書局的允諾，在短暫的時間內完成出版工作。還要謝謝林巾平、陳艾祺同學，多次往返國家圖書館影印資料。

面對摯愛的家人，誠心表達歉意與謝意。抱歉因為我的鬆懈，進度緩慢，讓父母親掛心多年；因為埋首書堆，無法按時回家探望雙親、公婆，克盡孝道。同時，亦要感恩他們的寬宏大量與默默支持。謝謝外子的包容，因為專注寫作，有一段時間疏於打點家務，同為學界人的他能瞭解箇中甘苦。挺有趣的是，他總對我有無比的信心！

本書部分內容曾獲得國科會贊助（題目：佛典假設連詞研究，計畫編號：NSC 97-2410-H-032-035，執行期限：970801-980731），在此一併致謝。

人生境遇難料，充滿無限的驚奇與不可思議的因緣。撰寫這本小書時，經歷了不少奇妙的波折，當時信念動搖，無力繼續，導致延宕了許久，終於草成。種種往事，如今回想，只有兩字：「幸甚」！感謝佛陀與菩薩護佑，讓我還有機會站起來，有勇氣面對自己，反照自心。正因為挫折的洗禮，更加清楚明白才智有限，學識有限，時間有限，精力有限，面對種種限制，依然要無畏艱難，精進不懈，昂首向前。學術與人生是一樣的道理，好像一場看不到盡頭的超級馬拉松，競賽者只有自己，比較的是自己，過程中必須心無旁騖，持之以恆，秉著運動家的精神跑到最後的終點。

殷切希望能獲得善知識的賜正，讓拙作減少謬誤，漸臻完善，嘉惠更多讀者。

高婉瑜　合十

民國百年季春 淡水五虎崗

國家圖書館出版品預行編目資料

漢語常用假設連詞演變研究：兼論虛詞假借說
高婉瑜著. – 初版. – 臺北市：臺灣學生，2011.05
面；公分

ISBN 978-957-15-1523-6 (平裝)

1. 漢語語法

802.6 100009298

漢語常用假設連詞演變研究：兼論虛詞假借說

著作者：高婉瑜
出版者：臺灣學生書局有限公司
發行人：楊雲龍
發行所：臺灣學生書局有限公司
臺北市和平東路一段七十五巷十一號
郵政劃撥帳號：00024668
電話：(02)23928185
傳眞：(02)23928105
E-mail：student.book@msa.hinet.net
http：//www.studentbooks.com.tw
本書局登記證字號：行政院新聞局局版北市業字第玖捌壹號
印刷所：長欣印刷企業社
中和市永和路三六三巷四二號
電話：(02)22268853

定價：平裝新臺幣五二〇元

西元二〇一一年五月初版

80293

ISBN 978-957-15-1523-6 (平裝)